89 서환

내때구 99. 6

김상옥 Kim, Sang-ok | 김세환 作 1987 기증: 셔츠와 타이 부분은 김상옥이 99년 6월에 가필함

불과 얼음의 시혼

불과 얼음의 시혼—초정 김상옥의 문학 세계

초판 제1쇄 인쇄 2007년 5월 30일   초판 제1쇄 발행 2007년 6월 11일
엮은이 장경렬
펴낸이 지현구 **펴낸곳** 태학사 **등록** 제406-2006-00008호
주소 경기도 파주시 교하읍 문발리 파주출판도시 498-8
전화 마케팅부 (031) 955-7580~2 편집부 (031) 955-7584~90 **전송** (031) 955-0910
홈페이지 www.태학사.com **전자우편** thaehak4@chol.com
인쇄 신일문화사 **제본** 문원문화사

ISBN 978-89-5966-157-2   93810

불과 얼음의 시혼

-초정 김상옥의 문학 세계

장경렬 엮음

태학사

머리말

　지극히 사적인 이야기로 머리말을 시작할까 합니다. 저와 비슷한 또래라면 고등학교 시절 국어 교과서에 수록된 초정 김상옥(艸丁 金相沃)의 「옥저」와 「백자부」를 기억하는 사람이 적지 않을 것입니다. 어떤 사람은 아직까지 이들 작품의 몇 구절을 외우고 있기도 할 것이고, 또 어떤 사람은 작품에 곁들여 교과서에 나온 삽화까지 기억할지도 모릅니다. 조금씩 모양이 다른 여러 점의 자기(瓷器)를 일렬로 그려 놓은 삽화였지요. 이런 사소한 것까지 기억하는 사람이야 많지 않겠지만 그래도 더러는 있지 않을까요? 저는 그런 사소한 것에 대한 기억까지 새롭게 떠올리도록 할 만한 자료를 아직까지 보관하고 있는데, 그것은 바로 제가 사용하던 국어 교과서입니다. 낡고 오래된 이 국어 교과서를 펼쳐 그 안에 담긴 초정의 작품을 읽되 그 당시의 마음을 짚어 보는 것으로써 논의의 장을 열기 위한 '서곡'을 삼을까 합니다. 물론 제가 이 자리에서 올리는 '서곡'은 말 그대로 서곡에 불과한 것으로, 초정의 시 세계에 대한 깊고 넓은 논의의 장으로 어서 빨리 들어가고 싶어 하는 분들은 이를 건너뛰어도 상관없을 듯합니다.

제가 고등학교 학생이었던 것은 1968년 3월에서 1971년 2월까지의 일로, 그 당시에 사용되었던 국어 교과서들을 펼쳐본 시조 시인이라면 놀라지 않는 사람이 없을 것입니다. 무려 스무 편이나 되는 시조가 세 권의 교과서에 실려 있기 때문이지요. 우선 고3 교과서에는 일석 이희승의 「시조 감상 한 수」라는 글이 수록되어 있는데, 이 글에는 이조년, 이명한, 이정보의 시조 및 작자 미상의 "이 몸이 시어져서 접동새 넋이 되어"로 시작되는 시조가 나옵니다. 고2 교과서에는 윤선도의 「어부 사시사」에 나오는 네 편의 시조가 수록되어 있습니다. 고1 교과서에는 육당 최남선의 「봄길」과 「혼자 앉아서」, 위당 정인보의 「이른 봄」과 「근화사 삼첩」, 노산 이은상의 「고지가 바로 저긴데」와 「심산 풍경」, 가람 이병기의 「아차산」과 「비」, 이호우의 「개화」와 「균열」, 그리고 마지막으로 초정의 「옥저」와 「백자부」가 수록되어 있습니다. 무려 열두 편의 시조 작품이 수록되어 있는 것입니다. 요즈음 사정이야 어떨지 모르지만, 이처럼 많은 시조 작품을 대하다 보니, 고등학교 학생이었던 저희들이 시조란 오늘날에 이르기까지 살아 있는 전통이라는 느낌을 어찌 갖지 않을 수 있었겠습니까. 오늘날 제 자신이 시조 문학에 대해 갖고 있는 적극적인 관심도 사실은 이 같은 교육에서 일부 비롯된 것이 아닐까 생각해 보기도 합니다.

아무튼, 고등학교 1학년 교과서 16면과 17면에 걸쳐 나오는 초정의 시조를 처음 읽은 것은 1968년도 1학기 무렵이었으니, 제가 초정의 시조와 처음 만난 것은 약 39년 전의 일이군요. 39년의 세월을 건너뛰어 초정의 시조를 다시 읽기에 앞서 언뜻 「백자부」 아래면에 나오는 삽화에 눈길을 줍니다. 여러 점의 자기를 좌우 양쪽 조금씩 겹쳐지게 그려 놓은 삽화입니다. 이 삽화에는 초정의 시집에 나오는 삽화에서 보았던 것과 같은 모양의 자기도 눈에 띕니다. 『향기 남은 가을』이나 『먹[墨]을 갈다가』 등의 시집에서 만날 수 있는 초정 자신의 단아한 삽화들을 보면서 가끔 희미하게나마 교과서의 삽화를 떠올리기도 했는데, 그것이 어떤 것이었는가를 확인할 기회를 갖게 된 것입니다.

누렇게 변색한데다가 접으면 그대로 꺾일 듯한 책장을 조심스럽게 넘기고는 초정의 시조를 다시 읽어봅니다. 우선 교과서의 16면과 17면에 걸쳐 수록된 「옥저(玉笛)」입니다.

지그시 눈을 감고 입술을 축이시며,
뚫린 구멍마다 임의 손이 일직일 때,
그 소리 은하 흐르듯 서라벌에 퍼지다.

끝없이 맑은 소리 천 년을 머금은 채,
따스히 서린 입김 상기도 남았거니,
차라리 외로울망정 뜻을 달리하리요!

이어서 17면에 수록된 「백자부(白磁賦)」로 눈길을 옮깁니다.

찬 서리 눈보라에 절개 외려 푸르르고,
바람이 절로 이는 소나무 굽은 가지.
이제 막 백학 한 쌍이 앉아 깃을 접는다.

갸우숙 바위 틈에 불로초 돋아나고,

채운(彩雲) 비껴 날고, 시냇물도 흐르는데,

아직도 사슴 한 마리 숲을 뛰어 드노다.

불 속에 구워 내도 얼음같이 하얀 살결!

티 하나 내려와도 그대로 흠이 지다.

흙 속에 잃은 그 날은 이리 순박하도다.

아, 「백자부」에는 둘째 수가 빠져 있는 것이 새삼 눈에 띄는군요. "드높은 부연 끝에 풍경소리 들리던 날 / 몹사리 기달리던 그린 임이 오셨을 제 / 꽃 아래 빚은 그 술을 여기 담아 오도다"가 빠진 채 이 시가 수록되어 있다는 사실을 새삼 깨닫게 된 것이지요. 왜, 어떤 의도에서 둘째 수를 뺀 것일까요? 지면 관계로 그랬을까요? 지면 관계 때문이라면 이 시조 아래쪽에 나오는 문제의 삽화를 없애면 필요한 지면을 확보할 수 있다는 점도 생각해 보지 않을 수 없군요. 지면의 여유가 있든 없든, 둘째 수를 빼고 작품을 수록하겠다는 교과서 편찬자(또는 편찬자들)의 발상 자체를 무지의 소치라고 저는 감히 말하고 싶습니다. 그래서 이런 생각도 해 봅니다. 혹시 "술"이 언급되는 대목이 미성년자들에게 적합지 않다는 이유로 그랬던 것은 아닐까요? 설마 그럴 리야 있을라구요. 혹시 그런 이유 때문이었다면, 당시 사회가 얼마나 엄격했는지 몰라도 이 역시 무지의 소치라는 평에다가 촌스러움의 발로라는 좀더 가혹한 평까지 들어 마땅하겠지요. 사실이 그렇다고 하더라도 그런 이유로 뺐다고는 믿고 싶지 않은 것이 제 심경입니다. 아무튼, 훼손된 상태로나마 교과서에 수록된 이 시는 고등학교 학생이던 저에게 여러 면에서 깊은 인상을 남겼습니다.

저는 당시 이 시를 읽으면서 막연하게나마 하얀 한복 차림으로 단정하게 백자 앞에 앉아 있는 시인의 모습을 떠올리곤 했습니다. 주위에서 일어나고 있는 세상사에서 초연한 채 맑고 깨끗한 정신으로 삶을 살아가는 도인(道人)의 모습을 떠올리기도 했습니다. 순전히 어린 학생의 상상에서 나온 것이었긴 하지만, 어쩐지 초정의 함자(銜字)까지도 그와 같은 초연한 느낌을 준다고 생각했지요. 그래서 그랬는지는 몰라도, 저는 이 현실 세계에서 초정과 직접 인연의 끈이 닿으리라는 생각은 해 본 적이 없습니다. 나이가 들어 제 자신이 초정에게 소개되고 또 전화를 통해 그와 이야기를 나누면서, 그리하여 초정도 제가 삶을 살고 있는 이 현실 세계 속에서 함께 삶을 살아가는 분이라는 사실을 확인하면서, 잠깐씩 어린 시절의 제 마음으로 되돌아가 신기해하는 마음을 갖기도 하였습니다.

초정의 시를 다시금 읽어가다 보니, 고등학교 1학년 학생이었던 제가 여기저기에 설익은 글씨체로 설명을 덧붙여 놓은 것이 눈에 띄기도 합니다. 아마도 당시 국어를 담당하셨던 선생님의 설명을 받아 적은 것이겠지요. 「옥저」의 "임"에는 "예술가로서의 조상"이라는 설명이, "상기"라는 단어에는 "지금(상긔)"이라는 설명이, "외로울망정 뜻을 달리하리요"에는 "불어 줄 사람이 없어"라는 설명이 덧붙여져 있군요. 또 「백자부」에는 "백자의 아름다움을 예찬"한 "한시체"의 시라는 설명이 덧붙여져 있고, 또 시의 말미에는 "팔장생(八長生)"을 구성하는 것으로 "비, 松, 鶴, 不老草, 雲, 鹿, 川, 岩"이 있다는 설명도 덧붙여져 있군요. "비"를 제외한 소나무[松], 학(鶴), 불노초(不老草), 구름[雲], 사슴[鹿], 물[川], 돌

[빔]은 "팔장생"에 들어가는 것이 맞겠지요. 하지만 "비"가 왜 "팔장생"의 하나라고 적었는가에 대해서는 고개가 갸우뚱 해지기도 합니다. 또 하필이면 이 글자만 한글로 적어 놓은 것일까요? 어쩌면 선생님께서 칠판에 쓰신 것을 엉뚱한 글자로 잘못 베껴 썼을 수도 있겠지요. 아무튼, 「백자부」에 나오는 여러 이미지들을 "팔장생"을 구성하는 상징물들과 연계하고 있는 것 같습니다. 그밖에 "찬 서리 눈보라"를 "풍상(風霜)"으로, "채운(彩雲)"은 "고운 빛의 구름"으로 풀이한 것도 눈에 띄는군요. 또 "외려"에는 "오히려"의 "모음 축약"에 따른 것이라는 설명이, "갸우슥"에는 "비스듬이"라는 설명이, "접는다"와 "드노다"에는 "현재법 서술형 종결 어미"라는 설명이, "흙 속에 잃은 그 날은 이리 순박하도다"에는 이 시의 주제를 요약한 것이라는 뜻의 설명이 덧붙여져 있기도 합니다. 이 같은 옛날의 설명들을 보면서 두 편의 시를 다시 읽노라니, 고등학교 1학년 학생으로 되돌아간 느낌이 들기도 합니다. 그리고 선생님의 말씀과 판서 내용을 받아 적으면서 시를 읽고 있는 까까머리 고등학생의 모습이 선연하게 떠오르기도 합니다.

고등학교 1학년 시절 저는 교과서에 나온 시조 가운데 특히 가람의 「비」와 초정의 「백자부」를 좋아했었습니다. 먼저 「비」의 경우 찾아온 친구가 다시 떠나지 못하도록 "비"를 향해 "내일도 내리오소서 연일 두고 오소서"라고 말하는 시인의 따뜻한 마음에 매료됐었지요. 한편, 「옥저」를 읽으면서도 그랬지만, 특히 「백자부」를 읽으면서 저는 사물에 대한 평온하면서도 활달하고 활달하면서 엄격한 동시에 엄격하면서도 섬세한 관찰자로서의 시인의 모습에 깊이 마음이 끌렸었습니다. 시인이 바라보는 "백자"에는 과연 시에 묘사된 "소나무 굽은 가지"가, "백학 한 쌍"이,

"바위"와 "불로초"가, "채운"과 "시냇물"이, "사슴 한 마리"가 그려져 있었던 것일까요? 아니면, 아무 것도 없이 다만 하얗기만 한 "백자"를 보며 이런 이미지들을 떠올리는 것일까요? 나이가 들어 전자 쪽으로 생각이 쏠리게 되긴 하였습니다만, 당시 저는 "티 하나 내려와도 그대로 흠이 지다"라는 구절 때문인지 후자 쪽일 수도 있다고 생각해 보기도 했습니다. "백자" 한 점에 눈길을 주는 시인이 마음의 눈으로 한 폭의 생생한 그림을 그리고 있는 모습을 상상해 보기도 했던 것입니다. 그런 생각과 함께 저는 시인이 마음속으로 그렸음 직한 한 폭의 그림을 어떤 구도와 어떤 색채로 이루어졌을까 마음속에 떠올려 보려고 애를 쓰기도 했지요. 하지만 당시 저를 특히 매료시켰던 것은 "불 속에 구워 내도 얼음같이 하얀 살결"이라는 구절이었습니다. 불과 얼음의 대비가 하나의 충격으로 저에게 작용했기 때문이었을 것입니다. 아무튼, 당시에 「백자부」를 읽으면서 제가 느꼈던 평온하면서도 활달한 시적 분위기를, 또한 시인의 엄격하면서도 섬세한 눈길을 저는 지금까지도 줄곧 초정의 시에서 확인하곤 합니다. 어찌 보면, 조선 시대의 선비가 지녔음 직한 기품이 초정의 시작 생활 전체를 지배했기 때문인지도 모르지요.

하지만 그때 못 느꼈던 것을 지금 느끼는 것이 하나 있는데, 그것은 바로 교과서에 빠진 「백자부」의 둘째 수와 관계되는 것입니다. 이 둘째 수에는 앞서 살펴본 바와 같이 "술"이 등장합니다. 이때의 술은 "꽃 아래 빚은 그 술"입니다. "꽃 아래 빚은 그 술"은 아마도 귀하고도 귀한 술일 것입니다. 시인은 마음속으로 이 술이 "몹사리 기달리던 그린 임이 오셨을 제" 그에게 권하기 위한 것이었음을 상상합니다. 그것도 "불 속에 구워" 냈지만 "얼음같이 하얀 살결"을 지닌 순결하면서도 "순박"한 "백자"

에 담아서 말입니다. 그렇다면, 이 시에서도 앞서 언급한 가람의 시에서와 같이 따뜻한 마음이 담겨 있는 것 아니겠습니까? "임"을 위해 귀한 "술"을 순결하고 순박한 "백자"에 담아 올리는 사람의 따뜻한 마음뿐만 아니라 정성과 사랑을 바로 이 둘째 수에서 느낄 수 있지 않을까요? 바로 이런 느낌을 아무리 나이 어린 고등학교 학생일지라도 그때의 저에게 가질 수 있도록 허락하지 않았다는 점에서도 둘째 수를 뺀 채 이 시를 교과서에 수록했던 것은 크나큰 잘못이었다고 생각합니다.

그리던 사람을 만나 술을 권한다는 내용이 청소년에게 음주를 조장한다는 식의 그야말로 유치한 발상에서 이를 뺀 것이라고는 절대로 믿고 싶지 않습니다. 하지만 그리던 사람과 만난 자리에 술이 얼마나 중요한 역할을 하는가에 대해 체험적으로 배우기 이전이었던 고등학교 1학년 학생들에게 둘째 수의 의미가 제대로 전달되었을까와 관련해서는 의문을 갖는 분들도 있을 것입니다. 그렇다손 치더라도 저는 여전히 둘째 수를 뺀 것은 잘못이었다고 생각합니다. 그런 식의 '의문'은 고등학교 1학년 학생들이 비록 어린 나이라고 하더라도 세상의 의미를 '선험적으로' 이해할 수 있는 잠재력을 지닌 독자들이라는 엄연한 사실을 무시하는 데에서 비롯되는 것일 수 있기 때문입니다. 아무리 체험이 부족한 고등학교 1학년의 어린 학생이라고 하더라도 "꽃 아래 빚은 그 술"이 귀하고 소중한 것이라는 점을 모를 리가 있겠습니까? (여기까지 원고를 마련하고 나서 접한 초정의 대담을 통해 놀랍게도 당시의 국정 교과서 편수관들이 위에서 말한 무지하고 촌스러운 이유로 인해 둘째 수를 뺐다는 사실을 알게 되었습니다.)

어린 시절 읽었던 초정 김상옥의 시 세계에 다시금 빠져들어 이런저런 생각을 하다 문득 헤아려 보니 그가 저희 곁을 떠난 지 벌써 2년 반의 세월이 흘렀습니다. 물론 그 동안의 세월은 저희가 무연(憮然)하게 보낸 것만은 아니었습니다. 초정이 우리 곁을 떠난 이듬해 4월 28일 평소 그의 인품과 예술 세계를 흠모하던 사람들이 모여 서울 플라자 호텔에서 '초정 김상옥 선생 기념회'를 발족하기도 했습니다. 저에게도 자리가 허락되어 그 자리에 참여한 이후 줄곧 초정을 기리는 행사에 참여하게 되었습니다. 기념회가 그 동안 한 일 가운데 무엇보다도 기억될 수 있는 것은 그 해 9월 10일에서 10월 23일까지 서울 영인 문학관에서 가졌던 '초정 김상옥 시인 유묵 유품전'과 올해 3월 29일 통영에서 가진 '초정 김상옥 시인 시비 제막식'일 것입니다. 물론 행사뿐만 아니라 출판과 관련해서도 기념회는 의미 있는 작업을 했습니다. 초정을 기리는 문인들의 글 모음집인 『그 뜨겁고 아픈 경치』(고요아침, 2005년 10월)와 초정의 시작 활동의 총결산이라고 할 만한 『김상옥 시 전집』(창비, 2005년 10월)의 발간 작업이 그것입니다.

초정의 시 전집이 발간된 다음 기념회에서는 그의 시 세계에 대한 기존의 논의 및 새로운 논의를 한자리에 모아 일종의 연구서를 발간하자는 의견이 제시되기도 했습니다. 연구서의 발간은 시에 관심이 있는 모든 분들에게 초정의 시 세계에 대한 이해의 길잡이가 될 것이며, 또 후학들에게 새롭고도 체계적인 연구를 향한 촉진제가 될 것이라는 취지에서 말입니다. 이런 취지 아래 기념회는 저에게 이지엽 선생과 의논하여 기본 틀을 마련해 달라는 부탁을 하였습니다. 이렇게 해서 마련한 기본 틀을 바탕으로 하여, 기존의 연구 작업을 정리하고 미진한 부분과 관련해서는 새로이 원고 청탁을 하여 모두 열한 편의 논문을 수합하기에 이르렀습니다. 물론 기존의 논문들 가운데 값지고 소중한 것들이 적지 않게 빠져 있음을 모르는 바 아닙니다. 편집자의 무지와 천학으로 인한 이 같은 문제점은 앞으로 이 책을 수정·증보할 때 해결할 것을 약속드립니다.

내친 김에 욕심을 더 내어 학자들의 논의뿐만 아니라 문인들이 쓴 초정의 시 세계에 대한 이해와 감상의 글도 수록함으로써 문자 그대로 입체적인 내용의 책을 꾸미자는 의견이 기념회 안에서 제시되기도 하였습니다. 말하자면, 학문적 접근과는 차원이 다를 수 있는 감성적 접근의 장(場)도 마련해 보자는 제안이 있었습니다. 그리하여 초정의 작품 가운데 가급적 한두 편에 집중하여 이에 대한 일종의 감상문을 써 주실 것을 여러 문인들께 청탁하기에 이르렀습니다. 모두 열한 분이 소중한 원고를 보내 주셔서 책의 내용을 보다 다채롭게 꾸밀 수 있게 되었습니다. 물론 더 많은 문인들을 모셔야 함에도 그러지 못한 점 때문에 아쉬움이 적지 않습니다. 앞으로 여건이 허락하는 한 보다 많은 분들의 소중한 원고를 받아 증보 작업을 이뤄 나갈 것입니다.

아울러, 연구서를 준비하는 과정에 초정의 문학관이 담긴 글이나 대담 기사를 수록함으로써 내용을 좀더 입체적으로 꾸미자는 의견이 기념회에서 제시되기도 하였습니다. 초정의 글 「나의 삶 나의 생각」을 이 책에 수록하게 된 연유는 여기에 있습니다. 아울러, 임문혁 선생, 고광식 선생, 이청 선생께서 초정을 모시고 가졌던 대담의 원고를 입수하여 이를 함께 수록하게 되었습니다. 초정 자신의 글과 세 분의 대담 원고는 초정의 시 세계를 이해하는 데 또 하나의 소중한 길잡이가 될 것입니다.

편집을 진행하는 과정에 초정의 시에 대한 텍스트 통일 작업이 문제로 제기되기도 하였습니다. 초정 자신이 지속적인 개작과 수정 작업을 하였기에 어느 시점의 텍스트를 인용하느냐에 따라 시어와 어법의 차이가 있을 수 있기 때문입니다. 애초에는 『김상옥 시 전집』을 기준으로 하여 통일하자는 쪽으로 생각을 모아 보기도 했습니다. 하지만 초정 자신의 개작과 수정 작업뿐만 아니라 동시에 그때그때 나온 텍스트 모두를 존중해야 한다는 생각에서, 또한 어떤 특정 시기의 텍스트에 대한 인용자 개개인의 선택 자체도 존중해야 한다는 생각에서, 앞서 생각했던 텍스트 통일 작업은 포기하기로 하였습니다. 이 같은 통일 작업은 초정의 살아 숨 쉬는 다양한 여러 텍스트들 자체의 숨결과 체온을 빼앗는 것이 될 것이기 때문입니다. 따라서 명백히 오자로 판단되는 부분만 편집 대상으로 삼기로 했습니다. 비록 같은 작품이라고 할지라도 인용자에 따라 시어와 어법의 차이가 존재하게 된 데에는 이런 사연이 있습니다.

마지막으로 책의 제목에 대해 말씀드리겠습니다. 이 책에 부여할 적절한 제목을 찾아 고심하다가 초정의 시에서 그 해답을 찾으려는 마음으로 『김상옥 시 전집』을 뒤적였습니다. 그러는 가운데 문득 눈에 띄는 것이 앞서 언급한 바 있는 「백자부」의 "불 속에 구워 내도 얼음같이 하얀 살결"이라는 구절이었습니다. "백자"를 향한 이 같은 시인의 표현은 곧 그의 시 세계를 가리키는 것으로 보아도 되지 않을까요? 초정은 시를 사랑한 만큼 백자를 사랑한 분이었습니다. "시는 언어로 빚은 도자기요, 도자기는 흙으로 빚은 시일 수 있"다는 초정의 말이 암시하듯, 그에게 시는 곧 도자기였고 도자기는 곧 시였던 것입니다. 정녕코, "어릴 때부터 시를 읽으며 시를 배운 것이 아니라 도자기에서 시를 배웠"(「초정의 문학-고광식과의 대담」)다는 그의 말에서 확인할 수 있듯, 초정에게 도자기와 시 사이의 경계는 따로 존재하지 않았습니다. 한편 도자기 가운데 특히 "흰빛의 아름다움이 뛰어난" 백자에 대한 그의 사랑은 각별한 것이었습니다. 이런 맥락에서 볼 때, 초정에게 백자란 시들 가운데서도 비교가 불가능할 정도로 뛰어난 시가 아니었을까요? 여기에서 잠깐 초정 자신의 말에 귀를 기울이도록 하지요.

> 시와 도자기를 비유하자면 시는 언어로 빚은 도자기요, 도자기는 흙으로 빚은 시일 수 있지요. 우리에게 말의 '언어'가 있듯이 어떤 조형으로 의사를 전달하는 이른바 '조형 언어'가 있는데, 흙으로 '조형 언어'를 빚을 수 있다는 말입니다. 나는 요즘 언어를 불신하고 있습니다. 아픔이 없는 언어기 때문입니다. 그러나 이조 백자를 들여다보면 수백 년 전 어느 도공의 가슴속 아픔이 오늘의 우리에게도 번져 옴을 느낍니다. 아픔은 진실이요, 사랑이며, 또한 아름다움이기도 합니다. 예술에서도 최선의 미는 아픔이나 슬픔이 아닐 수 없어요. 우리의 이조 백자는 그런 아름다움을 내포하고 있지요. 우리 백자가 중국이나 일본 것과 기본적으로 다른 것, 우수한 것은 백색에 민감하고 백색을 사랑한 민족이 빚어 낸 백자이기에 그 흰빛의 아름다움이 뛰어난 것은 차라리 당연하달 수 있습니다. 모든 빛깔 가운데 백색은 가장 단순하고 신비한 빛깔입니다. 이 빛깔을 더 한층 단순하고 신비하게 결정지은 것이 이조 백자지요.(「시의 새로움 모색 ─임문혁과의 대담」)

우리의 심미안에는 초정의 시 자체가 바로 그가 말하는 백자로 보입니다. 아니, 초정의 시혼 자체가 형이상학적 의미에서의 백자일 수 있지요.

어떤 관점에서 보면, 불같이 뜨겁고 열정적인 마음과 얼음같이 맑고 정갈한 눈길이 함께 조화를 이뤄 창조해 낸 세계가 바로 초정의 시 세계일 수 있습니다. 그런 의미에서 불과 얼음은 그의 시 세계나 시 정신 또는 시혼을 이해하는 데 핵심어가 될 수 있으리라고 믿습니다. 여기까지 생각이 미치자 "불과 얼음의 시혼"이라는 말이 제 마음을 사로잡게 되었습니다. 이 책의 제목은 이렇게 해서 나온 것입니다.

이 책을 발간하는 데에는 무엇보다도 '초정 김상옥 선생 기념회'의 정신적, 재정적 지원이 컸습니다. 특히 광범위한 자료 제공, 편집 작업에 소요된 경비 지원, 편집 과정에 대한 조언 등 지원을 아끼지 않은 기념회 및 유족 측의 도움이 책의 발간에 큰 힘이 되었습니다. 이에 깊은 감사의 마음을 전합니다. 아울러, 태학사 사장 지현구 선생의 흔쾌한 출판 허락과 편집이사 변선웅 선생의 교정이 이 책의 출간에 더할 수 없는 힘이 되었기에, 두 분께도 역시 깊은 감사의 마음을 전합니다. 또한 필자 선정과 원고 수합에 많은 도움을 주신 이지엽 선생과 홍성란 선생께도 마찬가지로 깊은 감사의 말씀을 전하고 싶습니다. 만에 하나라도 편집 과정에 허물이 남아 있다면 이는 전적으로 총괄적인 편집을 맡아 작업을 진행한 저의 무지와 고집 때문입니다. 행여 허물이 눈에 띄면 언제라도 질책의 말씀을 아끼지 말아 주시길 독자 여러분께 당부 드립니다.

2007년 3월 31일
장경렬

목차

제2부 초정 김상옥 문학 연구의 현주소

—초정의 문학에 대한 학문적 접근

제3부 문자에 매이지 않는 시인의 시 세계
－시인들이 읽는 초정 김상옥의 문학

제1부 초정 김상옥의 삶과 문학

―시인의 고백

나의 삶 나의 생각*

김상옥

옛날 순(舜)임금은 골목골목을 누비며 옹기장사를 하고, 철학자 스피노자는 길거리에 나앉아서 안경알을 닦는 연마공으로 생계를 이었다고 한다. 그러나 임금님도 철학자도 될 수 없었던 나는 그 불우했던 청소년 시절을 어떻게 보냈을까. 오직 입에 풀칠을 하기 위해 몸으로 부딪쳐 해 보지 아니한 일이 별로 없다. 남을 속이고, 도둑질하는 일 이외에는. 좀 창피하지만, 아니 창피할 것도 없지만, 사환에다 점원에다 견습공, 그리고 밤낮 어두컴컴하고 연독(鉛毒)이 자욱하던 시골 인쇄소의 문선공, 조판공을 겸한 인쇄공, 제본소의 제본공, 도장포의 도장장이, 표구사의 표구장이, 골동상 아자방(亞字房)의 주인에다 중고등학교의 국어 교사에까지 실로 다양하기 그지없다.

그리고 또 웃기는 일은 서화, 골동을 감식하고, 부자도 못한다는 온갖 가지 컬렉션을 흉내 내고, 그리고 또 더욱 웃기는 일은 시인입네 시를 짓고, 화가입네 그림을 그리고, 서가(書家)입네 글씨를 쓰고, 또 게다가 도장을 새겨 낙관까지 하고……. 그러나 한 가지도 제대로 하는 것 없으

---

* 1995년 3월 10일 『경향신문』 13면.

니 영락없는 장돌뱅이 만물상이요, 방물장사라 하겠다.

지금부터 어언 반세기 전, 그러니까 해방 직후, 출판된 나의 첫 시집 『초적』은 편집·교정·문선·조판·인쇄·장정·판각·접지·제본의 전 과정을 내 혼자 손으로 해 냈다. 이 역시 앞에서 말한 만물상 방물장사를 경험한 덕이라 하겠다. 그러나 이 시집은 지금 펼쳐 놓고 봐도 겨우 명함이나 찍고 청첩장이나 박아 내던 초라한 시골 인쇄소의 인쇄물로는 보이지 않는다.

> 꿀벌이 꽃을 대하듯 책을 대하라
> 벌은 달고 향기로운 꿀을 길어가되
> 그 꽃잎 하나 아직 상한 적 없었느니!

이것은 앞에서 말한 내 첫 시집 『초적』의 권두에 실려 있는 '독서의 명(銘)'이라는 3행으로 된 나의 졸문이다. 이 짧은 글은 또 글대로 약간의 화제를 남겼다. 당시(지금부터 약 30년 전) 국립 도서관에서 개최된 전국 도서관 사서(司書) 회의가 있었는데 그 회의 도중 긴급 동의로 누군가가 예의 졸문의 출처를 물었다는 것이다. 그러나 아무도 아는 이가 없었는데 마침 회의 마감 전에 또 다른 누군가가 "그것은 아마 김 아무개의 시집 권두에 실린 것일 거다" 했다는 것이다.

다음날 나를 찾아온 한 손님이 있었다. 그는 내 사는 꼴을 보고 속으로 너무 충격 받았다고 뒷날 술회했다. 책은 방바닥에 아무렇게나 쌓여 있고 영하의 날씨에 방은 냉돌(冷堗)인 채 난로도 전화도 없었다. 그 다음날 느닷없이 목수 미장이가 들이닥치고 전화국 공원들이 와서 다짜고

짜로 전화를 가설했다. 목수는 서가를 짜고 마루를 깔고, 미장이는 냉돌을 온돌로 고치고 석유 난로도 갖다 놓았다. 이리하여 내 가엾은 서울살이는 하루아침에 천지개벽을 이루었다. 이는 짐작하시겠지만 앞의 손님의 배려였다.

그런데 이렇게 한 미지의 손님과 기연(奇緣)을 맺은 나의 시집 『초적』은 또 많은 이야기를 남겼다. 이 책은 초판 1천 부를 찍었는데 즉시 매진되고, 지금은 고서점에서도 구할 수 없는 희귀본으로서 좀 과장되게 말하면 서지학적으로도 제법 사람의 입에 오르내리는 책이라 한다. [그것은 물론 내용보다는 한지(韓紙)에다 표지의 목판 장정마저 흡사 옵세트 같은 효과를 낸 데도 그 까닭이 있을 것이다.]

또 지난 70년대 초반의 일이다. 신세계 미술관에서 뜻밖의 제의가 왔었다. 시서화전(詩書畵展)을 마련하겠으니 응해 달라는 것이다. 나는 그림만 그리고 모든 준비는 자기네가 알아서 하겠다고 했다. 카탈로그도 만들고 권두사는 이경성(李慶成) 씨가 쓴다고 했다. 드디어 개전 전야 이경성 씨가 찾아왔다. 작품을 일별하더니 "이것은 단지 문학의 여기(餘技)가 아니다"고 했다. (물론 어느 정도의 인사치레로 한 말이기는 하겠지만.) 신세계 전시를 마치자 미도파에서도 전시를 권유해 왔다. 내친김에 어릿광대 춤을 한 번 더 추기로 했다. 미도파에서도 신세계 못잖은 성황이었다. 개전(開展) 첫날 뜻밖의 일이 벌어졌다. 소설가 박완서(朴婉緖) 씨가 그의 따님과 함께 찾아와서 불쑥 봉투 하나를 내미는 것이었다. 따님이 봉직하는 학교의 월급 봉투. 유치원에서 국민학교 6년, 중학교와 고등학교 6년, 대학교 4년, 근 20년의 형설의 공을 쌓은 따님의 첫 수확으로 내 생짜배기 서툰 그림을 사다니, 말도 안 되는 소리요, 꿈도 꿀 수 없는 일이었다. 이렇게 귀한 화료는 아마 저 거장(巨匠) 미켈란젤로도, 화성(畫聖) 솔거(率居)도 받아 본 적이 없을 것이다.

또 내가 52세 되던 1972년 일본 교토(京都)에서도 시서화 및 전각 네 가지 전시가 동시에 열렸었다. 전시 하루 전 다방에서 우연히 만난 일인 학자와 심한 논쟁을 벌였다. 그런데 그것이 되레 전화위복이 됐다. 그 학자는 신문사의 모니터로 『교토신문』의 부장과 기자들을 구슬러 내가 묵고 있는 호텔로 몰려 와서 취재를 하고 사진을 찍어 갔다. 바로 다음 날 아침이었다. 조간 문예면 전면을 장식한 기사가 나서 호텔 지배인이 호들갑을 떨고 야단법석이었다. 이 교토 전시는 서울서보다 몇 갑절 성황이었다. 그 후 60여 일을 두고 일본 전국을 관광했다. 일본 국립 박물관을 보았다. 끔찍했다. 진열품의 태반이 사람의 피를 본, 일본도(日本刀)란 칼이었다. 사람을 해치는 칼이 미술품이 된다는 것은 아마 일본에만 있는 일일 것이다. 이때 우리 박물관을 떠올렸다. 방마다 백의관음(白衣觀音) 같은 헌칠한 도자기가 주조를 이루고 있지 않았던가. 칼과 자비(慈悲)—묘한 대조인 것이다.

누가 뭐래도 나에게는 서화보다 시(詩)가 본령이다. 어서 시의 얘기로 돌아가자. 그 동안 9권의 시집과 동시집 2권, 산문집 1권을 펴냈다. 번번이 내고 나면 심한 뉘우침과 허탈감에 치를 떨었다. 그런데도 회갑 때는 창작과비평사에서 기념 시집 『먹[墨]을 갈다가』를 출판해 주고, 백낙청 씨는 조촐하고 우의로운 회갑연까지 베풀어 주었다. 벌써 15년 전 일인데 엊그제처럼 기억이 새롭다. 그리고 여러 번 인세도 받았는데 받을 때마다 염치없어 이제 그만 받았으면 좋겠다.

1973년 4월 나의 시집 중 가장 호화판 『삼행시 육십오 편』(三行詩 六

十五篇)이 나왔다. 그 무렵 육 여사를 드높여 「어느 고마운 이의 뜻을 받들어」라는 후기가 붙은 시집의 값이 겨우 3백 원인데 비해, 나의 시집은 물경 5천 원이나 됐다. 이런 불손한 오기가 어디 있을까? 그러나 그것은 아마 불우했던 나의 소년 시절의 간고(艱苦)에 대한 보상 심리의 작용이 아니었던가 싶다.

참대처럼 청청(靑靑)하고 수런대던 날들이 내게서 다 가버린 것인가. 이미 귀밑에 내린 서리가 아직 남의 일만 같다. 진실로 시를 찾는 눈길, 시를 빚는 몸가짐이 얼마나 지난(至難)하며 또 얼마나 지복(至福)한지 내 비로소 어렴풋이 깨달아짐을 알겠다.

이것은 앞에서 말한 『삼행시 육십오 편』의 권두에 붙인 나의 자서(自序)다. 이 자서의 문맥을 자세히 뜯어보면 내가 뭘 자부하기보다 내 불민의 뜻으로 어느 만큼 자위하고 있다.

1974년 4월 26일은 경복궁 국립 박물관에서 고 최순우(崔淳雨) 관장의 초청으로 나의 강연이 있던 날이다. 연제는 「시와 도자」. 비유컨대 "시는 언어로 빚은 도자라면, 도자는 흙으로 빚은 시라 할 수 있다"는 좀 엉뚱한 서두로 시작된 장장 1시간 50분의 열강이었다. 그 날 입추의 여지 없이 운집했던 청중들이 누구나 미동도 하지 않고 끝까지 경청했는데, 그걸 생각하면 지금도 가슴이 빠개질 지경이다.

나는 시를 사랑한다. 그러나 일호(一毫)의 작위(作爲)도 없는 우리 고도(古陶)를 나의 시로서 시 못지않게 사랑한다. 나의 치아보다 먼저 이 빠진 항아리에게 순금의 의치(義齒)를 만들어 끼워 준 일이 한두 번이 아니다. 나의 시에도 혹시 자기(磁器)처럼 이 빠진 자욱이 눈에 띄면, 나는 몇날 몇밤을 자지 않고 퇴고를 한다. 이런 나를 보고 어느 분(김동리)은 "그의 조사(措辭)는 영악하도록 완벽을 꾀하려 한다"고 꼬집으며 칭찬한 일이 있다. 또 한 분(서정주)은 "우리나라에 귀신이 곡한다는 말이 있는데, 그의 시에도 많은 귀신이 나와 곡을 한다"고 했다. 이 역시 반은 꼬집고 반은 칭찬인 듯하다.

끝으로 지난 89년 4월에는 내 70회 생일을 기념하는 시화집을 냈다. 나는 책의 권두에도 "그 동안 시를 위해 우황(牛黃) 든 소처럼 앓아 왔다 / 그러나 거둔 것은 결국 쭉정이뿐이다 / 이 중에 한 편이라도 후일에 남을 수만 있다면 분외(分外)의 보람이겠다"고 적었다. 시가 무엇이며, 시인이 무엇이며, 보람이 무엇인가? 이것은 어떤 권력, 어떤 재화, 어떤 명예와도 바꿀 수 없는 내 슬픈 종교의 삼위일체다.

시조의 새로움 모색*

대담: 임문혁

김상옥 선생은 그의 본령인 시인으로서 뿐 아니라 이조 백자에 대한 깊은 조예와 소장가로서, 혹은 일가를 이룬 서예와 화도(畵道), 나아가 전각에 이르기까지 다양한 예인의 얼굴을 갖고 있다. 아집이라 부를 만큼 '자기 세계'에 대한 깊은 집착과 애정으로 예도(藝道)를 걷는 김 시인을 찾아 그의 문학, 특히 삼행시(三行詩)라 불리는 새로운 시조 창작의 여담을 들어 본다.

〈『새한신문』〉

신중한 작품 선정

—안녕하십니까. 연보를 살펴볼 때 선생님은 40년 문단에 나오신 후 반세기에 가까운 시간을 우리말의 아름다움을 선양한 '시조 문학'의 높은 경지를 이룩하고 계십니다. 현행 고등학교 국어 교과서에 수록된 46편의 시(詩) 중 17편이 시조로서 상당한 분량을 차지하고 있습니다. 선생님 작품 중 「사향(思鄕)」이 고1 국어에,

---

* 1985년 9월 2일 『새한신문』 「국어 교과서 수록 작가 대담」. 대담자 임문혁 씨는 시인으로 당시 경기여고 교사.

「다보탑(多寶塔)」이 중1 국어에, 「옥저(玉笛)」와 「백자부(白磁賦)」가 고등학교 현대 문학 교과서에 각각 실려 있습니다. 이 작품들을 위주로 해 선생님의 작품관, 문학관을 들었으면 합니다.

초정 김상옥: 우선 본론에 들어가기 앞서 국어 교과서나 그 책을 엮어 내는 문교부 편수 담당자들에 대한 나의 평소의 유감을 피력하고 싶군요. 나 자신 30-40대의 20여 년 간을 일선 학교의 국어 교사를 체험했지요. 무엇이냐 하면 국어 교과서 편찬에는 좀 더 신중하고 사려 깊은 안목이 필요하단 점입니다. 옛날 이야긴데 중2학년 국어 교과서에 폴 발레리의 「석류」란 시가 실린 적이 있어요. 아시다시피 발레리란 시인이 원래 어려운 시인이고 더구나 「석류」란 시는 대학에서 문학을 공부하는 학생에게도 쉽지 않은 작품인데, 이런 것을 중학생에게 "시의 교본(教本)"으로 제시하고 있었어요. 이와 같은 사례는 현행 교과서에도 적지 않다고 봅니다. 요컨대 국어 교과서의 작품 선정은 지나친 '목적성'이나 '교육성'만 강조하지 말고 우리말의 아름다움과 문학 정신, 시대 정신이 담긴 것, 우리의 현실을 교육하는 데 적격인 것이 되어야 합니다. 또한 작가와의 충분한 협의를 거쳐 합당한 작품이 선정됐으면 합니다. 국어 교육은 모든 여타 과목의 기본이 되는 것이고 시 교육은 국어 교육의 정수요, 첩경일 수 있습니다. 국어 교사로서 시를 잘 지도하면 국어도 잘 가르칠 수 있다고 봅니다.

―현재의 교단에서는 입시 교육, 4지선다형의 객관식 시험이 시 교육 본래의 취지를 흐트려 놓고 있습니다. 선생님이 보시는 국어 교육의 바람직한 방법은 어떤 것이 있을까요.

초정: '시(詩)'라는 한자어를 잘 음미해 보면 '말씀 언(言)'과 '절 사(寺)'

가 합쳐진 글자지요. 말하자면 '로고스의 사원'이란 의미가 시인 것입니다. 시는 진실의 언어, 세련된 감성, 모국어의 아름다움, 통일된 논리의 총체입니다. 임 선생 말씀처럼 시를 평가할 때 객관식 틀로 물어 본다는 것은 무리를 낳기 쉽지요. 프랑스 같은 나라에서는 중학교나 고등학교의 수준에 맞는 좋은 프랑스시를 50-100편 선정해 암송케 한다고 해요. 시험 때는 이들 중 "몇 편을 암송해라"는 식이지요. 어린 학생들이 그들의 명시를 줄줄 외는 것이 그렇게 보기 좋다고 해요. 그것이 프랑스 말 사랑의 지름길도 되고……. 요컨대 좋은 시를 많이 암송해 '내 것'으로 하는 것은 그만큼 풍부한 삶을 산다는 뜻도 됩니다.

　—중학 국어에 수록된 「다보탑」은 언제 지으셨는지와 그 창작 동기나 작품의 의도 등을 말씀해 주십시오.

　　불꽃이 이리 튀고
　　돌조각이 저리 튀고,

　　밤을 낮을 삼아
　　정소리가 요란　더니,

　　불국사 백운교 위에
　　탑이 솟아오르다.

　　꽃쟁반 팔모 난간
　　층층이 고운 모양,

임의 손 간 데마다
돌옷은 새로 피고,

머리엔 푸른 하늘을
받쳐 이고 있도다.

초정: 이 시조는 지금부터 50여 년 전인 십대 후반의 나이에 지은 것입니다. 내가 아끼는 작품 중의 하나인데, 수필 쓰시는 윤오영 선생, 피천득 교수와 어느 사석에서 내 작품 이야기가 나왔는데, 이 두 분 모두 내 작품들 중에서 하나만 고르라면 「다보탑」을 꼽겠다고 하더군요. 나는 "피천득 교수가 있기 때문에 산문을 못 쓴다"고 할 만큼 존경하는데, 오래 전에 피 교수가 구라파의 '동서 문화 교류 국제 회의'에 참가했을 때 「다보탑」을 영역해 발표했다고 해요. 대단히 반응이 좋아 몇 번씩 앙코르를 받았노라고 이야기하더군요. T. S. 엘리어트가 말한 것처럼 시에서의 "시간의 동시성"을 노래한 것이지요. 천수백 년 전에 만든 다보탑이 시인의 눈 속에서 오늘로 살아나는 것, 나의 마음속에 신라와 지금을 한 자리에 앉도록 한 것입니다.

— 고교 국어의 「사향」을 읽어 보면 아련한 고향의 정취가 손끝에 묻어날 것같이 절절하게 그려져 있습니다. "봄을 씹고," "어마씨 그리운 솜씨" 같은 표현은 탁월한 묘사입니다.

초정: 이 작품 역시 나의 십대 후반기에 쓰여진 것입니다. 그런데 솔직히 말하자면 작가로서 썩 마음에 드는 것은 아닙니다. 문교부 편수자

들이 사전에 상의해 왔다면 다른 작품을 교과서에 싣도록 했을 것입니다. 거듭 말하지만 문교부의 편수 관계자는 작가의 의견을 무시한 작품 선정 같은 것은 재고했으면 합니다.

시와 도자

　—「백자부」에 대해서.

　초정: 「백자부」가 현대 문학 교과서에 실리기 전에는 국정 교과서 국어에 수록되었었는데, 당시 무슨 이유에서였는지 4수의 내용 중 둘째 수를 잘라 내고 교과서에 넣었어요. 그래서 내가 된통 항의했어요. 시를 생명체로 비유하자면 팔다리를 잘라 내자는 흉칙한 발상 아닙니까. 왜 둘째 수를 뺐냐고 물으니까 그 수에 "술"이란 낱말이 나와서 아이들에게 부적격하여 그리했다는 치졸한 대답이었어요. 이런 한심한 발상이 어디 있습니까. 다행히 현행 교과서엔 모두 수록되었다니 안심이고……. 그리고 이 시의 마지막 부분에 가면 "흙 속에 잃은 그날은 이리 순박하도다"라는 내용이 있는데, 그 중 "흙"을 어떻게 받아들여야 하느냐고 고등학교 선생님들이 나에게 직접 찾아왔어요. 시중의 참고서를 찾아보니까 어떤 것은 "백자의 원료로서 흙"을 이야기했다고 풀이하고 있고, 다른 참고서는 "흙에서 출토되었기 때문"에 그렇게 표현했다고 각주를 달고 있는데 어느 것이 맞느냐는 것이 이들 교사들의 질문이었어요. 나는 모든 생명체를 생성케도 하고 소멸케도 하는 큰 뜻으로서의 "흙"을 그린 것입니다. 말하자면 만유(萬有)의 바탕으로서의 흙인 것입니다.

　—선생님 말씀을 들으면서 시중 참고서의 잘못도 간과할 수 없다는 생각이 듭

니다. 입시 준비용 참고서가 문학작품을 마음대로 절단하고 해부해서 고정화, 정형화시키고 있다는 점을 새삼 느끼게 됩니다. 선생님은 시작과 함께 도자기에도 깊은 애정과 조예를 갖고 계신데…….

초정: 시골에서의 교편 생활을 청산하고 상경해서 아자방(亞字房)이라는 골동품 가게도 경영했더랬지요. 『시와 도자』란 시집도 냈지만……. 시와 도자기를 비유하자면 시는 언어로 빚은 도자기요, 도자기는 흙으로 빚은 시일 수 있지요. 우리에게 말의 '언어'가 있듯이 어떤 조형으로 의사를 전달하는 이른바 '조형 언어'가 있는데, 흙으로 '조형 언어'를 빚을 수 있다는 말입니다. 나는 요즘 언어를 불신하고 있습니다. 아픔이 없는 언어기 때문입니다. 그러나 이조 백자를 들여다보면 수백 년 전 어느 도공의 가슴속 아픔이 오늘의 우리에게도 번져 옴을 느낍니다. 아픔은 진실이요, 사랑이며, 또한 아름다움이기도 합니다. 예술에서도 최선의 미는 아픔이나 슬픔이 아닐 수 없어요. 우리의 이조 백자는 그런 아름다움을 내포하고 있지요. 우리 백자가 중국이나 일본 것과 기본적으로 다른 것, 우수한 것은 백색에 민감하고 백색을 사랑한 민족이 빚어 낸 백자이기에 그 흰빛의 아름다움이 뛰어난 것은 차라리 당연하달 수 있습니다. 모든 빛깔 가운데 백색은 가장 단순하고 신비한 빛깔입니다. 이 빛깔을 더 한층 단순하고 신비하게 결정지은 것이 이조 백자지요.

시조와 자유시

―선생님은 시조와 자유시의 다양한 작품 활동을 해 오셨습니다. 자유시가 외래(外來)의 문학 장르라면 시조는 전통의 우리 형식이죠. 그러나 옛 시조가 노래를

주로 하기 위해 창(唱)이라 불려 왔다면 현대 시조는 옛날의 형식을 빌어 와 시로서 발전해 왔다고도 볼 수 있습니다. 특히 내면적 리듬을 강조하는 현대시 영역에서 복잡한 감정을 표현하는 데 시조의 형식을 어떻게 극복하느냐가 문제로 제기되기도 합니다만 이 문제를 선생님은 어떻게 보십니까.

초정: 이 문제에 대답하기 이전에 우선 반문해 보고 싶은 것이 있어요. 현역 시조 시인 중에 시조의 틀을 갖고 있으면서 현대시라고 할 만한 시를 쓰는 시인이 있느냐고. 자유시도 못 쓰는 수준 이하의 사람들이 글자 수만 맞추면 된다는 안이한 발상으로 시조를 쓰겠다고 해요. 내 경우를 보자면 나는 자유시와 시조를 구분치 않습니다. 그러나 자유시가 쓰기 어렵다고 하면 시조는 더욱 어렵다는 점은 분명합니다. 그리고 '시조의 현대화' 문제를 이야기하자면 오늘날의 시조는 창(唱)이 아니니까 굳이 음수율과 음보율을 따질 필요가 없다고 봅니다. 아니, 정확히 말하자면 옛시조도 형식에 얽매이지는 않았어요. 사설시조나 엇시조는 말할 것 없고 평시조도 그래요. "삭풍은 나무 끝에 불고" 하는 것만 봐도 초장이 3·6의 자수(字數)였어요. 읽는 문학인 현대 시조에서 다시 형식을 문제시하는 것은 시대 착각이고 시조를 모르는 소치입니다.

시조와 삼행시

—선생님이 주창하시는 삼행시는 시조의 변형된 형식인가요.

초정: 혹자는 말합니다. 당신이 뭔데 시조를 멋대로 삼행시라고 하느냐는 것인데, 함부로 지은 것은 아닙니다. 자유시가 형식을 무시한다고 하면서도 내재된 규격을 지키는 것과 같이, 시조도 엄격한 의미로는 형

식에만 구애되지 않는 시이고, 형식이 없다고까지 할 만큼 내용이 우선되는 것입니다. 나는 이 시와 시조의 관계에서 삼행시란 말을 쓰게 된 것입니다. 시조는 옛날 것이고 자유시는 새로운 것이란 인식을 뛰어넘어 시조의 새로운 전통을 잇는 의미로서의 뜻일 수도 있습니다. 세 줄로 된 시니까 삼행시고 2행 3연시도 될 수 있는 것이지요. 서구 사조를 따른 서양 사람 흉내 낸 한국말 용법이 아닌 한국말답게 한국인의 율조(律調)에 맞게 쓴 것이 나의 삼행시인 것입니다. 한 가지 재미있는 것은 미당(未堂) 서정주나 박두진(朴斗鎭)의 시 가운데서 참으로 좋은 것이라고 무릎 칠 만한 것들은 시조적인 율조를 갖고 있어요. 물론 이 분들이 시조를 염두에 두고 쓴 것은 아니겠지만.

─선생님의 말씀을 듣고 작품을 찬찬히 읽어 보면 삼행시가 무엇인가 알 듯 합니다. 선생님은 10대의 어린 나이에 대표작이라 할 만한 작품들을 지으셨습니다. 문학의 길로 들어선 동기라도 있으신가요.

초정: 왜 문학을 하게 되었느냐는 질문은 왜 태어났느냐는 질문과 같아요. 나도 모르게 태어났듯이 나도 모르게 글을 쓰게 된 것입니다. 우리말을 사랑하니까 우리의 시를 쓰게 되었겠지요. 투르게네프의 산문시를 보면 "러시아말은 나의 지팡이"라는 말이 있는데 참 감명 깊은 표현이에요. 한국말은 나의 생명이고, 영혼이고, 살이며, 나의 모든 것입니다. 시는 나보다 잘 쓰는 사람이 있을지 모르나 말을 아끼는 데는 나보다 더한 사람이 없다고 감히 자부합니다.

─우리말을 사랑하시는 정열에 대해 후학의 한 사람으로서 교훈 받는 바 많습니다. 선생님과 가람 이병기 선생님과의 관계는 우리의 시조 문학사에서 빼놓을 수 없는 부분입니다만.

초정: 가람 선생님이야말로 현대 시조의 대부(代父)라 할 만한 분이지요. 문사로서 세상에 날 내보내 주시고 그 분의 대(代)를 이을 사람이 나라고 혹자들은 이야기합니다. 그러나 사제 관계의 사감을 떠나서 가람 선생님 작품을 찬찬히 살펴보곤 실망했어요. 그분의 작품 속에 감명 깊은 것이 별로 없어요. 가람 선생님은 그 인품으로나 업적으로나 대인(大人)임에 분명합니다만 「젖」, 「비」, 「백묵」 등의 작품이 일품으로 꼽을 만하고 나머지는 탁월한 것이 보이질 않습니다.

—실로 어려운 말씀입니다. 문학의 엄격성이랄까 근엄성을 시사해 주는 말씀으로 알겠습니다. 교육 현장에서 국어 교육을 담당한 선생님들에게 당부하고 싶은 말씀이 있으시면.

초정: 우리말을 사랑하자는 것입니다. 국어를 학문으로 보지 말자, 국어는 학문 이상의 사랑인 것입니다. 사랑의 바탕 위에서 문법도 있고, 작품도 있고, 독서도 있는 것입니다. 그런데 한국 사람이 한국말 못 알아 주고 박대하는 것을 볼 때마다 시를 쓴다는 것이 슬퍼져요. 더욱이 문학한다는 사람들이 우리말을 혹사하는 것은 죄악이라고 봅니다. '말의 영성(靈性)'을 알아야만 시를 쓸 수 있고 국어를 가르칠 수 있는 것입니다.

—선생님의 문학관, 예술관 혹은 창작에의 태도는 어떤 것입니까.

초정: 내가 시를 발표하면 어떤 사람이 이렇게 물어요. "이 다음에는 무슨 시를 쓰려고 이렇게 썼습니까?" 하고. 나의 대답은 "시인이 참으로 잘 쓰려 하면 유서를 쓰듯 써야 한다"고. 아낌없이 최선을 다해서 창작해야지요. 어떤 의미에서 시인은 판관입니다. 해도 그만 안 해도 그만의 말을 하는 것은 일종의 지적 사기입니다. 내가 좋아하는 예술가에 로댕

이 있습니다. 그는 작품 하나를 만들 때 그의 모든 것을 투사하였다고 하지요. 『로댕의 유언』이란 책을 보면 그의 예술가로서의 진지함과 절박성, 투혼 등이 잘 나타나 있는데, 그 점 존경스럽습니다. 6·25 때 공산군에 의해 낙동강까지 밀려 내려갔을 때 경주 밖 10리 거리에서 전선이 멈췄어요. 전선이 좀 더 내려왔다면, 경주는 불바다가 됐을 텐데 이상하게도 그 선에서 멈췄다가 아군의 반격이 시작되었지요. 이것은 무엇을 시사하느냐 하면, 인류의 문화적 보고인 경주를 파괴할 수 없다는 신의 섭리가 있었던 것입니다. 구약 성경 속의 '소돔과 고모라'의 일화를 빌려 이야기하자면, 말세 후 신이 인간을 심판할 때, 모든 죄를 사할 수 있는 인류의 한 가지 업적은 오직 예술인 것이라 믿습니다.

　—오랜 시간 좋은 말씀 대단히 감사합니다. 당초 한 시간 여를 계획했던 대담 시간이 세 시간을 훨씬 넘겼습니다. 아무쪼록 늘 건강하셔서 더 좋은 작품 많이 저희에게 선사해 주십시오.

초정의 문학*

대담 · 정리: 고광식

지그시 눈을 감고 입술을 축이시며
뚫린 구멍마다 임의 손이 움직일 때
그 소리 은하 흐르듯 서라벌에 퍼지다

끝없이 맑은 소리 천년을 머금은 채
따수히 서린 입김 상기도 남았거니
차라리 외로울망정 뜻을 달리 하리오

—「옥저(玉笛)」

초정 김상옥 선생(70)은 50년 동안 시를 쓰며 살아온 한국 시단의 원로다. 시상의 간명한 처리, 아무나 쓰지 못하는 멋들어진 비유, 절제되어 있으면서도 섬세하고 영통한 언어 구사로 특징지어지는 그의 시 가운데 몇 편은 오랫동안 중고교 교과서에 실려 오고 있어 한층 더 친숙하게

---

* 1989년 6월 11일 『한국경제신문』 「서재한담(書齋閒談)」. 대담자 고광식 씨는 당시 『한국경제신문』 문화부장.

느껴지는 시인이다. 지난 4월 고희를 맞은 그는 이를 기념하는 뜻으로 그 동안 쓴 시 가운데 103편을 골라내고 손수 그린 도자화를 곁들여 시화 선집『향기 남은 가을』을 출간, 시작 50년을 결산했다. 그가 즐겨 시와 그림의 소재로 삼아 온 고도(古陶)처럼 고아한 멋을 듬뿍 머금은 채 아직도 끊임없이 창작 의욕을 불태우고 있는 초정 선생을 만났다.

성급한 평자들은 그를 "가람과 노산(鷺山)을 뛰어넘어 한국 시조사의 한 획을 그어놓은 시조 시인"으로만 고착시켜 버리려 들지만 이 노시인에게는 이미 '시'니 '시조'니 하는 속인들의 부질없는 논란은 관심 밖의 일인 듯 보였다. 오로지 '내가 무엇인가'를 시로 표현해 내는 것만이 문제가 될 뿐이다. "시인의 말은 오직 시일 뿐 다른 것은 한갓 군소리에 지나지 않는다"는 그의 첫마디가 마음의 경지를 읽을 수 있게 했다.

병석에서도 시작 계속

–오랫동안 병석에 누워 계셨다고 들었습니다. 건강은 많이 좋아지셨는지요.

초정 김상옥: 5–6년 됐어요. 그냥저냥 현상 유지에 머물고 있지요. 전처럼 많이 쓰지는 못해도 시작은 계속하고 있습니다. 최근에도『동서문학』5월 호에 두 편이 실렸지요. 지금도 시 한 편을 쓰고 있는 중이었어요.

–요즘 쓰시는 시의 소재는 대개 어떤 것입니까.

초정: 건강할 때는 시가 그저 막연히 시거니 생각하고 써 왔어요. 그러나 이제는 언제 죽을지도 몰라요. 그러니까 '내가 무엇인가,' '인생이 무엇인가'를 자연히 생각하게 돼요. 같은 말이지만 '나라고 하는 존재(存在)가 무엇인가,' '왜 있는가,' '나 아닌 존재, 즉 대상과 나는 어떤 관계

에 있는가' 하는 것들을 생각하게 됐지요. 그러다보니 나라는 것에 대해 회의를 갖게 되고 내 본질을 구명한다고나 할까요, 그런 것이 시의 소재가 됐어요. 그렇다고 아주 딱딱한 것은 아니예요. 그런 소재를 서정적으로 걸러 내는 작업이지요. 머리에서 생각한 것을 마음을 통해 표현해 내려고 하는 것입니다. 시인에게는 시 자체가 곧 말입니다. 그것을 보고 독자들이 느껴 주면 되는 것이니까요.

　–말씀을 듣고 보니 최근에 쓰셨다는 시의 내용이 궁금해집니다.

　초정: '소망'과 '현실에서'라는 시를 묶어 '근작 2제'라는 제목으로 실었어요. 읽어드리지요.

사람이
살아가다가
꽃 위에 눈물도 뿌리고,

멋 있는 젊음과 사귀다가
일부러 가는귀도 먹고,

갈 때는
한 점 반딧불처럼
푸른 빛 어둠에 묻혔으면.

　　　　　　　　　　　　　　—「소망」

어쩐지

꿈 같은 현실인데

나도 있고 나비도 있어,

저만치 보라빛 무꽃에

날개 접던 하얀 나비,

어디로

훌쩍 날아가고

나만 외톨로 여기 있네.

—「현실에서」

　-50여 년 동안 쓰신 시가 셀 수 없이 많을 텐데 그 50년을 결산하기 위해서 내

셨다는 시집 『향기 남은 가을』에는 겨우 103편이 실려 있더군요.

　초정: 어느 시인은 시집을 30권이나 냈다고 합니다만 나는 도저히 그

걸 이해할 수 없어요. 나도 쓰기는 시집 30권 분량보다 더 많이 썼을 거

예요. 줄잡아 1천여 편은 될 겁니다. 이미 활자화된 것은 후회스러워도

어쩔 수 없는 일이지만 그냥 써 두었던 원고는 몸이 좀 나아진 뒤 모두

다 찢어 버렸어요. 아내와 함께 몇날 며칠을 두고 찢었는데 그 양이 엄

청나더군요. 결국 50여 년 동안 내가 쓴 시 가운데 좀 낫다고 생각되어

고른 것이 103편밖에 안 됐으니 1년에 2편도 제대로 된 작품을 못 쓴 꼴

이 되는 것이지요. 그동안 펴냈던 8권이나 되는 내 시집 중에서는 고작

해야 한 권에 2-3편씩 뽑았고 심지어 한 편도 못 건져 낸 시집도 있어

요. 나머지는 대부분 새로 쓴 것들이에요. 그렇지만 솔직하게 말해 103

편도 많아요. 책을 내려니까 그만큼이라도 뽑은 것이지 정말 마음에 드는 것은 여남은 편 안팎일 거예요. 너무 초라하지요. 내 시에 대해서는 다른 사람보다 내가 더 가혹합니다. 세상에 시는 넘치도록 흔한데 정작 제대로 된 시는 드물어요. 나는 그동안 제대로 된 시를 위해 우황(牛黃) 든 소처럼 앓아 왔지요. 그러나 거둔 것은 결국 쭉정이뿐입니다. 이 중에 한 편이라도, 아니 한 구절이라도 후일에 남을 수만 있다면 참으로 분외의 보람이 되겠지요.

─지금부터는 이야기의 방향을 좀 바꾸어서 선생님의 어린 시절 이야기를 듣고 싶습니다. 서예나 전각에도 일가를 이루고 계신 것을 보면 한문에도 능하신 것 같은데요. 어려서부터 한문을 배우셨나요.

초정: 나는 경남 충무 시 항남(港南)동에서 태어났어요. 6녀1남의 막내였지요. 일곱 살 때 향리의 화당(畵堂) 송호재(松瑚齋)에서 한문 수업을 받았어요. 그 뒤 계속 향리의 한학자이자 한의사로 글씨와 시에 능하셨던 진산(眞山) 이찬근(李瓚根) 선생, 그림·글씨·전각에 뛰어났던 완산(玩山) 김지옥(金址沃) 선생께 사사했습니다. 동향의 선배로서 친구의 형이었던 노제(蘆堤) 장춘식(張春植) 선생의 지도를 받은 것도 내 일생에 커다란 영향을 주었습니다. 장 선생은 당시 서울에서도 1급 인텔리로 꼽혔던 분이었는데, 연극·영화·미술·음악 등 예술 방면에 대해서는 모르는 것이 없었던 멋쟁이였지요.

15세 때 시 첫 활자화

─시는 언제 처음 쓰셨습니까.

초정: 1934년으로 기억됩니다. 충무에서 발행되던『금융 조합 연합회 신문』에서 동요를 공모했어요. 거기에 응모해서 당선됐지요. 그때 내 나이 15세였는데 그것으로 내 시가 처음 활자화된 것이에요. 그 이전에도 국민학교 교지에 동요가 실린 적이 있어요. 그건 등사한 것이었지만 말입니다. 그러나 내가 정식으로 문단에 등단한 것은 김용호(金容浩), 함윤수(咸允洙) 등과 함께 시지『맥』의 동인(同人)으로 작품을 발표했던 1937년 내 나이 18세 때였다고 생각하고 있지요. 바로 그 다음해에 문예지『문장』과『동아일보』에 시·시조·동요가 연이어 당선되거나 추천됐어요.

재미있는 이야기를 하나 해 드리지요. 16세 때였어요. 그때 진주에 정기환이라는 30대 중반의 지식인이 있었는데, 그분이 나를 진주로 초청했어요. 그때만 해도 내가 동필(童筆)로 알려져 신동 소리를 들으면서 귀염을 받았거든요. 난생처음 해 보는 나들이였지요. 진주에 갔더니 그 분이 퇴기의 집에 내 거처를 마련하고 성대한 환영 잔치를 열어 주었어요. 내 곁에는 내 또래의 동기(童妓)도 한 사람 앉혀 놓았더군요. 그 방에는 정씨에게 내가 전에 써 준 당시(唐詩) 족자 한 폭도 걸려 있었어요. 그곳에서 닷새를 지내는 동안 내 생일을 맞았는데, 그날 밤 휘황한 달빛 아래 벚꽃이 만발한 남강 둑을 그 동기와 함께 거닐었지요. 그 소녀를 생각하며 그날 밤 정경을 읊은 시가 내 첫 시집『초적(草笛)』에 실려 있습니다.

> 달빛에 지는 꽃은 밟기도 삼가론데
> 취(醉)하지 않은 몸이 걸음조차 비슬거려
> 이 한밤 풀피리처럼 그를 그려 울리어라.

아주 로맨틱한 이야기지요.

─그 무렵 이야기한 듯 싶은데 가람 이병기(李秉岐) 선생이 「청자부」를 보시고 나서 격찬하셨다면서요.

초정: "보면 깨끔하고 만지면 매출하고 / 신(神)거러운 손아귀에 한 줌 흙이 주물러져 / 천년 전 봄은 그대로 가시지도 않았네." 이렇게 첫 연(聯)이 시작되는 「청자부」는 18-19세 때 쓴 것인데, 이 시를 보신 가람 선생은 "글이 너무 절정에 올라가 있어 이런 글을 쓰면 단명한다"고 걱정하셨습니다.

윤이상(尹伊桑)과 함께 상경

─「향기 남은 가을」에 실린 연보(年譜)에는 1945년 2월 삼천포에서 윤이상(尹伊桑)과 함께 상경, 8·15해방 때까지 피신했다는 기록이 있던데요. 왜 서울로 피신하셨는지요.

초정: 1936년부터 39년까지 송맹수(宋孟秀)(옥사), 김기섭(金杞燮)(작고), 장응두(張應斗)(작고), 윤이상 등과 함께 나는 일경에 체포돼 세 차례나 옥고를 치렀어요. 그 뒤에도 불령선인(不逞鮮人)으로 낙인 찍혀 계속 감시를 받아왔지요. 그 무렵 다시 헌병대의 동태가 이상하게 느껴져 윤이상과 서울로 도망쳤어요. 당시 윤이상은 통영군의 촉탁으로 있다가 미곡 창고 서기로 삼천포에 와 있었지요. 증명서 하나 없이 우여곡절 끝에 서울에 올라와 화신 백화점 건너편 이규복이라는 충청도 노인이 경영하는 작은 도장포에 취직해 도장을 팠습니다. 그 노인이 공교롭게도 서대문 형무소 바로 옆에 살아 그 집에서 안심하고 출퇴근을 했어요. 등잔

밑이 어둡다잖아요. 윤이상은 등사 원지를 긁는 필경사로 생계를 이어갔지요. 그때 윤이상의 친한 친구 가운데 최상한이라는 지휘자가 있었는데 그는 6·25때 월북했어요. 그 사람 때문에 윤이상이 북한에 갔었을 거예요. 그때 나는 도장을 판 덕분으로 위창(葦滄) 오세창(吳世昌) 선생을 뵙는 행운을 얻었지요.

　－일찍부터 「청자부」, 「백자부」 등 우리 도자기를 소재로 한 시를 누구보다 많이 쓰셨습니다. 도자기를 소재로 한 시를 많이 쓰시게 된 특별한 이유라도 있는지요.

　초정: 어려서부터 백자, 청자가 그렇게 좋을 수 없었어요. 특별히 이유가 따로 있어서라기보다 괜히 좋았던 거예요. 어릴 때부터 시를 읽으며 시를 배운 것이 아니라 도자기에서 시를 배웠습니다. 그래서 뒤에 이가 빠진 항아리를 보면 내 이는 못해 넣어도 치과에 가서 순금으로 항아리 이빨을 해 넣었지요.

　－62년에는 직접 골동품 가게까지 차리셨다면서요.

　초정: 해방 후 부산, 마산 및 향리에서 중·고교 교사로 20여 년 동안 일했지요. 그러나 정작 도자기를 모으기 시작한 것은 부산에서 생활을 하면서부터였어요. 월급에서 조금 남으면 도자기 소품을 샀지요. 한때는 월급 세 달치를 몽땅 주고 다섯 마리의 박쥐가 그려진 화병을 하나 산 적도 있습니다. 서울로 이사한 뒤부터는 작은 분항아리를 모아들였어요. 백 몇십 개를 사 모았지요. 서울 시내의 것은 거의 사 모은 거예요. 처음에는 분항아리 하나를 점심 두 끼쯤 굶으면 살 수 있었는데, 그것조차 자꾸 비싸져서 안되겠더군요. 그래서 내가 가게를 내야만 살 수 있겠다고 생각한 것이지요. 그 가게는 도자기를 파는 가게가 아니라 사기 위한 가게였어요. 아자방(亞字房)이란 상호를 붙였지요. 누가 물건을 사러 오

면 화가 나고 팔러 오면 기분이 좋은 거예요. 그러니 그 가게가 되겠어요. 8년 남짓 꾸려가다가 물건도 잘 안 나오고 본래 장사를 하려고 한 것도 아니고 해서 집어치웠습니다.

 −시인은 원래 가난해야 제대로 시를 쓴다지만, 생활의 어려움을 어떻게 극복해 오셨습니까.

 초정: 내 생애에는 별다른 대가 없이 나를 도와 준 사람들이 더러 있어요. 내 첫 시집 『초적』(1947년 간) 속지에 이런 격언 같은 글을 써서 실어 놓았어요.

> 꿀벌이 꽃을 대하듯 책을 대하라
> 벌은 달고도 향기로운 꿀을 마시되
> 그 꿀은 조금도 상함이 없느니라

 이 글을 보고 감심한 한 도서관 관계자는 내 초라한 집에 찾아와 책상을 짜주고 난로와 전화도 놓아 주었어요. 그 글은 한때 부산 시립 도서관 도서 카드에 인쇄돼 있었지요. 10여 년 동안 매월 생활비를 대준 사람도 있고, 집을 한 채 사 준 친구도 있어요. 경남 여고에 있을 때는 너무 생활이 어려워 시집을 하나 냈더니 전교생이 1,600명인데 2,000권이 팔린 적도 있습니다. 그 돈으로 공짜로 얻은 집 값을 갚았지요. 생활에 쪼들려 내 놓기 싫은 백자 항아리를 팔려 했더니 돈만 내고 항아리는 내게 준 사람도 있습니다.

죽기 전 시 선집 출판

-물론 선생님의 시는 그렇지 않습니다만 자기만 이해할 수 있는 시를 쓰는 시인이 많다는 소리가 높은데 이 점에 대해서는 어떻게 생각하시는지요.

초정: 내 시도 어렵다는 사람이 많아요. 어떤 때는 평생을 문학에 종사해 오는 피천득(彼千得) 박사도 모르겠다고 하셔요. 그래서 늘 되도록이면 남이 쉽게 이해할 수 있도록 써야겠다고 생각하고 있습니다. 시가 격하되는 부득이한 경우가 아닌 한 되도록이면 쉽게 쓰자는 것이 나의 생각이에요. 근작 중에 「아침 소견(所見)」이란 것이 있어요.

제 무게
달지 못하는
푸른 산 푸른 이내

고요가
담장 안에
눈물처럼 고여서

이 아침
흰 달개비꽃
하늘 아래 저울 추.

이 시에서 "고요가 / 담장 안에 / 눈물처럼 고여서"는 애당초 "은연중 /

다녀갔는지 / 눈에 아득 밟히려니"라고 썼다가 알 만한 사람이 모르겠다고 해서 바꾼 것이지요.

―혹시 현실과 너무 동떨어진 시를 많이 쓰고 있다는 생각을 해 보신 적은 없으신가요.

초정: 내게 너무 현실을 모른다고 하는 이들도 있습니다. 그러나 꽃을 보는 것도 현실이고 아름다운 사람과 여행하는 것도 현실 아닙니까. 꼭 싸움만 하는 것이 현실인가요. 그렇다고 해서 헐벗고 굶주리는 이웃을 보고 나도 나 몰라 하지는 않습니다. 내 시에도 그런 것을 다룬 시가 많아요. 정치 권력의 횡포에 대항하는 시도 있어요. 박정희 대통령 때『동아일보』에 이런 칼럼을 쓴 적이 있어요. 병원에 갔더니 외과 의사들이 즐비하게 누워 있는 사람들의 쓸개를 떼어 내 양동이에 담아 내고 있더라는 꿈 이야기로 현실을 비꼰 것이지요. 당시 상당히 화제에 오르내렸으나 잡으러 오지는 않더군요. 그러나 분명한 것은 이와 비슷한 도전적인 얘기를 많이 썼지만 그런 글은 역시 '안 좋다'는 것입니다.

―반백 년 동안 시를 써오셨습니다. 지금 선생께서는 시란 어떤 것이라고 규정하시겠습니까.

초정: 나는 시가 무엇인가를 규명하기 위해 시를 씁니다. '시는 무엇이냐, 바로 인생(人生)이다,' '인생이 무엇이냐,' '내 존재가 무엇이냐,' '나는 어째서 있느냐,' 그런 것들을 알아내기 위해 시를 쓰고 있습니다.

―앞으로 꼭 이루시고 싶은 일은.

초정: 건강이 좋지 않아 얼마나 더 살까마는 77세 희수(喜壽) 때까지만 산다면 이번에 펴낸『향기 남은 가을』에서 좋은 시를 20편만 뽑고 그동안 새로 쓴 시에서 30-40편을 골라내 내 시의 정수 50-60편이 실린

시 선집을 다시 한 번 내고 싶습니다. 그리고 나서는 나의 시 「소망」에서 말한 것처럼 "갈 때는 / 한 점 반딧불처럼 / 푸른빛 어둠에 묻혔으면" 하는 것이 소망입니다.

시인 김상옥, 생애를 건 '한국의 미(美)' 탐험*

대담 · 정리: 이　청

아름다움을 아는 것과 사랑하는 것은 별개

　일생 우리 것에 집착해 우리 문화의 진수인 골동품 1천여 점을 수집한 시인 김상옥(金相沃)이 추구한 '한국 미(美)'의 실체는 무엇일까. 숟가락의 굽은 자태, 부처님 옷자락 주름의 미(美)를 극찬하는 노년(老年)의 시인은 "우리 것을 알려면 사랑을 해야 하고, 사랑을 하려면 직접 돈을 주고 사 봐야 하고, 더더욱 배를 주리며 산다면 더욱 깊은 사랑을 알게 될 것"이라고 말한다. 그는 "시인은 한 단어를 찾기 위해 일생을 추구해야 한다"며 미(美)의 극치는 압축에서 나온다는 말도 했다.

나는 왕이다

　'늙지 않는 시인' 초정(艸丁) 김상옥 씨(77)가 지난 해 연말 시 동인지 『맥(貘)』을 58년 만에 중창(重創)하여 한국 시의 참맛을 이어가겠다는 의

---

* 1996년 6월 『월간조선』 「인물 연구」. 대담자 이청 씨는 소설가.

욕을 불태우고 있다. 일제 후기인 1938년 자진 정간하여 모습을 감추었던 잡지 『맥』의 불씨를 58년 만에 다시 일구어 낸 김씨는 그 뜻을 "일제가 우리말과 글을 쓰지 못하게 탄압하던 그 시절보다 오늘날의 형편이 더 참담하다"는 한 마디로 표현한다. 한국 시(시조)가 문학과 대중의 관심권 밖으로 밀려나 한갓 문화적 유산이나 교과서의 장식용 정도로 명맥을 유지하고 있는 상황을 두고 하는 말이다.

사람들은 흔히 그를 '시조 시인'이라고 분류하여 부르고 있으나 김씨 자신은 이 같은 한정된 표현을 싫어한다. 굳이 현대시와 시조 사이에 높은 담벽을 쌓을 이유가 없다는 것 때문이다. 그는 우리 선조들이 만들어 낸 우수한 문학 장르로서의 시조를 현대시의 광활한 바다에 던져 넣어 '한국 시'의 큰 흐름을 만들어 나가고자 평생 한결같은 노력을 기울여 왔다.

우리 것에 대한 김씨의 집착과 사랑은 문학의 영역에 그치지 않았다. 그는 서예·그림·전각·도자기 등 전통 문화의 대부분 영역에서 아마추어의 수준을 일찌감치 벗어나 일가를 이룬 것으로 국내외에 정평이 나 있다. 그러한 솜씨들이 대부분 호사스러운 문화 취미에서 비롯된 것이 아니라 젊은 시절 '먹고 살기 위해' 도장도 새기고 글씨도 쓰고 그림도 그린 데서 비롯되었다는 점이 특이하다.

우리 것에 집착하다 보니 자연스럽게 그 사랑이 우리 문화의 진수인 골동품의 수집으로 향하게 되었다. 이 또한 60년대 초 서울로 올라와 골동품 가게 아자방(亞字房)을 운영한 것이 계기가 되긴 했으나 단순한 수집 취미를 벗어나 미치도록 열렬한 사랑으로 변하였다.

"우리나라에서도 호암(湖巖)이나 간송(澗松)과 같은 훌륭한 수집가들이 있어 문화재의 수집, 보존에 커다란 역할을 한 것은 사실이지요. 그러나 그들은 모두 부자들이었습니다. 가난한 문인 주제에 이만큼 많고 다양한 골동품을 수집, 소장하고 있는 사람은 국내에 없을 겁니다. 세계적으로도 그런 사람이 있다는 소리를 듣지 못했어요."

김씨는 겸손한 사람이지만 이 대목에 와서는 목소리가 달라진다. 그는 자신의 작은 아파트를 '왕국'이라 부른다. 도자기·전각·서화 등 수백 점의 예술품들이 숨쉬고 있는 그 작은 세계야말로 왕국이 아니고 무엇이겠느냐고 그는 반문한다. 그곳이 왕국이면 그 공간의 주인인 김씨는 당연히 제왕이다.

"나는 왕입니다."

그는 스스로 왕임을 선언했다.

제왕답게 김씨의 정신 세계는 준엄하고 견결하다. 자신이 청년 시절에 일제의 감옥에 들락거리면서도 기개를 꺾지 않았고, 해방 이후에도 어떤 권력과 현실에도 타협하지 않고 '왕답게' 살아왔다는 자부심이 있기 때문에 현실에 부대끼는 예술인들의 행위와 작품에 대한 그의 비판은 거침이 없다.

친구 윤이상(尹伊桑)의 죽음에 대한 생각

지난 해 11월 4일 음악가 윤이상(尹伊桑) 씨가 독일 베를린의 발트 병원에서 영면했다. 그로부터 열흘 뒤인 11월 14일 윤씨의 고향 경남 통영에서는 젊은 시절 함께 살았던 향인들이 모여 추도식을 거행했다. 추도위원장은 젊었을 때 함께 고통스러운 세월을 보낸 동향의 친구 김상옥 씨였다. 김씨와 윤씨는 친구라는 끈으로 묶지 않아도 닮은 점이 많다.

김씨가 스스로 왕임을 자처한다면 윤씨 또한 그에 못지않은 정신의 자유를 구가하며 평생을 살다 갔기 때문이다.

"윤이상은 김일성의 귀빈으로 북한을 드나들었으나 사실은 고향 통영과 애증을 동시에 심어 준 한국 땅을 죽을 때까지 그리워했던, 어쩔 수 없는 '통영 사람'이었지요. 세상을 뜨기 얼마 전에 한국에 와서 연주를 할 목적으로 일본에까지 왔으나 우리 정부가 끝내 받아주지 않자 배를 빌어 타고 현해탄을 건너와 공해상에서 멀리 통영 앞바다를 바라보고 되돌아갔어요.

내가 보기에 한 사람의 뛰어난 음악가를 나라 밖으로 내몰았던 것은 이 땅의 편협한 예술 풍토였고, 밖에 나가 있는 그를 '북의 사람'으로 만들어 간 것은 우리 정부 기관이었습니다. 윤이상이 국내에서 활약할 때 음악 평론가로 그 방면에 큰 영향력을 행사하고 있던 사람 하나가 '예술도 결과에 못지않게 과정이 중요하다' 하여 정규 대학을 나오지 못한 윤이상의 학벌을 들어 헐뜯은 겁니다. 그 바람에 자존심이 상해 유럽으로 간 거예요.

독일에 있던 그가 북한으로 들어가게 된 동기는 단순했어요. 역시 고향 사람으로 북한에서 음악가로 활약하고 있던 최상한(崔相漢)이라는 사람이 있었는데 그를 만나러 간 거지요. 김일성이 그를 극진하게 환대하고 이용한 것은 당연한 일이지요. 한 쪽에서는 내몰고 잡아가두는데 한 쪽에서는 이해하고 존경하고 환대하니 그런 사람을 끌어안는 것은 인지상정 아닙니까. 그러나 남북이 이념이나 군사적으로 대치하고 있는 상황 속에서 적을 끌어안는 모습이 한국인들과 정부 당국의 눈에 이상하게 비친 것도 당연한 일이었을 겁니다. 윤이상도 자신의 행동 일부에 대해 사과를 하고, 정부에서도 보다 큰 관용으로 지난 일을 백지화했다면 그가 죽기 전에 이념적 대립으로 생겨났던 우리 민족의 큰 상처 하나가 아물 뻔했습니다."

윤이상은 중학교라도 나왔지만 김씨는 일제 시대 보통학교 졸업이 학력의 전부다. 그 자신은 "서당에서 『소학(小學)』 서문을 끝낸 것이 학력의 전부"라고 했다. 가난 때문에 보통학교마저도 정상적으로 다니지 못했기 때문이었다. 윤이상이 뛰어난 음악가였음에도 불구하고 '과정이 중요하다'는 평론가들의 인신 공격에 심한 모멸감을 느끼고 조국을 떠나 끝내 돌아오지 못하고 비극적인 생애를 마치게 한 원인의 하나가 바로 그 '학력'이었다. 비슷한 처지인 김씨 역시 윤이상과 같은 외로움을 느끼지 않았을까. 문단과 예술계에서 따돌림을 받아오지 않았을까. 그것이 또한 그의 정신을 더욱 강건하고 비타협적인 쪽으로 몰아가지 않았을까. 이러한 작은 의문을 한 자락 깔고 지난 1월 중순 김씨를 그의 왕국인 서울 용산구 이태원동 언덕 위의 청화 아파트로 찾아가 만났다.

동인지를 58년 만에 재창간하는 이유

김씨는 『월간조선』이 신문사에서 발행하는 잡지라는 점이 마음에 들지 않았는지 신문에 대한 평소의 '감정'부터 털어놓았다.

"진리를 위해 목숨을 걸고 사는 우리가 종이 장사꾼들에게 빌붙어 사는 것이 심히 모욕스럽다"는 대답이 나왔다. 그는 일화 한 가지를 소개했다.

"지금은 작고했지만 국문학계의 원로이던 어떤 분은 신문사에서 해마다 실시하는 신춘 문예의 시조 부문 심사 위원으로 자신을 부르지 않았다고 신문사 간부들과 기자들에게 호통을 친 일이 있었어요. 그 바람에 젊은 기자들이 속으로 그를 몹시 멸시했다고 합니다. 자칭 대가를 이룬 문인들이 허명을 얻으려고 신문 언저리에 빌붙어 사는 것을 보면 한심한 생각이 듭니다."

이것은 자칭 대가라고 하는 유명 문인들의 행태에 대한 구역질이고, 다음은 신문 기자들에 대한 일갈이다.

"젊은 기자가 내게 와서 느닷없이 '도대체 시가 뭡니까' 그래요. '여보, 기자 양반! 대답할 수 없는 질문을 던져 놓고 내가 당황하기를 바랐느냐. 시가 뭐냐는 그 따위 질문에는 국민학교 2학년만 되면 누구나 정답을 말할 줄 안다. 또한 평생 시를 써 온 노인도 답하지 못하는 것이 바로 그 질문이다. 나도 그것을 알기 위해 아직도 노력하는 중이다. 그걸 질문이라고 하느냐' 그랬어요."

신문에 대한 김씨의 이 같은 생각은 학자·예술가들이 현실과 타협하고 현실에 '빌붙어' 살아서는 안 되며 현실을 끌어가는 정신적 향도의 역할을 해야 한다는 그의 강한 신념과 접속되어 있는 부분이다.

김씨는 많은 분야에서 대가를 이룬 특이한 예술가다. 그 많은 분야들 중에 무겁고 가벼운 것을 고르기는 어렵지만 굳이 먼저 된 것을 꼽자면 그는 역시 시인이다. 시인이므로 시에 관한 얘기부터 들어 보는 것이 순서일 것이다.

"58년 전에 사라졌던 잡지 『맥』을 재창간하셨는데 옛날의 『맥』은 어떤 잡지였습니까?"

"제법 많은 독자를 가지고 영향력이 큰 잡지였어요. 한성 도서 주식회사에서 인쇄를 하고 평양을 비롯하여 청진·포항·연길·용정 등 여러 곳에 지부를 두고 있었습니다. 한 마디로 '모국어로 쓴 글을 한국 사람이 사는 곳이라면 어디든지 퍼뜨려 읽히겠다'는 정신으로 만든 겁니다.

일본인들이 민족혼을 말살하려는 정책을 펴고 여기에 우리 문학인들이 맞장구를 치고 나팔을 부는 한심한 상황 속에서 우리말로 우리 혼을 담은 문학 잡지가 나왔다는 그 자체가 바로 애국 운동이었습니다. 정치 기사도 실었어요. 일본인들이 볼 때 잡지에 정치 기사를 싣는다는 자체가 '비밀 결사'로 비쳐졌지요. 결국 1938년 12월 자진 정간(통권4호 발간)의 형식으로 문을 닫고 말았지요."

시조의 운명

58년 만에 잡지를 속간하는 이유에 대해서는 시조를 국민 시가로 자리매김해야 한다는 신념 때문이라고 했다.

"시조가 별 거 아닙니다. 한국인들의 정서를 담기에 가장 적합한 그릇으로 일정한 가락과 틀을 갖춘 시가의 형태지요. 김소월이나, 김영랑·박목월·서정주 등 우리가 명작이라고 읊조리는 현대시들 중 대부분이 그 바탕은 시조에 두고 있지 않습니까. 예를 들어 목월(木月)의 초기 작품들은 그냥 그대로가 훌륭한 시조입니다. 다만 작품을 쓴 시인들 본인이 자신의 작품 바탕이 시조라는 사실을 모르고 있다는 사실이 큰 비극이지요."

결국 김씨는 오늘날 한국 시의 전통이 희미하게 사라지려고 하는 원인이 문학하는 사람들에게 있다고 했다. 그것도 자칭 타칭 대가라는 시인들이 일차적인 책임을 져야 한다고 했다. 지금도 각 문예지들이 시조를 게재하고 있기는 하다. 그리고 문단의 등용문인 신춘 문예에서도 시조 부문을 별도로 뽑는다. 그러나 그것은 어디까지나 요식적인 치레에 머물고 있을 뿐, 시조는 이미 한물간 옛날의 문학 형태라는 의식이 문인·독자·매체를 지배하고 있는 것이 현실이다.

학교에서 열심히 가르치고 있으나 입시 공부를 위한 고전 문학의 한 장르일 뿐 생활로서 창작을 지도하고 있는 교실은 없다. 그럴 만한 지침서도 없고 선생도 없다. 평론가들도 공공연하게 시조를 '케케묵은 유산'으로 보는 사람들이 많다고 그는 분개한다. 가장 한국적인 리듬을 담고 있는 시조는 바로 전통적 형식 때문에 잘하면 얼마든지 새로운 시어를 창조해 낼 수 있는 그릇이기도 하지만 잘못하면 구시대의 유물로 전락할 수도 있다.

"오래 전의 일인데, 음악가 금수현 씨가 문교부 편수관으로 있을 때였어요. 금수현 씨가 편지를 보내 왔어요. 중고등학교의 교과서에 실을 '시조 작법'에 관한 글을 써 달라는 것이었어요. 일본에는 단가(短歌)와 같은 국민시가 있어 현대시 못지않은 사랑을 받고 있는데 우리나라의 시조는 해방 후 우리말과 글을 마음대로 쓰게 되자 오히려 천대 받고 사라지는 기현상을 보이고 있다는 것이지요. 이를 바로잡기 위해 국어 교과서에 시조 짓는 법을 넣어 일선 학교에서 가르치도록 하겠다는 것이었습니다. 나는 거절했습니다. 교과서에 그런 글을 실어 봤자 국어 선생들이 낱말풀이나 가르칠 테니 무슨 소용 있겠는가, 그럼 어떻게 했으면 좋겠는가고 묻길래 '교과서에 그런 글을 싣기 전에 먼저 전국을 돌며 지역별로 중고등학교 국어 선생들을 모아 놓고 시조에 대한 강연을 개최하여 실질적인 교육을 위한 준비부터 해야 한다'고 했지요. 그렇게 할 테니 먼저 글부터 써 달라, 그래 할 수 없이 글을 써 줬더니 교과서에 실렸어요. 그러나 결과는 예상했던 대로 낱말풀이에 그치고 시조를 한국 시의 원류이자 국민 시가라는 관점에서 창작하고 감상할 수 있도록 산 교육을 시키는 학교는 없었지요. 교사들에 대한 재교육 계획은 금수현 씨가 자리에서 물러나면서 흐지부지 무산되고 말았어요."

한국 시의 참맛

문교부의 힘으로도 국민 시가로서의 시조 문학을 정착시키는 데는 한계가 있다는 것을 실감한 김씨는 '내 스스로 최선을 다하는 길뿐'이라는 사실을 깨닫는다. 문학은 정부 등 외부적인 작용이 없는 것보다는 있는 게 낫지만 역시 한 위대한 시인의 출현이 어느 장르의 진흥을 가져오는 가장 직접적이고 확실한 계기가 되기 때문이다. 김씨에게 욕심이 있다면 자신과 같은 뜻을 지닌 사람들이 더 많이 늘어나기를 기대하는 것이다. 『맥』의 재창간은 그 같은 기대를 불러일으키고 충족시키기 위해 만든 작은 마당인 셈이다.

김씨는 한국 시의 특징 중 하나로 '고도로 절제된 언어와 감성'을 든다. 그렇다면 서양 문학의 형식을 빌어온 현대시는 어떠한가. 이 물음에 그는 엉뚱하게 옛 이야기 한 토막을 내놓는다. '해평 열녀비(海坪烈女碑)'의 전설 같은 이야기가 그것이다.

언제쯤인가. 통영의 해평 땅 갯마을에 어디서 굴러왔는지 이름도 성도 모르는 남녀 한 쌍이 와서 살았다. 아내는 일을 하고 남편은 뱃일을 하여 비록 가난하지만 행복하게 살았다. 어느 바람 불고 파도가 높던 날 뱃일 나간 남편이 돌아오지 않았다. 함께 뱃일 나갔던 다른 선원들이 돌아와 남편의 죽음을 알렸다. 풍랑에 휩쓸려 수중 고혼이 되고 말았다는 것이었다. 아내는 그 선원들과 함께 망망 대해로 나가 남편이 파도에 휩쓸렸던 자리를 확인하고 말릴 사이도 없이 물 속을 뛰어들었다. 남편의 뒤를 따른 것이었다. 그로부터 사흘 뒤 같은 해역에서 두 구의 시체가 떠올랐다. 여인이 먼저 죽은 남편의 허리를 꽉 부여잡은 채 한 몸이 되어 있었다. 김상옥 씨가 열두 살이던 65년 전의 일이었다.

세상에 그럴 수도 있는 것인가. 하늘과 바다도 가로막지 못한 한 아낙의 열렬한 사랑에 감동한 통영의 선비들이 정재를 모아 바닷가에 열녀비를 세우고 돌에다 글귀 하나를 새겼으니 그 내용이 이렇다.

'만고창해 일편단심(萬古滄海 一片丹心)'

"상식으로는 납득할 수도 없는 기적 같은 일이 실제로 있었던 겁니다. 그 애절하고도 깊은 사랑을 세상의 어떤 언어가 '만고창해 일편단심(萬古滄海 一片丹心)'이라는 이 한 마디보다 더 절절하게 표현할 수 있었겠습니까. 이것이 시라는 것이에요. 여기에 비하면 현대 시라는 것은 아무것도 아니지요. 시는 말을 아끼는 데서 묘미가 나는 것인데 요즘의 시들은 말을 너무 헤프게 써요."

김씨가 '진정한 시'라고 감탄해 마지않는 그 글귀는 한자어가 지닌 함축미를 빼버리면 남는 것이 없다. '우리 것'을 사랑하는 그가 중국의 한자어에 대해서는 어떤 생각을 가지고 있는 것일까.

"한국과 일본이 사용하고 있는 한자 및 한자어는 중국의 그것이 아니라 한국어, 일본어화한 문자요, 말입니다. 이천 년 가깝도록 사용하며 그 틀 속에서 정신을 갈고 닦아온 민족에게 그 문자는 아무리 외래 문자일지라도 자신의 것으로 육화되어 있지요. 그런 의미에서 한자 폐지론은 뭘 몰라도 너무 모르는 발상이었지요. 한자가 어려워 민주주의 시대에 맞지 않는다는 주장도 있으나 그에 대해서는 버트런드 러셀이 '나의 지성과 판단력은 대중 일천 명의 그것과 같다'고 한 말이 대답을 줄 겁니다. 민주주의라는 이름으로 자행되는 다수결 원칙의 함정을 간파한 얘깁니다. 한자가 철폐되었다면 인간 정신은 '장엄한 낙조'를 맞이했을 것입니다." 적극적인 한자 옹호론이다.

흔히 김씨를 '언어의 구도자'로 부른다. 그만큼 언어를 갈고 닦는 그의 정신 자세가 진지하다는 얘기일 것이다. 그러나 동양에서는 일찍이 언어 그 자체의 한계에 대한 반성과 회의가 있어 왔고, 불교·노장 사상이 모두 같은 맥락 위에 서 있다. 언어를 갈고 닦는 데 평생을 바쳐온 그는 언어의 한계를 어떻게 인식하고 있는 것일까.

"사물, 즉 대상을 가장 정확하게 지칭하는 언어, 그리고 시에서 가장 정확한 표현은 하나뿐입니다. 세상에 아무리 많은 말이 있어도 꼭 그 자리에 들어가야 할 말은 한 마디뿐이라는 얘기지요. 무서운 일 아닙니까. 그것을 찾아내는 것이 시인의 일입니다. 이쯤 되면 시인은 마술사가 아니라 구도자가 돼야지요.

이것을 좀더 근본적인 곳으로 접근해 보면 이 세상의 모든 언어, 즉 '그 한 마디'조차도 끊어진 경지에 이르게 되니 동양 사상에서 말하는 도(道)가 곧 그것입니다. 서양 종교에서는 '내 말이 길이요, 진리요, 생명이니라' 했지만 노자(老子)는 『도덕경(道德經)』에서 '도를 도라 하면 도가 아니다'고 했습니다. 시가 궁극적으로 가고자 하는 경지도 그런 곳입니

다. 거기에 비하면 한국의 어느 시인이 말한 '무의미의 의미'니 하는 것
들은 언어의 장난 수준이라 할 수 있습니다."

언어를 갈고 닦는 시인의 자세는 골동품을 대할 때도 마찬가지로 재현
된다. 그의 책상 위에는 크고 작은 골동품 벼루들이 많다. 벼루를 덮고
있는 뚜껑들은 모두 김씨 자신이 나무를 깎아서 만든 것들이다. 그 나무
를 얼마나 갈고 닦았는지 이 세상에 이런 빛과 촉감을 지닌 나무가 과연
있을까 의심이 갈 정도였다.

"정말 혼신을 다하여 탁마하면 보석 안 되는 것이 없어요. 요즘 우울
해서 잠이 안 올 때가 많은데 그때마다 뭐든지 닦습니다. 나무도 한없이
닦으면 광택이 납니다. 이 벼루 뚜껑을 보세요. 이게 보석입니다."

나무가 보석이 되듯이 언어를 갈고 닦으면 시가 된다. 그러나 그냥 갈
고 닦기만 한다고 다 좋은 작품이 되는 것은 아니다.

문인과 애국반 반장은 다르다

김씨에게 문학 창작은 그 자체가 곧 나라 사랑이다. 모국어로 글을 쓴
다는 것은 모국을 사랑하는 혼을 담는다는 의미를 갖고 있기 때문이다.
한국의 현대 문학은 파란 많고 암울했던 한국의 현대사 위에서 생성되었
다. 이 시기에 문학인들은 때로는 지조 높게 나라와 민족, 그리고 정의
의 편에 서서 문학 활동을 하고 때로는 변절하고 타협하여 국민·독자들
에게 적지 않은 부정적인 영향을 주기도 했다.

김씨는 문학 작품의 형식적인 아름다움에 못지않게 그 속에 담긴 정
신, 그리고 작가의 지조와 신념을 더욱 중요시하는 사람이다. 그 때문에

많은 훌륭한 작가·시인들이 그의 비판의 도마에 오르면 사정없이 난도 질을 당한다. 춘원(春園)과 목월(木月), 그리고 미당(未堂)은 그 대표적인 인물들이다. 먼저 생존 문인 중 한국 문학의 대표적인 존재인 미당의 젊었을 적 실수에 대한 그의 생각은 이렇다.

"일제 말기 미당은 「마쓰모도 고오쬬를 조상(弔喪)한다」는 조시(弔詩)를 썼습니다. 천황 폐하를 위해 산화한 일본 군인의 용기를 기린 글입니다. 뒷날 그 사실이 밝혀지자 미당은 『조선일보』에 자신이 옛날에 한 일이 '잘못된 일이었다'고 사과의 글을 썼습니다. 일제 때 한 일은 물론 잘못한 일이었지만 뒤늦게나마 솔직하게 사과한 것은 아주 잘한 일이었습니다. 일제 시대를 살아보지 않은 요즘 젊은 사람들이야 속 편하게 '훼절'이니 뭐니 하고 그때의 지식인들을 매도하지만 그 시대를 살았던 사람들 중 당시 우리 민족이 해방되고 독립 국가를 세울 날이 오리라고 믿었던 사람들은 거의 없었지요.

김구(金九) 선생도 '일정 때 우리나라의 독립을 믿었던 사람은 단 한 사람도 없었다'고 술회한 적이 있습니다. 그런데도 왜 독립 운동을 하고 일제의 감옥에서 처형되어야만 했는가. 그런데도 왜 나라를 사랑하고 민족을 사랑하는 글을 써야만 했는가. 그것은 지식인·문화 예술인의 양심이자 이상이며, 의무이자 당위이기 때문이었습니다.

의식이 없는 촌부나 '애국반' 반장 정도의 감투를 쓰고 살았던 사람이라면 가미가제를 찬양하거나 천황 폐하를 위해 만세를 부르거나 상관이 없습니다. 그러나 한 나라의 언어를 관장하는 대시인쯤 되면 비록 영원히 독립이 안 되더라도, 차라리 붓을 꺾는 한이 있더라도 그런 글을 써서는 안 되지요. 그러나 미당은 자신의 솔직한 사과를 통해 씻김을 받았습니다. 미당은 워낙 시를 잘 쓰니 사형에 준하는 죄를 짓더라도 한 번쯤은 용서해야 할 사람입니다. 그는 민족의 불행을 씻어 줄 큰 무당이기 때문이지요. 그런 사람이 젊을 때 잘못 생각하여 일을 저질렀으나 사과를 했으니 대시인의 풍모를 보인 겁니다.”

이승만(李承晚)을 대통령으로 생각해 본 적 없어

그러나 춘원과 이승만에게 이르면 김씨는 단호하다.

“나는 지금도 춘원(春園)과 이승만(李承晚)에게는 ‘선생’이니 ‘대통령’이니 하는 호칭을 붙이지 않습니다. 어느 사회에서나 인텔리들은 계산이 빠르고 처신이 가볍지만 한국의 인텔리들, 고난에 찬 현대사 속에서 살아온 한국의 인텔리들은 그래서는 안되지요. 춘원이 저지른 일은 범죄의 질로 볼 때 ‘아무것도 아닌 일’로 치부할 수도 있는, 가벼운 것이었습니다. 그러나 그의 행위가 가져온 파급 효과는 애국반 반장 전체의 친일 행위보다 더 컸습니다. 그 점이 중요합니다. 그런데도 해방 후 반민 특위에서 그는 솔직한 사과는 하지 않고 끝까지 변명을 하여 그 장황한 내용을 한 권의 책으로 남길 정도였습니다. 가소로운 일이지요.

이승만이 한 일은 더욱 용서하지 못할 일입니다. 건국 후 어느 날 내가 고향 통영의 다방에 있었더니 그곳에 신임 경상남도 경찰 국장 이(李)아무개가 초도 순시차 통영에 왔다가 부하들을 데리고 다방에 들어와요. 그 얼굴을 보고 놀랐습니다. 몇 년 전 일제 시대 때 나를 비롯한 동료들을 경찰에 잡아다 투옥시키고 모진 고문을 했던 바로 그 자였습니다.

나는 벌떡 일어나 ‘저 놈이 누구냐. 네 이노옴-!’ 소리를 지르며 의자를 번쩍 들어 던지려고 하니 다방 주인이 와서 나를 주방 안으로 밀어 넣어 붙드는 사이에 그 자는 혼비백산하여 도망을 가서는 초도 순시고 뭐고 다 때려 치우고 부산으로 가 버렸어요. 이건 하나의 작은 예에 불과합니다만 개인적으로 나를 고문한 일제의 주구를 경찰 국장으로 앉힌 대통령을 나는 단 한 번도 대통령으로 생각해 본 일이 없습니다."

김영삼(金泳三) 대통령의 '역사 바로 세우기'와 일련의 개혁 작업을 어떻게 생각하느냐는 물음에 김씨는 긍정적이었다.

"절차와 방법을 놓고 시비가 있는 것은 사실이지만 기본적인 방향과 발상, 대통령으로서 무엇을 먼저 하고 무엇을 나중에 하겠다는 정책 우선 순위의 결정 면에서 김 대통령은 대체로 잘하고 있다고 봅니다. 그중 일부 이승만이 진작 했어야 할 일까지 지금 하고 있으니 국가 경영의 다른 부문에 약간의 희생과 아픔이 있을 수 있을 것입니다."

문학인의 역사에 대한 책임을 강조하는 김씨의 성향으로 보아 현실 개조를 위해 문학이 어떤 역할을 해야 할 것인가 하는 문제에 대해서도 깊은 생각을 가지고 있음직하다. 그것은 좁게는 참여 문학에 대한 소견으로 함축될 수 있다. 그러나 김씨는 참여 문학·참여 시라는 말 자체에 고개를 흔든다.

"현실과 영원을 꿰뚫어보고 사무치고자 하는 인간의 높은 욕구에 봉사하는 간절한 진실, 이것이 시의 본령일진대 달리 참여와 순수가 어느 경계에서 갈라진다는 말입니까. 구분 자체가 의미가 없으므로 애당초 참여 시라는 것은 존재하지도 않습니다. 존재한다면 선동 구호나 노래 가사 같은 역할을 하는 것들이겠지요."

골동품에 대한 사랑

해방 후 부산·통영·삼천포·마산 등지에서 학교 선생을 하던 김상옥 씨는 1963년 상경, 인사동에서 아자방(亞字房)이라는 이름의 골동품 가게를 운영한다. 물론 먹고 살기 위해 선택한 장사다. 그러나 그는 여기서 돈을 버는 것보다 더 큰 이익을 남기는 장사를 한다거나 팔기 위해 수집하는 것이 아니라, 자신이 소장하기 위해 수집하는 이상한 장사를 시작한 것이었다.

물론 먹고살아야 하니까 팔기도 하고 사기도 했다. 그러나 정작 탐나는 물건이 있으면 살고 있는 집을 저당 잡혀서라도 반드시 물건을 손에 넣었고, 그러한 물건은 다시는 다른 사람의 손으로 넘어가지 않았다. 이렇게 하여 김씨가 소장하고 있는 골동품의 수는 도자기·전각·서화 등 여러 부문에 걸쳐 일천여 점이 넘는 것으로 알려져 있다.

재벌이나 전문 수집상이 아닌, 한 가난한 시인의 그것으로는 누구도 흉내내기 어려운 일을 해낸 셈이다.

바로 그 골동품들은 그의 집 구석구석에 자리잡고 앉아 왕국을 이루고 있다. 왕국의 주인 김씨는 골동품 하나하나가 지닌 고유한 가치에다 문학적인 상상력과 독특한 미학의 옷을 입혀 살아서 숨을 쉬는 생명체로 만들어 놓는다. 그가 주장하는 미학의 기본은 '사랑'이다. 미에 대한 인식도 중요하다. 인식이 사랑을 낳기도 한다. 그러나 보다 궁극적인 것은 사랑이다. 그의 미학은 사랑이 인식에 앞서는 근원적인 가치를 지닌다.

이 같은 미학을 바탕으로 연적 하나마다, 진사백자 하나마다, 그리고 전각 하나마다 풀어 놓는 그의 사랑의 이야기는 끝이 없다. 이 예술품에 대한 김씨의 한없는 사랑을 이해하려면 아무래도 그의 살아온 궤적을 간단하게나마 짚어보는 것이 도움이 될 것 같다. 김씨 같은 사람에게는 삶이 곧 그 무엇에 대한 끝없는 사랑이니까.

'괴탁'과 '군자 취임식'

시인 김상옥 씨는 1920년 경남(慶南) 충무시(忠武市) 항남동(港南洞)에서 부친 김덕홍(金德洪) 씨와 모친 진수아(陳壽牙) 씨 사이에 6녀 1남의 막내로 태어났다. 딸 여섯에 외아들로 태어났으니 태어난 환경부터가 그를 '왕'으로 만들기에 충분했다. 부모와 여섯 누이들은 외아들 하나를 위해 모든 희생을 할 준비가 되어 있었다. 그의 거침없는 성격, 불의다 싶으면 어떤 타협도 거절하는 외고집은 이런 환경 속에서 만들어진 것이었다.

이런 조건 속에서 가정이 부유하거나 중류 정도로 사는 데 걱정만 없었더라면 이 외아들의 일생은 실패작으로 끝날 수도 있었을 것이다. 그러나 가난이 이 '제왕'을 단련시켰고, 그 가난을 헤쳐 나오는 과정에서 그는 더욱 굳고 강해질 수 있었다. '가난이 학교'라는 말은 어떤 인생의 경우에는 진실이다.

부친 기호(箕湖) 김덕홍은 선비였다. 벼슬도 없고 땅뙈기도 없는 선비 김덕홍이 생계를 유지하기 위해 선택한 수단은 갓을 만드는 일이었다. 통영갓은 전국적으로 유명하다. 그 중에서도 김덕홍이 만드는 갓은 격이 높아, 철종(哲宗) 임금의 국상 때 사용한 백립(白笠)은 김덕홍의 집에서 만든 것이 가장 많았다. 통영갓방 중 '선창골 갓집'이라면 김씨의 부친이 하던 갓집을 지칭하는 말이었다.

그래도 가난했다. 갓을 양산하는 것이 아니고 정성을 다하여 조금씩 만들어 내므로 그 수가 대단치 못했다. 그런 판에 김덕홍이 병석에 눕자 집안은 하루아침에 영락했다. 김씨가 여덟 살 되던 1927년 부친은 세상을 떴다.

가난하거나 말거나 집안에서 자존자대, 오만불손으로 군림해 오던 그는 부친이 세상을 뜨기 한 해 전인 1926년 한문 서당인 송호재(松湖齋)에 들어갔다. 서당 학동들 중 그가 가장 어렸다. 어렸으나 시험만 치면 '괴(魁)'를 도맡아 차지했다. 괴란 무리들 중에서 으뜸이라는 뜻이다. 서당에서는 하나의 강(講)이 끝나면 시험을 보았는데 괴를 한 사람은 '괴턱'을 내야 했다. 괴턱은 떡을 하고 술을 빚어 훈장과 학동들을 대접하는 축제였다. 많은 자식들을 데리고 생계를 이어가기에도 힘이 들었던 모친 진씨는 아들의 괴턱을 감당하기 위해 가락지를 잡히기도 했다. 사정이 이랬으므로 김상옥은 괴를 하지 않으려고 일부러 애를 썼으나 그래도 괴는 그의 차지였다. 겨우 『소학』 서문을 떼고 서당을 그만둔 것은 괴턱을 감당하기 어려웠던 것도 이유 중의 하나였다.

서당을 그만두게 된 결정적인 이유는 '군자 취임식'이라는 별난 의식 때문이었다.

서당 송호재 뜰에는 앵두나무 한 그루가 있었는데 발갛게 익은 앵두가 학동들의 군침을 삼키게 했다. 훈장은 앵두를 함부로 따먹는 행위를 엄금했다. 앵두는 비록 한 그릇이라도 큰 섬(그릇)에 따서 담아야 이듬해 더 많이 열린다는 것, 따서는 성주신과 서고 앞에서 천명한 후 골고루 나눠 먹어야 한다는 이유 때문이었다.

어느 날 훈장이 잠시 출타한 틈을 타서 학동들 중 머리 큰 아이들이 앵두를 따 먹을 궁리를 했다. 자신들이 따먹으면 훈장의 날벼락을 맞을 게 뻔하니 제일 나이가 어리고 공부도 잘해 훈장의 귀여움을 독차지하고 있던 김상옥에게 앞장서서 앵두를 따도록 부추겼다. 김상옥은 그렇지 않아도 따먹고 싶던 참이라 용감하게 앞장을 섰다. 기왕 딸 바에는 많이 따서 골고루 나눠 먹었다.

훈장이 돌아와 처참해진 앵두나무를 보고 크게 분노했다. 범인을 추궁하자 아무도 나오지 않았다. 한참 만에 어린 김상옥이 스스로 나섰다. 그러나 훈장은 이 일의 전말을 보지 않고도 꿰뚫어 알고 있었다.

"하고도 안 했다고 발을 빼는 놈은 도적이다. 그러나 여럿을 위해 안 하고도 했다고 나서는 놈은 군자(君子)다. 상옥이는 비록 어리나 군자의 도리를 행했으므로 이 후부터 상옥이를 김군자(金君子)라 불러라."

훈장은 서고 앞에 '군자'를 좌정시키고 다른 학동들은 마당에 무릎을 꿇리고 세 번 읍하게 하는 등의 '군자 취임식'을 거행했다. 그 후 아이들은 김상옥을 '김군자'라 부르기 시작했는데, 어떤 아이는 훈장이 두려워 억지로 부르고, 어떤 아이는 그를 놀리느라고 일부러 불러댔다. 이 소리를 듣는 것이 여간 괴로운 일이 아니었다. 그렇지 않아도 '괴팍' 때문에 다니기가 괴롭던 서당을 '군자' 때문에 아예 그만두고 말았다.

그 무렵 부친이 세상을 떴다. 모친 진씨는 고구마도 삶아 팔고 풀도 쑤어 팔아 1-2전씩 벌어 생계를 꾸려 나갔다. 학교 월사금을 못내 집으로 쫓겨가는 날에는 집에까지 갈 것도 없이 도중에 있는 산에 올라 시간을 보냈다. 보통학교 2학년 때, 월사금을 못내 집으로 쫓겨 가다가 산으로 올라간 그는 문득 시 한 편을 흥얼거렸다.

'장골산, 달롱개산 피비 뽑으러 가자'

이런 내용의 동시였는데, 이 시는 해방 직후 친구 윤이상이 곡을 붙여 통영에 한때 유행하는 노래가 되었다. 그것 말고도 김상옥이 시를 쓰고 윤이상이 곡을 붙여 알게 모르게 유행한 노래들이 아주 많다.

소년기에서 사춘기에 이르는 기간 그의 꿈에 자주 나타나는 장면은 이런 것이었다. 꿈속에 어딘가로 지향 없이 간다. 문득 발 아래 백동전 한 닢이 떨어져 있어 줍는다. 또 다른 백동전이 솟는다. 주워도 주워도 한없이 백동전이 솟아나 나중에는 온몸이 동전에 파묻힌다. 숨이 막혀 죽을 것 같은데도 동전은 계속 솟는다. 그러다가 깨어나면 허망하기 그지없다. 이런 꿈을 계속 꾸다가 정신분열증 증세를 일으켜 뒷날 신경정신과 병원에 여러 번 신세를 지기도 했다.

어린 인쇄공의 열망

보통학교를 어렵게 졸업한 김상옥 씨는 통영에 있는 남강 인쇄소에 취직한다. 처음에는 견습공으로 들어가 3개월의 견습을 마친 뒤 월급 3원의 정식 직공이 됐다. 지방 소읍의 소규모 인쇄소였기 때문에 처음에는 해판 작업만 하다가 차츰 혼자서 북치고 장구치는 식으로 해판·문선·조판·기계(인쇄)·제본의 전 과정을 혼자서 도맡아 해야 했다. 때로는 납독이 올라 손발이 붓기도 했고, 걸핏하면 밤을 새우는 강행군·중노동이었다.

그러나 어떤 사람에게는 단순한 중노동의 현장인 곳도 어떤 사람에게는 자기 발전의 도약대가 될 수 있다. 인쇄소의 일은 고달팠으나 그래도 '활자'를 만지는 곳이었다. 활자는, 그 자체는 납덩어리에 지나지 않으나 활용하면 문화의 매개체가 된다. 보통학교 시절부터 시를 짓고 상상력을 키워 오던 김상옥 씨는 인쇄공으로 일하면서부터 틈틈이 통영 지방의 문화계 인사들과 직접, 간접으로 깊은 인연을 맺게 된다. 이찬근(李瓚根)·김지옥(金址沃)·장춘식(張春植) 씨 등이 그들이었다.

통영·진해·삼천포·마산 등 서부 경남의 해안 지역 도시에는 장차 이 땅의 문화계에서 큰 역할을 수행하게 될 인물들이 일제하의 암울한 터널 속에서 꿈을 키워가고 있었다. 윤이상은 김씨보다 나이가 조금 위였으나 절친한 친구였고, 시인 김춘수(金春洙) 씨는 같은 또래의 친구였다. 청마(青馬) 유치환(柳致環) 씨도 진해에서 활약하고 있었다. 조연현(趙演鉉)과는 동갑내기였다.

"당시 조연현은 서울에서 중학교를 다니고 있었는데, 여름 방학 때 통영의 고모집으로 내려왔어요. 조연현의 고모 아들과 내가 친했거든. 그때 나는 인쇄소 문선공이었지요. 우리는 시 동인지 『아(芽)』를 등사판으로 만들어 냈습니다. 등사판으로 긁어 만든 보잘것없는 것이었으나 조연현과 나의 문학 수업 초기의 객기가 살아 있는 책이었습니다. 나는 거기에 「무궁화」라는 제목의 국수주의적이고 민족주의적인 시를 실었는데 때가 일제 시대인 만큼 장차 고생할 터를 일찌감치 닦은 셈이지요.

조연현과는 이처럼 인연이 깊었으나 어쩐지 의기투합하지는 못했어요. 그는 그때부터 벌써 보스 기질이 있었고, 나는 그런 것을 싫어했으니……."

이미 시를 통해 '알 수 없는 그 무엇에 대한 사랑'을 앓기 시작한 김씨는 사랑의 대상을 시에 국한하기에는 너무 큰 욕망을 가지고 있었다. 그는 그림과 글씨·전각 등 주로 '우리 것'에 빠져들어 깊이 몰두해 갔다.

그러는 한편으로 인쇄소 일을 그만두고 남원서점(南苑書店)이라는 책방을 냈다. 작은 규모이기는 하지만 '직공'에서 '주인'이 된 것이다. 그는 남들처럼 중학교·대학교를 다니지는 못했지만 이처럼 활자 및 책과 인연을 맺으면서 '문화'에 대한 갈증을 충족시켜 나갔다. 이 서점에서 홍명희의『임꺽정전』을 단기간에 20질이나 팔았다는 것이 김씨의 자랑이다. 통영과 같은 작은 도시에서 한 질 4-5권의 책을 단기간에 20질을 팔기는 그때로선 무척 어려운 일이었다.

1934년 15세 때 금융 조합 연합회 기관지에 동시 한 편이 당선되고, 마침내 그는 1939년『문장』지에 시「봉선화」가,『동아일보』에 시조「낙엽」이 각각 추천 또는 당선되어 문인으로서 중앙 문단에 데뷔했다. 19세 때의 일이었다.

그러나 세월은 김상옥 씨로 하여금 책방이나 경영하면서 벽초 홍명희나 호암 문일평의 책을 파는 재미에 빠지게 한다든지, 여가를 내어 시를 쓰고 그림을 그리고 글씨를 쓰며 전각의 세계에 탐닉하며 편하게 살도록 내버려 두지는 않았다. 그는 이미 통영 지방 문화계의 중요한 인물이 되어 있었고 경찰은 그를 요시찰 인물의 명단에 올려놓고 감시의 눈길을 보내고 있었다.

무슨 일만 터지면 예비 검색 대상이 되어 걸핏하면 경찰에 붙들려 가 고문을 당하고 짧게는 1주일, 길게는 6개월에 이르기까지 감옥살이를 무려 세 번이나 되풀이했다. 거듭되는 감옥살이와 고문으로 그의 몸은 만신창이가 됐고 평생 후유증에 시달려야 했다.

그의 죄목은 조선어로 글을 쓰는 문인이라는 것, 작품의 세계가 민족주의적이라는 데 있었다. 이 무렵 윤이상은 미창(조선 미곡 창고 주식회사, 대한 통운의 전신)에 고원(顧員)으로 근무하고 있었는데, 김씨와 함께 잡혀 들어가 옥고를 치렀다.

삼천포 탈출

1942년, 예비 검색이 더욱 강화되자 이를 피하기 위해 김씨는 모친 진씨와 함께 가까운 삼천포로 몰래 피신, 방 하나를 얻어 숨어 사는 신세가 됐다. 처음에는 진씨가 길거리에서 군밤을 팔아 생계를 이어 나갔다. 김씨는 자신이 돈벌이를 할 방법이 없을까 궁리하다가 작은 도장포를 냈다. 그림을 그리거나 글씨를 써서 낙관할 인장을 스스로 새겨 본 경험이 있어 그 재주를 이용키로 한 것이었다.

그 무렵 삼천포 시장은 서예에 능한 산하정도(山下正道)라는 사람으로 당시 총독부 정무 총감의 국민학교 스승이었다. 이 사람이 장서인(藏書印)을 새겨 오라고 직원을 시켰다. 장서인은 금석기(金石氣)로 새겨야 한다. 재료는 나무지만 금석기가 돌도록 정성을 다하여 새겨 주었다. 도장을 본 시장이 미지의 땅에서 지우를 만난 듯 반가운 마음에 도장 새긴 사람을 불렀다.

"당신이 이 도장을 새겼소? 어디서 이런 재주를 얻었습니까?"

"전부터 금석학에 관심을 둔 일이 있습니다."

삼천포와 같은 작은 도시에서 '금석학'이라는 말이 나온 것 자체가 일본인 서예가에게는 신기하고 반가운 일이었다. 금방 친구가 되었다.

"뭐 어려운 일이 없습니까."

시장은 조선인 청년을 위해 자신의 권력을 사용하고 싶어했다.

"마음 놓고 도장을 새겨 생계를 유지하고 싶습니다. 본적을 통영에서 삼천포로 옮길 수 있도록 도와 주십시오."

당장 부탁을 들어 주었다. 인판사(印版社) 허가가 정식으로 나왔다. 윤이상도 삼천포로 와서 김씨의 집에서 함께 살다가 얼마 후 따로 하숙을 정해 살았다. 일제 시대의 검은 구름 밑에서 청년기를 보내면서 두 사람은 음악과 문학으로 방향은 달랐지만 함께 호흡을 하며 살았다. 감옥도 함께 가고 도피 생활도 함께 했다.

1942년 겨울 김씨는 김정자(金貞子) 씨와 결혼하여 2인 3각의 새로운 삶을 시작했다. 그러나 그 삶은 늘 불안하고 위험했다. 2차 대전이 막바지에 이르면서 일본 경찰의 감시와 탄압은 극에 달했다. 경남 남해 출신의 박(朴) 형사라는 사람이 있었다. 이 사람이 자주 도장 가게에 드나들면서 '정보를 제공하라'고 협박·회유했다. 일본 경찰의 첩자가 되라는 말이었다.

김씨와 친한 사람으로 사천 출신의 우마차 조합의 서기 김 아무개라는 사람이 있었다. 이 사람이 경리 부정이라는 죄목으로 헌병대에 끌려갔다. 평소 김 서기가 도장 가게에 자주 드나들었고, 윤이상과 세 사람이 의기 투합하여 독립 운동과 임시 정부 얘기를 주로 나누며 울분을 달래왔으므로 김 서기의 체포가 곧 자신들을 잡아 가두려는 전주곡임을 느낄 수 있었다.

"듣고 보니 그렇다. 당장 몸을 피하는 것이 상책이다."

윤이상도 동의했다. 먼저 김씨가 삼천포항에서 배를 타고 통영을 거쳐 진주에서 열차편으로 삼랑진, 삼랑진에서 서울로 탈출했다. 도중에 여섯 번의 불심 검문을 받고 아슬아슬한 위기를 벗어나는 과정은 한 편의 무용담으로 손색이 없다. 그가 삼천포를 탈출하자 본격적인 예비 검색이 시작됐다. 윤이상도 한 발 늦게 삼천포를 탈출, 서울에서 합류했다.

서울에 온 김씨는 첫 날을 우연하게도 독립 지사 이연호(李然浩) 선생

유족의 집에서 신세를 지고, 다음날부터 일자리를 찾아다녔다. 종로 1가 옛 태을 다방 아래층 약방이 있는 자리에 그 시절에는 도장포가 있었다. 지나다가 들러 취직을 부탁하자 당장 채용되었다. 도장포 주인 한규복의 집이 서대문 형무소 앞에 있었다. 김씨는 형무소 앞 한규복의 집에서 숙식했다. 정감록에 이르기를 '난세에는 은어시중(隱於市中)'이라 했는데, 쫓기는 몸으로 형무소 코앞에서 살았으니 정감록의 교훈을 제대로 실천한 셈이었다. 김씨의 전각 솜씨는 당장 소문이 났다. 그로 인해 오세창(吳世昌) 선생의 초대를 받아 전각과 서예 등에 대해 얘기를 나눌 기회도 얻었다.

김상옥과 윤이상

한 발 늦게 서울로 올라온 윤이상은 등사 원지를 긁어주는 필경사 노릇으로 밥을 먹고 살았다. 일거리가 없어 살기가 어려우면 김씨에게 찾아와 신세를 지기도 했다.

"윤이상의 집도 찢어지게 가난했습니다. 부친은 집에서도 의관을 갖추고 행세하는 선비였으나 자기 연배의 상처한 남자에게 어린 딸을 시집보낼 정도로 어려웠던 것입니다. 없는 살림에 아버지는 양반 행세를 하고 있었고, 윤이상은 그 와중에서도 사랑채에서 첼로를 켜는데 드르릉거리는 소리가 어찌나 웅장한지 한옥이 마구 떨리는 느낌이에요. 거 첼로라는 악기는 한옥에서 켤 것이 못됩니다. 가족들 모두가 싫어했지요. 특히 그의 부친이 그 웅장한 소리를 내는 서양 악기를 싫어했습니다. 가난 때문에 중학교밖에 나오지 못하고 홀로 천재의 창의성을 개발했던 것이지요."

이른바 '동백림 간첩단 사건'으로 붙들려 와 감옥살이를 한 후 석방되자 윤이상은 첫걸음으로 김씨를 찾아왔다. 김씨의 부인 김정자 씨가 따뜻한 점심을 차려 옛날 통영에 살던 시절처럼 감회 어린 시간을 보냈다.

'살아서 다시 만날 기약이 없다'는 생각이 두 사람 모두의 가슴을 적셨다. 김씨는 자신이 아끼던 고려 자기 · 신라 토기 · 이조 백자 각 한 점씩을 선물로 주었다.

"쇼팽은 망명길에 오르면서 병에 고국의 흙 한 줌을 담아 갔다고 하지 않았나. 이게 다 고국의 흙으로 빚은 것이다. 오늘의 흙만 아니고 일천수백 년 전의 흙이 들어 있다. 고국이 그리우면 이 흙을 바라보고 감상해라."

해방이 되자 두 사람은 그들의 삶의 터전이던 남쪽으로 내려왔다. 김씨는 뚜렷한 일자리가 없었다. 윤이상은 부산 사범학교 교사로 취직이 됐으나 김씨는 부산 · 마산 · 진주 등지에서 그림도 그려서 팔고 길가에 앉아 도장도 새겨서 팔고 "도적질 말고 안 해 본 일이 없었다"고 할 정도로 여러 가지 일을 하면서 떠돌았다.

이 무렵 그가 그린 그림은 "아마 수천 장은 될 것"이라고 했다. 가장 확실한 밥벌이는 역시 도장이었다. 도장을 새겨 밥벌이를 해 온 탓에 김씨는 안경알을 깎아 생계를 유지했던 철학자 스피노자를 유독 좋아한다. '동업자'로서의 애정이 가기 때문이다.

영원한 강사

온갖 일을 다 하면서 떠돌던 시절도 새로운 직업을 잡으면서 끝이 났다. 새로운 직업이란 학교 선생이었다. 정확하게 말하면 '영원한 강사' 생활의 출발이었다. 교사 자격증이 없으니 강사일 수밖에 없었다. 그는 삼천포 중학교와 삼천포 여자중고등학교에서 교편 생활을 시작했다. 이 무렵 삼천포 중학교에서 가르친 제자 중 문단의 중진인 시인 박재삼(朴在森) 씨가 있다.

그가 일단 백묵을 쥐고 교단에 서자 인기가 아주 좋았다. 예나 지금이나 세상에 흔하고도 귀한 것이 국어 선생이다. 선생은 많으나 제대로 가르칠 수 있는 선생은 드물다는 말이다. 정식 교원은 아니었으나 김씨는 어느 학교에 가나 정식 교원보다 나은 대접을 받았다. 사방에서 초청이 왔다. 통영 여자중고등학교·통영 중학교·통영 수산고등학교에서도 근무했다. 가는 곳마다 그는 그 학교의 교가 가사를 쓰고 윤이상이 곡을 붙였다. 그 중 삼천포 여자고등학교의 교가는 지금도 옛 노래로 불려지고 있다.

문학에 대한 열정도 정점에 올라 있었다.

"해방 직후 삼천포에 삼천포 문화 동지회를 만들었지요. 좌익의 '동무'라는 호칭에 반발하여 굳이 '동지회'라는 용어를 썼어요. 그 무렵 좌익에 반발하고도 살아 남은 사람은 아마 흔치 않았을 겁니다. 그 무렵에는 사흘이 멀다 하고 시 낭송회니 뭐니 문학 행사가 열릴 정도로 일제 때 억압당했던 갈증이 용출되고 있었습니다. 나를 비롯하여 유치환·전형림·윤이상·허창인·김용기·탁형수·김춘수 등이 중요 멤버들이었습니다."

교사로 일하면서도 그림을 계속 그리고 전시회도 열었다. 마산에서 전시회를 열자 마산 고등학교 교장이던 이상철 씨가 와서 보고 "함께 일하자"고 권유해 왔다.

그래서 마산 고등학교 강사가 됐다. 이 학교에서 2년간 근무하던 어느 날 오후, 그는 몹시 피로했다. 의자에 앉아서 가르치려니 뒤에 앉은 학생들의 얼굴이 보이지 않고, 서서 가르치자니 피곤해서 쓰러질 지경이었다. 그래서 그는 교탁 위에 올라앉아 아이들을 내려다보면서 가르치고 있었다. 마침 그때 창문 너머로 교장이 지나가다가 이 광경을 보았다. 몇 마디 언짢은 소리를 했다. 그 다음날 그는 사표를 내던지고 학교를 떠났다.

다시 떠돌이 신세가 됐다. 그림을 그려서 팔기도 하고, 한때 삼천포 중학교에서 같이 교편을 잡다가 퇴직하여 부산에서 큰 사업을 하고 있던 박기태 씨의 도움으로 서울 올라가 출판사를 차릴 작정이었으나 상경한 첫날 여관에서 돈을 몽땅 잃어버리고 부산으로 내려왔다.

서울로 옮기기 위해 집도 팔아 버리고 가족들은 임시 거처에서 불편하게 살고 있었으니 빈털터리가 된 셈이었다. 다시 그림을 그려 부산에서 전시회를 열었다. 전시회 소식이 신문에 나자 마산 고등학교에서 부산 경남 여고 교장으로 옮겨 와 있던 이상철 씨가 찾아왔다. 이번에 다시 "함께 일하자"는 것이었다. 그래서 부산의 명문인 경남 여고 국어 교사로 취직이 됐다. 물론 강사였다.

아자방(亞字房) 시절

경남여고 선생을 마지막으로 김씨는 부산에서의 생활을 청산하고 서울로 올라왔다. 부산을 떠나게 된 직접적인 원인은 부산 문단이라는 좁은 테두리 속에서 일어나고 있던 소모적인 갈등 때문이었다. 50년대 모더니즘 시를 쓰면서 부산 문단에서 큰 영향력을 발휘했던 시인 조향(趙

鄕) 씨와 김씨 사이에 격렬한 논쟁이 일어난 적이 있었다. 논점은 시조의 문학성에 대한 것이었다.

"당시 조씨는 '시조는 문학이 아니다'고 극언했어요. 부산 문화계와 언론계 대부분이 조씨의 편을 들고 나섰고요. 논쟁을 할 가치조차 없는 일이었는데도 지방 문단의 패쇄적인 분위기에 편승하여 큰 시비가 되었지요. 그런 분위기가 싫고, 또 아들 녀석의 진학 문제도 있고 해서 부산을 떠나기로 한 겁니다."

가족을 모두 데리고 서울로 올라오기는 처음이었다. 1963년의 일이었다.

"집을 판 돈으로 다방이나 하나 열어 생계를 꾸릴까 했으나 집사람이 아주 싫어했어요. 별 대책도 없이 무조건 서울로 와서는 견지동에다 표구사에 골동상을 겸한 가게를 냈습니다. 이름을 아자방(亞字房)이라 하고. 골동품을 보는 눈이 있으니 가게만 가지고 있으면 물건은 남보다 잘 선별하여 구입할 수 있다는 자신이 있었어요. 그러나 이게 문제였습니다.

장사는 사고 팔아야 하는 건데 손에 들어온 골동품을 내놓기 싫으니 문제지요. 그래도 가끔 몇 점씩 팔기도 하고, 주로 표구에서 운영비를 벌어가며 가게를 꾸려 왔는데 갈수록 쪼들릴 밖에요. 그림을 그려 전람회를 아마 수십 번은 열었을 겁니다. 전람회에서 몇 푼 마련하면 그 돈으로 또 골동품을 샀습니다."

김씨의 골동품에 대한 사랑은 서울에 와서, 즉 골동품 가게를 내면서 시작된 것이 아니었다.

"어릴 때 요지(窯址)에 가서 파편을 주워 모으기도 했고, 특히 도자기와 연적·전각 같은 골동품에는 자신도 모르게 빠져들었지요. 부산 여중에서 교편을 잡을 때의 일인데, 석 달 월급을 털어 옥으로 된 화병 하나를 사서는 보물처럼 가지고 있었지요. 골동품을 사고 나면 집안은 가난해지지만 그것을 들여다보고 있으면 마음은 금방 부자가 되고 왕이 됩니다."

골동품에 대한 이 같은 사랑은 당연히 그의 문학, 즉 시 세계에 녹아들 수밖에 없다. 그의 시 중에서 상당 부분이 골동품을 소재로 노래한 것들이다. 그 때문에 일부 평론가들은 '시조 자체가 케케묵은 문학 형식인데 소재마저도 골동품을 노래하니 더욱 케케묵은 문학'이라 하여 아예 뒷전으로 밀어버리는 경우도 없지 않다. 그러한 비판에 대해 김씨는 분격한다. 그는 고미술품에 대한 사랑이 저절로 시의 정서가 되어 분출하고 문학의 형식과 하나가 되어 마침내 한 편의 시로 탄생한다고 한다. 골동품 속에 살아 숨 쉬는 옛 장인의 혼과 현재의 시인 김씨는 시라는 형식을 통하여 하나가 된다.

왕국의 보물들

김씨는 자신의 왕국에 있는 모든 보물을 보여 주고, 그 사랑을 설명하고 싶어했다. 그러나 그것은 말이 모자라고 시간이 모자라 불가능한 일이었다. 그 중 몇 개만 살펴보자.

'이조 백자 팔각항아리'가 있다. 2백여 년 전에 만들어진 작품이다. 원래 살 때 깨어진 부분이 있어 파편을 가지고 치과 병원 가서 금니 해 넣는 주물로 때웠다.

"당시 우리 부부 모두 이빨이 좋지 않았으나 금니 해 넣을 엄두도 못 내던 때였습니다. 살 때 많은 돈을 들이지는 않았으나 지금은 1천 5백만 원을 호가합니다. 물론 팔지 않아요."

'이조 백자 도초만자수각 연적(李朝 白磁 桃蕉卍字鏤刻 硯滴).'

"조선 시대 연적 중 최고의 걸작입니다. 상상할 수 없는 불의 조화가 이런 걸작을 빚었습니다. 이 작은 연적 표면에는 모든 조각 기법이 다 동원돼 있습니다. 구입할 때 75,000원이던가, 한 100,000원 들었을 겁니다. 지금은 값을 몰라요. 75,000원을 주고 이 골동품을 손에 들었을 때 내 기분은 마치 한 왕국의 옥새를 손에 넣은 것과 같았습니다. 이런 기분을 가진 사람이 진짜 왕이 아니겠습니까?"

김씨는 "우리나라에도 골동품을 감상할 줄 아는 사람은 많다. 그러나 안다는 것과 사랑한다는 것은 별개다. 골동을 제대로 알려면 사랑을 해야 하고 사랑을 하려면 직접 돈을 주고 사 보아야 한다. 배를 주리면서 산다면 더욱 깊은 사랑을 알게 될 것"이라며 예의 그 '미학'을 강조했다.

'이조 백자 고철사동자비룡문(李朝 白磁 古鐵砂童子飛龍文) 항아리.'

김씨가 '천하 가보'라고 자랑하는 작품이다.

"철사 붓질이 신비롭기까지 합니다. 현대 화가 어느 누구도 여기에 미치지 못할 겁니다. 피카소도 여기 와서는 무릎을 꿇어야 할 거예요. 장난스럽게 표현된 용을 타고 있는 사람의 모습이 왕중왕의 자태 바로 그것입니다. 바로 어릴 때의 내 모습입니다. 이건 6백 년 전 나의 전생이 만든 작품입니다."

골동품과, 골동품에 대한 김씨의 사랑과, 그것을 표현한 그의 시 작품, 이 세 가지가 일체가 되어 아득한 시공을 넘어 합일하는 순간이었다.

제2부 초정 김상옥 문학 연구의 현주소

-초정의 문학에 대한 학문적 접근

현대 시조의 맛, 또는 제 빛깔 내기

─ 초정 김상옥(艸丁 金相沃)

김용직

1

초정 김상옥(艸丁 金相沃)은 한국 현대 시조사에 높이 걸린 성좌로 일 컬어질 시인이다. 그의 시조에서 돌탑은 신라 장인의 숨결 소리가 들리 는 생명체가 되고 백자는 무지갯빛 구름에 사슴이 뛰노는 숲이 된다. 그 의 말은 매우 빈번하게 채색도 영롱한 그림으로 탈바꿈한다. 그의 작품 에서 시골과 도시는 한국적 가락을 탄 노래가 되고 산과 시내는 제 빛깔 과 맛을 내는 잔치상으로 나타난다.

이런 초정은 그러나 그가 시조 시인으로 국한되어 호칭되는 것을 좋아 하지 않았다. 이런 경우의 우리에게 좋은 보기가 되는 것이 1973년에 나 온 한 사화집이다. '삼행시(三行詩) 장단형(長短形) 단련작(單聯作) 65편 (篇) 123수'라고 그 내 표지에 긴 제목이 붙은 이 시집의 첫째 작품은 다 음과 같다.

　　난(蘭) 있는 방(房)이든가, 마음귀도 밝아온다.

얼마를 닦았기에 눈빛마저 심심한고
흰 장지 구만리 바깥, 손 내밀 듯 뵈인다.

이 작품은 표준형이라고 할 수 있을 정도로 정확한 평시조의 형태다. 이런 작품을 두고 김상옥 시인은 굳이 시조라는 명칭 대신 삼행시라는 제목을 붙였던 것이다. 이것은 그가 시조 시인이라는 제한된 시인의 호칭을 기피한 좋은 증거다. 지금 생각하면 그의 이런 태도에는 두 가지의 조금 성향이 다른 의식이 내포되었던 것 같다. 우선 그는 시조만에 국한된 것이 아니라 참으로 예술의 여러 분야에 걸쳐 활동할 수 있는 천분을 지니고 있었다. 시조로 등단하기 전에 이 시인은 자유시의 동인들의 낸 『맥(貘)』의 동인이었다. 그가 시조 시집 『초적(草笛)』에 이어 자유시의 사화집인 『고원(故園)의 곡(曲)』, 『이단(異端)의 시(詩)』를 낸 사실도 기억되어야 한다. 이와 아울러 그는 독특한 말솜씨와 격조를 지닌 내용을 담은 수상들도 썼다. 뿐만 아니라 그는 먹을 갈아 휘호를 하면 전문 서예가들도 자리를 내어놓을 정도로 솜씨가 대단했다. 그와 병행하여 김상옥은 그림에도 상당한 수준의 작품들을 제작했다. 그의 솜씨로 물감을 풀면 단정학이 날아오르는 바다가 되고 청포가 핀 물가에 보랏빛 물결이 일렁이었다. 특히 그가 득의로 한 등나무 꽃가지에는 향기와 빛깔뿐만 아니라 가락까지 빚어졌다. 나아가 그는 전각으로 일가를 이루었고, 서화 골동, 특히 이조 백자의 감정, 자리매김 분야에서도 군소 부동층들의 추종을 허락하지 않을 정도로 거연한 존재였다. 말하자면 그는 우리 예술계에서 여러 개의 봉우리와 골짜기를 거느린 하나의 산이었다. 이런 그를 시조 시인으로 국한시키는 것은 다리나 꼬리만으로 코끼리를 말하는 격이 되기 십상이었다. 이런 데서 빚어질 수 있는 위화감이 김상옥 시인은 마땅치 않았던 것이다.

여기에서 좀더 적극적인 이유도 생각해 볼 수 있다. 시조 이전에 김상옥 시인은 훌륭한 예술을 지향했고 언어의 절정을 기하면서 작품을 쓰고자 했다. 본래 시 창작에서 시인이 노리는 것은 훌륭한 시, 좋은 작품이지 시조냐 자유시냐를 가름하는 일이 아니다. 그럼에도 김상옥 시인을 시조 시인으로만 이야기하는 것은 일방적으로 그를 왜소화시키는 일이었다. 여기서 빚어지는 반발 심리 역시 그를 단서 없는 시인으로 일컫게 하기를 희망했을 것이다. 이렇게 보면 김상옥은 시조를 통해 시와 예술의 절대적 경지를 개척하고자 한 시인이다.

2

초정 김상옥 시인은 나에게 문학과 시의 맛, 또는 빛깔을 맛보게 한 분이다. 본래 나의 한국 문학 입사식은 시조로 시작되었다. 내가 어렸을 적에는 우리 집 안방이나 마루에서 가투놀이라는 것이 자주 벌어졌다. 그 주역은 누님들이었다. 이 놀이는 역대 시조의 종장이 적힌 카드 백 장을 바닥에 펼쳐놓는 것으로 시작되었다. 그리고 그 중에 한 사람이 시조 원작 전문이 적힌 카드를 손에 들고 차례로 읽어간다. 가령 정몽주의 「단심가」라면 읽는 이가 '이 몸이 죽고 죽어'부터 낭송한다. 그러면 그 판에 둘러앉은 참가자들은 그 종장에 적힌 카드를 찾아 내어 가져간다. 그 숫자가 제일 많은 사람이 승자가 되는 것이 가투놀이였다.

이 놀이가 여러 번 거듭되자 나보다 열 살 정도 위인 누님들은 시조 첫 머리가 나오기만 하면 그때부터 그 작품의 종장이 적힌 카드를 찾느라고 부산을 떨었다. 그것은 놀이가 거듭되는 가운데 어느새 그 전문이 누님들 머리에 입력되었다는 증거였다. 한동안 나는 감때사나운 기세로 벌어지는 그 놀이판을 구경하기만 했다. 그리고는 얼마를 지나자 100수 가까운 시조가 내 머리에 입력이 되었다. 그것을 밑천으로 상당 기간 동안 나는 시조의 언저리를 맴돌았다. 그 무렵 내 머리에 입력된 것이 「단심가」나 황진이 · 왕방연 등의 시조였다. 그러니까 그 무렵에 나는 아직 제대로 시조를 문학으로 파악하는 단계에는 이르지 못했던 것이다.

이렇게 어정쩡한 내 시조 인식이 어느 정도 극복된 것은 내가 중학교에 들고나서부터다. 8 · 15를 맞은 그 다음해에 나는 시골 소읍의 중학교에 입학했다. 그때 우리 사회는 과도기적인 상태였다. 그 나머지 중등학교의 교과 내용도 체제를 갖추지 못했다. 우리에게는 제대로 된 교과서가 공급되지 않았고 선생님들의 수업도 각인각색이었다. 영어와 수학은 그래도 나은 편이었다. 국어는 제대로 자격을 갖춘 선생님이 부족했다. 처음 얼마 동안 우리는 이태준의 『문장 강화』에 실린 글을 발췌해 읽었다. 그러다가 가을이 되어 국정 교과서로 『국어』를 받았다. 거기에는 그때 우리 학교의 교사로 재직 중이었던 이병철(李秉哲) 선생의 「나막신」이 실려 있었다. 당시 학교의 분위기는 반우파적이었다. 그런 분위기 속에 이병철 선생이 있었고, 그가 바로 좌파의 문학가 동맹 전위 시인 중한 사람이었던 것이다. 그래서 우리 또래 몇은 잔뜩 호기심이 동해 「나막신」을 암송하게 되었고, 또한 우리 바로 윗학년을 가르치고 있는 그를 화제에 올리기를 거듭했다.

그러나 그의 「나막신」이나 같은 국어 교과서에 실린 임화(林和)의 「거북무늬 화로와 오빠」를 솔직히 나는 별로 좋아할 수가 없었다. 지금 생각해 보면 임화의 작품을 중학교 1학년 교과서에 실은 것은 편자들의 잘못이라고 해야 할 것이다. 「거북무늬 화로와 오빠」는 카프가 대두된 문화사적 배경의 이해 없이 기능적인 해석이 불가능한 작품이다. 그것을 돌보지 않은 채 중학교 첫 학년 학생들에게 임화의 시를 가르치도록 했으니 말이다. 그러나 이병철의 「나막신」은 그와 달랐다. '은하 푸른 물에 머리 좀 감아 빗고 / 달 뜨걸랑 나는 가련다'로 시작되는 이 작품에는 청소년들의 정서 함양에 도움을 줄 동심의 세계가 깃들어 있었다. 또한 거기에는 우리 시의 중요 자질에 해당되는 한국어의 결이 산 부분도 포함되었다. 따라서 그때 「나막신」을 외면한 것은 내 시와 문학에 대한 소양의 정도를 말해 준다. 그 무렵까지 나는 「나막신」 정도의 시도 읽을 능력이 없었던 것이다.

이와 같은 무렵에 내가 대한 것이 김상옥 시인의 「봉선화」다. 이병철이나 임화의 것에는 매력을 느끼지 못한 나에게 김상옥 시인의 작품은 단서 없이 시를 느끼게 해주었다.

비오자 장독대에 봉선화 반만 벌어
해마다 피는 꽃을 나만 두고 볼 것인가
세세한 사연을 적어 누님께로 보내자

누님이 편지 보며 하마 울까 웃으실까
눈앞에 삼삼이는 고향집을 그리시고
손톱에 꽃물 들이던 그날 생각하시리

양지에 마주앉아 실로 찬찬 감아주던

하얀 손 가락가락이 연붉은 그 손톱을

이제는 꿈속에 본 듯 힘줄만이 서노나.

　이 작품은 일찍『문장』의 시조 부문 추천제 모집에 응모하여 당선작으로 뽑힌 것이다. 그 정확한 시기는 1939년 10월호『문장』이었다. 이때의 심사 위원은『문장』의 주간을 맡은 이태준의 휘문 고보 은사인 가람 이병기 선생이었다. 가람은 그의 심사평을 통해 이 작품을 크게 호평했다.

　　이런 정이야 누구나 가질 수 있지만 이런 표현만은 할 이가 그리 많지 못할 것이다. 타고난 시인이 아니고는 아니 될 것이다. 쓰는 말법도 남달리 익숙한 바 "삼삼이는"과 같은 말을 쓴 건 그 묘미를 얻는 것이다.

　이런 가람의 심사평을 나는 어느 친지의 서가에 꽂힌『문장』을 뽑아서 뒤적이다가 발견했다. 그 친지는 일제 말기의 문학 청년이었고, 이태준·박태원 등의 창작집과 함께『문장』도 거의 전질을 가지고 있었다. 마침 그의 거처가 내 하숙집 이웃에 있었다. 그때 이미 학교 공부를 대수롭지 않게 여긴 나는 무시로 그곳에 들락거리면서 그가 수장한 문학 서적을 읽는 재미로 시간을 보냈다. 그러던 어느 날 조지훈(趙芝薰)·박목월(朴木月)·박두진(朴斗鎭)·김종한(金鍾漢)·이한직(李漢稷) 등과 함께 시조 추천으로 이호우(李鎬雨)·김상옥 시인의 이름도 발견했던 것이다. 그때 나는 가람의 추천사에 크게 공감하여 몇 번이고 거기에 손톱자

국을 남긴 기억이 있다. 그러나 그뿐, 그때 나는 미처 김상옥 시인의 작품이 다른 시인의 것들과 어떻게 차별화되는 것인지를 깨치지는 못했다.

3

그 무렵 우리가 다닌 중학교의 교과 과정 운영은 엉성하기 그지없었다. 선생들은 일본 책에서 발췌한 내용들을 받아쓰게 한 다음 가르쳤고 그나마 걸핏하면 휴강·자습이었다. 한 주에 대여섯 시간을 비우게 하기 일쑤였다. 그러나 나는 그것이 조금도 고통스럽지 않았다. 그 무렵 이미 상당한 겉멋 환자가 된 나는 장차 내가 택할 길을 문학으로 잡았다. 그 때부터 수학이나 물상 등은 아예 뒷전으로 돌리고 조선 문학 전집이나 세계 문학 전집을 읽기로 한 나는 여기저기 골목의 고서점을 들락거렸다. 또 보다 많이 앞서 말한 친지의 서가를 기웃거렸다. 그 결과 나는 글에는 소설·수필 등과 같은 유의 산문만 있는 것이 아니라 시나 시조와 같은 운문이 있다는 것을 비로소 실감하게 되었다. 특히 김상옥 시인의 「봉선화」에 촉발되어 시조와 자유시에 상당한 매력을 느꼈다. 그 나머지 한동안 나도 시조를 시험하고 현대시 비슷한 것을 쓰기 시작했다. 한 번은 개교 기념일인가 하는 행사에 참가하여 시조 비슷한 것을 응모한 적도 있다. 시골 중학교의 학생 작품 수준이라는 것이 워낙 시원치 않았던 것 같다. 그 자리에서 내 작품 아닌 작품이 우리 반에서는 유일하게 당선작이 되었다. 그 나머지 내 시조 아닌 시조는 미술 선생의 그림이 곁들여져서 전시장 벽에 내걸리기까지 했다. 지금 나는 그때의 내 시조(?)를 깡그리 잊어먹었다. 명색이 처녀작을 그렇게 철저하게 잊어먹은 데는

그 나름의 이유가 있을 것이다. 그것이 바로 유치하기 그지없는 그때의 내 솜씨를 애써 잊고 싶어한 잠재 심리의 결과일 터다. 그런 속사정이야 어떻든 김상옥 시인의 「봉선화」는 청소년기의 나에게 뚜렷이 좋은 시의 본보기로 각인되었다. 그것에 접한 것이 계기가 되어 내가 평생의 전공으로 한국 현대시를 택했으니 말이다.

훨씬 뒤에 깨친 일이지만 「봉선화」로 시작된 김상옥 시인의 시조는 한국 현대 시조사와 문학사에 나타난 매우 양질의 광맥이었다. 우리 문학사에서 시조는 그 역사 전통이 가장 오래된 문학 양식이다. 한국 문학은 근대에 접어들면서 낡은 말씨·문체·형태를 지양하고 새로운 차원을 구축할 것이 요구되었다. 특히 우리 고전 시가를 대표하는 시조는 이런 시대의 요구에 기능적으로 대처하여야 할 양식이었다. 구태의연한 형태로는 시조가 엄청나게 변화한 상황에서 살아남을 수가 없었기 때문이다. 구체적으로 이 양식은 1920년대 중반기에 형성된 국민문학파에 의해 '새 술은 새 부대에'의 구호를 내세운 가운데 혁신의 수순을 밟았다. 그 주체가 된 시인들이 가람 이병기와 함께 노산 이은상이었다. 이들은 시조를 3장 6구로 된 정형시로 해석하고 일단 그 외형상의 틀을 살리는 입장을 취했다. 그러나 이들에 의해 새 시대의 시가로서는 걸맞지 않는다고 생각된 말투·문제·형태 등은 투식어(套式語)라 하여 과감하게 개혁되었다. 그 나머지 효제충군·경세치민 등을 내용으로 한 시조의 말씨가 일변하여 예술성 추구에 역점이 놓인 쪽으로 탈바꿈이 되었다.

가람과 노산 두 분 가운데 노산은 한국어의 울림을 잘 살린 시조를 썼다. 우리는 그의 시조를 음성 구조에 역점을 둔 시, 또는 음악성을 잘 살린 작품으로 평가할 수 있다. 가람의 시조는 한 가지 점에서 노산의 경우와 좋은 대조가 된다. 노산이 음악성을 잘 살린 시조를 썼음에 반해서 그는 회화성에 역점을 둔 시를 지향했다.

이들과 달리 김상옥 시인은 등장 초기에 그 나름의 빛깔을 지닌 시조를 씀으로써 우리 시단에 새로운 시야를 타개하고 나타난 시인이다. 「봉선화」에서 회화성에 해당되는 부분을 골라 내라면 3연의 '양지에 마주앉아 실로 찬찬 감아주던 / 하얀 손 가락가락이 연붉은 그 손톱을'이다. 그렇다면 김상옥 시인은 그대로 가람의 아류에 그치는 시인인가. 이렇게 제기되는 의문을 풀기 위해 우리는 전통 시론의 한 구절인 '시중유화(詩中有畵)'의 개념을 다시 짚어보아야 한다. 이때의 그림이란 시가 매체로 한 말을 통해 빚어지는 것이다. 그런데 우리 또래가 어렸을 때만 해도 큰 사랑에 모이는 어른들은 시 이야기만 나오면 이 말을 전가의 보도(寶刀)처럼 휘둘렀다.

이 말의 속뜻을 파악하기 위해서 우리는 다시 옛 사랑방에서 오고간 시 이야기를 되살려 보아야 한다. 그때 어른들이 자주 언급한 시인이 두보(杜甫)와 두목(杜牧)이었다. 사랑방 공론의 자리에서 두보는 일쑤 고평되었다. 특히 그의 「춘망(春望)」이나 「월야억사제(月夜憶舍弟)」는 절창 중의 절창으로 찬탄되는 것이 상례였다. 그러나 그에 비해서 두목은 상당히 폄하되었다. 그런 자리에서 그는 말을 지나치게 꾸몄다든가 가슴에 닿는 내용이 없다고 격하되었다. 그의 시는 기생방의 노래지 선비가 본받을 것이 못 된다는 말도 끼어들었던 것 같다. 그 본보기로 손꼽힌 작품이 「청명(淸明)」, 「강남춘(江南春)」 등이었다. 그렇다면 이런 경우 두보와 두목의 차이는 무엇인가. 널리 알려진 대로 두보의 「월야억사제」는 '수고행인단(戍鼓行人斷) / 변추일안성(邊秋一雁聲)'으로 시작한다. 그에 이어 나오는 것이 '노종금야백(露從今夜白) 월시고향명(月是故鄕明)'이다. 여기서 시각 내지 색채 감각적 심상이 제시된 예가 있다면 '이슬은 오늘 밤 따라 희고'나 '달은 고향 땅에도 밝겠구나' 정도가 될 것이다. 이에 대비될 것은 두목의 「강남춘」에서 뽑기로 해 본다.

千里鶯啼綠映紅

山村水郭酒旗風

南朝四百八十寺

大小樓臺烟雨中

(천리라 꾀꼬리 노래 푸른 버들 붉은 꽃

물가 마을 산기슭엔 술집들 깃발

남녘나라 많은 절은 사백팔십 개

크고 작은 누대는 이슬비에 가렸다.)

이 작품의 주조가 되고 있는 것은 봄을 맞이한 당나라 강남의 한 풍경이다. 이 작품은 그런 강남의 풍경을 실경 산수화, 그 가운데도 선명한 색감을 지닌 그림처럼 그려 내었다. 그 채색도는 두보의 앞에 보인 작품보다 월등 짙은 것이다. 그럼에도 이 작품은 한시(漢詩) 세대인 우리 어른 분네들에 의해 두보의 것에 비하면 수등이나 수준이 떨어지는 시로 평가되었다. 그 까닭이 궁금하지 않을 수 없다. 이때 우리는 시에서 이야기되어 온 그림이 감각적 차원에 그치지 않는 것임을 기억해야 한다. 시나 문학에서 그림의 뜻이 감각의 차원에 그친다면 그것은 묘사의 테두리를 맴돌 것이다. 그런 논리가 얻어내는 결론은 사경시(寫景詩)를 최상의 것으로 손꼽게 할 공산을 남긴다. 그러나 우리 인간은 언제나 예술에서 사경(寫景) 이상의 차원을 요구한다. 시와 그림, 예술 전반에서 우리가 요구하는 것은 그 위에 인간의 체온이 깃들고 나아가 사상·관념이 내포된 차원이다. 이런 교의에 비추어보면 두목의 시는 두보의 것에 멀리 미치지 못한다. 그의 작품에 나오는 꾀꼬리와 버들, 붉은 꽃은 자연 내지 풍경의 한 부분인 데 그친다. 말을 바꾸면 그것은 물리적 세계에 머문 채로 있는 것이다. 그러나 두보의 시에서 기러기 소리와 달빛은 그렇지 않다. 두목의 경우와 달리, 그것들은 난리로 변경을 떠돌아다니는 화자의 모습을 떠올리게 한다. 그가 그리는 고향은 두보가 함께 산 피붙이를 불러일으키며 나아가 거기에는 인간의 삶과 역사·현실이 뒤엉켜 나타난다.

이 이야기를 가람의 「아차산」과 김상옥의 「봉선화」에 옮겨 적용해도 우리가 가질 수 있는 결론은 비슷한 것이 된다. 「아차산」에도 다소간의 회고적인 감정이 있다. 그러나 이미 살핀 바와 같이 그 심상의 기층을 이루고 있는 것은 사경(寫景)의 세계다. 그러나 「봉선화」로 옮기는 경우 그 사정이 적지 않게 변화한다. 김상옥 시인이 그려 낸 것은 봉선화 자체가 아니다. 그를 통해서 제시한 것은 누이에 대한 그리움의 감정이다. 「봉선화」는 그런 감정을 구체적인 모양으로 제시하기 위한 객관적 상관물 구실을 하고 있다. 이런 각도에서 보면 김상옥 시인의 시조는 가람의 솜씨와 어깨를 겨눌 만하거나 거기서 한 단계 더 비약한 것이다. 우리 현대시 또는 시조사에서 그가 차지한 위상이 이처럼 뚜렷하다.

4

「봉선화」로 이미 드러난 바와 같이 김상옥은 그의 시조를 기법으로 이루어낸 시인이다. 『문장』 추천작에서 그 단면이 엿보인 대로 그 가닥의 하나가 심의현상(心意現像)의 구체화였다. 그후 이런 그의 솜씨는 막힘이 없이 전개되어갔다.

> 돌꽃이 이리 티고 돌ㅅ조각이 저리 티고
> 밤을 낮을 삼아 징소리가 요란터니
> 불국사 백운교(白雲橋) 우에 탑이 솟아 오르다.

> 꽃장반 팔모 난간 층층이 고운 모양!
> 임의 손 간 데마다 돌옷은 새로 피고
> 머리엔 푸른 하늘을 받쳐 이고 있도다.

—「다보탑」 전문

이 작품의 소재는 불국사 뜰 앞에 서 있는 한 석탑이다. 물리적 차원으로 보면 이 석탑은 불국사라는 절의 한 부분을 차지한 구조물에 지나지 않는다. 또한 그 속성의 하나로 손꼽을 수 있는 것이 처음 만들었을 때부터 이 작품이 나오기까지 흘러간 시간의 길이다. 불국사가 창건된 것은 신라 법흥왕 때다. 그러니까 이 탑은 1000여 년의 풍상을 겪은 고적이다. 그와 아울러 그것은 절 앞에 서 있어 움직이지 않는 뚜렷한 존재다. 김상옥 시인은 이것을 "돌꽃이 이리 티고 돌ㅅ조각이 저리 티고"

라고 노래했다. 이것으로 천오백 년 동안 한자리를 지킨 돌탑이 사뭇 동 태적인 것으로 전이되었다. 둘째 수의 한 부분도 주목되는 구절이다. "임의 손 간 데마다 돌옷은 새로 피고." 여기서 '돌옷'이란 말할 것도 없 이 돌이끼의 다른 이름이다. 그것이 피어난 자리는 "임의 손 간 데"다. 이때의 '임'이란 말할 것도 없이 불국사의 탑을 다듬어 세운 옛적 장인을 가리킨다. 그러니까 이런 표현을 통해 김상옥 시인은 천 년이 넘는 시간 을 심상으로 제시하고 있는 것이다. 시간은 본래 실재하는 것이 아니라 인간이 만들어 낸 관념상의 개념이다. 관념상의 개념이기 때문에 그것은 예술과 별개의 것이다. 그것이 시가 되기 위해서는 정서화의 절차가 필 요하다. 그것을 김상옥 시인은 '돌옷'으로 전이시키고 "머리엔 푸른 하 늘"로 의인화했다. 이것은 그가 시의 기본 요건인 관념의 감각화를 실현 시킨 시인이었음을 입증하는 대목이다.

이와 아울러 우리가 지나쳐버릴 수 없는 것이 김상옥의 작품에 나타나 는 예술적 의장(意匠) 인식이다. 초동 단계에서 그는 대체로 평시조를 썼 다. 그러나 『초적』을 내고 나서 그는 서민 시조에 속하는 엇시조와 사설 시조를 두루 발표했다. 이런 경우의 좋은 보기가 되는 것이 '고산자(古山 子) 김정호(金正浩)'를 다룬 작품이다. 이 작품의 허두는 "철쭉이 진다. 전신(全身)에 철쭉이 진다. 만산(滿山) 철쭉이 점점이 어룽진다. 흔건히 떨어져 수북히 꽃잎은 쌓인다"로 시작한다.

바람도 햇빛도 오지 않는 이 세상 저승, 전옥서(典獄署) 감방 안에 뒤척여 뒤척여도 굴신조차 할 수 없는 한 분 수인(囚人)이 앉아 있다. 만고에 외 로운 수인(囚人)이 앉아 있다. 날이 날마다 그 습하고 어두운 그늘에 묻히어 바랠 대로 바래져 흴 대로 희어진 그의 살갗 위에 꽃잎이 난장(亂杖)으로 어룽진다. 어룽진 꽃잎은 또 어쩌면 그리고 영절스레 산(山)을 그리고 강(江)을 그려던가. 오오 대동여지도! 저기 천년 묵은 지네처럼 산의 등뼈, 갈비뼈를 새겨내던 그의 팔뚝, 그의 부르튼 손 끝이 파르르 떨고 있다.

보아라 저 백두산 천지, 한라산 백록담에도 한결같이 그의 푸른 마음은 떨고 있다. 달빛처럼 드푸른 마음은 떨고 있다. 지금 이 백년 후생의 가녀린 가슴에도 사시나무 떨 듯 그렇게 떨고 있다.

　　　　　　　-「고산자 김정호(古山子 金正浩) 선생송」 전문

　김상옥 이전에 한국 현대 시인 가운데 시조의 파격을 시도한 예는 아주 없었던 일이 아니다. 이은상이나 주요한은 한때 양장시조(兩章時調)를 실험했다. 가람은 그와 비슷한 시기에 엇시조와 사설시조를 발표했다. 구체적으로 1927년 7월호 『신민(新民)』에 실린 이병기의 「야시(夜市)」는 그 첫장이 "날마다 날마다 해만 어슬어슬 지면 종로 판에서 싸구려 싸구렷소리 나누나"로 되어 있다. 피상적으로 보면 이런 작품과 「고산자 김정호 선생송」의 사이에는 형태 해석상의 차이가 없다고 할 것이다.

　그러나 이런 결론을 내리기 전에 우리는 두 작품의 내용을 대비해 보아야 한다. 가람의 「야시」는 문자 그대로 야시를 노래한 작품이다. 본래 야시란 서민이 모여서 그들이 필요한 물건들을 사고파는 자리다. 그리고 엇시조나 사설시조는 그런 서민의 생활상을 담아낸 양식이다. 그러니까 가람의 한 작품에는 내용과 형태의 조화라는 시각에서 보아 새 차원이 구축되지는 않은 셈이다. 이와는 달리 「고산자 김정호 선생송」은 역사의 한 국면을 담당한 선구자를 다룬 작품이다. 그는 도저한 사명감으로 전국 방방곡곡을 누비고 다니면서 조선의 지도를 완성했다. 단적으로 말해서 그는 역사적 위업을 이룩해 낸 것이다. 그러나 그것을 판각하여 출간시켰을 때, 그를 기다린 것은 가혹한 집권 세력의 초달이었다. 그 결과 그는 투옥 당하는 신세가 되었다. 이것은 김정호가 영웅 서사시의 주인공에 버금가는 비극적 인간이었음을 뜻한다. 고전 문학기의 엇시조나 사설시조에서 초인이나 영웅을 주인공으로 한 작품은 거의 나타나지 않았다. 이 불문율을 깨고 나선 것이 김상옥 시인이다.

여기서 우리가 궁금해 하지 않을 수 없는 것이 김정호를 주인공으로 한 작품에서 초정이 파격적 형태를 택한 까닭이 무엇인가 하는 점이다. 사설시조가 아닌 평시조는 본래 단곡 형태다. 그것들 가운데 비극적 인간상을 다룬 작품이 아주 없지는 않았다. 그 좋은 보기가 되는 것이 정몽주의 「단심가」이며 성삼문·박팽년 등의 사세시(辭世詩) 등이다. 그런데 이들 작품은 워낙 3장 6구에 그치는 단형 시조였다. 거기서 비극적인 인간의 모습은 집약되어 나타날 뿐이다. 역사의 여러 고비를 거치면서 우리가 품게 되는 비통한 심경을 담는 데는 그 그릇이 너무 작게 생각될 수가 있다. 이에 반해서 사설시조는 어느 정도의 여유를 가지고 주인공의 비극적 심상을 다룰 수 있는 이 점이 있는 것이다. 김상옥 시인의 「고산자 김정호 선생송」은 이런 창작 논리의 한 실천판으로 이루어진 것이다.

이미 제시된 바와 같이 그의 이 작품은 형장에서 혹독하게 고문을 당한 김정호의 육신을 철쭉의 심상과 일체화시킨 것이다. 이어 그 중장은 수인의 신세가 되어 감옥에 갇힌 김정호의 비참한 모습을 노래했다. 그 모양은 "그의 살갗 위에 꽃잎이 난장으로 어룽진다"로 되어 있다. 그것은 주인공의 육신이 성한 데 없이 찢기어 꽃과 같은 빛깔의 선지피로 물들었음을 뜻한다. 제3장에서 주인공의 모습은 국토 자체, 그 산봉우리들과 일체화된다. 나아가 그것은 단순한 일체화가 아니라 떨고 있는 '푸른 마음'이 되어 비극적 최후의 심상을 수반시킨다. 이 작품의 마지막은 화자의 비극적 체험이 절정에 이른 모습을 보여 준다. "달빛처럼 드푸른 마음은 떨고 있다. 지금 이 백년 후생의 가녀린 가슴에도 사시나무 떨듯 그렇게 떨고 있다." 이것은 바로 시인 김상옥이 고산자 김정호와 일체화된 것을 의미한다. 이렇게 보면 김상옥이 그의 비극적 체험을 파격 시조로 노래한 이유가 명백해진다. 김상옥 시인은 안정된 심리 상태에서는 평시조를 썼고 거기에 최대한으로 예술적 의장을 살린 말을 담았다. 그러나 시대와 상황을 생각하고 비감(悲感)에 싸인 자리에서는 「고산자 김정호 선생송」과 같은 시를 쓰지 않을 수가 없었다. 그때 택한 사설시조에서 그는 강개에 찬 말들을 전면에 내세웠다. 그러면서 그들을 효과적으로 살리는 의장을 그의 작품에 시험한 것이다. 이렇게 보면 김상옥 시인은 기법의 시인인 동시에 치열한 시대 의식의 소유자이기도 했다. 또한 그는 자신의 내면 세계를 깡그리 연소시킬 줄 아는 예술혼의 소유자였다.

김상옥 시조의 특성 연구
—역사성을 중심으로

김봉군

1. 머리글

유기체의 실체론적 의의는 유한성(有限性)이다. 문학 작품의 유기체적 속성 또한 크게 다르지 않다. 그럼에도 그런 속성을 거스르는 현상과 노력이 문학사 속에서 드물게 확인될 때가 있다. 영시의 소넷, 일본 시의 하이쿠, 한국의 시조가 그런 예에 속한다.

딜타이 등의 생의 철학에 따를 때, 시조라는 유기체적 장르는 19세기 이전의 장르다. 시조도 여느 한국 문학 장르와 마찬가지로 발생 · 성장 · 소멸의 길을 걷는 것이 순리라는 뜻이다.

그 순리를 거스르고 20세기 이후에도 살아 남은 한국 문학 유일의 장르가 시조다. 1920년대 후반 국민문학파의 '시조 부흥 운동'이야말로 꺼져가는 시조의 불씨를 되지핀 결정적 계기였다. 그 중심에, 근대 지향의 '바다'에서 전통 지향의 '산(뭍)'으로 회귀한 최남선의 에너지가 잠복하여 있다. 그것이 '조선심(朝鮮心),' '조선혼(朝鮮魂)'으로 언표화한 국민문학파의 정신적 지주(支柱)였다. 이는 카프파의 계급주의 문학에 응전하는 한 방식이기도 하였다.

오늘날의 글로벌 정신으로 볼 때, 이 운동의 방향추는 '열림'이 아닌 '닫힘'의 정신 질서를 가리키는 것이었다. 이는 해일과도 같은 '열림'의 기세에 궤멸의 위기를 직감한 자기 정체성 수호를 위한 필연이었다. 최남선 · 정인보 등의 터닦기에 이어 이은상의 '그리움과 비탄(悲嘆)의 서정'이 분출하였고, 이병기가 그 감정 분출의 열기 식히기에 나섰다. 이은상의 탄식과 울음의 민족애 · 조국애를 가다듬어 절제된 감수성으로 근대적 미학의 모색과 실천에 임한 것이다. '들려 주기의 시학'을 '보여 주기의 시학'으로 창조적 변혁을 시도한 것이다.

이러한 변혁의 시조시학사의 흐름 위에 초정(艸丁) 김상옥(金相沃)의 시학이 자리한다. 김상옥 시조의 새로움, 그것의 정체는 어떤 것인가? 우리가 궁금해하는 것은 지속(持續)과 변이(變異)의 양상으로 파악되는 김상옥 시조의 시조시사적 의의다.

이 연구는 김상옥 시조의 특성을 구명함으로써 그 시조시사적 의의를 밝히는 데 뜻이 있다.

2. 연구사의 검토 및 방법론의 모색

김상옥의 시조에 관한 논의나 연구 실적은 영성하다. 근래에 이르러 시조 문학이 일반 및 젊은 연구자들의 관심권에서 급격히 멀어지는 것과도 관계가 깊다고 하겠다.

소수의 김상옥론은 크게 보아 세 가지 양상으로 정리된다.

첫째, 김상옥 시조의 심미적 특성에 관한 것이다. 김상옥 시조의 특성을 감수성 쪽에서 찾은 것으로 조연현·임선묵·유성규 등의 논의가 있다. 조연현은 '동심에 가깝도록 소박하고 섬세한 감성'을 지적하며,[1] 임선묵도 이에 공감하고 있다.[2] 또 유성규는 '노산의 관념적 특성과 가람의 사실적인 청신한 감각을 취합'한 공적을 기린다.[3] 이 밖에 전통적 언어 미학에 관한 것으로 김동리·이우종의 논의가 있다. 김동리는 '순박·청아하고 신묘한 운율로 빚어진 율격미,'[4] 이우종은 전통적 언어 미학에 찬사를 아끼지 않는다.[5]

둘째, 변모 과정에 관한 것이다. 정혜원은 『초적』에서 『삼행시』에 이르기까지 변모 과정을 고찰했다. 「백자부」와 「청자부」 등의 초기 작품이 '정물(靜物)로서의 외적 형상미'를 추구했으나 후기의 작품들은 그들 소재에 담긴 '인고(忍苦)의 깊이'와 '영혼의 위대성'에 치중하게 되었음을 밝힌다. 김상옥 시에서는 '사유(思惟)의 깊이' 문제를 다룬 것이다.[6] 나재균은 초기 시조부터 『삼행시』와 『향기 남은 가을』에 실린 시조의 형태를 고찰한다. 김상옥의 후기 작품이 자유시의 시풍을 형식화하려다가 시조 형식의 파계 또는 파격과 이미지의 추상화 현상을 빚는 등 문제점을 드러낸다는 것이 그의 견해다.[7]

셋째, 공간적 의미에 관한 연구가 있다. 오승희는 그의 박사 학위 논문에서 김상옥 시조의 공간을 수평축과 수직축의 교차 관계로 파악한다. 김상옥의 시조는 인사적(人事的) 현실 공간과 관조적 자연 공간을 수평축으로 하고, 역사 의식과 종교적 상징 공간을 수직축으로 하고 있는 것으로 분석하여 보인다.[8]

넷째, 고향성(故鄕性)에 관한 연구가 있다. 김민정은 그의 박사 학위 청구 논문에서 김상옥·이태극·정완영 시조의 '고향성'을 밝힌다. 그는 김상옥 시조의 고향 의식을 둘로 나눈다. 고향인 통영의 향토적, 토속적 정서를 품은 고향 의식과 정신적 고향으로서의 민족 정서를 품은 고향이 그것이다. 「사향(思鄕)」·「봉선화」·「물소리」·「강 있는 마을」 등은 전자의 예이고, 「석굴암」·「다보탑」·「십일면 관음」·「백자부」·「청자부」·「선죽교」·「재매정(財買井)」·「촉석루」 등은 후자의 예다. 전자와 달리 후자에서는 약간의 갈등이 나타난다는 것이다.[9]

다섯째, 기타 송하선이 쓴 김상옥의 예술적 천분과 선비 정신, 이원섭의 시집 『느티나무의 말』에 부치는 글 등이 있고, 김용직은 「현대 시조의 맛 또는 제 빛깔 내기」에서 김상옥을, '시조를 통해 시와 예술의 절대적 경지를 개척한 시인'으로 규정짓는다.[10]

본 논문에서는 김상옥 시조의 특성을 지속과 변이의 양상·'새로움'의 관점에서 밝히고, 그 역사적 의의를 짚어 본다. 이에는 형식주의적 방법에 역사주의적 관점이 보조적으로 활용된다.

3. 김상옥 시조의 특성

초정 김상옥은 『문장』 출신이다. 1938년에 가람 이병기에게 뽑혀 추천 완료된 작품이 「봉선화」다. 데뷔작 「봉선화」와 뒤의 「백자부」 등은 같은 『문장』 출신 조지훈의 「봉황수」·「고풍 의상」과 함께 전통미 또는 '멸망해 가는 우리 것의 아름다움'을 재현한 작품이다. 「봉선화」는 뒤의 「백자부」 등과 함께 김상옥 시조의 원초적 상상력의 발원체라 할 수 있다.

초정 김상옥 시인은 1920년 경남 통영시 항남동 64번지에서 출생했고, 6세에 한문 서당 송호재(松湖齋)에서 수학했으며, 기타 학력은 없이 독학으로 시·서·화·도자기에 일가를 이룬다.[11] 일제의 정책에 항거하여 세 차례 옥고를 치르고, 영천·서울·함경도 등지를 피신·방랑하였고, 생계를 위하여 인쇄공·서점 점원 등 험한 일을 마다하지 않았으며, 삼천포·통영·마산·부산 등지에서 중고등학교 교사 생활을 했다. 18세 되던 1938년도 『맥(脈)』 동인으로 활동하였고, 1939년 10월 『문장』에 시조 추천, 『동아일보』에 시·동요가 당선되어 문단에 나왔다.

시집에는 『초적(草笛)』('47), 『고원(故園)의 곡(曲)』('48), 『이단(異端)의 시』('49), 『의상(衣裳)』('56), 『목석(木石)의 노래』('56), 『삼행시집』('73), 『먹[墨]을 갈다가』('80), 『향기 남은 가을』('89), 『느티나무의 말』('98)이 있다. 『석류꽃』('52), 『꽃 속에 묻힌 집』('58) 등 동시집과 산문집 『시와 도자(陶磁)』도 있다.[12]

성품이 개결(介潔)·강의(剛毅)하여 불의와 타협하지 않았다. 1995년 정부가 주겠다는 국민훈장 보관장 받기를 거절한 것이 그 한 예다. 친일파도 받는 훈장이므로 받을 수 없다는 것이었다. 그는 '미(美)·선(善)·의(義)를 일생 동안 섬긴 항심(恒心)의 지사요 시인이었다.[13]

3-1. 고향 또는 자연 낙원

낙원에는 자연 낙원(Greentopia), 기술 낙원(Techtopia), 환경 낙원(Ecotopia)이 있다. 김상옥 시인은 농경 시대의 고향과 돈독한 가족과 이웃 관계를 '자연 낙원'으로 형상화했다.

비 오자 장독간에 봉선화 반만 벌어
해마다 피는 꽃을 나만 두고 볼 것인가

세세한 사연을 적어 누님께로 보내자

누님이 편지 보며 하마 울까 웃으실까
눈앞에 삼삼이는 고향 집을 그리시고
손톱에 꽃물 들이던 그날 생각하시리

시조 「봉선화」의 3개 연 중 둘째, 셋째 연이다. 작품의 소재가 된 봉선화 이야기는 동북 아시아 설화 문학의 주요 모티프이고, '누님'과 '고향 집'은 농경 시대의 삶터와 가족 관계로 맺어져 '존재의 근거'를 표상하는 상관물들이다. 이 데뷔작은 김상옥 시조의 맥을 이루는 원초적 상상력과 깊이 관련되는 것으로 보인다. 또한 그의 첫 시집 『초적』(1947) 제1부의 표제를 '잃은 풀피리'로 한 것 또한 우연이 아니다. 그는 애초에 '잃은 것'이나 '잃을지도 모르는 것'에 대한 짙은 애착을 보이고 있다.

아닌게아니라, 풀피리 소리는 유년의 고향을 향한 그리움을 애잦게 환기하는 절묘한 상관물이다. '방랑의 기산하(機山河) / 눈물의 언덕을 지나 / 피르닐늬리'를 노래하던 한하운의 그 풀피리는 한국 시가사상 '애잦은 향수'의 절정을 지향한다. 이런 풀피리 소리로 비롯되는 김상옥 시조 시학의 상상력과 서정의 곡절(曲折)이야말로 그의 시사(詩史) 전반을 지배한 존재의 끈, 삶의 벼리[綱]다.

눈을 가만 감으면 굽이 잦은 풀밭 길이
개울물 돌돌돌 길섶으로 흘러가고
백양(白楊)숲 사립을 가린 초집들도 보이구요

송아지 몰고 오며 바라보던 진달래도

저녁 노을처럼 산을 둘러 퍼질 것을

어마씨 그리운 솜씨에 향그러운 꽃지짐

어질고 고운 그들 멧남새도 캐어 오리

집집 끼니마다 봄을 씹고 사는 마을

감았던 그 눈을 뜨면 마음 도로 애젓하오

시조 「사향(思鄕)」 전편이다. 송아지·진달래·저녁 노을·어머니·꽃지짐 등은 농경 시대 고향의 정경을 제시하는 객관적 상관물들이다. 그의 토속적 정서, 정신 지향성과 함께 모더니즘(주지주의)적 기교를 여기서 소박하게 만난다.

김상옥이 농경 시대의 자연 낙원 구성원인 가족과 마을 사람들에 대한 그리움을 절묘한 모국어, 향토어로 읊은 절창이다. '멧남새'나 '애젓하오' 같은 향토어를 적절히 배치한 조어법(措語法)이 빼어난 경지에 들었다. 도연명(陶淵明)의 「도화원기(桃花源記)」의 한 정경이 연상된다.

한 굽이 맑은 강은 들을 둘러 흘러가고

기나긴 여름날은 한결도 고요하다.

어디서 낮닭의 울음소리 귀 살풋이 들려오고

「강 있는 마을」 2개 연 중의 제1연이다. 두보(杜甫) 시의 한 대목을 닮

앉다. 소리 없이 외로이 굽이쳐 흐르는 맑은 강물과 그 들판의 회화적 영상미, 한적한 여름날 시골 마을 낮닭의 울음소리의 청각적 이미지가 어우러진 한 폭의 그림이다.

볕살은 어리어도 삼월처럼 포근하다
추녀에 걸린 구름 비늘인 양 머흘으고
청(靑)제비 강남엘 가고 둥저리만 남았다

후미진 뒷메 골에 가랑잎 지는 소리
감낡에 열매 까마귀도 쪼아 먹고
먼데 벗 하마 오실까 기다리기 겨워라

「만추(晩秋)」 전편이다. 포근한 늦가을의 정취가 어려 있다. 시적 자아는 개입하지 않고, 사람과 동물의 역동성을 소거한 자연 자체의 정적미(靜寂美)야말로 절륜의 경지에 이르렀다. 「봉선화」나 「사향」에서 만나던 자연 낙원의 구성원들조차 자취가 가뭇없다. 이런 정경은 「눈」에서도 만날 수 있다.

헐벗은 가지에도 흐뭇이 꽃이 벌고
보리 어린 이랑 햇솜처럼 덮어 주고
오는 철 새로운 봄을 불러오려 하느냐

3개 연 중 제2연이다. 이 역시 자연 낙원의 한 정경이 회화적 이미지로 형상화되어 있다. 나목(裸木)·설화(雪華)·보리밭의 눈 내린 모습이 낙원의 한 정경으로 제시되었다.

김상옥의 시조가 노산의 애상적 율조(律調)와 관념, 가람의 사실적인 감각을 취합하고 이를 뛰어넘는 까닭은 '자연 낙원의 감동적 제시'라는 초정 시업(詩業)의 필연적 과제에 있다고 할 것이다. 그의 시조가 모사적(模寫的) 사실성을 띠면서도 아름다운 자연 서정과 향수를 환기하는 연유에 주목해야 한다는 뜻이다.

오래도록 흐리기만 하고 가물던 이 땅에 따스한 새 햇빛과 반가운 빗소리가 들리어 산과 들도 다시 푸르고 짓밟힌 길바닥에도 파랗게 냉이잎이 돋아나고 또 보리밭 머리로는 종달새가 지절거리고 떠오른다.

김상옥의 첫 시조집 『초적』에 실린 가람 이병기의 서문 중의 첫 대목이다. 왜적에게 빼앗겼던 이 땅의 강토, 자연 낙원의 회복욕이 충족된 해방기의 정경이 펼쳐지고 있다. 시조집 『초적』의 의의는 이같이 '어둠'에서 '빛'의 땅으로 회복되는 소생의 기쁨에 갈음되는 것이라 하겠다.

3-2. 멸망해 가는 것의 아름다움

시조집 『초적』의 제3장은 멸망해 가는 우리 문화 유산을 소재로 한 것들로 충만해 있다. '청자부·백자부·추천·옥저(玉笛)·십일면관음·대불(大佛)·다보탑·촉석루·선죽교·무열왕릉·포석정·재매정(財買井)·여황산성'이 그것이다.

김상옥을 지칭하는 시·서·화·도예의 '사절(四絕)'(송하선)이나, '대자재(大自在)의 시인'(이원섭)이라는 말은 이 농경 시대의 자연과 가족을 중심으로 한 삶의 터전, 자연 낙원에 대한 애착으로 귀결된다. 농경 시대의 고향에 대한 그의 '관심의 언어'(N. 프라이의 말)가 확장된 것이 민족이며, 그 문화다. 그것의 상관물이 청자·백자·추천(鞦韆)·옥저·십일면관음·다보탑·촉석루·선죽교·포석정 등이며, 그것은 '멸망의 위기'에 처한 우리 문화재다. 그의 시는 이같이 우리 문화 정체성 훼손의 위기감에서 비롯된다. 그가 시조뿐 아니라 서예·한국화·도자기에까지 애착을 보인 것은 모두 이 같은 위기감의 '승화'와 관련된다고 하겠다.

① 휘넝청 버들가지 포롬히 어린 빛이
　　눈물 고인 눈으로 보는 듯 연연하고
　　몇 포기 난초 그늘에 물오리가 두둥실

　　　　　　　　　　　　　　　　　　　－「청자부」에서

② 찬서리 눈보라에 절개 외려 푸르르고
　　바람이 절로 이는 소나무 굽은 가지
　　이제 막 백학 한 쌍이 앉아 깃을 접는다

　　　　　　　　　　　　　　　　　　　－「백자부」에서

③ 의젓이 연좌(連坐) 위에 발돋움하고 서서
　　속눈썹 조으는 듯 동해를 굽어 보고
　　그 무슨 연유 깊은 일 하마 말씀하실까

　　　　　　　　　　　　　　　　　　　－「십일면관음」에서

④ 지긋이 눈을 감고 입술을 축이시며

　　뚫린 구멍마다 임의 손이 움직일 때

　　그 소리 은하 흐르듯 서라벌에 퍼지다

　　　　　　　　　　　　　　　　　　　 ―「옥저」에서

　　위의 ①-④가 모두 우리 시조시사의 '거듭나기'에 관련된다. 가람 이
병기의 시조가 노산 이은상의 비탄과 애상을 씻은 거듭나기의 선구적 좌
표에 놓인다면, 초정 김상옥의 시조는 이병기의 묘사적 기법을 창조적으
로 계승한 데다 노산의 비탄의 어조를 맑혀 거듭나기를 완성한 공적을
남긴다. 화자(話者)의 어조가 시 텍스트 자체를 지향하는 '심미적 실존'의
자세를 취한다. 시인과 독자가 심미적 소통의 차원에서 만나게 되는 예
술시다. '백로'는 충신, '까마귀'는 간신이라는 식의 우유(寓喩, 알레고리)
의 소통 방식을 관습으로 하던 전근대적 화법(話法)을 청산하였다. 직설
이나 영탄에 의존하기보다 객관적 상관물을 동원한 묘사의 기법으로 서
정의 분출을 절제한 근대적 기법이 탁월성을 확보한다. 본격적인 비유나
상징을 도입하지는 못한 채 주로 서술적 이미지에 의존하였으나, 유한정
적(幽閒靜寂)의 전통미를 역동적 이미저리로 되살리고 있다. '물오리가
두둥실,' '바람이 절로 이는,' '앉아 깃을 접는다,' '발돋움하고 서서,' '입
술을 축이시며,' '임의 손이 움직일 때,' '은하 흐르듯 서라벌에 퍼지다'
등의 역동성은 가위 절조(絶調)를 지향한다. '눈물'이라는 비애의 상관물
이 등장하나, 그것조차 비탄에 그치지 않는 '맑은 비애미'를 표출한다.
N. 하르트만이 말한 우아미(優雅美)가 우리 전통 미학의 정수라 할 때,
그 정수가 김상옥의 시조에 결정(結晶)되어 있다.

김상옥의 다음 글은 이의 제2차 자료로서 논거에 값한다.

　　온갖 거짓과 불의 속에 살아도 다시 그것이 없는 곳에 따로 조고만
푸른 하늘을 가지자니, 어찌 망명 같은 외로움과 괴로움이 없겠사옵니까.
(중략)
　　지난날 나는 이 겨레와 이 강토를 이 글과 이 말을 마음으로 사랑하였
으되, 그의 밤은 굴욕을 씻기에 분노보다 슬픔이 앞을 가리고 항쟁보다
원망으로 살아, 이렇다 도로 한(恨)되고 마음이 허전해짐을 느끼옵니다.

시조집『초적』의 '후기'에서 뽑은 것이다. 김상옥은 개결한 선비 정신
으로 일제 강점기와 그 이후의 삶을 살았다. 선(善)·미(美)·의(義)를 최
고 가치로 섬겼기로 그는 불선·추함·불의를 멀리했다. 세 차례 옥고도
그래서 치러야 했고, 피신과 방랑도 그 때문이었다. 그의 항쟁은 필경
멸망의 위기에 처한 우리 문화 유산에 응결, 표출된다.

그의 민족애는 이순신과 김구를 흠모한 여러 행적에서 드러나며,[14)
이것은 문화 유산의 아름다움에 대한 애착으로 승화되어 나타난다. 그렇
다고 하여 김상옥을 문화적 국수주의자(國粹主義者)로 보아서는 안 된다.
그가 서구 자유시형을 지향한 각고의 노력을 기울이는 모습은 다음 장에
서 보기로 한다.

3-3. 지속과 변이의 노작

김상옥은 독학으로 시·서·화·도자기의 4절이라 일컬음받은 시조시
사의 거봉(巨峰)이다. 이원섭이 그의 자질과 노력을 대비하여 '삼분인사

팔분천(三分人事八分天)'이라 하였듯이,[15] 그는 시적 천분이 탁월한 시인이다. 그럼에도 그는 단순히 천분과 영감에만 의지하지 않았다. 그는 노작(勞作)의 대가였다. 이원섭이 "이 시인은 이제 시형이건 시어건 떡 반죽이나 되는 듯 마음대로 주물러도 되는 대자재(大自在)를 얻고 있음이라고나 할 것인가"[16]라고 한 것도 그의 노작을 결코 배려치 않은 말은 아니라 하겠다.

서정주는 일찍이 다음과 같이 말한 바 있다.

> 그는 모든 사물을 볼 때마다 거기 살다가 죽어간 옛 어른들의 눈에 보이지 않은 넋을 찾아내는 데 있어 우리 시인들 중에서는 가장 뛰어난 눈을 가진 선수이다. 귀신이 곡한다는 말이 있는데, 그의 시 속에는 늘 귀신도 많이 참가하여 곡하고 있다는 것을 안다.[17]

송하선은 이에 적극 공감한다. 그는 르네 웰렉과 오스틴 워렌의 말도 인용한다. 시인은 '인스퍼레이션을 받은 자,' '(넋이) 씌워진 자,' '만들어 내는 힘이 있는 광인(狂人),' '이미지를 만들어 내는 마술사' 등으로 표현한 그들의 말에 따라, 김상옥의 천분을 극찬한다. 그러나 그가 단지 영감으로만 시를 쓰지 않음은 다음과 같은 자료에서 잘 드러난다.

> 나는 시를 사랑한다. 그러나 일호(一毫)의 작위(作爲)도 없는 우리 고도(古陶)를 나의 시로서 시 못지않게 사랑한다. 나의 치아보다 먼저 이 빠진 항아리에 순금의 의치(義齒)를 만들어 끼워 준 일이 한두 번이 아니다. 나의 시에도 혹시 자기(磁器)처럼 이 빠진 자욱이 눈에 띄면, 나는 몇 날

몇 밤을 자지 않고 퇴고를 한다. 이런 나를 보고 어느 분(김동리)은 "그의 시조는 영악하게도 완벽을 꾀하려 한다"고 꼬집으며 칭찬을 한 일이 있다.[18]

이를 보아도 김상옥은 그의 천분인 시적 영감에 각고의 노작(勞作)을 마다 않은 시인이었음이 판명된다.

그의 이런 노작은 시조 전통의 지속(持續, duration)과 변이(變異, variation)의 양상으로 드러난다. 김상옥의 시조는 앞에 예시된 여러 작품에서 보았듯이, 전통미의 지속과 변이에 성공하고 있다. 형태도 예외가 아니다. 3음보의 율격과 초·중·종장의 음수율과 길이의 규칙형은 두 차례 변형을 시도한다. 근대 자유시의 세계를 넘나들던 그의 시 세계는 시집『삼행시』(1973)를 거쳐『느티나무의 말』(1998)에서 결산된다.

김상옥 시업(詩業)의 단초는 자유시였다. 동인지『맥(貘)』에서 자유시「모래알」,「다방」(1938)을 썼고,『동아일보』에 당선된「낙엽」(1939),『문장』에 추천된「봉선화」(1939)는 시조였다. 그는 시조의 '닫힌 서정'을 '열린 형태미'로 극복해 보려는 노력의 지향점을 자유시형에 두었다. 그가『초적』을 '시조 시집'이라 한 것부터 이 같은 지향성과 무관치 않아 보인다. '창(唱)'과 결별한 20세기 시조의 빈 자리를 무엇으로 채울 것인가를 두고 고심한 것이다.

김상옥의『삼행시』에는 전통적 음수율을 계승한 것과 변형을 시도한 것이 섞여 있다.

　　나목(裸木) 가지 끝에 서성이던 머언 소식

퍼얼펄 쏟아지게 함박눈 내리는 날
어디에 아련한 길로 문이 한 채 열린다.

-「강설」에서

전통적인 4음보에 3·4(5)·4·3 음수의 완급률(緩急律)을 그대로 이은 시조다.

아무리 굽어봐도 이는야 못물이 아닌 것을
그날 그리움으로 하여, 그대 그리움으로 하여
내 여기 살도 뼈도 혼령도 녹아내려 질펀히 괴었네.

-「아가(雅歌) 1」에서

시조 형태로는 파격이다. 한 음보가 4모라(mora)인 시조의 전통 율격이 심하게 요동쳐 완급률상의 심한 편차를 드러낸다.

한 장의 무색 투명한 거울이 수직으로 걸어온다. 맞은편에서도 꼭같은 무색 투명한 거울이 수직으로 걸어온다. 이 두 장의 거울은 잠시 한 장의 거울로 밀착되었다가, 다시 둘로 갈라져 제각기 발뒤축을 사뿐 들고 뒤로 물러선다.

-「과학 비과학 비과학적 실험」에서

주지주의 쪽의 모더니즘 시를 지향한다. 매우 이질적인 작품이다. 서정의 '가슴(heart)'과 지성의 '머리(brain)' 사이에서 김상옥의 상상력은 심각한 갈등상을 드러낸다. 그런 갈등과 고심의 결산이 시조집 『느티나무의 말』이다.

⑤ 여윈 숲
  마른 가지 끝에
  죽지 접은 작은 새처럼,

  물에 뜬
  젖빛 구름
  물살에 밀린 가랑잎처럼,

  겨울 해
  종종걸음도
  창살에 지는 그림자처럼.

                                        ―「근황」

⑥ 숨쉬지 않는
  잠이 있나요?
  ―바로 저런 겁니다.

  잠자지 않는
  꿈이 있나요?
  ―바로 저런 겁니다.

꿈꾸지 않는

넋이 있나요?

ㅡ바로 저런 겁니다.

ㅡ「돌」

⑦ 바람 잔 푸른 이내 속을 느닷없이 나울치는 해일이라 불러다오.

저 멀리 뭉게구름 머흐는 날, 한 자락 드높은 차일이라 불러다오.

천 년 한 눈 깜짝할 사이, 우람히 나부끼는 구레나룻이라 불러다오.

ㅡ「느티나무의 말」

위의 시 ⑤와 ⑥은 시의 배열 형태로 '규칙형'이다. 전통적 배열 형태를 3행씩의 3편 형식으로 변형하였다. ⑥은 동어 반복, ⑤와 ⑦은 이어 반복(異語反復)의 형식을 취하였다. 음악의 반복과 변이, 균형과 대조의 기법을 원용한 것이다. 이 밖에 산문시 한 편이 있을 뿐 그의 말기 시는 이같이 절제와 균형의 미학으로 거듭나 있다.

김상옥이 붙인 '시조시'·'삼행시'라는 용어에 대한 비판[19]은 재고해 볼 필요가 있다. '창'을 비워 버린 현대 시조는 '시조시'일 수 있고, 세계시의 보편성으로 볼 때 시조는 삼행시다.[20]

김용직이 지적하듯이, 또하나 주목할 부분이 있다. 초정이 창조한 비극적 영웅상의 역동적 형상화 문제 말이다. 그의 사설시조 「고산자 김정호 선생송」을 보자.

보아라 저 백두산 천지, 한라산 백록담에도 한결같이 그의 푸른 마음
은 떨고 있다. 달빛처럼 드푸른 마음은 떨고 있다. 지금 이 백년 후생의
가녀린 가슴에도 사시나무 떨듯 그렇게 떨고 있다.

김정호는 '영웅 서사시의 주인공에 버금가는 비극적 인간상'에 갈음되
는 인물이다. 전국 방방곡곡을 누비고 다니며 조선 전도를 완성한 이 인
물은 조정에 잡혀 투옥, 초달을 당한 인물이다. 김용직은 정적미(靜寂美)
에 머문 가람의 시조와 대비하여, 초정 시의 비극적 역동성을 기린다.
고시조나 가람의 엇시조, 사설시조에서 초인이나 영웅을 주인공으로 한
작품은 없는데, 이 불문율을 깨고 나선 것이 김상옥이라는 것이다.

이제 초정이 그의 비극적 체험을 파격 시조로 노래한 이유가 명백해진
다. 김상옥 시인은 안정된 심리 상태에서는 평시조를 썼고, 거기에 최대
한으로 예술적 의장을 살린 말을 담았다. 그러나 시대와 상황을 생각하
고 비감에 싸인 자리에서는 「고산자 김정호 선생송」과 같은 시를 쓰지
않을 수가 없었다. 그때 택한 사설시조에서 그는 강개에 찬 말들을 전면
에 내세웠다. 그러면서 그들을 효과적으로 살리는 의장을 그의 작품에
시험한 것이다. 이렇게 보면, 김상옥 시인은 기법의 시인인 동시에 치열
한 시대 의식의 소유자이기도 했다. 또한 그는 자신의 내면 세계를 깡그
리 연소시킬 줄 아는 예술혼의 소유자였다.[21]

김상옥의 '거듭나기 시학'은 이같이 내용과 형식이 융화된 '완결성'을 가늠하는 수준에 이르러 있었다.

⑧ 그 꽃은
　　작은 싸리꽃
　　아 산들한 가을이었다

　　봄 여름
　　가리지 않고
　　언제나 가을이었다

　　말라서
　　바스러져도
　　향기 남은 가을이었다.

　　　　　　　　　　　　　－「싸리꽃」

⑨ 난 있는
　　방에 들면
　　마음도 귀가 밝다

　　얼마를
　　닦았기에
　　눈빛마저 심심할까

흰 장지

구만리 바깥

손 내밀 듯 보인다

－「난 있는 방」

위의 ⑧과 ⑨의 시행과 연은 규칙형이다. 첫째·둘째·셋째 줄들의 길이가 대응 관계를 이룬다. 그것은 아울러 율격과 시상(詩想)의 완급을 조율하는 구실을 한다. 이 밖에도 2행 1연, 4행 1연으로 배열하는 등 김상옥 시인이 시의 형태미에 대하여 어느 정도 고심하고 변형을 꾀하였는가를, 앞의 ⑤-⑦과 함께 확인할 수 있다.[22] 그뿐 아니다. 형태미의 변이형을 개발할 뿐 아니라 정서와 사유의 세계에도 변화를 모색한다. 그의 시가 초기에는 정서의 표출, 후기에는 사유의 깊이 천착에 고심한 것도 이 같은 형태미의 추구와 관련된다.

4. 맺음글

김상옥은 바다에서 산으로 회귀한 최남선의 전통 지향적 에너지, 정인보 등 국민문학파의 시조 부흥 운동에 호응한 이은상의 회고·비탄·그리움의 정서, '들려 주는 시'를 '보여 주는 시'로 변용한 이병기의 시조 미학을 창조적으로 계승한 시인이다.

그는 '멸망해 가는 것,' 민족 정체성의 위기에 직면하여 이에 '현존성'을 부여하기 위해 고심에 고심을 거듭했다. 이화월백(梨花月白)·설월만

창(雪月滿窓) · 이화우(梨花雨) · 만중운산(萬重雲山)의 이미지, 유한적정(幽閑寂靜) · 전전반측(輾轉反側)의 초려(焦慮) · 별리(別離)와 그립고 아쉬운 추회(追悔)와 정한(情恨) · 애이불비(哀而不悲)의 전통 정서의 역사성을 두고 고심한 노작의 소산이 김상옥의 시조요 자유시다. 삼분인사칠천분(三分人事七天分)이라 하여 그 시적 천분과 영감을 극찬한 평설(이원섭 · 송하선)은 타당하나, 그의 노작은 더욱 값지다. 전통적 서정의 세계에서 고요한 관조의 시조로, 다시 '우주와 생명의 무한한 경지'(김창완)를 추구한 자유시 · 산문시의 세계로 전이하며 고심하던 그는, 만년에 낸 『느티나무의 말』에서 다시 절제와 균형의 시조 시학을 완결지었다.

초정은 노산의 회고 · 비탄의 정서와 가람의 묘사적 '보여 주기' 시학을 지양 · 통합한 공적을 남긴다. 그의 시조 · 자유시에는 맑은 비애, 우아한 회화미, 반복과 변이의 형태미, 우주와 인간 존재에 대한 탐구 등 고심의 자취가 역연하다. 모국어의 아름다움을 위한 절차탁마의 노고는 물론, 불립문자(不立文字) · 기어(綺語)의 죄에서 자유롭고자 한 선적(禪的) · 노장적(老莊的) 언어 의식은 경이롭기까지 하다.

초정 김상옥은 분명 한국 시조사상 그 혁신의 분기점에 자리한다. 독학과 직업 편력, 역사의 파란 같은 통고(痛苦)의 체험밭에서 변용된 맑은 정서, 개결한 품격, 회화적 이미지, 열린 형식미와 세계관의 끊임없는 모색은 큰 공적으로 남는다. 다만, 통영시 항남동에서 출생한 그의 시에 바다의 정서와 이미지가 가뭇없는 까닭은 무엇인가? 통영 출신 김춘수의 바다 이미지와의 대비 연구가 필요한 부분이다.

1) 조연현, 「안정과 반항」, 『현대 한국 작가론』(서울: 문예사, 1953), 113면 참조.
2) 임선묵, 「초정(艸丁)과 『초적(草笛)』」, 『초적』(중간본, 서울: 동광문화사, 2002) 참조.
3) 유성규, 「초정 김상옥의 시 세계」, 『시조 생활』(1989, 여름) 참조.
4) 김동리, 「『초적(草笛)』의 악지보(樂之譜)」, 민중일보(1947. 8. 20.) 참조.
5) 이우종, 「한국 현대 시조의 이해」, 『시조 생활』(1989. 창간호) 참조.
6) 정혜원, 「김상옥 시조의 전통성」, 『한국 현대 시조작가론』(서울: 태학사, 2002) 참조.
7) 나재균, 「김상옥 시조 연구」, 한국교원대학교 석사학위 논문(1998) 참조.
8) 오승희, 「현대 시조의 공간 연구」, 동아대학교, 박사 학위 논문(1991) 참조. 충남
   대학교 교육대학원 조은호의 석사 학위 논문 「현대 시조의 공간 의식 연구」(1996)
   는 오승희 논문을 표절한 것으로 보임.
9) 김민정, 성균관대학교, 박사 학위 논문(2003. 4.) 참조.
10) 『맥(脈)』(동인지, 제4호, 서울 문장미디어, 2005) 참조.
11) 이를 일러 송하선은 초정을 '사절(四節)'이라 함. 송하선, 「삼절(三絕), 그 마지막
    선비」, 위의 동인지 『맥』 참조.
12) 향기 남은 가을(고희 기념 시화집, 서울: 도서 출판 상서각, 1989) 연보·허윤정,
    「단풍 붉게 타던 날 초정 선생님은 가시고」, 『맥』(동인지) 참조.
13) 김재승, 「초정 김상옥 선생님 주변에서 보낸 반세기」, 『맥』(동인지), 198-211면 참조.
14) 이종문, 「생각만 해도 눈시울이 울컥 붉어지는 스승」, 『맥』 제4호(2005), 109-118면
    참조.
15) 이원섭, 「시집 『느티나무의 말』에 붙이는 군더더기 말」, 위의 책, 142면 참조.
16) 위의 책, 146면.
17) 서정주, 「김상옥 시집 『먹을 갈다가』」(서울: 창작과 비평사, 1980), 뒤표지.
18) 김상옥, 「나의 삶 나의 생각」, 경향신문(1953. 3. 10).
19) 임선묵, 앞의 글 참조.
20) 조동일도 『한국 문학통사』(서울: 지식산업사, 1988)에서 같은 의견을 표명한 바 있음.
21) 김용직, 「현대 시조의 맛 또는 제 빛깔 내기―초정 김상옥론」, 『맥』 제4호 (2005), 164면
22) 김봉군, 「절제와 노작 또는 거듭나기의 시조 시학」, 『맥』 제4호 (2005), 184-189면
    참조.

초정 김상옥의 문학관

김대행

1. 시인의 말

'법관(法官)은 판결로만 말한다'는 말이 있다. 법관은 판결을 내리는 사람이기에 그를 향한 어떤 질문에도 사사로이 답하는 대신 판결로 답해야 한다는 뜻이리라. 이 말은 시인에게도 그대로 들어맞을 듯싶다. 시인은 시를 쓰기에 시인이다. 그러니 문학에 대한 시인의 생각은 시를 통해 드러나는 것이 정당하고 정확할 것이다. 그래서인지 김상옥도 시집 『향기 남은 가을』(1989)의 서문에서 비슷한 뜻으로 말한 적이 있다.

> 시인의 말은 오직 시일 뿐, 흔히 일컫는 서문이란 것도 생각하면 한갓 군소리에 지나지 않을 것이다.

고희(古稀)를 맞아 낸 선집의 이 서문에서 시인은 아예 글의 제목조차 '시인의 말은 시'라고 달고 있음을 본다. 이 뜻을 지키려고 그러했는지는 모르겠으되 그 이후의 시집에서는 서문이나 후기가 사라지는 것도 모두 이와 무관하지 않을 것이다.

그러나 시인도 문학에 대해서 말할 기회는 얼마든지 있다. 특히 시집의 서문이나 후기가 그런 말을 하는 좋은 기회가 된다. 그런가 하면 시인이 쓰는 산문도 시에 대해 말할 기회가 된다. 김상옥 역시 이전의 시집이나 산문집에서 시에 대해 이러저러한 견해를 피력한 바가 있다.

하기야 시인이라고 해서 문학에 대해 말을 하지 말라는 법이야 없겠지만, 과장한다면 시에 대해 하는 말과 시의 세계가 다르지 말라는 법도 없다. 입으로는 사랑이 싫다고 말하면서도 사랑에 깊숙하게 빠져드는 사람을 보라!

김상옥은 어떠했을까? 김상옥의 문학관을 그런 관점에서 살피고자 한다. 그렇게 하는 것이 좋겠다는 생각은 문학의 다양성이나 입체성과 관계가 된다. 이 세상에 문학을 한 마디로 정의하려는 것은 얼마나 치기어린 일인가! 이는 마치 삶이란 무엇인가, 혹은 세계란 무엇인가라는 질문에 한 마디로 답하려는 것과 다를 바가 없다. 그만큼 광대무변하고 복잡다단한 것을 어찌 한 마디의 말로 말할 수 있으랴. 그러니 문학관을 살피는 것도 김상옥이 관심을 가졌던 생각을 실마리 삼아 따라가는 것이 순조로울 것이다.

여러 권의 시집을 세상에 내놓은 김상옥은 그때마다 몇 마디씩의 생각을 적어 문학에 대한 관심의 초점을 살피게 해 준다. 그 중에서도 의미가 큰 것은 그의 첫 시집 『초적』(1947)의 후기가 아닌가 한다. 이 후기의 군데군데에서 문학을 바라보는 시인의 생각을 살필 실마리를 찾아본다.

지내고 보면 십 년도 하루 같아라! 나는 이날로 시를 썼으되 여기 아무런 이론(理論)도 있지 않습니다. 헐벗으면 떨리고 굶주리면 허덕이듯 시도 또한 이처럼 견디지 못해 써 옵니다.

'아무런 이론도 없다'는 말은 나중에 그가 한 '시인의 말은 시일 뿐'이라는 말과 동공이곡(同工異曲)으로 들린다. 이 점에서 시인은 설명하는 사람이 아니라 만들어 내는 사람, 즉 창조자라는 인식의 흔적을 본다. '시는 어디서 오는가'라는 물음을 던지고 그것은 실로 창조하는 것이라고 답한 셈이다.

그렇다면 그러한 창조를 하게 하는 힘은 무엇인가에 대해서 김상옥은 '견디지 못해'라고 답을 한다. 말하자면 본능이라는 뜻이다. 시를 본능의 표출로 본다는 것은 그가 표현론에 근거하여 시를 쓰는 시인이기를 지향한다는 것을 짐작하게 한다.

시를 이루는 힘에 대하여 밝힌 것으로 보이는 이 두 가지 진술은 그의 전생애를 통해 일관되게 유지된 듯하다. 시는 이론으로 쓰는 것이 아니라 창조의 본능에 근거한다는 생각은 문학을 생성하는 힘에 대하여 가진 생각이고, 공교롭게 꾸미기보다는 내부에서 우러나는 진솔한 목소리를 담아 내는 데 충실했던 그의 문학적 대전제를 확인하게 해 준다.

문학에 대한 생각이 좀더 분명해지는 것은 이 뒤에 이어지는 다음과 같은 표현이다.

온갖 거짓과 불의의 속에 살아도 다시 그것 없는 곳에 따로 조고만 푸른 하늘을 가지나니 어찌 망명 같은 외로움과 괴로움이 없겠사옵니까. 뉘들 이 외롭고 괴로운 노릇을 원하료마는 이를 나는 등신처럼 참고 받아왔기로 일찍 어느 왕자(王者)도 갖지 않은 보배로운 이 슬픔을 지니게 되었사옵니다.

남몰래 지닌 보배기로 내게는 더욱 귀하고 내 몸이 아무리 저자에서 장돌림같이 천하게 구을어도 거기 빠지지 않고 이 어젓한 자랑으로도 오히려 수줍었나이다.

그러나 이 그림자같이 따르는 거짓을 무슨 수로 벗어나겠나이까. 거짓을 버리자는 나의 시도 그대로 허울이거든 아아 나의 시여! 언제나 너의 본연한 모양으로 나타나리. 내 몸이 완전히 거짓을 벗어나는 날 이 시도 참된 넋의 속삭임이 될 줄로 아옵니다.

이 부분에서는 세상이 온통 거짓으로 가득하고 그러기에 자신이 쓰는 시도 거짓을 벗어나기 어렵다고 하면서 시를 가리켜 거짓투성이의 세상에 따로 지니는 '조고만 푸른 하늘'이라고 하였다. 이런 생각은 '시를 왜 쓰는가'에 대한 그 나름의 답이라고 하겠다. 거짓투성이의 현실 너머에 있는 '푸른 하늘'을 찾기 위해 시를 쓴다는 말이다.

이 질문은 다시 '시란 무엇인가'와 '시는 무엇을 노래해야 하는가'로 번역될 수 있다. '푸른 하늘'로 상징되는 세계는 시가 드러내야 할 것이 무엇이며 시가 담을 것이 무엇인가 하는 데 대한 그 나름의 답인 셈이다.

이런 생각들은 문학의 본질과 맥이 닿는 것이라 할 수 있는데, 이 후기에서 김상옥이 내보인 생각은 문학의 본질에 한정되지 않는다. 문학의 형식에 관한 생각의 흔적도 발견할 수 있다.

지난날 나는 이 겨레와 이 강토를 이 글과 이 말을 마음으로 사랑하였

으되 그의 밤은 굴욕을 씻기에 분노보다 슬픔이 앞을 가리고 항쟁보다
원망으로 살아 이제 이렇다 도로 한되고 마음이 허전해짐을 느끼옵니다.
(중략)

　오늘 이 책을 냄은—아직 일부의 작품(신시)이 따로 남았으나—다만
그 흘러간 절통한 인욕의 날을 밝히고자 함이언만 이 시의 어느 구석엔
지 실오래기만 하되 그래도 염통에서 터져나온 피맺힌 사랑이 숨겨 있음
을 믿사옵고…… (하략)

'겨레'와 '강토'에 이어지는 '글'과 '말'을 말 그대로 이해하는 것은 어렵
지 않다. 그러나 이것이 단순히 언어 표현에 관한 생각으로 끝나지 않고
'신시'와 구별되는 형식으로서의 시조라는 문제로 생각이 이어지고 있음을
본다. (첫 시집 『초적』은 시조집임을 상기한다.)

　이는 시의 본질과는 다른 범주인 '형식'의 문제에 대한 관심으로 읽힌
다. 복잡한 대상을 설명하기 위해 흔히 범주화의 방법을 사용하는데, 문
학이란 무엇인가 하는 질문에 답하기 위하여 흔히 범주화하는 전통적 방
식을 따른다면, 문학의 '내용'과 '형식'의 두 범주에 김상옥은 두루 나름
의 관심을 지니고 있었던 셈이다.

　그러고 보면 이 첫 시집의 후기에서 김상옥은 '왜 시를 쓰는가'에 답하
는 내용을 통하여 시의 '동기'에 대한 관심을, '시란 무엇인가'를 말함으
로써 시의 '정의'를, '시는 무엇을 노래해야 하는가'를 통하여 시의 '내용'
을, '시는 어떠해야 하는가'를 통하여 시의 '형식'에 대한 관심의 궤적을
보인다.

　김상옥의 시조 「봉선화」가 20세 때 당선된 것이고, 시조집 『초적』이

28세 때 나온 것이라는 점을 들어 문학에 대한 생각이 일찍부터 균형을 갖추어 자리를 잡았다는 식의 말은 삼가기로 한다. 우리의 관심은 이러한 첫 시집의 생각이 한 시인의 생애를 통하여 어떻게 구체화하고 있는지를 살피려는 것이다. 앞머리에서 밝힌 대로 시인의 말은 곧 시요, 시가 곧 문학관일 것이기 때문이다.

2. 진실을 찾는 역정: 시는 왜 쓰는가

아무나 붙잡고 '왜 사는가'고 묻는다면 어떤 반응이 돌아올까? 대부분은 멍한 표정을 짓거나 씨익 웃고 말리라. 이 세상의 누가 자신이 왜 사는지를 분명하게 구명한 다음에 삶을 영위할 것인가. 사니까 산다는 말이 이래서 정직해 보인다. 시인에게도 같은 말을 할 수 있을 것이다. '나는 시를 왜 쓰는가'라는 질문을 이따금 던져 볼 수는 있겠으나 그런 질문에 대한 확실한 답을 구한 다음이라야 시를 쓰는 것은 아닐 터이다. 사람이 살아가는 일이 그러하듯이 시도 쓰니까 쓴다고 하는 편이 솔직한 답이 될 것이다.

김상옥도 그와 비슷한 생각을 지녔다는 것은 『초적』 후기에서 읽은 바있다. '헐벗으면 떨리고 굶주리면 허덕이듯' 시를 쓴다고 했다. 본능이라는 말이다. 그러면서도 김상옥은 시가 나아가야 할 바를 분명히 함으로써 자신의 문학론을 정립하고 있다는 점이 특이하다.

『초적』 후기에서 본 바이지만 김상옥은 '거짓'으로 가득한 세상에서 '푸른 하늘'을 지닌다고 했다. 말하자면 '푸른 하늘'을 찾기 위해 시를 쓴다는 말이다. 그렇다면 '푸른 하늘'은 무엇의 상징일까? 김상옥이 추구한

'푸른 하늘'의 의미는 그것이 '거짓'의 반대편에 있는 것이라는 데서 구체화한다. 그것은 '진실'이다. 이런 생각이 『목석의 노래』(1956) 후기에서 구체적으로 드러난다.

현실이란 전쟁과 과학과 정치와 불안만이 아니다. 실로 리아리티의 엄숙성은 진실 이상의 진실인 것이다. 우리의 현실은 외관이나 대결로 정리될 성질의 것이 아니다. 그 심부(深部)에 과연(果然)히 잠입하여야 할 것이다.

이처럼 현실은 그 겉모습을 넘어서서 진실을 엿봄으로써만 의미를 드러낸다는 생각은 곧 시를 쓰는 까닭이나 동기가 진실을 찾는 데 있음을 말해 준다. 문제는 그러한 그의 생각이 시에서는 어떻게 구체화하고 있는가 하는 데 있다. 먼저 이런 생각이 작품으로 나타난 초기의 시 「봉선화」(『초적』)를 본다.

비오자 장독간에 봉선화 반만 벌어
해마다 피는 꽃을 나만 두고 볼 것인가
세세한 사연을 적어 누님께로 보내자.

누님이 편지 보며 하마 울까 웃으실까
눈앞에 삼삼이는 고향집을 그리시고
손톱에 꽃물 들이던 그날 생각하시리.

양지에 마주앉아 실로 찬찬 매어주던

하얀 손 가락가락이 연붉은 그 손톱을

지금은 꿈속에 본 듯 힘줄만이 서누나.

'봉선화'란 무엇인가 ─ 이런 질문을 던져 놓고 답을 구해 본다. '봉선화과의 한해살이 풀'이라든가 '붉은 색, 흰색, 분홍색, 누른 색 따위의 꽃이 핀다'는 등의 설명이 봉선화의 진실일 수는 없을 것이다. 이런 설명은 과학의 몫이요 산문이 감당할 부분이다. 김상옥은 봉선화에서 누님을 본다. 봉선화가 지니고 있는 무수한 외면적 사실과 내재적 본질을 넘어 내게 던져주는 의미가 그러하다는 뜻이다. 서정주의 '내 누님같이 생긴 꽃……'을 연상하게 하는 이 시는 그것이 봉선화의 진실이라고 말하고 있다. 외면을 넘어서서 대상이 내게 주는 의미가 곧 대상의 진실인 것이다.

이는 시적 진실이란 무엇인가를 상기하게 한다. 과학이 추구하는 진실과는 달리 시적 진실은 의미의 진실이라 할 만하다. 이 세상 삼라만상이나 세상사 모든 것이 다 저 나름의 외양과 의미를 가지겠지만 내게 던지는 의미 이상의 절실한 진실은 없다. 그것을 시로 썼을 때 공감의 폭이 어떠할는지는 개별성과 보편성이 상통한다는 모순을 생각하게 한다.

그렇다면 김상옥은 이런 진실 찾기의 시 쓰기를 줄곧 계속하였는가? 이 질문은 그가 시를 쓰는 이유에 대한 답을 일관성 있게 지녀 왔던가를 묻는 것이다. 그에 대하여 우리는 '그렇다'고 대답을 하게 된다. 54세에 펴낸『삼행시 육십오 편』(1973)에 실린「항아리」라는 시를 보자.

종일 시내로 헤갈대다 아자방(亞字房)엘 돌아오면

나도 이미 장 안에 한 개 백자로 앉는다.
때묻고 얼룩이 밴 그런 항아리로 말이다.

비도 바람도 그 희끗대던 진눈깨비도
누누(累累)한 마음도 마저 담았다 비운 둘레
이제는 또 뭘로 채울 것가 돌아도 아니본다.

이 시의 제목은 '항아리'지만 차라리 '자화상'이라 해도 무방할 듯싶다. 사실 그렇지 아니한가. 항아리가 지니고 있는 속성이야 무수할 것이다. 깨지기도 하는 것이고, 값이 얼마가 나가기도 하는 것이며, 생김새가 어떠어떠한 것이기도 할 것이다. 그러나 시인은 그 항아리에서 '나'를 본다. 그것이 내게 주는 의미이며 항아리의 진실이다.

여기서 잠깐 생각을 돌려본다. 만약에 문학이 없었더라면 세상은 얼마나 적막했을까? 해는 해대로 달은 달대로 그저 객관적 사실로만 존재했을 것이다. 그렇게 되면 세상은 그저 모래알갱이 같은 동떨어진 개체들의 집합일 따름이 아니겠는가? 문학은 여기에 의미를 부여한다. 그 의미를 가리켜 우리는 흔히 주관적이라는 말을 쓰지만, 여러 사람의 주관은 곧 사실이 된다. 말하자면 문학은 세상을 설명하고 해명하는 일이며, 그렇게 함으로써 세상을 의미 있는 것으로 만드는 작업이다.

이런 관점에서 볼 때 김상옥이 품고 있었던 문학의 이유는 세상을 해석하는 과업이라는 데 있었음을 확인한다. 무수한 것들이 모여 있는 세상이건만 그것들이 그저 다만 모여 있기만 한대서야 존재할 까닭이 무엇이냐고 시인은 묻고 있다. 문학이 나서서 그 이유를 설명하고 의미를 밝혀 줄 때 비로소 그 사물이 존재하는 의의가 구체화된다고, 그래서 시를 쓰는 것이라고 시인은 한 생애를 통해 밝힌 셈이다.

문학을 하는 이유나 목적은 다양할 수 있다. 어떤 사람은 넘치는 감정을 어쩌지 못해서 문학을 할 수도 있고, 혹자는 현실의 비뚤어진 모습을 바로잡기 위해 문학을 할 수도 있다. 그 어떤 것도 문학을 하는 이유와 목적으로서 그 나름의 타당성과 의의를 지님은 물론이다. 그러기에 김상옥이 문학을 하는 이유를 진실 찾기에 두었다는 점에 대해 찬사를 늘어놓거나 가치를 따지는 일은 무의미하다. 우리가 할 수 있는 일은 이런 목적이 그의 작품 세계에서 충분히 구현되었는지, 그리고 그런 이유가 그의 작품 세계를 어느 쪽으로 이끌어 갔는지를 분명하게 하는 일이다. 이제 그 쪽을 살핀다.

3. 의미의 탐구: 시란 무엇인가

'진실이란 무엇인가'라는 질문을 던져놓고 보면 다소 막연해진다. 도대체 무엇을 진실이라고 하는 것일까? 어떤 사람은 객관적으로 입증되는 것만이 진실이라고 할 것이고, 다른 사람은 내가 그렇게 생각하는 것이 진실이라고 할 것이다. 김상옥이 시를 쓰는 이유를 '진실 찾기'에서 구했다면 그가 생각한 진실이란 무엇일까? 그 자취를 더듬기 위해 초기의 시 「백자부」(『초적』)를 본다.

찬 서리 눈보라에 절개 외려 푸르르고 ·
바람이 절로 이는 소나무 굽은 가지

이제 막 백학 한 쌍이 앉아 깃을 접는다.

드높은 부연 끝에 풍경소리 들리던 날
몹사리 기다리던 그린 임이 오셨을 제
꽃 아래 빚은 그 술을 여기 담아 오도다.

갸우숙 바위틈에 불로초 돋아나고
채운(彩雲) 비껴 날고 시냇물도 흐르는데
아직도 사슴 한 마리 숲을 뛰어드노다.

불 속에 구워내도 얼음같이 하얀 살결!
티 하나 내려와도 그대로 흠이 지다
흙 속에 잃은 그날은 이리 순박하도다.

첫째와 셋째 연은 백자의 외면에 눈을 주고 있다. 그것은 누구도 알 수 있는 선연한 그림이어서 달리 볼 사람도 없을 것이다. 굳이 말한다면 시인이 그에 주목하여 그려냄으로써 새로운 한 폭의 그림이 되었다는 의의를 말할 수 있을 것이다.

이 시가 백자에서 찾은 진실은 둘째와 넷째 연에 있는 것으로 보인다. '그리던 임을 위해 꽃 아래서 빚은 술을 담아' 내던 마음, 그런 마음이 있기에 겉면에 그려진 소나무와 백학의 그림도 비로소 무슨 뜻인가가 분명해진다. 그러기에 다만 하나의 사기그릇을 넘어서서 사랑의 마음으로 읽힌다. 같은 마음으로 넷째 연을 읽어낼 수가 있다. '바위 틈의 불로초'며

'구름'이며 '시냇물' 그리고 '사슴'은 그냥 하나의 그림이고 말 수도 있다. 그러나 '티 하나 내려와도 그대로 흠이 지는 순박'이라는 의미가 부여됨으로써 그 그림이 아득한 태고와 같은 세월을 그리고 있음을 깨닫게 된다.

이처럼 첫째와 셋째 연이 그저 눈에 보이는 외양이라면 둘째와 넷째 연은 그 모습이 지닌 의미라 할 수 있다. 김상옥이 찾고자 하는 진실은 바로 이것이 아니었을까? 사물이 지니고 있는 의미를 찾는 일, 그것이 진실을 찾는 일이고, 그러기에 시를 쓰는 이유라는 답을 여기서 구할 수 있게 된다. 그래서였을까? 이 시가 고등학교 교과서에 실릴 때 둘째 연이 잘려나가고 세 연만 실린 사실을 시인은 그렇게 아프고 못마땅하게 생각했던 것이다(산문집 『시와 도자』, 1975). 생각해 보면 그럴 만하다. 시인의 말대로 '사람의 흉부를 적당히 잘라내고 머리를 바로 그 복부에다가 연결하는 것'에 비길 정도의 만행이 되어버렸다. 시인이 추구했던 진실을, 그러기에 백자가 지닌 진정한 의미를 잘라버린 꼴이니 알맹이를 잃은 셈이다.

이런 사연도 얽혀 있기는 하지만 김상옥은 삼라만상이며 세상사의 진정한 의미 찾기를 꾸준히 계속한 것으로 보인다. 그러기에 「포도인영가 (葡萄印靈歌)」(『삼행시 육십오 편』)에 이르면 의미의 추구가 대상과의 교감에 몰입하는 것을 보게 된다.

아픔을, 손때 절인 이 적막한 너희 아픔을,
잠자다 소스라치다 꿈에서도 뒹굴었다만
외마디 끊어진 신음, 다시 묻어오는 바람을,

풀고 풀어볼수록 가슴 누르는 찍찍한 붕대 밑
선지피 얼룩진 한 송이 꾀벗은 포도알!
오늘이 오늘만 아닌 저 끝없는 기슭을 보랴.

그저 바라만 보아서는 도무지 헤아리기 어려운 세계를 시인은 더듬고 있
다. 그림이되 단순히 그림만은 아닌, 그 진한 빛깔이며 모양이 버텨온 유
구한 세월을 헤아리며 그렇게 이어갈 날들의 의미까지 함께 보고 있는 것
이다. 더구나 대상의 모습 보이는 대신에 그 그림이 지닌 마음이 의미이고
진실이라고 제시하고 있는 것이다.

　김상옥이 찾아내고자 했던 의미는 대상이 지닌 진실 그 자체에만 한정
되는 것이 아니었다. 대상을 바라보되 그 대상이 그저 있는 것이 아니라
나를 발견하게 하는 데서 의미를 지닌다는 것을 이 시인은 일찍이 주목
하고 있음을 본다. 「장서(藏書)처럼」(『의상』, 1953)은 비교적 초기에 쓴
시이면서 시인이 장차 이 방면에 공을 들일 것임을 시사하고 있다.

　　빌려온 당신의 책들은 쉬 읽고 이미 도로 돌려보냈으나 오랫동안 사서
　꽂아두고 먼지가 쌓인 채 아직 한 번도 뒤져보지 못한 이 가난한 장서처
　럼 밤낮 내게는 가까이 두고도 차라리 남같이 무심히 지나온 서럽고도
　소중한 인정들이 있었다.
　　정녕 이대로 가다간 누구의 손에 옮아 다시 어느 서가에나 꽂힐는지
　모르는 이 몇 권의 낡은 서적처럼 나와 그들과는 언제든 한 번은 반드시
　있어야 할 그 마지막 애끓는 결별마저 이렇게 내처 모르고 지나칠 것만
　같구료!

'-처럼'이란 말을 표제에서부터 내걸고 있어서 책 이야기가 아니라는 것쯤은 처음부터 짐작이 가는 바이지만, 이 작품은 피천득의 수필 「시골 한약방」을 연상하게 한다. 「시골 한약방」이 한약방 이야기를 하자는 것이 아니라 허전한 서가를 말하려는 것이었듯이, 이 시는 책을 바라보고 책 이야기를 하되 실은 자신의 삶과 우리 인생사를 이야기하고 있는 것이다.

그럴 것이다. 삼라만상은 저마다의 눈으로 바라본다고 한다. 이 점에서 우리는 중맹무상(衆盲撫象)의 세계를 헤매는 존재일 따름이다. 그러나 어찌하랴! 본디 만유는 수많은 의미를 지닌 다의적 존재이고, 우리 인간은 저와 연관된 한에서만 대상을 이해할 수 있을 따름이다. 그러기에 대상을 이해한다는 것은 곧 자신을 이해하는 일이 된다. 중요한 것은 그런 이해가 유별나고 괴팍한 혼자만의 세계인가, 아니면 누구나 받아들일 수 있고 깨달음을 얻을 수 있는 보편의 개별성인가 하는 점이다. 굳이 말한다면 김상옥은 대상에서 자신을 발견하고 의미를 읽되 그것이 누구나 받아들일 수 있는 세계를 제시하고자 했다고 할 수 있다. 이것이 그가 찾고자 했던 진실의 세계라 할 수 있다.

그러나 김상옥이 찾고자 했던 의미의 세계는 여기서 그치지 않는다. 나의 모습에서 시야를 넓히면서 세상이란 무엇인가, 삶이란 무엇인가에 답하려는 노력을 거듭한다. 「풍경」(『목석의 노래』)은 비교적 젊었을 때의 시이면서 훗날 그의 시가 나아갈 방향을 어느 만큼은 짐작하게 해 준다.

가랑잎 떨린 미루나무 가지 새로 저 짚지붕 추녀들이 하필 내 눈동자 속에 들어온다.

한 줄기 박모(薄暮) 속에 오르는 흰 연기 ─ 그들의 목숨처럼……소리 없다. 방마다 장지문 닫힌 채 하마 어린것 보채고 나많은 콜록 소리도 들릴 법. 거기 동면(冬眠) 아닌 서러운 서러운 안심(安心)들이 깃들어 산다.

또 한 그루 미루나무. 나는 이미 낡은 생각을 바람에 지우고 서서 이 황량한 풍경 앞에 빈손을 뻗쳐 들고 있다.

'한 줄기 흰 연기'가 피어오르는 겨울날 저녁 무렵의 풍경에서 '어린것 보채는 소리'며 '콜록 소리'를 듣고 거기 깃들여 있을 '서러운 안심'을 읽는 마음은 눈에 보이는 풍경의 저편에 감추인 내면의 의미를 찾는 과정이고, '나' 또한 '빈손을 뻗쳐 들고' 풍경 속으로 들어가는 것은 대상과의 동화를 말함으로 읽힌다.

이러한 동화의 과정은 곧 대상을 내 눈으로 이해하는 일이며 그 의미를 발견하는 일이기에 세상사를 향하여 그리고 인생사를 향하여 법어와 같은 말을 할 수가 있게 된다. 이것은 이러하다고, 그리고 저것은 저러하다고 말하는 의미의 세계를 나이가 좀 더 들어 쓴 시 「더러는 마주친다」(『먹을 갈다가』, 1980)가 보여 준다.

살아가노라면
더러는 마주친다.

세상에는

외나무다리도 많아,

아무리 피하려도

피할 수 없는—

이 다리 위에서 너는

뒤따라온 모리꾼으로 마주치고,

또 젊으나젊은 날

허리 꾸부린 내시(內侍)로도 마주친다.

이 다리 위에서 너는

한 오리 미꾸라지로 마주치고,

이미 눈에 불을 끈

늙은 암여우로도 마주친다.

세상을 사노라면

외나무다리도 많아,

아무리 피하려도

피할 수 없는—

짐짓 꽁무니 감추어도

더러는 마주친다.

이 시의 제목을 '인생'이라고 바꾸어 본다면 시인이 말하고자 하는 삶의 의미, 곧 진실이 무엇인가를 깨닫게 된다. 이만한 의미를 말할 수 있으려면 세상을 얼마나 살아야 하고, 인생을 얼마나 골똘하게 바라보아야 하는가는 알 길이 없다. 그러나 그것이 삶의 의미라고, 그래서 그것이 진실이라는 말에 우리는 귀를 기울일 수밖에 없게 된다.

이 세상 누군들 저마다의 인생론과 철학을 지니지 않았으랴. 세 살짜리에게도 철학이 있다 하니 그것은 누구나 지닌 바일 것이다. 그렇다면 시인은 무엇인가? 김상옥은 이렇게 답했을 법하다. 의미를 밝혀서 그것이 진실이라고 속삭이는 사람, 그가 곧 시인이라고. 그러기에 문학이란 의미를 탐구하는 일이라고.

4. 시와 그림의 만남: 무엇을 써야 하는가

시인이 시로 쓸 수 있는 것은 무수하다. 마음 속에 꼬리를 무는 생각들을 시로 엮어 낼 수도 있고, 눈앞에 보이는 사물들을 시의 대상으로 삼을 수도 있다. 김상옥도 그래서인지 시의 소재에는 제한이 없다. 그러면서도 초기의 시에서부터 그림을 그리듯 시를 쓰는 경향을 보여 주는 점이 흥미롭다. 첫 시집 『초적』(1947)의 맨 첫머리에 실린 작품 「사향(思鄕)」이 그런 경향을 잘 보여 준다.

눈을 가만 감으면 굽이 잦은 풀밭길이
개울물 돌돌돌 길섶으로 흘러가고
백양(白楊)숲 사립을 가린 초집들도 보이구요.

송아지 몰고 오며 바라보던 진달래도
저녁 노을처럼 산을 둘러 퍼질 것을
어마씨 그리운 솜씨에 향그러운 꽃지짐!

어질고 고운 그들 멧남새도 캐어 오리
집집 끼니마다 봄을 씹고 사는 마을
감았던 그 눈을 뜨면 마음 도로 애젓하오.

'눈을 가만 감으면'이 말해 주듯이 이 시는 눈앞 광경은 아니다. 마음
속에 있는 고향의 모습을 한 폭의 그림으로 그려 낸 것이다. 고향의 모
습이 '향그러운 꽃지짐'이며 '멧남새'로 이어지기는 하지만 그 바탕은 여
전히 고향의 풍경이다. 고향을 환기시켜 주는 수많은 것들 가운데서 그
풍경을 중점적 대상으로 삼은 것은 그가 대상을 그림으로 파악했음을 확
인하게 해 준다.

여기서 우리는 한시가 즐겨 택했던 '경중정(景中情)'의 시학을 떠올리
게 된다. 아무런 정서의 표백이 없이 풍경 그 자체를 제시함으로써 그
풍경이 정서를 함축한다는 지향을 우리는 한시에서 익히 본 바 있다. 꼭
그러한 시의 세계를 「강 있는 마을」(『초적』)이 보여 주고 있어서 눈길을 끈다.

한 굽이 맑은 강은 들을 둘러 흘러가고
기나긴 여름날은 한결도 고요하다.
어디서 낮닭의 울음소리 귀살푸시 들려오고.

마을은 우뜸 아래뜸 그림같이 놓여 있고

읍내로 가는 길은 꿈결처럼 내다뵈는데

길에는 사람 한 사람 보이지도 않아라.

이 시에서 두보(杜甫)의 「강촌(江村)」이라는 시를 연상하게 되는 것은 그 분위기가 닮아서만은 아닐 것이다. '믈근 ᄀ룺 ᄒᆞᆫ 고비 ᄆᆞᄉᆞᆯᄒᆞᆯ 아나 흐르ᄂᆞ니, 긴 녀릂 강촌애 일마다 유심(幽深)ᄒᆞ도다'로 시작되는 두보의 시와 김상옥의 이 시는 대상을 바라보는 시선이며 그에 부여하는 정서적 층위가 완전히 일치한다고 할 수 있다.

17세기 중국의 비평가 왕부지(王夫之)는 '정교한 시는 정(情) 가운데 경(景)을 나타내고 경(景) 가운데 정(情)을 나타낼 수 있다'고도 하고 '경(景)이 정(情)을 낳고, 정(情)은 경(景)을 낳는다'고도 한 바 있다. 그러나 굳이 말한다면 김상옥은 그의 시를 '경중정(景中情),' 말하자면 그림 속에 정서가 깃들인다고 보고 쓴 것으로 짐작된다.

이를 두고 김상옥이 한시의 영향을 받았느니 말았느니를 말하는 것은 의미가 없어 보인다. 한시가 말하는 경(景)이라는 것이 흔히 말하는 정경(情景)으로 바꾸어 생각할 수 있는 것이어서 그림으로 말하면 풍경화의 그것과 같다. 이에 비해서 김상옥은 다만 풍경만이 아니라 그 안을 채우는 바람소리며 말소리 또는 마음까지도 그리고 있다는 점이 중요하다.

그러기에 그는 대상을 바라보는 주관의 동태는 애써 감춘다. 그 대신 눈에 보이는 한 폭의 그림을 그리되 그 안에 동적인 인상까지를 함께 그려 넣는 특징을 보인다. 그래서 살아 움직이는 동화(動畫)가 되고, 그림으로써 바라보는 마음의 기미까지를 알아차리도록 이끌어가는 특징이 있다. 역시 첫 시집에 실린 작품 「추천(鞦韆)」(『초적』)이 그러하다.

멀리 바라보면 사라질 듯 다시 뵈고
휘날려 오가는 양 한 마리 호접(胡蝶)처럼
앞뒤 숲 푸른 버들엔 꾀꼬리도 울어라.

어룬님 기다릴까 가비얍게 내려서서
포란잠(簪) 빼어 물고 낭자 고쳐 찌른 담에
오지랖 다시 여미며 가쁜 숨을 쉬도다.

그네를 타는 모습을 그대로 그려 내고는 있을지언정 거기에 아무런 설
명이 없다. 설명보다도 오히려 '꾀꼬리 울음'을 그림 속에 불러들이는 입
체화를 그리고 있다. 둘째 연도 또한 그러하다. 첫째 연이 그 원경을 그
리고 있다면 이제 인물에 초점을 맞추는 줌인(zoom in)의 기법으로 역시
그림을 보이고 있을 따름이다.

경(景)을 보이되 그 안에 담긴 정(情)은 저마다가 헤아릴 과제로 두는
것은 김상옥이 즐겨 택했던 시의 길이다. 그러기에 어린이를 겨냥하는
동시에서조차도 이런 경향이 보인다. 젊은 시절에 쓴 동시 「송아지」(『석
류꽃』, 1952)에서 '굽이 잦은 산길로 / 비가 오는데 / 엄메 엄메 부르며 /
팔리러 간다' 같은 표현이 아무런 감정적 기복을 내보이지 않은 채 정경
만을 그려내고 있음은 그러한 경향을 입증한다.

'시는 곧 그림'이라고 굳게 믿고 있었던 것인가? 경(景)을 제시하는 것
으로 시의 세계를 구조화했던 그의 경향은 줄곧 지속된다. 그래서 비평

가의 눈에는 '이미지의 시인'으로 보이게 된다. 그의 시를 말할 때 이미지의 선명성을 지적하게 되는 것은 바로 이 때문이다.

그러나 여기서 문득 그가 줄기차게 항아리를 그리던 화가였음을 생각하게 되는 것은 시의 세계와 그림의 세계가 한데 만나 그의 예술 세계를 이룬 것은 아닌가 하는 느낌 때문이다. 그림이 그러하듯 아무것도 설명하지 않은 채로 다만 보여 주는 하나의 세계, 거기에 깃들이는 정이며 느낌은 온전히 바라보는 사람의 소관일 따름이다. 그러기에 김상옥은 「고산자 김정호 선생송」(『삼행시 육십오 편』)에서 한 사람의 생애조차 한 폭의 그림으로 그려 내고 있음을 본다.

철쭉이 진다. 전신(全身)에 철쭉이 진다. 만산(滿山) 철쭉이 점점이 어룽진다. 홍건히 떨어져 수북이 꽃잎은 쌓인다.

바람도 햇빛도 오지 않는 이 세상 저승, 전옥서(典獄署) 감방 안엔, 뒤척여 뒤척여도 굴신조차 할 수 없는 한 분 수인(囚人)이 앉아 있다. 만고에 외로운 수인(囚人)이 앉아 있다. 날이 날마다 그 습하고도 어두운 그늘에 묻히어, 바랠 대로 바래져 흴 대로 희어진 그의 살갗 위에 꽃잎이 난장(亂杖)으로 어룽진다. 어룽진 꽃잎은 또 어쩌면 그리도 영절스레 산을 그리고 강을 그리던가? 오오 대동여지도! 저기 천년 묵은 지네처럼 산의 등뼈 갈비뼈를 새겨내던 그의 팔뚝, 그의 부르튼 손끝이 파르르 떨고 있다.

보아라 저 백두산 천지, 한라산 백록담에도 한결같이 그의 푸른 마음

은 떨고 있다. 달빛처럼 드푸른 마음은 떨고 있다. 지금 이 백년 후생의
가녀린 가슴에도 사시나무 떨 듯 그렇게 떨고 있다.

'수북이 쌓이는 철쭉'으로 시작하여 감방 안에서 '흴 대로 희어진 살갗'
위에 쌓이는 꽃잎, 그리고 산을 그리고 강을 그려 낸 '대동여지도'의 이미
지를 따라가다 보면 시인이 드러내고자 했던, 그래서 말하고자 했던 간절
함과 숭고함이 어느 새 마음 속에 자리를 잡는다.

말을 아껴 이미지를 던져 줌으로써 만상을 헤아리게 하고 생각에 잠기
게 하는 것이 시의 유일한 길만은 아닐 것이다. 그것은 시인의 체질이요,
그가 추구했던 문학의 세계를 특징짓는 일이라는 설명이 적절하다. 다만
우리는 이런 말을 할 수 있을 따름이다. 그의 시가 경(景)을 추구했기에
시인의 마음은 세상 만사를 한 폭의 그림으로 바라보았을 것이다. 그런
짐작을 시 작품들이 입증할 따름이다. 비교적 후기에 쓴 작품 「대상」(『느
티나무의 말』)이 그런 일관성을 보여 준다.

바람에
씨가 날려서
움막에도 꽃이 핀다.

햇빛은
눈이 부시고
사람은 간 곳이 없어

천지간

거미 한 마리

허공에 그물을 친다.

어차피 아무런 곁들임이 없는 한 폭의 그림이므로 읽고 난 후의 느낌은 자유롭다. 그래야 한다. 그러나 이 그림에서 자꾸만 자화상이 아닐까 하는 생각을 하게 되는 것은 설명이 없는 이미지만의 제시이기 때문일 것이다. 그러니 우리는 이 그림을 상징으로 바라보게 된다. 그리고 상징은 상징이기에 다의성을 지니게 마련이다.

이쯤에 생각이 미치고 보면 김상옥이 추구한 문학의 세계는 이 다의적인 세계에 맞먹는 창작을 추구한 것이 아니었을까 하는 짐작에 이르게 된다. 삼라만상을 한 폭의 그림으로 보고, 우리의 마음까지도 그림으로 보아 내는 길을 김상옥은 그의 문학적 과업으로 생각했으리라는 짐작이 이래서 가능해진다.

5. 절제된 형식: 어떻게 써야 하는가

김상옥을 시조 시인으로 기억하는 데는 교과서의 힘이 크게 작용했는지도 모른다. 중고등학교의 교과서에 시조 작품이 실려 있었기에 그가 평생 어떤 시를 썼건 인상을 시조 시인으로 붙박아 버렸을 법도 하다. 실제로 그의 초기 시집 『고원의 곡』과 『이단의 시』는 시조가 아닌 자유시를 추구했던 경향을 보여 준다. 그런 추구는 『의상』, 『목석의 노래』에서도 계속된다. 그런가 하면 동시집 『석류꽃』은 그의 시형에 대한 추구가 얼마나 다양했던가도 입증해 준다.

첫 시집『초적』과는 달리 이 시집들을 관류하는 하나의 특징은 그 언어가 분류(奔流)를 이루고 있다는 점이다. 첫 시집이 시조의 형식을 구사하고 있기에 매우 억제된 언어의 모습을 보여 준다면, 나머지 시집들은 참기 어려운 말의 폭포를 보여 준다는 점에서 구분된다. 그러다가 1973년에 나오는『삼행시 육십오 편』에 이르면 다시 확연하게 말수가 줄어든다.

이런 특징적인 변화만을 가지고도『삼행시 육십오 편』이 나온 1970년대 이후를 새로운 시기로 볼 수가 있고, 그래서 그 전을 시인의 전기, 나중을 후기라고 말할 수 있다. 전기와 후기에 나타난 중요한 특징은 후기에 들어 말수가 줄었다는 점이다. 언어를 절제한다는 것은 커다란 변화가 아닐 수 없다.

언어의 절제가 형식에 말미암음인지 아니면 그의 문학관이 변화한 탓인지는 단언하기 어렵다. 시조와 같은 형식을 택하더라도 말은 하기 나름일 것이고, 자유시라고 하더라도 말의 절제는 얼마든지 가능할 것이기 때문이다. 우리는 다만 그러한 변화가 있었다는 점을 말할 수 있을 따름이다.

또 김상옥이 시조라는 형식에 대해서 어떤 생각을 가지고 있었는지는 단정하기 어려워 보인다. 그런 것을 짐작할 만한 말을 따로 한 일이 없기 때문이다. 그러나 그의 작품을 통해서 짐작하게 되는 바는 있다. 그것은 시가 고도의 절제를 필요로 한다는 생각을 가졌으리라는 짐작이다.

시집『삼행시 육십오 편』에는 전통적인 시조의 행 구분 방식을 준수하는 시들도 상당하지만 그와는 달리 시행을 구성하는 말수가 좀더 확장적으로 늘어나 있는 작품들을 보게 된다. 앞에서 예를 든「고산자 김정호 선생송」이 그러하고, 그 밖의 여러 작품이 그러한 경향을 보인다. 말하자면 시형을 확장하는 노력을 볼 수 있다.

그러나 시집『먹[墨]을 갈다가』에서 다시 시형이 자유분방하게 다양화를 보이더니 뒤를 잇는『향기 남은 가을』과『느티나무의 말』에서는 매우 엄격한 절제를 보이는 쪽으로 변화한다. 엄격한 절제를 보인다는 말은 시조의 한 장에 해당하는 시구를 다시 석 줄로 갈라 놓는 변화를 가리키는 말이다.

흥미로운 것은 같은 작품을 다시 실으면서 행의 구분을 변화시키고 있는 점이다. 그 예로 시집『삼행시 육십오 편』에 실었던「부재(不在)」라는 시는 전문이 석 줄로 되어 있다. 그랬던 것을 나중에 시집『향기 남은 가을』을 내면서는 다음과 같이 행갈이를 해 놓고 있음을 본다.

문빗장
걸려 있고
섬돌 위엔 신도 없다.

대낮은
아닌 밤중
이웃마저 부재하고,

초목만
짙고 푸르러
기척 하나 없는 날.

삼행시의 각 행을 다시 셋으로 나눈 것은 어떤 생각에서 그랬던 것일까? 오로지 짐작만이 가능할 따름인데, 그런 것을 미루어 생각하게 해 주는 다음과 같은 예를 보게 된다. 「억새풀」이라는 작품이 그러하다. 이 작품은 『삼행시 육십오 편』에 실려 발표되었는데 이때는 평시조의 형식을 따른 두 연으로 되어 있었다. 그러던 것을 『향기 남은 가을』에 실을 때는 전체 여섯 행 가운데서 제1, 4, 6행만을 떼어내서 한 작품을 만들어 싣고 있다. 그러나 더욱 특이한 것은 시집 『느티나무의 말』을 낼 때는 다시 먼저의 작품을 살리되 이를 「억새풀 1」과 「억새풀 2」로 갈라 두 작품을 만들고 있다는 점이다.

한 편의 작품에서 부분만을 취하여 한 작품을 만드는 일, 그리고 다시 원 작품을 두 작품으로 나누어 독립시키는 일은 어떤 생각에서 가능하였을까? 그 세 가지 관련 사항이 결국은 시의 말을 줄이는 일과 관련된다는 점에 착안하면 짐작의 단서를 얻을 수 있게 된다. 그것은 시의 '절제'와 깊은 연관을 갖는 일일 것이다. 그러고 보면 김상옥에게 시란 언어를 '깎고 또 깎는 일'이었을 것이다.

그런데 특이한 점이 있다. 일상의 경험이 우리에게 말해 주는 바이지만 말을 줄이면 말이 어려워지게 마련이다. 말수를 줄이고 뜻을 다 담으려면 필연적으로 함축이 강한 말을 할 수밖에 없고, 그렇게 되면 추상에 빠지거나 관념어의 유혹을 받게 되기 십상이다.

그러나 김상옥의 시는 그와 반대의 경향을 보인다. 말수는 줄여 점차로 시행을 간략하게 해 나가되 말은 점점 더 쉬워진다. 그것이 어떤 생각에서 그렇게 한 것인지는 헤아릴 길이 없으되 그런 일을 가능하게 해 준 힘은 두 방향에서 짐작할 수 있을 듯하다.

하나는, 그의 시가 경(景)을 그려내는 지향을 보였기에 굳이 어려운 말을 찾지 않더라도 되었을 것이고, 또 그래야 경이 경대로 살아날 수 있었으리라는 점이다. 그리고 다른 하나는 그가 점점 더 침잠해 간 시조의 형식이 절제 속의 평이함으로 이어졌으리라는 점이다. 이 짐작이 빗나간 것일 수도 있다. 그러나 중요한 것은 그의 문학관이 평이함과 압축된 형식을 통해 절제의 극치를 보여 준다는 점만은 달리 말하기 어려울 것이다.

이러한 절제된 형식이 지니는 문학적 의미는 무엇인가? 이제 김상옥의 문학관을 마무리하여 종합해야 할 단계에 이르렀으므로 그 문학적 의미를 살피는 일은 중요하다. 그리고 그것은 지금까지 살핀 여러 측면을 한데 아우름으로써 해답을 얻을 수 있으리라 본다.

지금까지 우리의 논의를 요약해 보자. 김상옥은 삼라만상의 진실을 읽어 내는 것이 문학의 사명이라고 생각한 흔적을 보았다. 그리고 그 진실은 대상이 지닌 진정한 의미의 발견으로 가능하다고 생각했다는 점도 어느 만큼 드러났다. 여기서 나아가 그 구체적인 방법으로는 이미지라고도 할 수 있는 경(景)을 제시하는 것으로 방법을 삼았다는 것을 확인하였다. 그러한 문학관의 구체적 실현이 절제된 언어의 형식을 업고 실현되었다는 것이 분명하다.

그러기에 김상옥의 시에서는 법어(法語)의 냄새가 난다. 가령 고려 때 보조국사(普照國師) 지눌(知訥)의 법어를 되새겨 본다. '손가락으로 달을 가리킴이여, 달은 손가락에 있지 아니하도다[指以表月兮 月不在指]'라는 말이 어쩌면 김상옥의 시와 비슷한 분위기를 갖는 것은 무엇 때문일까? 불법(佛法)의 길과 문학의 길이 서로 추구하는 바가 다르기야 하겠지만,

궁극적으로는 진리를 찾는 길이라는 점, 그리고 결과적으로는 언어로 구현된다는 점에서 서로 상통하는 길을 가는 것이라고 말하고 싶다. 그런 뜻에서 김상옥의 문학관은 법어의 세계를 찾는 역정을 동반한 것이라고 말하고 싶다.

초정의 시조와 모더니티

임종찬

1. 시조 문학의 활성화와 초정

초정 김상옥은 시조, 자유시, 수필 등 다양한 글을 쓴 문인이다. 그러나 일반적으로 초정은 시조 시인으로 더 잘 알려져 있다. 그의 시조 작품들은 『초적(草笛)』(1947), 『삼행시』(1973), 『먹[墨]을 갈다가』(1980), 『향기 남은 가을』(1989)의 4권 시집에 포함되어 있다. 그는 1938년 『문장』에 시조 「봉선화」가 추천되고 1941년 『동아일보』 신춘 문예에 시조 「낙엽」이 당선되면서 본격적인 문단 활동을 해 왔다.

1920년대는 시조 문학의 수난기였다. 이때는 시조 무용론(無用論)이 대두되기노 하였을 뿐 아니라, 시조 시인도 극히 몇 사람에 국한되다시피 하였고, 작품의 질적인 면에서도 육당·가람·노산 등을 제하고는 이렇다 내세울 만한 것이 없었던 시기다. 그러나 1930년대에 들면서부터 괄목할 만한 신인들이 등장하였으니, 이들은 이호우·김상옥·장응두·조운·조남령 등의 시인들이다. 이들 중에서도 특히 이호우와 김상옥은 작품의 질적인 면에서 탁월하다고 평을 들어 왔고 시조 문학의 활성화를 위해 적잖은 공헌을 하였다고 말해치고 있다.

이 글에서는 초정의 시조가 시조 문학사적으로 공헌한 바의 구체적 의미 확보를 우선에 두는 한편, 초정의 시조가 갖는 작품상의 특징적 측면을 아울러 구명하고자 한다. 나아가 이러한 작업은 현대 시조의 특징을 살피는 작업의 일환이라는 의미에서도 대단히 중요한 문제라고 하겠다.

2. 시(詩)와 화(畵)의 만남

동양의 시는 일찍부터 화(畵)와의 연관을 보이는 소위 회화시(繪畵詩)가 발달하였다. 시법이 화법을 닮음으로 인하여 시가 논거 위주 또는 이념 위주로 흐르는 것을 둔화시키고, 추상적인 또는 막연한 이미지를 보이는 경향에서 벗어나 입체적 감각적인 시로 나아가게 한 것이다. 반대로 회화에서도 붓을 멈춘 나머지 여백에 시를 더함으로써 그림이 감당 못하는 부분을 시가 감당하게 되어 결국은 폭넓은 화폭을 만들기도 하였다. 이와 같이 동양에서는 시가 화법을 도입함으로 인하여 이미지의 구체화를 실현시키기도 하였고, 그림이 시를 포함함으로써 그림의 이미지를 확대할 수도 있었던 것이다.

일찍이 소동파(蘇東坡)는 왕유(王維)의 시를 두고 "마힐(王維의 字: 필자주)의 시를 음미하면서 시 속에 그림이 있고 마힐의 그림을 관찰하면 그림 속에 시가 있다"[1]고 하였고 성간(成侃)도 다음과 같이 밝힌 바 있다.

시는 소리가 있는 그림이오 그림은 곧 소리 없는 시다. 예로부터 시와 그림은 한가지로 일치한다 하였으니 그 경중을 조금도 나눌 수 없는 것이다.

詩爲有聲畫 畫乃無聲詩 古來詩畫爲一致 輕重未可毫釐[2]

　익재(益齋)도 "옛 사람의 시는 눈앞의 전경을 묘사했지만 의미는 말 밖에 있기에 비록 말은 끝났지만 의미하는 바는 끝이 없다"[3] 하였는데, 이것은 회화성이 강조된 동양 한시를 두고 이른 말들이었다. 그리고 동양 한시 중에서 회화성이 강하게 나타난 작품들이 많은 것도, 또 동양화 중에서도 유독 산수화가 발달한 것도, 그리고 문인화라고 해서 문인들이 여기로 그리는 그림이 발달하게 된 것도, 시화일치(詩畫一致)의 예술관에서 비롯된 결과로 보인다.

　우리나라에서는 고려 충렬왕 이후 주자학의 본격적인 수입으로 인하여 문학 면에서는 학소(學蘇)의 경향과 성리학적인 경향이 나타났지만 이후 정치적인 혼란으로 인해 은둔 사상의 고조와 함께 도연명 문학을 숭상하게 되었다 하였으니[4] 자연히 이때부터 시에는 논리와 이념보다는 경물(景物)의 묘사가 치중되는 소위 처사(處士) 문학이 성하게 된 것이다. 처사 문학은 사물에 대한 실용성과 지식의 성격을 벗어나 주체자의 미적 관조 속에 사물을 포함시킴으로써 이상적 세계관을 보여 주었다. 이러한 정신의 발상은 장자의 소위 허정지심(虛靜之心)에서 비롯된 것이다. 허정지심에서 바라본 사물은 미적 대상이 되어 현실적 가치를 벗어난다. 이것을 다르게 말해 상외(象外)라고 하는데[5] 이것은 사물이 이끄는 현실적 의미와 가치를 초탈함을 의미한다. 처사 시는 회화성이 강조된 시풍을 보여 주었고, 그로 인하여 구체적이고 확실한 이미지를 나타낼 수 있었다. 비록 작가가 은퇴 생활을 하면서 산수 자연을 시화한 경우에도 처사 시에서와 같은 시풍을 보여 준 경우가 많았다.

1) 한 줄기 시냇물이 산을 돌아 흘러오더니

　옥 같은 무지개가 마을을 안아 비춰도다

　언덕 위 밭 이랑에 푸른 수목이 무성하고

　숲가에는 하얀 모래가 펼쳐 있구나

　돌 징검다리는 낚시하기 알맞은데

　텅 빈 골짜기는 한가히 거닐 만하네

　서으로 바라보는 붉은 노을 물든 산언덕에

　또한 산림에 묻힌 선비의 집이 있으리니

　　川流轉山來　玉虹抱村斜

　　岸上藹綠疇　林邊鋪白沙

　　石梁堪釣遊　墟谷可經過

　　西望紫霞鳥　亦有幽人家

-「川沙曲」

　　이것은 도산전서(陶山全書)에 실린 퇴계의 작품이다. 퇴계의 시에 나
타난 산수의 미는 모두가 실제로 존재할 수 있는 자연으로서의 산수에
대한 아름다움이고 어떤 이념과 연결되어 있지 않다.[6] 1)은 관심과 욕망
이라는 일상성이 배제된 이정(移情)의 세계다. 그리고 자연의 경물을 그
림 그리듯이 작은 소재들을 적당한 위치에 안배하여 놓고 독자로 하여금
짜여진 시적 구성 안에서 자연과 더불을 것을 유도하는 시다. 1)에서 보
듯이 동양 시에서는 사실성을 바탕으로 하는 구체적이고 확실한 이미지

의 표출이 있었던 것이다.

서구 시도 동양 시의 이 같은 시법에 영향을 받아서 20세기 서양 시의 한 특징을 보여 주기도 하였다. 흄(Hulme)은 서구 시가 낭만주의 시대를 거치면서 막연한 세계, 추상적인 사상(事狀)을 그리고 있음에 불만을 품고, 구체적인 근거와 정확성을 지닌 시를 창작할 것을 강조하였다. 그는 언어란 어떤 종류의 정서들의 최소 공분모를 표현할 뿐이라는 입장과 정서의 구체화를 위해서는 새로운 유추를 발견해야 한다고 주장하면서7) 18세기 중엽부터 서구의 시어가 추상성의 질병에 걸렸다고 진단하였다.8) 그리고 파운드(Pound)도 흄과 의견을 같이하여 이제부터의 시는 달라져야 한다면서 스탕달(Stendhal)의 시에 대한 언급에 찬사를 보내며 다음과 같이 말하였다.

스탕달의 비난에 대해서 말한다면, '명료하고 정확한 개념을 전하기 위해' 산문만큼 될 수 있는 시가 있다면, 그것을 갖도록 하자. 그리고 '그것에 이르기 위해, 나는 내 생애가 몇해 동안 지속되는 한 (중략) 가능한 많은 연구를 하겠다.' (중략) 그리고도 우리가 그러한 시에 이를 수 없다면, '우리 시인들은' 제발 문을 닫아버리자. '집어치우고 꺼지자.'

파운드의 이 같은 말은 플로베르(Flaubert)가 "나무 하나 돌 하나라도 그것이 존재하는 그대로 그려라"고 말한 소위 "일물일어설"에서도 자극받았을 것으로 보인다.

무엇보다 시어가 감각에 호소하여 직접적인 전달이 가능해야 한다는 점은 새로운 시풍의 확립을 위한 획기적인 발언이었다. 또 그는 중국의 한자까지 예를 들어 새로운 시를 창작할 것을 강조하였던 것이다.

중국의 표의문자는 소리의 그림이 되거나, 소리를 상기시키는 글자부호
가 되고자 하지 않는다. 그러나 그것은 여전히 한 사상(事象)의, 어떤 주
어진 위치나 관계 속의 사상의, 사상들의 결합의 그림자이다. 그것은 사
상이나 행동이나 상황이나, 또는 그것이 그림으로 나타내는 몇 가지 사
상들에 관련되는 특성을 의미한다.

시어는 이미지의 자각적인 기능을 수행해야 한다는 의미를 부각시키기 위
해서 한자의 자형을 예로 들었지만, 그는 자형뿐 아니라 근본적으로 중국
한시 심지어는 일본 시가 등에서 볼 수 있는 표상성 · 감각성에 대한 자기
견해를 피력하였던 것이다.

1915년 소위 이미지스트들은 시작 원칙 여섯 가지를 선언하면서 동양
시의 특징을 닮을 것을 간접적으로 주장하였다. 즉, 이미지를 제시해야
하고 화가는 아니지만 화가처럼 정확하게 표현해야 하고 막연하게 보편
적인 것을 다루어서는 안 된다는 주장⁹⁾은 바로 이미지스트들이 동양 시
의 특징을 닮을 것을 주장한 대목이다. 이 주장은 모호한 시를 배격하고
자 하는 이미지스트(포괄하는 말로서는 모더니스트)들의 공통된 주장이
었다. 이러한 주장에 힘입어 한국 시에서도 소위 모더니즘 시 운동이 일
어났다. 김기림 · 김광균 · 정지용 등의 시인들로 대표되는 시 운동이 그
것이다. 이들 시인들을 두고 모더니스트라고 칭하게 된 것은 그들의 시
속에 모더니즘 시 운동의 한 특징이라 할 수 있는 표상성 · 감각성이 고
조되어 나타났다는 점에서다.

김기림은 아예 새로운 시, 즉 모더니즘의 시와 과거의 시가 어떻게 구별되는가를 다음과 같이 요약하기도 하였다.

과거의 시: 독단적·형이상하적·국부적(局部的)·순간적·감정의 편중·유심적(唯心的)·상상적·자기중심적

새로운 시: 비판적·즉물적·전체적·경과적(經過的)·정의(情義)와 지성의 종합·유물적(唯物的)·구성적·객관적10)

현대 시조에서 모더니즘 풍의 작품을 처음 보인 시인은 가람 이병기로 보인다. 그는 고시조가 주로 주자적 이념 세계에 안주한 것 또는 개화기 시조가 애국심의 고취를 위한 도구적 기능에 머물고 있는 것에 불만을 품고, 탈이념의 세계, 사물의 배후를 따지지 않는 순수 서정의 세계, 사물 그 자체대로가 미적 관조에 의해 나타나는 즉물 세계를 작품화하려 했다. 가람의 이러한 시 정신은 멀리 잡으면 동양 고전시에 보이는 허정지심(虛靜之心)에서 비롯된 장학(莊學)의 훈도와 그 교양이라고 할 수도 있고, 가까이 잡으면 가람이 작품을 쓰던 당시의 소위 모더니즘 시 운동에서 영향받았다고 할 수도 있을 것이다.

2) 옛 정원 황폐한 누대 버들잎 파릇하고
   마름 따며 부르는 노래 봄 흥취 돋우이네
   이제껏 변함없는 서강에 뜨는 달만
   오왕 궁전의 미녀를 비추었네.

舊苑荒臺楊柳新

菱歌淸唱不勝春

只今惟有西江月

曾照吳王宮裏人

－李白, 「蘇臺賢古」

3) 봄날 궁궐 안은 고요도 고요하다.

　어원(御苑) 넓은 언덕 버들은 푸르르고

　소복(素服)한 궁인(宮人)은 홀로 하염없이 거닐어라.

－이병기, 「봄(二)」 일부

2), 3)은 서로 시적 구도가 흡사할 뿐더러 즉물적 세계의 표출이라는 의미에서도 닮아 있다. 2), 3)은 독자로 하여금 시적 상황을 쉽게 연상하게 하고 시의 분위기 속에 쉽게 합류하도록 하는 시, 즉 회화시다. 그리고 2), 3)은 현재적 상황을 과거적 상황으로 회귀시켜 대상을 바라보았다는 점에서도 닮아 있다. 다르게 말하면 현재적 상황에다 과거적 상황을 옮겨 놓았다고도 할 수 있는 작품들이다.

2), 3)에서 보듯이 현실을 초월한 사물 세계는 중국 예술의 골간을 이룰 뿐더러 중국 예술이 어떤 경지에 도달하고자 할 때에는 작가가 깨닫지 못하는 사이에 항상 장자의 정신에 일치하고 심지어 '중국의 산수화는 그렇게 하려고 애쓰지 않아도 그렇게 되는 장자 정신의 산물이라 할 수 있다'[11]는 것이다.

가람은 3)에서 보듯이 서경을 현실감 있게 묘사하는 산수화 풍의 작품들을 많이 남겼다. 즉물적·유물적·객관적이라는 점에서 당시 유행한 모더니즘 시풍에 접근되어 있다고 볼 수 있을 것이다. 그런고로 외국 사조에 힘입은 결과[12]로 볼 수도 있지만 다른 한편으로는 한국 시의 한 흐름 속에 이어져 온 전통적인 시풍인 표상성·감각성의 고조가 가람 시조에 그대로 투영되었다고도 볼 수 있다. 특히 고산의 「어부 사시가」 같은 데서 나타나는, 대상에 대한 순수 서정 세계와 그것의 객관화가 가람 시조에서 다시 뚜렷이 나타났다고 할 수 있을 것 같다.

4) 찬서리 눈보라에 절개 외려 푸르르고
   바람이 절로 이는 소나무 굽은 가지
   이제 막 백학 한 쌍이 앉아 깃을 접는다.

   드높은 부연 끝에 풍경소리 들리던 날
   몹사리 기달리던 그린 임이 오셨을 제
   꽃 아래 빚은 그 술을 여기 담아 오도다.

   갸우숙 바위 틈에 불로초 돋아나고
   채운(彩雲) 비껴날고 시냇물도 흐르는데
   아직도 사슴 한 마리 숲을 뛰어드는다.

   불 속에 구워내도 얼음같이 하얀 살결
   티 하나 내려와도 그대로 흠이 지다.
   흙 속에 잃은 그날은 이리 순박하도다.

4)는 물론 3)과 다른 소재를 시화(詩化)했지만, 3)이나 4)는 모두 동양의
예술관이 드러난 작품이라는 점에서는 공통점이 있다. 어떤 의미에서는 4)
가 3)보다도 더 동양의 예술관을 나타내 보이고 있는 것 같다.

백자가 주는 흰빛, 거기에 그려진 백학·사슴·소나무 등은 동양화에
서 주로 다루어지는 화재(畫材)이기도 하지만, 동양 정신을 대변하는 사
물이기도 하다. 초정은 이 사물들을 생동감있게 묘사하였는데, 마치 동
양화가 사물을 형사(形似)할 때, 그것의 생동감을 위하여 집중의 수법을
쓰듯이 초정도 여기서 집중의 수법을 쓰고 있다. 화법에서의 집중이라
함은 사물을 사물되게 함축해서 내보이는 수법[13]을 말하는데 '소나무 굽
은 가지'는 소나무의 생태적 특징 또는 소나무에 대한 인간의 굳어진 이
미지를 대변하고 있다. 굽지 않은 소나무는 버드나무의 인상이다. 깃을
접은 백학 그리고 숲을 향해 뛰는 사슴도 그것 자체의 특징적 이미지를
나타내고 있다고 하겠다. 곧 집중이 일어난 것이다.

이런 점에서 보면 4)는 동양의 예술관이 그대로 투영되고 있다. 문제
는 가람의 뒤를 이은 초정이 가람 시조와 어떤 차이를 보였는가 하는 점
이다. 우선 초정은 항일 운동과 연관되어 옥살이를 한 시인이면서 우리
의 문화재나 유적에 깊은 관심을 보여 준 시인으로 알려져 있다.

> 5) 지긋이 눈을 감고 입술을 축이시며
>   뚫린 구멍마다 임의 손이 움직일 때
>   그 소리 은하 흐르듯 서라벌에 퍼지다.

끝없이 맑은 소리 천 년을 머금은 채

따수히 서린 입김 상기도 남았거니

차라리 외로울망정 뜻을 달리하리오.

―김상옥, 「옥저(玉笛)」

　그가 「청자부」, 「백자부」, 「옥저」, 「십일면관음」, 「대불(大佛)」, 「다보탑」, 「촉석루」, 「무열왕릉」, 「포석정」, 「재매정(財買井)」, 「여황산성(艅艎山城)」 등의 문화적 유물들 또는 유적들을 소재로 한 작품들을 많이 남긴 것은 다 아는 일이다. 이런 의미에서 그는 일단 한국혼을 들추어내는 작업에 남달랐던 시인임을 알 수 있다. 특히 그는 신라혼이 깃든 유물에 깊은 애정을 가지고 있었는데, 5)는 그 예의 하나다.

　외로울망정 뜻을 달리하지 않겠다는 것은 지절(志節)의 고수라 할 수 있고 궁극적으로 시인 자신의 결심을 간접화했다고도 볼 수 있다. 한국의 전통미가 왜색에 밀려 퇴조되고 국권마저 빼앗긴 터에 문사 초정이 부르짖고 싶은 것은 주체적 사고와 민족혼의 고취였을 것이다. 이것은 육당이 조선혼을 일깨우기 위해서 역사적 사실을 들추었다든가, 노산이 애국심을 일깨우기 위해서 조국 기행에 나섰던 것보다 구체적이고 더 사실적인 민족혼의 들춤이 될 수 있다. 이것은 가장 작은 사물에서 조국이라는 가장 큰 의미를 획득하는 일이기도 하지만, 조국애에 대한 직설의 웅변보다도 더 효과적인 설득일 수도 있다. 이것은 또 무력적 도전과 항쟁이 불가능한 상태에서 무인도 아닌 문인이 행사할 수 있는 일본에 대한 가장 적극적, 효과적 응전일 수도 있다.

가람은 역사적 맥락에서 살필 수 있는 현실안을 거부하고 오로지 작품을 그 자체에 국한함으로써 역사적 사회적 존재물로서의 시조 작품에는 미흡했던 것인데, 초정은 시의 밑바닥에 민족혼의 고취라는 의미체를 깔고 그 터전 위에다 시적 기교를 행사함으로써 시가 줄 수 있는 서정과 의미를 한꺼번에 포함할 수 있었던 것이다. 즉, 서정시로서의 진한 서정미를 표면에 걸고 서정미를 도외시한 개화기 시조 혹은 육당 시조와의 확연한 구별점이 되기도 한다.

　　오늘 이 책을 냄은 ─ 아직 일부(一部)의 작품[新詩]이 따로 남았으나 ─ 다만 흘러간 그 절통한 인욕의 날을 밝히고자 함이언만 이 시의 어느 구석엔지 실오래기만 하되 그래도 염통에서 터져나온 피맺힌 사랑이 숨겨 있음을 믿사옵고 이를 혹시 찾아 읽으시고 느껴 주시는 이 계시다면 나는 이 우에 더 큰 영광이 없겠나이다.14)

　　초정에게 피맺힌 사랑의 대치물은 한국혼을 상징하는 문화재 또는 유적이다. 독자에게 피맺힌 사랑, 그것도 염통에서 나온 사랑, 그것도 끄집어 내온 사랑이 아니라 저절로 터져서 나온 사랑의 진정한 의미를 옳게 읽어 줄 것을 독자에게 호소할 정도로 초정은 절실히 민족혼을 부르짖고 싶었던 것이다. 이것이 바로 「초적」에 나타난 그의 시 정신이라 할 수 있다. 이런 바탕 위에서 다음의 시조를 읽어 보기로 한다.

　　6) 의젓이 연좌(蓮坐) 위에 발돋음하고 서서
　　　　속눈썹 조으는 듯 동해를 굽어보고

그 무슨 연유 깊은 일 하마 말씀하실까.

몸짓만 사리어도 흔들리는 구슬소리
옷자락 겹친 속에 살결이 꿰비치고
도도록 내민 젖가슴 숨도 고이 쉬도다.

해마다 봄날 밤에 두견이 슬피 울고
허구헌 긴 세월이 덧없이 흐르건만
황홀한 꿈 속에 싸여 홀로 미소하시다.

-김상옥, 「십일면관음」

앞서 5)에서도 보았듯이 초정은 항존적이고 불변적인 정신 세계를 사랑하였는데, 6)에서도 이 점은 마찬가지다. 시간을 무화(無化)시킬 수 있다는 것, 어떠한 외형적 변화가 감행된다고 해도 본질적인 면은 불변할 수 있다는 것을 5), 6)에서 보여 준 것이다. 즉, '가람이 자연에 탐닉하여 외형적 모방에 열심이었다면 초정은 존재의 본질과 그 생명에 도달하여 한국혼의 정수를 불러 일으켜 세웠던 것'15)이다.

결국 초정은 동양 예술에 투영되어 있는 즉물적 세계관에서 벗어나지 않으면서도 역사적 의미성을 획득함으로써 한국시의 한 전통적인 맥락을 잇는 일과 한국인으로서의 동일성 확보를 시조 속에서 노렸던 것으로 특징지어진다. 이것은 가람 시조와의 거리를 의미하면서도 현대 시조의 새로운 진로를 여는 일이기도 하였다.

3. 의미의 확대와 형식의 이완

초정은 『초적』 이후의 후기 작품으로 오면 『초적』에서 보여 주었던 시적 세계와 다른 면들을 보여 주고 있다.

첫째, 유적 또는 문화재의 소재 영역에서 벗어나 소재의 확대를 꾀하고 있음을 알 수 있다. 유적 또는 문화재를 소재로 다룬 것은 그 당시의 시대적 요청에 부응한 것이었다고 할 수 있다. 그러나 국권이 회복되고 난 뒤에는 굳이 여기에 매달릴 필요가 없어졌고, 시대적인 조류조차 공동체적인 삶의 양식이 요청되던 시대에서 개인적 사유 세계가 보장되는 시대로 바뀌어가는 터였으므로 더욱 여기에 매달릴 필요가 없어진 셈이라 하겠다.

제목에서 보아도 알 수 있듯이 사물과 사물이 위치하는 상황이 시적대상으로 나타나는 경우가 많아졌다. 가령 '꽃피는 숨결에도,' '난(蘭) 있는 방,' '따스롭기 말할 수 없는 무제(無題),' '내가 네 방에 있는 줄 아는가,' '금(金)을 넝마로 하는 술사(術士)에게' 등등에서 보듯이 하나의 사물에 집착하는 것이 아니라, 사물과 사물이 위치하고 있는 상황 전체를 시적 대상으로 삼는 경우가 많아진 것이다. 이것은 결국 시적 공간이 넓어졌다는 의미를 수반한다.

둘째, 외형적 묘사 대신 의미의 심도에 주력하게 되었는데 이것은 시인 자신과 사물과의 연관성을 따지는 일이었다.

　7) 종일 시내로 혜갈대다 아자방(亞字房)엘 돌아오면
　　나도 이미 장 안에 한 개 백자로 앉는다.

때문고 얼룩이 배인 그런 항아리로 말이다.

비도 바람도 그 희끗대던 진눈깨비도
누누(累累)한 마음도 마저 담았다 비운 둘레
이제는 또 뭘로 채울 것가 돌아도 아니 본다.

-김상옥, 「항아리」

7)은 백자 항아리를 읊었다는 소재적 측면에서 본다면 4)와 같다고 하겠다. 그러나 4)가 백자의 외형적 묘사에 치중됨으로써 백자의 우월성, 백자의 가치성, 백자의 미 등등이 강조되는 한편, 시 의식은 백자로 표백된 민족 의식이었고, 시인 자신의 삶이 투영되지는 못했었다. 그러나 7)은 6)에서와는 달리 백자의 외형적 묘사 또는 백자로 표백되는 민족의 집단적 삶은 소멸되고 그 자리에 시인 자신의 삶의 형태가 자리잡은 것이다. 말하자면 외형으로서의 백자와 내면으로서의 시인 자신의 삶이 결합됨으로 해서 백자와 시인의 삶이 관계선상에 놓이게 된 것이다. 이 같은 경향은 당시 자유시의 한 시풍에서도 찾아볼 수 있다.

한국 시는 1950년대에 들면서 시적 자아와 세계와의 친화를 나타내는 자기화(自己化)이거나 아니면 세계와의 불협화(不協和)를 나타내는 세계의 타자화(他者化)를 노래했던 과거의 시와 다른 경향이 나타나기 시작했다.

이제 세계와 시적 자아는 감정을 죽인 차가운 논리적 기반 위에서 연관하는 관계 또는 세계와 화합하더라도 이유가 분명한 화합 관계를 나타낸 것이다. 즉 세계와의 관계성이 뚜렷해진 것이다. 가령 청록파 시인들이 보여 주었던 시풍은 세계와의 화합 또는 세계의 자기화였지만 김춘

수·김수영 등의 시에서는 서정시의 관례가 보여 주었던 정감이 사라지고 딱딱한 관계상의 도식이 나타난 것이다.

> 8) 그의 사진은 이 맑고 넓은 아침에서
>   또 하나의 나의 팔이 될 수 없는 비참이요
>   행길에 얼어 붙은 유리창들같이
>   시계의 열두 시같이
>   재차는 다시 보지 않을 편의 역사…
>   나는 모든 사람을 피하여
>   그의 얼굴을 숨어보는 버릇이 있소
>
>   －김수영, 「아버지의 사진」 일부

8)에서는 세계에 대한 지적 인식만 존재할 뿐 전통 서정시의 정감이 없다. 이것은 동란을 겪고 난 뒤의 삶에 대한 애착, 삶에 대한 진지성이 강조되다 보니 시에서도 시인의 삶의 형태가 투영되어 버린 결과로 볼 수 있을 것이다.

한국 시에서 세계에 대한 통일된 사고, 집합될 수 있는 의식 대신에 개인화·개별화가 가속된 시기가 바로 1950년대라고 할 수 있는데, 앞서 7)은 백자 항아리에 대한 개인적 사유가 심화되어 나타난 작품이다.

초정은 자유시도 많이 남긴 시인이다. 그가 스스로 자기 시조를 삼행시라고 명명한 것은 시조가 고수하는 전통 서정의 정감에서 이탈한 작품임을 독자에게 의미시키려 하는 데서 비롯된 것이다. 그것은 7)에서 볼 수 있듯이 지적 인식으로 바라본 사물 세계를 노출하는 길이었다.

셋째, 추상화, 비구체화의 시적 세계를 보여 주었다.

9) 이 하늘 이 거리에 네가 어찌 서 있느냐
   한 알 열매처럼 가을을 온통 다 적신 눈빛
   천(千) 마리 양떼의 피보다 더욱 진한 제수(祭需)로!

   —김상옥, 「금추」

10) 휘파람 저 휘파람, 투명한 유리 조각
    오늘도 그날 위에, 네 눈도 그 이마 위에
    다가와 포개진 그들 물빛 속에 어리우네.

    —김상옥, 「물빛 속에」

9)에서 가리키는 '너'는 누구인가 무엇인가. 누구며 무엇을 암시하는 말들이 분명하지 않거나 추상적이기 때문에, 독자는 '너'에 대한 대상에 의문점을 가지면서 시에 즐겁게 접근하기보다는 대상의 해석에 불쾌감을 가지면서 접근하게 된다. 10)의 '물빛 속에 어리우는' 것은 과연 무엇인가.[16] 9), 10)은 독자 개개인이 그야말로 추상적으로 더듬어가야 하는 상상 세계를 요구한다. 이것은 애초 초정이 보여 주었던 선명한 이미지를 통한 구체화된 사물 세계에서의 일탈을 의미한다고 하겠다.

앞서 18세기 중엽부터 서양시가 추상성을 보임으로 해서 시의 명료성, 정확성이 요청되었고, 그리하여 시어에 표상성·감각성을 살리려는 운동이 일어났는데, 이 같은 경향이 바로 모더니즘 시 운동의 한 특징이 되고 있다고 밝혔다. 초정은 초기 시조에서는 모더니즘 풍의 시조를 창작함으로써 자기 시조의 특색을 보장받았는데, 9), 10)에서는 오히려 시대적으로 역행하는 시풍을 보인 셈이다.

시의 애매성(ambiguity)은 다의적 해석이 가능하도록 하는 시적 장치다. 애매성으로 인하여 시는 늘 살아있는 형태로 나타난다. 애매성의 의미는 구체성에 상반되는 말이기는 하지만 추상성과는 근본적으로 다르게 쓰이는 말이다. 시를 아무렇게 해석해도 된다는 것이 아니라 오히려 이것을 경계하는 것이 애매성의 본질이다. 9), 10)에서는 애매성을 나타내는 다의적 해석의 시조가 아니라 시조의 해석조차가 모호해지는 그런 시조로 나타나 있다. 다시 말해 뜻겹침으로 인한 다의적 해석이 일어나지 않는 시조다. 초정은 과거 시조가 갖는 단편적 단일적 의미 구조를 떠나 복합적 의미 구조를 가진 시조를 창작하고자 시도하였으나, 9), 10)의 경우는 독자를 당황하게 만들 뿐이었다.

넷째, 시조의 형식을 이완시킨 점을 들 수 있다. 고시조에서의 형식은 각 장은 4음보이면서 종장 둘째 음보를 제하고는 모두 3음절 또는 4음절을 최빈치이면서 중앙치로 하는 형식을 취하고 있다. 이 말은 종장 둘째 음보를 제한 모든 음보는 한 어절이거나 두 어절에 머물고 있음을 의미한다.

11) 물 속에 잠긴 구름, 천년도 덮어줄 너의 이불
　　네 혼자 귀밑머리 풀고 문풍지 우는 한밤중
　　어느 뉘 두레박이 퍼올리리오, 저 짙푸른 꿈의 연못.

　　고와라 연꽃 수렁, 깊숙이 깔린 자욱한 인연(人煙)
　　천당도 푸줏간도 한지붕 밑, 연신 일렁이는 환생

눈부신 지옥, 드높은 시렁에 너는 거꾸로 매달린다.

꿈도 아닌 세상, 임시가 영원 같은 세상
지금 저 떼거지의 용포(龍袍), 왕의 남루는 누가 벗기리
저어라, 서둘러 노를 저어라, 아 끝없는 꿈의 연못.

-김상옥, 「꿈의 연못」

11)은 고시조의 기준에서 보면 음수가 상당히 넘쳐 있는 형태다. 11)을 음
보율로 따져보면 다음과 같다.

11-1) 물속에	잠긴구름,	천년도덮어줄	너의이불
네혼자	귀밑머리풀고	문풍지우는	한밤중
어느뉘	두레박이퍼올리오,	저짙푸른	꿈의연못.
고와라	연꽃 수렁,	깊숙히깔린	자욱한인연
천당도	푸줏간도한지붕밑,	연신일렁이는	환생
눈부신지옥	드높은시렁에	너는거꾸로	매달린다.
꿈도	아닌세상	임시가	영원같은세상
지금저	떼거지의용포,	왕의남루는	누가벗기리
저어라	서둘러노를저어라	아끝없는	꿈의연못

고시조에서는 11-1)에서와 같이 여러 음보가 기준에서 벗어난 경우는 극

히 보기 힘들다. 기준에서 벗어난 경우도 분명한 이유에서 비롯된다.

12) 가마귀 거므나다나 해오리 휘나다나

환시다리 기나다나 올히다리 져르나다나

세상에 흑백장단(黑白長短)은 나는 몰라 ᄒ노라

『병가(瓶歌)』, 855

13) 가마귀를 뉘라 물드려 검싸하며 백노를 뉘라 마젼ᄒ야 휘다더냐

황시다리를 뉘라 이어 기다ᄒ며 오리다리를 뉘라 분질너 즈르다ᄒ랴

아마도 검고 희고 깊고 즈르고 흑빅장단이야 일너무숨

『시조(時調)』, 98

13)은 12)에다 보충어를 삽입한 형태다. 거꾸로 12)는 13)에서 보충어를 뺀 형태다. 문제는 12)가 선행한 작품이냐, 13)이 선행한 작품이냐가 문제될 것이다. 이것은 12)가 선행한 작품이라고 보아야 옳겠다. 그 이유로는 두 가지를 들 수 있다. 첫째, 12)가 실린『병와가곡집(瓶窩歌曲集)』이『시조(時調)』보다 앞서 엮어진 책인데『병와가곡집』에 13)이 실리지 않았다는 점이다. 둘째, 장시조(長時調) 중에는 앞서 창작된 단시조를 모범으로 삼아 창작한 경우가 많다는 점이다.

그러면 왜 13)은 12)를 모범으로 삼아서 장시조로 개작했던가 하는 의문이 생긴다. 여기에는 무엇보다 창(唱)과 연관에서 살필 필요가 있겠다. 12)를 창하던 방법으로 13)을 창하다 보면 박자와 템포 면에서 어긋남이 생기고 만다. 기존하고 있던 창의 형식에서 보면 변조변박(變調變拍)을

의미한다. 또 창의 형식에 변조변박을 가하려다 보니 가사까지도 기존형식에서의 이탈이 생기게 되어 결국 13)이 되었다고 볼 수도 있다. 여하튼 13)은 창의 변화와 연관된 작품이다.

초정은 초기 시조에서는 고시조에서 보여 주는 단아한 시조 형태를 그대로 고수하였는데, 후기에 와서 왜 이렇게 형식의 일탈을 보여 주고 있는가. 이것은 창과의 연관이 아니라 일단 시조 율독과의 연관에서 비롯되었다고 볼 수 있다. 즉 음보 안에 포함되는 음수가 3,4음절에서 두 음절 이상이 많아졌을 때, 이때는 율박감이 빨라질 수밖에 없다. 템포와 리듬에 변화가 온다는 것이다. 그러나 초정은 율독상의 배려는 오히려 부차적이고 주된 것은 시적 정보를 풍부하고 정확하게 함의(含意)하려는 데서 이러한 형식의 일탈을 보인 것으로 여겨진다. 시조 속에 포함시킬 정보의 양을 증폭시키고자 할 때, 가장 손쉬운 방법은 11)에서와 같이 형태를 이완시키는 방법일 수 있다. 이러한 형식의 이완은 현대 시조에 흔하게 보인다. 형식의 이완으로 인하여 정보의 양은 증폭되고 독자에게 풍부한 상상력을 제공하기도 하지만, 전통 시조의 단아한 형식에서 비롯되는 숭엄미와 균제미를 손상하는 결과도 우려되는 것이다.

과거의 시가 기호 내용과 기호 표현 간의 대결이 음성의 국면에서 현동화(現動化)되고 음악을 매개로 하여 이루어졌지만, 근대에 와서는 동시에 철자 국면과 음성 국면에서 현동화된다는 점17)을 깨달은 초정은 이제 창하는 시조, 듣는 시조가 아닌, 읽어서 감상하는 시조로서의 자기 작품 세계를 확보하려 했다. 이것이 결국 형식의 이완으로 나타나서 보다 풍부한 정보를 함의하는 데에 미친 것이다.

이러한 점이 지나쳐 11)에서 보면 여태 불변의 음수로 인정하였던 종장 첫음보 3절음마저도 깨뜨리고 있는 것이다. 창이 아닌 시조라고 할 때는 굳이 창 시대의 형태라 할 수 있는 종장 첫음보 3음절이 고수될 필요가 있을까 하는 것이 초정의 창작 태도인 것으로 보인다. 그러나 한편으로는 형식의 고수는 그것대로 의미있는 것이다.

형식 때문에 그 형식에 용납되는 시상의 관계 양상이 독특하게 발전 심화되고 또 자유시와 확연히 구별되는 의미상의 특징이 확보된다고 볼 수 있다. 그런 의미에서 보면 형식의 이완은 신중을 기할 일이라 할 수 있고, 특히 종장 첫 음보 3음절의 파괴는 시조만의 의미 구조를 손상시키는 두드러진 경우가 될 수 있을 것 같다.

이상에서 보았듯이 초정은 시조의 의미의 확대와 형식의 이완을 시도하였다. 이것은 현대 시조의 한 양상을 구축하는 데에 일익을 담당하였다고 할 수 있지만, 다른 한편으로는 시조가 갖는 의미상의 특징이 훼손될 위험도 초정 시조는 동시에 안고 있음을 알았다.

4. 결론: 시조의 현대화를 위한 실험

초정 시조는 시조의 현대화를 위하여 많은 실험 의식을 내포하고 있다. 먼저 전기 시조에서 다음과 같은 특징을 보였다.

첫째, 시와 화의 만남이라는 동양 전통적 시법(詩法)을 잘 활용하여(다른 관점으로 보면 당시 유행했던 모더니즘 시풍에 영향 입어) 입체적 감각적 시조를 보여 주었다. 이것은 개화기 시조 또는 육당·노산 시조와의 구별을 확연하게 하는 특징적 부분이 되고 있다.

둘째, 이미지의 구체화란 의미에서 보면 가람의 시조와 동류다. 그러나 초정 시조는 역사적 의미를 바탕에 깔고 그 위에 사물의 외형적 모방을 보인 점에서 가람 시조와 구별된다. 이때의 역사적 의미성은 각성되어야 할 민족혼이었고, 이것을 고취시키는 일이야말로 시조 시인이 담당해야 할 사명이라는 태도를 보여 주었다.

다음으로 그의 후기 시조에서는 다음과 같은 특징을 보였다.

첫째, 전기 시조가 보여 주었던 소재적 측면에서 벗어나 소재의 확산이 이루어졌다. 즉, 사물 세계가 다양할 뿐 아니라, 사물과의 연관되는 상황을 소재로 하기도 하였다.

둘째, 외형적 묘사 대신 의미의 심도에 주력하였는데, 이것은 사물과 시인 자신과 관련성을 따지는 일이었다.

셋째, 의미성의 확대를 꾀하다가 추상화·비구체화의 시적 세계에까지 나아갔다. 단편적 단일적 의미 구조를 떠나 복합적 의미 구조를 띤 시조 작품을 창작하려는 시도가 추상화의 길로 나아가고 말았다.

넷째, 시조의 형식을 이완시켰다. 한 음보 안에 포함되는 음수가 전통 시조보다 넘치는 시조 형태를 보인 것이다. 이것은 율독상의 배려일 수도 있으나 시적 정보를 보다 풍부하고 정확하게 함의하려는 데서 비롯되었다고 볼 수 있다. 경우에 따라서는 종장 첫 음보 3음절까지 고수하지 않음으로써 시조 형식 면에서 파격을 보여 주었다. 그러나 전통 시조의 단아한 형식에서 비롯되는 균제미와 숭엄미를 손상할 수도 있는 이 같은 파격은 경계되어야 할 것이다.

결국, 초정은 전기 시조에서 일차적으로 고시조풍에서의 탈피, 이차적으로 선행의 선배 시조 시인들이 구사했던 현대 시조풍마저 거부하는 이중의 혁신을 보인 것이다. 이 같은 경향은 후기 시조에 더욱 역력하였다.

후기 시조에는 자유시가 갖는 시풍을 형식화하려다가 시조 형식의 이완 또는 파격을 보이기도 하였고, 이미지의 추상화를 보이기도 하였다. 이러한 그의 실험 의식은 여태 시도되지 않았다는 의미에서 새롭거니와, 한편으로는 위험 부담을 안고 있음을 알게 되었다.

주

1) 東坡志林, 味摩詰之時 時中有畵 觀摩詰之畵 畵中有時.
2) 東文選 卷之八.
3) 櫟翁稗說 後集一, 古人之時 目前寫景 意存言外 言可盡 而味不可盡.
4) 이병혁, 『고려 시대 한문학 연구의 문제』(한국 한문학 연구, 아세아문화사).
5) 徐復觀(권덕주 역), 『중국 예술 정신』(동문선, 1990), 410면.
6) 손오규, 『퇴계의 산수 문학 연구』(성균관대학교 대학원 문학박사 학위 논문, 1990), 27면.
7) Hulme. *Speculations* (Ed. Herbert Read, London. Routledge & Kegan Paul, 1924) 126면.
8) 위의 책, 133면.
9) S. K. Coffman, *Imagism*(Univ. of Oklahoma Press, 1951) 28-29면.
10) 김기림, 『시론』(백양당, 1947), 115면.
11) 徐復觀(권덕주 역), 『중국 예술 정신』(동문선, 1990), 165면.
12) 주강식 교수는 가람이 정지용과 친분이 두터웠고 해방전 휘문보고에서 함께 근무한 적도 있을 뿐더러, 이태준과 함께 『문장』의 추천 위원이었다는 점에서 서구의 Modernism에서 영향 받은 것이라고 밝히고 있다.
    주강식, 『현대 시조의 양상 연구』(동아대 박사학위 논문, 1990), 30면.
13) 백기수, 『미의 사색』(서울대 출판부, 1986), 163면.
14) 김상옥, 『초적』(수향서간, 1947), 70-71면.
15) 주강식, 앞의 논문, 38면.
16) 학자에 따라서는ambiguity가 애매성으로 번역되었을 때, 애매성이라는 말이 추상성과 혼동될 것을 두려워하여 '뜻겹침'이라고 번역하는 것이 옳다고 주장하는 학자도 있다.(이상섭, 『자세히 읽기로서의 비평』[문학과지성사, 1988], 208면.)
17) Daniel Delas et Jaques Filliolet, *Linguistique et Poetique*(유제식, 유제호 역, 『언어학과 시학』, 인동, 1985, 272면).

김상옥 산문의 정신과 미학

조남현

1. 작은 한국학 자료관

　김상옥(1920-2004)은 생전에 『초적』(1947), 『고원의 곡』(1949), 『목석의 노래』(1956), 『삼행시 육십오 편』(1973), 『먹[墨]을 갈다가』(1980), 『향기 남은 가을』(1989) 등 많지 않은 시집을 남겼을 정도로 오히려 과작(寡作)의 시인에 가까웠다. 『시와 도자』(아자방, 1975)에 수록된 54편이 주자료라고 할 정도로 산문도 아주 적게 발표한 셈이다. 수십 개 혹은 수백 개의 도자기를 만든 다음 마음에 들지 않는다고 모조리 깨부순 끝에 실로 오랫 만에 회심의 역작 한 개를 세상에 내어 놓는 도공의 정신이 과작의 결과로 나타난 것이라고 할 수 있다. 실제로 김상옥은 산문집 『시와 도자』의 자서(自序)에서 "솜씨 있는 도공은, 그가 비록 시를 모른다 해도 항시 그 가슴 속엔 어떤 시심이 꿈틀거리고 있었을 것이다. 마찬가지로 시인도 또한 슬기로운 시인일진대 의당 그 마음 속 깊이 어떤 훌륭한 조형을 간직하고 있었을 것임에 틀림없다"고 하여 아예 시인과 도공을 동일한 방법의 장인으로 묶었다. 김상옥이 한국적인 것, 고전적

인 것, 전통적인 것 등을 강조하는 시조 시인이라는 점을 떠올리면 시인
=도공이라는 등식은 예정된 것이나 다름없다. 산문집 제목이 『시와 도
자』로 되어 있는 점에서 김상옥의 산문도 결국 시와 도자기의 세계를 잘
설명하기 위해 씌어진 것임을 알게 되며 김상옥은 시와 도자기와 산문을
동일한 정신으로 묶은 보기 드문 시인으로 평가받게 된다. 시조 시인으
로서의 김상옥과 서화 골동품상 아자방 경영자로서의 김상옥이 만나는
지점 바로 거기에서 그의 산문 세계가 펼쳐지고 있다. 김상옥이 시조 시
인이 아니었더라면 서화 골동품상 아자방을 경영하지 않았을지 모르며
아자방을 경영하지 않았더라면 산문집이 나오지 않았을지 모른다.

　김상옥의 산문은 『시와 도자』라는 제하에 묶여 있는 만큼, 한국 고유
의 사물이나 정신에 대한 기본 지식을 들려 주고 있는 것이 적지 않다.
김상옥의 산문은 좀 과장해서 말하면 한국학의 작은 도서관이라고 할 수
있다. 예컨대 「탑과 윤필료」에서는 "본디 이 탑이란 범어 파고다의 음역
으로 부처님의 사리를 봉안하고 예배하기 위한 집을 뜻한다"(138)는 어
원과 기본 의미를 들을 수 있고 「원화밀도(院畵蜜桃)」에서는 "원화" 혹은
"원체화(院體畵)"는 "고대 궁중에서 그림을 맡아 그리던 화원들의 그림을
말하는 것"(248)으로 "관화(官畵)"라고도 한다는 정의를 들을 수 있고,
「태호석연병(太湖石硯屛)」(185-188)에서는 문방사우 · 필통 · 지통 · 묵상
(墨床) · 연병(硯屛) · 태호석 등의 정확한 뜻을 알게 되며, 수석(水石)은
잘못된 조어라는 김상옥의 주장과 돌은 고(固) · 현(玄) · 수(瘦) · 준(皴) · 혈
(穴)과 같은 품성을 지녀야 사랑을 받을 수 있다는 중국인들의 주장을 접
하게 된다. 또 「도장 전각 도서 낙관」(189-192)에서는 "도장"과 "낙관"
의 차이를 알게 되며 도장의 중요성을 깨닫게 된다. 「시와 장생문병(長生

文甁)」에서는 십장생은 해·산·물·돌·구름·소나무·불로초·거북·학·사슴 등을 말한다는 것을 가르쳐 주면서 솜씨가 뛰어난 화원들이 도자기에 더러 십장생 무늬를 그려 낸다는 것을 알게 된다. 이조 백자에 십장생 무늬가 그려짐으로써 이조 백자는 더욱 아름다워지면서 마침내 성스러운 느낌을 준다.

　김상옥은 자신의 지식의 풍부함을 자랑하기 위해서 탑·도자기·연적·그림·돌·도장 등에 대한 기본 정보를 들려 주고 있는 것이 아니다. 그는 자신이 산문에서 다루고 있는 대상을 미화하거나 성화하기 위해 먼저 대상에 관련된 지식과 정보를 들려 주고 있는 것이다. 「금관」, 「신종송(神鐘頌)」, 「부채송」, 「원화밀도」 등의 산문은 '기본 지식 제시 + 예찬'이 김상옥 특유의 서술 공식임을 잘 입증해 주고 있다. 「금관」에서는 "금관총 금관"의 형태를 "입화형(立華形)의 꽃나무와 그 대륜(臺輪)에는 눈부신 금채(金彩)를 더욱 번복 조응케 하는, 둥글고 쬐그만 영락(瓔珞)과 비취의 구옥(勾玉)이 수없이 매달렸다. 그리하여 움직이면 꽃잎처럼 가비얍고, 정지하면 삼림처럼 장중하다"(216)와 같이 미문으로 묘사하여 예찬의 분위기를 돋우었다. 그런 다음, "신라의 장인은 능히 금속을 쪼아 꿰비치는 섬유질의 감각으로 다루어 낸 것이니, 이같은 기법은 실로 고금동서에 가위 쌍이 없는 일이라 할 것이다"(217), "꽃을 황금으로 대체한 슬기도 슬기려니와, 그 슬기를 받침한 그들의 삶이 또한 얼마나 여유로웠을까 싶으니, 생각사록 꿈만 같은 일이다"(220), "신라 보관은 정말 그 대하는 품위, 그 접하는 인상부터가 너무나 드높고 어엿한 바 있다!"(221), "민중의 억압에 행사하기 위한 그런 관이 아니라, 이야말로 정히 풍류의 관이요, 예술의 관이라 할 것이다"(222), "불가사의한 아름다움"(223), "눈물겹고 호화로운 풍류의 관"(223) 등과 같은 '금관 예찬론'으로 이어지고 있다. 금속을 섬유질 다루듯이 하는 기술은 동서 고금에 유례가 없는 것이라는 식으로 신라의 금관 제작 기술이 가히 세계 최고라고 주장했고 금관을 통해 신라인의 슬기와 삶의 여유를 느낄 수 있다고 하면서 금관으로부터는 품위, 풍류, 예술미 등을 감득할 수 있다고 하였다. 김상옥은 신라 금관을 최상급으로 평가하는 뜻에서 서양의 크라운은 모양·기능·제작 의도·인상 등 모든 면에서 신라 금관을 도저히 따라잡지 못한다고 낮추어보는 방법을 썼다. 금관 예찬은 우리 특유의 풍류에 대한 미화 작업으로 연결되기도 하였다.

「신종송」에서는 『삼국사기』와 종명(鐘銘)을 출전으로 하여 에밀레 종의 본명과 제작 경위를 밝히고 송사(頌詞)를 분석하여 종이 "인신장력(人神奬力)," "원공신체(圓空身體)" 등과 같은 신비스러움을 지니고 있음을 밝힌 다음, "유곽(乳廓)이 위로 다붙은 휜칠한 동체(胴體)가 시원스러워 첫눈에 귀품이 흐르기 때문"(228), "종의 음향을 연기처럼 머금었던 뱉는 '소리의 굴뚝'이라 할 것"(230), "불세출의 위대한 예술품"(231), "독일 국립 박물관의 관장인 모씨가 찾아와서—'세계 무비의 범종'이라 했다 한다"(231), "에밀레 에밀레—그 영묘한 목청으로 다시 우시라"(231) 등과 같이 외양과 음향 그 어느 면에서도 세계 최고라고 찬사를 아끼지 않았다. 김상옥은 에밀레 종의 비범함을 역설하기 위해 "서양에서는 다만 사회의 질서와 민중의 집회를 알리는 하나의 신호기에 불과했으니 어쩔 수 없는 일이다"(228), "대개 서양 것은 그 생김새가 용수 모양이고, 중국 것은 작고 크고 간에 어딘지 미련하고, 일본 것은 보나마나 근천스럽기만 하다"(229) 등과 같이 외국의 종들을 격하시키는 방법을 썼다. 서양 종을 단순한 신호기로 치부했는가 하면 서양 종과 중국 종과 일본 종은 그 생김새가 어딘가 부족한 데가 있다고 하였다. 뿐만 아니라 서울에 있는 보신각 종에게도 에밀레 종과 비교하여 "범작," "형편없는 촌놈," "시꺼먼 한 개 복면의 괴물"(228)과 같은 비정하리 만큼의 혹평을 가했다.

「원화밀도」에서도 복숭아를 그려 놓은 원체화를 프랑스 화가 발튠스 드 로라의 말을 인용하여 "격조높은 에로티시즘"(249)으로 풀이하면서 왕이 거처하는 침실의 장식화마저 서양화는 바로 사람의 살덩어리를 그대로 그린 반면 동양화는 여체를 연상케 하는 과실을 그려 내는 은근한 방법을 취했다고 대비했다. 김상옥이 동양화풍을 더 높게 평가하고 있음은 두말할 것도 없다. "부채송"이라는 제목을 내걸어 우리 선조들이 만든 온갖 모양의 부채를 예찬할 의도를 지닌 「부채송」은 재료나 형태나 기능에 따라 우선(羽扇)·피선(皮扇)·포선(布扇)·칠선(漆扇)·유선(油扇)·산선(傘扇)·접선(摺扇)·단선(團扇)·방선(方扇)·의선(儀扇)·노선(奴扇)·합죽선(合竹扇)·무선(巫扇) 등과 같은 수많은 종류가 있다고 하였으며 선추의 여러 가지 종류를 제시하였다. 독자들은 한국 부채에 이렇게 많은 종류가 있나 하고 놀라게 될 것이다. 이 글의 끝은 "세계에서 가장 다양한 재료, 가장 다채로운 모양, 가장 아취있고 아름다운 부채는 오직 한국의 부채다"(240-241)와 같은 자신감에 넘친 주장으로 장식되어 있다. 물론 이런 주장은 과학적 근거보다는 감정상의 편향에 줄을 대고 있다. 특히 「부채송」에 오면 간결성과 정확성을 겸비한 김상옥 특유의 문장들이 광휘를 내뿜는다. 부채에 대해서는 최소한의 어휘로 명확한 설명을 해 내는 것이 쉽지 않지만 대상의 요모조모를 완전히 이해하고 있는 김상옥에게는 조형미와 형상미를 일구어 내는 것은 그리 어려운 일이 아니다. 다음과 같이 "합죽선"을 만드는 과정을 기술한 것은 김상옥 문장력의 정채라고 할 수 있다.

합죽선은 고운 대껍질을 앞뒤로 포개어 부레풀로 붙여서 즉 합죽하여 만드는 것이다. 엷은 가운뎃살과 굵은 갓살(邊竹)을 다 합죽하는 것이지만 갓살은 일곱 마디 아홉 마디의 촘촘한 대마디 껍질을 붙이고 손잡이쯤에 소의 흰 뼈를 받치고 그 밑에 검은 흑시(黑柿)를 가늘게 물린다. 합죽한 갓살의 옆가장자리나 마디마다엔 인두로 낙화(烙畵)를 친다. 귀갑(龜甲) 무늬나 을(乙)자 무늬를 기하학적으로 연결하여 놓는다. 가운뎃살은 미 (米)자 무늬와 박쥐 무늬를 그린다. 손잡이 조짐에는 은이나 백동장식을 붙이고 고리를 끼운다. (238)

대상을 장악하는 힘은 대상을 신앙하거나 예찬하는 힘에서 빚어질 수 있다. 이조 백자나 신라 금관이나 에밀레종이나 부채를 향한 절대 긍정은 이들 존재를 능란하게 설명하거나 해석하는 힘을 뿜어 내고 있다. 김상옥이 이런 이치를 실천을 통해 보여 주고 있다. 한국의 대다수 문화재와 유적 앞에서 김상옥은 '절대 긍정해라! 그러면 이해력과 감상력이 생길 것이다'라고 외치고 있는 것 같다.

2. '단맛'의 산문—우리 것의 미와 성(聖)의 발견

김상옥의 산문에서는 도자기에 직간접적으로 연관된 글들이 주류를 이루고 있다고 할 수 있는데, 그의 글만큼 이조 백자를 인상깊게 송의 형식으로 처리한 것은 찾아보기 어렵다. 『시와 도자』의 표제 산문인 「시와 도자」에서는 "이 단순하고 신비한 빛깔을 한층 더 단순하고 신비하도록 결정(結晶)지은 것! 이것이 곧 우리의 이조 백자입니다"(57), "우리 백자가 지닌 신비성이란 실로 비범하리만큼 평범한 아름다움을 뜻하는 것입니다"(58), "우리 도자기의 장식은 도로 꾸밈을 거세하고, 나아가 단순에의 귀의를 위한 작업인 것입니다"(59), "주방 그릇은 질박하고 제기는 경건하고 문방구와 화장구는 단정하고 아취 있어 보입니다. 이러한 주방 그릇이나 제기, 또는 문방구나 화장구들의 형태는 백자의 백색으로 하여 그것이 더욱 질박하고, 더욱 경건하고, 더욱 단정, 더욱 아취 있게 보인다는 말입니다"(63) 등과 같은 이조 백자 찬송을 들을 수 있다. 이 글에서는 이조 백자의 매력을 단순성과 신비성에서 찾으면서 이때의 신비성을 "비범하리만큼 평범한 아름다움"으로 풀었다. 매력이라든가 아름다움은 비범하다는 판단이나 충격적 감동에서 비롯된다는 상식을 뒤엎은 셈이다. 단순성과 평범성으로 고도의 아름다움을 자아낼 수 있다는 것 자체가 이조 백자의 비범성을 일러주고 있는 것이다. 또 이렇듯 평범한 모습으로 비범한 아름다움을 매개했다고 주장하는 것도 김상옥의 비범한 시선과 감각을 일러준다.

「시와 도자」에서 강조되었던 단순성과 평범성은 산문 「백자송」에 오면 "그리고 이조 백자는 또 하나의 대담한 생략이기도 하다! 그러기에 이것은 범연하면서도 고담(枯淡)하고, 그러기에 이것은 질박하면서도 적막하지 아니한가!"(69)와 같은 구절로 재현된다. 「백자송」에 와서는 고담과 적막의 특징이 추가되고 있다. 「백자송」에 오면 백자 예찬은 숨가쁘게 고조되고 있다. "일찍이 우리는 고려 청자로 하여 아름다운 눈물과

꿈겨운 슬픔을 읽었다―그러나 이조 백자는 그런 고독, 그런 슬픔, 그런 눈물이사 이미 흔적도 없이 말갛게 씻어 내고 말았다"(67), "무너진 왕조와 함께, 자고로 비극은 아름다운 것, 뭐든 한 번 절정에 이르고 나면 그만 아닌가! 그저 남는 것 무상이요, 허무에의 체념뿐인 것을"(68), "모두가 백의관음(白衣觀音)의 차림으로 무늬 하나 없는 백자 항아리! 이들은 지금 형용할 수 없는 스스로의 법열에 다만 무사무위(無事無爲)할 따름이다"(68), "백자여! 이 무관심의 정물이여! 너야말로 고(古)해도 낡지 않고, 노(老)해도 헐지 않는 것, 불고(不古)와 장금(長今)은 이조 백자 너만이 누릴 수 있는, 시공에 초연하는 조형의 연령미다"(70), "오호 여기에 이르러 이미 분향도 기도도 잊어 버린, 그 어느 무명에의 불심(佛心)―이리하여, 마침내 우리의 이조 백자는 궁극에 다다른 미의 묵시요 미의 종교다"(71) 등과 같은 이조 백자 신앙을 들을 수 있다. 김상옥은 이조 백자를 적극 찬양하기 위해 '정화,' '무상,' '허무에의 체념,' '백의관음,' '법열,' '무사무위,' '무관심,' '무명에의 불심' 등과 같이 도교와 불교의 핵심 용어를 이끌어 온 다음 초시공성과 영생이란 모든 종교의 꿈도 빌려왔다. 김상옥에게 도자기는 시적 아름다움을 지나서 종교의 최고 경지를 혹은 들려 주고 혹은 보여 주고 있다. 김상옥은 이조 백자를 단순히 감상하고 있는 것만은 아니다. 그는 이조 백자를 매개로 하여 조선 왕조의 역사를 떠올려보고 있으며 삶의 무상과 동시에 인간 존재의 영생에의 희구도 되짚어 보고 있다.

이조 백자에서 특히 백색의 아름다움에 취하여 「시와 도자」는 "백색은 실로 모든 색상의 조종이요, 또 그 근원이라 할 만합니다. 때문에 모든 색상의 모체요, 또 그 태반이라 할 것입니다"(61)라고 백색 근원설을 주장했고 「백자송」에서는 백자의 백색은 그냥 백색이 아니라고 하면서 "다시 눈여겨 보면 그것은 유백(乳白)이요, 순백(純白)이요, 담백(淡白)이다. 얼핏 보아 단순한 듯하면서도 어딘지 인정과 체온이 얼룩져 있는 아늑한 빛깔이다"(69)라고 백색을 세분해 내었다. 「백색의 조화(造化)」에서는 "백일(白日)," "백주(白晝)" 등과 같은 말을 예로 들어 백색을 밝고 즐거운 이미지로 풀이하는 가운데 백색을 유백(乳白)·분백(粉白)·담백(淡白)·청백(靑白)·황백(黃白)·회백(灰白) 등과 같이 여러 종류로 나눌 수 있다고 하였다. 순백·유백·담백 등의 색은 육안으로 잡아낼 수 있지만 청백·황백·회백은 김상옥과 같이 이조 백자를 평생 완상(玩賞)하고 영송(詠頌)한 사람의 시야 속으로만 들어온 것인지 모른다. 김상옥의 형안에 의해 흰색은 유백·담백·청백·황백·회백 등으로 분광되었다.

그렇다면 김상옥은 절대 긍정 혹은 예찬의 대상 속에 인간 존재를 넣지 않았는가. 그는 얼마 안되는 숫자이긴 하지만 사표로 삼아야 할 존재, 찬미하고 싶은 존재를 내보이고 있다. 「겸손과 오만」에서는 "극진한 겸손일수록 자칫하면 오만해 보이고, 또 참다운 오만일수록 잘못하면 겸손해 보이기도 하니, 이 역시 재미있는 인간사라 하겠다"(283)고 하면서 고하 송진우를 주목했고 「꽃이 용으로 화한 이야기」에서는 대동여지도를 만들기 위해 온갖 고초를 아끼지 않은 고산자 김정호 선생을 미문으로 기리고 있다. 김상옥은 이 산문에서 『삼행시 육십오 편』(아자방, 1973)에 수록되었던 시 「고산자 김정호 선생송」을 전문 인용하면서 김정호 선생의 고난의 삶과 초인적인 정신은 백년 후생의 마음 속에 꽃으로 피어날 것이라고 예견했다. 이 산문의 끝을 장식하고 있는 "아아, 끝없는 꽃의 편력, 아아, 이 애틋하고 무궁한 목숨의 몸부림이여!"(284)라는 구절은 김상옥으로서는 최고의 찬사를 보낸 셈이다. 「지휘봉」에서는 부산에서 악기도 엉망이고 단원들도 급조된 악단을 이끌고 감격적인 연주를 지휘해 낸 애국가 작곡자 A씨에게 찬사를 보냄과 동시에 당시 위정자들을 향해 명지휘자처럼 훌륭한 정치가가 되어 줄 것을 당부하고 있다.

모두 50편으로 된 「묘한 일, 묘한 일」이라는 잠언집 형식의 글에서는 김상옥의 정신 세계의 형성 과정에서 큰 영향을 준 인물들이 드러나고 있다. 노자, 공자, 장자, 석가모니, 예수, 이순신 장군, 대원군, 추사 김정희, 원효, 이차돈, 세종대왕 등이 신앙의 대상이자 사표의 존재로 나타나고 있다. 「묘한 일, 묘한 일」이라는 제목은 노자의 『도덕경』에서 따가지고 온 것이다. 잠언 50편을 모두 "묘하다"로 후렴구처럼 끝맺음한 것은 '감탄할 만하다'라든가 '본뜰 만하다'와 같은 내용을 바꾸어 표현한 것이라고 할 수 있다. 공자를 "수천 년이 지난 오늘에도 그를 드높여 대성지성문선왕(大成至聖文宣王)으로, 세계 삼성의 보좌에 그 이름을 모시게 됨도 묘하다"(22)고 최대한 높게 평가하였고 충무공을 가리켜 "그러면, 누구든 저희 겨레와 저희 나라를 사랑하자면 누구를 그의 사부(師傅)로 삼아야 하는가. (중략) 그것은 충무공"(24)과 같이 민족 최고의 사부로 평가하였다. 홍선대원군을 가리켜 "때를 얻지 못한 기걸(奇傑) 대원군은 묘하다. (중략) 아들보다 아비가 잘났기에 어설픈 경장(更張)도 꺾이었다"(39)라고 해석하면서 "목숨을 걸었던 정치에는 실패한 한갓 소일(消日)로 희롱했던 예술에서 성공한 홍선대원군 이하응은 다시 묘하다"(39)와 같이 진정으로 성공한 존재로 매김하였고 추사 김정희의 글씨에 대해 "학자의 서재에 걸리면 그 주인의 학력이 있어 뵈고 정객의 거처에 걸리면 또 그의 국량마저 있어 뵌다"고 그 다면성을 부각시키면서 "더욱 더 묘한 일은 그것이 진품일수록 위조 같고, 또 위조일수록 진품 같으니, 이는 흔히 남의 추앙을 받는 자 가운데 파렴치한이 있고, 핍박을 받은 자 가운데 강개 지사가 있음과 같은 이치다"(40)와 같이 그야말로 기묘하게 해석하였다. 원효와 이차돈이 각각 세종대왕과 이 충무공으로 재림한 것으로 파악하여 "이두를 창안한 원효의 아들에서 한글을 창제한 세종의 위업, 불국에 순교한 차돈의 죽음에서 민족을 제도한 충무공의 성인(成仁), 아 끊이지 않는 겨레의 슬기, 겨레의 광명, 겨레의 목숨, 생각하면 생각사록 묘하다"(44)고 한 것에서 특정 조상에 대한 숭모의 정신은 절정을 이룬다. 원효와 이차돈이 각각 세종대왕과 이 충무공으로 재림한 것으로 파악한 데서 김상옥 특유의 예리함을 확인해 볼 수 있다.

그런데 「묘한 일, 묘한 일」에서 자국인이든 외국인이든 인간 존재에 대한 예찬은 주류를 이루지 못한다. 역시 주류는 김상옥의 다른 산문들에서 잘 나타나고 있는 것처럼 유물이나 유적지 같은 대상을 예찬한 데서 찾을 수 있다. 김상옥 산문에서는 풍경(風磬), 불국사, 남대문, 신라 금관, 신라 에밀레 종, 고려 청자, 이조 백자, 이조의 도공, 연적, 복숭아 연적, 신라 왕국, 다보탑과 석가탑, 한반도 오천년 등을 섬기거나 기리는 태도를 쉽게 확인할 수 있다. 그런가하면 꿈, 매력, 화엄, 마음의 부자, 참선, 영감, 미물, 시각, 여자의 지배력, 보석, 불순물의 미, 어머니의 위대함, 영생불사, 추상적 수사(數詞), 그릇, 흙 등과 같은 사물, 상태, 존재 등이 안겨 주는 미묘함에 감탄을 억누르지 못한다. 가시적인 것이든 불가시적인 것이든 또는 인간 존재든 물체든 특정 대상을 예찬의 대상으로 삼았다는 것 자체가 이미 주관이 작용한 것이라고 할 수 있다. 백자라든가 연적이 중심 대상이 되고 있는 산문에서의 예찬은 시에서의 예찬 못지 않게 주관이 많이 개입된 흔적을 드러내고 있다. 『향기 남은 가을』(상서각, 1989)이라는 시집에 수록되어 있는 시 「백자」와 「연적의 명」을 보면 산문에서의 예찬과 시에서의 예찬이 크게 다르지 않음을 깨닫게 된다.

상머리
돌아온 달무리
시정은 까마아득하다

어떤 기교
어떤 품위도
아예 가까이 오지 말라

저 적막
범할 수 없어
꽃도 차마 못 꽂는다

―「백자」

비우면
가득 채우고
차면 절로 넘치는 연적

네모꼴

모서리마다

천일생수(天一生水) 소탈한 글씨

하늘은

한 방울 물도

목숨으로 나눈다 했네

　　　　　　　　　－「연적의 명(銘)」

산문에서는 대상을 직접 예찬하는 태도를 취했던 반면, 시에서는 고도로
주관화된 느낌을 통해 대상을 미화했던 점이 다르다면 다른 점이다.

「묘한 일, 묘한 일」을 구성하는 산문들은 대략 5–10행의 길이로 되어
있다. 50개의 글은 독립된 산문이라고 하기에는 지나치게 짧고 시로 보
기에는 시로서의 틀을 갖추고 있지 않다. 「묘한 일, 묘한 일」은 독립된
한 편의 산문이라고 하기에는 너무 길고 분절성이 강한 토막글로 되어
있어 김상옥도 한 번은 정독했을 법한 독일 철학자 프리드리히 니체의
아포리즘 형식의 철학서 『즐거운 학문』이라든가 『서광』을 떠올리게 한
다. 『즐거운 학문』은 모두 382개의 아포리즘으로 구성되어 있는데 이중
153번에서 275번까지 약 130개의 글이 10행 이하로 구성되어 있다. 총
575개의 글로 된 『서광』의 경우, 특히 200번 이후로 가면 10행이 넘지
않는 단문들이 주류를 이룬다. 니체의 철학서들은 칸트나 헤겔 유의 논
리적이고 추상적인 서술 방법 대신에 구체적이고 시적이면서 감정 표출
을 크게 허용하고 있는 간접 고지의 방법을 사용한 것이긴 하지만 그 내

용이 모두 쉽게 이해되는 것은 아니다. 적지 않은 아포리즘이 난해 시만큼 해독의 어려움을 안겨 주고 있다. 니체 유의 아포리즘은 한 편 한 편은 짧기는 하지만 그보다 몇 배나 긴 다른 철학자의 글 못지 않게 여러 가지를 생각하게 한다. 김상옥의 「묘한 일, 묘한 일」에서도 이렇듯 근본적 사유를 내보인 토막글을 여러 가지 찾아볼 수 있다. 김상옥은 그의 다른 산문에서 주로 취했던 우리 것 예찬의 형식에서 벗어나 '철학하는 모습'도 여러 편 보여 주고 있다. 김상옥은 「묘한 일, 묘한 일」의 제1번 글을 "있는 것이 있으므로 없는 것도 있는 줄을 알라고 타이른 노자의 말은 생각사록 묘하다"(20)로 장식하면서 맨끝 번호의 글의 마지막 대목은 "아아 이 끝없는 끝맺음이여, 끝맺음의 끝없음이여. 더더욱 묘한지고! 묘재(妙哉), 묘재(妙哉)"(47)라고 하였다. 1번에서 담담한 껍질이 날카로운 속살을 싸고 도는 형상이 49번에 가서는 영탄과 법열이 뒤섞이며 고조되는 분위기로 이어지고 있다. 1번에서 50번은 50개의 글이면서 동시에 한 개의 글로 묶일 수 있다. 「묘한 일, 묘한 일」의 중간중간에 있는 '우리것 찬미'는 있는 것 / 없는 것에 대한 철학적 사유로 가기 위한 도정에 지나지 않는다. "노자는 우주의 근원, 생명의 본존(本尊), 이름의 비롯됨을 오직 여자인 어머니에게서 찾았다"(32)라든가 노자의 "곡신불사(谷神不死)"와 기독교의 영생 개념을 비교하면서 "불사(不死)는 영원일 뿐 아니라 초영원까지 산다는 뜻을 그 밑바닥에 깔았으니, 한량없는 동양의 묘리가 깃들여 있어 더욱 묘하다"(33)라고 하여 동양을 우위에 놓는 것을 잊지는 않았으나 「묘한 일, 묘한 일」의 뒷부분에 오면 김상옥의 진정한 관심은 죽음, 사라짐, 무를 극복하는 방법에 있다. 흙, 도자기, 돌 등에의 숭모는 '있는 것'에 대한 찬미이기는 하나 이 찬미 뒤에 '없는 것'에 대한 슬픔이 숨겨져 있다.

김상옥은 인간은 꿈꾸고 또 꿈꾸어야 하는 존재임을 강조하였다. "곤히 곤드라져 그 잠 속에서 꿈을 꾸게 되고, 다음날 아침 하품하고 깨어나면 그 현실에서 다시 이상이라는 꿈을 꾸게 되는 사람의 생리 또한 묘하다"(21), "꿈을 꾸고, 꿈을 깨고, 꿈을 사고, 꿈을 팔아, 은성(殷盛)하는 저자[市場] 속. 묘하게도 거기 또 꿈을 꾸므로 현실을 이상하던 즐거운 꿈의 사제(司祭), 꿈의 장사꾼들. 이제 다시 그들의 그 하고한 꿈을 찾아 나타날 징조 있으니 묘하다"(45), "꿈에 장자는 나비가 되고 나비가 꿈(현실)을 꾸니 장자가 된다. 꿈이 오고 가는 길, 곧 꿈은 길, 꿈은 빛, 꿈은 목숨으로 다시 삼위일체 우화전생(羽化轉生)하니, 묘하다"(45), "옳거니 내가 꿈을 꾸지 않고 너도 꿈을 꾸지 않고 동시에 일체가 다 꿈을 꾸지 않는다면 또 동시에 그 일체도 다 존재하지 않을 수 있으리니 묘하다"(46) 등과 같은 잠언은 인간 존재의 정체성의 하나가 꿈임을 제기한 것이라고 할 수 있다. 이러한 과정을 거쳐 김상옥은 마침내 다음과 같이 두고 두고 음미해 볼 만한 아포리즘에 도달하고 있다.

끝내 묘한지고. 내 한낱 있으므로 너 한낱 있고, 우리네 무리가 있으므로 인류의 덩어리가 이웃하여 몸 두고 있다 하니 묘하다. 내 한 몸 외톨박이 나사못처럼 빠진다면 그 꿈의 무변(無邊)한 구성, 그 꿈의 정묘한 밀도, 그만큼 일그러지리니 다시 그 구성, 그 밀도에 내 한 몸 꽃 속의 씨앗처럼 박히어 내 몫의 고운 빛깔, 내 몫의 고운 내음, 내 몫의 고운 모습, 고스란히 찾아오리라. 아아 묘재(妙哉), 묘재(妙哉).(46-47)

「묘한 일, 묘한 일」의 1번 글에서 없음도 있음으로 바꾸어 보라고 한 노자의 말을 곰곰히 씹어 본 끝에 49번에 와서는 '나'를 인식하는 철학적 사유 쪽으로 귀결되고 있다. "내"가 없으면 존재계 자체도 꿈을 이루기 어렵다는 요해가 담겨 있다. "나"를 유달리 강조하는 것은 결국 모든 존재는 허망하다는 인식을 감추어 놓은 것에 지나지 않는다. 「묘한 일, 묘한 일」을 구성하는 50개의 아포리즘은 길이 면에서는 그의 산문이 시와 별로 다를 바 없다는 생각을 갖게 하지만 내용 면에서는 산문이 최소한의 다양성을 지니고 있다고 판단하게 만든다.

3. '짠맛'과 '쓴맛'의 산문 — 비판의 담론과 아픔의 시론

김상옥은 긍정할 만한 존재를 아예 신앙의 대상으로 바꾸기 위해 부정할 만한 존재를 아예 비판의 대상으로 바꾸어 양자를 비교하는 방법을 썼다. 내 것을 미화하기 위해 남의 것을 깎아 내리는 방법을 썼다는 것이다. 이조 백자나 에밀레 종이나 신라 금관을 상찬하는 대목에서 일본 것이나 서양 것은 곧잘 비하되곤 하였다. 이렇듯 김상옥이 특정 목적이나 고정 관념을 지니고 비교의 방법을 잘 취했다는 것은 그가 모자란 것, 더러운 것, 이치에 맞지 않는 것을 비판할 줄 아는 것을 의미한다. 「덕수궁의 담장」에서는 덕수궁의 드높은 돌담을 철거하고 가느다란 쇳가치로 간살을 질러 놓은 것 때문에 그동안 고전에의 향수에 젖을 수 있었던 덕수궁돌담길의 운치가 사라지게 되었음을 나무라고 있다. 「태양의 색소」에서는 향토 작가들의 합동 미술 전람회에서 "녹색 태양"의 그림을 보고 느낌을 말하는 가운데 우리 민족이 해방 이후 "풋풋하고 싱싱한 빛"을 상징하는 녹색과는 거리가 멀게 가난하고 어두운 생활을 해 왔음을 일깨워 주고 있다. 「뽕나무와 거북이」에서는 상구지계(桑龜之戒)의 설화를 들려 주면서 "아직도 우리의 주변에는 시세에 편당(偏黨)하여 너무 잘 난 체 까불고 지껄이다가 저 죽고 남 죽이는 놈이 없지 않으랴!"(286)고 훈계하였다. 이 설화에서는 어부의 꿈 속에서 거북이는 뽕나무로 삶으면 금방 삶아진다는 비밀을 털어 놓은 뽕나무를 나무라고 있다. 「칼과 도자」에서는 김상옥이 일본 국립 박물관을 관람하였을 때 일본 코너에는 섬뜩한 느낌을 주는 칼이 많았음을 보면서 "칼을 다듬기에 여념이 없던 문화와 도자기를 굽기에 생애를 바치던 문화"(174)를 비교하게 된다. 그러면서 같은 칼이라도 "저 임진왜란 때 한산도 앞바다를 피로 물들이던 충무공의 칼과 한말의 풍운속에서 민씨 침전에다 피비린내를 풍겨 주던 낭인배의 칼은 끝내 같을 수가 없듯이"(174)라고 명쾌하게 대비하였다. 충무공의 칼은 애국 애족의 칼이요 일본 낭인배의 칼은 침범의 칼이요 패덕의 칼이라는 엄정한 판단이 깃들어 있다. 「지휘봉」에서는 부산에서의 명지휘자에 의한 감동적인 교향악 연주의 한 사례를 들면서 교향악 연주 지휘와 정치를 같은 것으로 보아 "창의 있는 정사란 현실에 빛을 보태고 생활을 드높이는 실감있는 예술이 아닐 수 없다"(208)고 하면서 이 땅의 위정자들에게 손쉽게 기적을 부르지 말라, 국민을 못났다고 탓하지 말라, 후진적인 여건을 핑계하여 혀를 함부로 놀리지 말라, 몸에 한기를 집어넣고 이마에 식은 땀을 흘리라(208) 하고 서슬 푸르게 충고하였다. 김상옥으로서는 좀처럼 내보이지 않았던 솔직한 정치 비판이요 적극적인 현실 참여라고 할 수 있다.

김상옥의 산문집의 표제작은 그가 1974년 4월 26일 서울 국립 중앙 박물관 강당에서 행했던 고미술 강연의 초고인 「시와 도자」였다. 이 산문에는 도자기와 시에 대한 김상옥의 기본 인식이 잘 드러나 있다. "시는 언어로 빚은 '도자기'라고 말할 수 있다면, 도자기는 흙으로 빚은 시라고도 말할 수 있겠기에 말입니다"(52)라고 예상된 인식을 보여 준 후 "지금 우리 시단에서 발표되는 대부분의 시에는 시인이 괴로워하는 신음소리가 들리지 않습니다"고 당대의 시단을 향해 불만을 표시하였다. 정도차는 있지만 괴로움이 없는 사회는 없다고 하면서 "괴로움을 마음 아파하는 사람이 시인이요, 그 아픔을 노래하는 것이 시가 아니겠습니까"(53) 하고 의외의 시 본질론을 펼친다. 1970년대 전반기의 문학사적 맥락에서 보면 "아픔이란 시인이 느끼고 고발하지 않으면 거기엔 참다운 시가 있을 수 없을 것입니다. 오늘 우리의 현실만이 아픈 것이 아니라 그보다 그 아픔을 노래한 시가 없다는 것이 더욱 아픈 것입니다"(54), "아픔은 곧 하나의 커다란 진실이기도 합니다"(54) 등과 같은 시론은 순수시론보다는 참여시론을 떠올리게 한다. 김상옥은 1970년대 전반기에 발표된 시론에서 그때까지 발표했던 시조집『초적』(1947), 시집『고원의 곡』(1949),『목석의 노래』(1956), 시조집『삼행시 육십오 편』(1973) 등에서의 시풍과는 달리 참여시를 대망한 듯한 느낌을 준다. 물론 "아픔은 진실이요 사랑이요, 또 아름다움이기도 합니다. 부처님도 지극한 사랑을 자비라고 하지 않았습니까? 예술에 있어서도 최상의 미는 아픔이나 슬픔이 아닐 수 없습니다"(56)는 주장은 좋은 시의 전제인 아픔을 시인이나 도공이 한 인생 살아가면서 누구나 흔히 겪는 것으로 해석하게 만든다. '아픔의 시론'으로 정리할 수 있는 그의 시론이 좀더 명확하고 풍부한 이론을 전개했더라면 하는 아쉬움이 있다. 「가을의 시」는 베를레에

느, 이백, 릴케, 도리스당 도렘 등의 동서양의 가을 시를 소개하면서 "아름다운 것은 다 슬프다. 시는 곧 미의 비곡(悲曲)이다. 그 중에도 가을의 시는 더욱 그러하다"(259)고 중간 정리하였다. 그리고 왕유, 도연명, 헤르만 헤세 등의 가을 시편도 검토하면서 "그들은 영혼의 고고한 원정(園丁)이 아닐 수 없다"(259)고 상찬하였다. 같은 시론이면서도 「시와 도자」가 시적인 표현으로 기울어지기도 했던 것에 반해 「가을의 시」는 내내 산문적 진술에 충실하였다.

소년의 시심과 백자의 정결성
―『김상옥 시 전집』을 읽고

최동호

1. 시적 근원과 지향성

우연한 일이겠지만 김상옥의 첫 시집 『초적』을 오랫동안 보물처럼 간직하고 있다. 아마 인사동 어느 고서점에서 1960년대 구입한 것으로 기억되는 이 시집은 한지로 만들어져 고서의 풍취를 접하는 향수를 불러일으키는 것 같은 매력을 나에게 주었다. 여기에 수록된 시들 또한 교과서에서 많이 볼 수 있던 정형적 시조여서 가끔 펼쳐 보았다. 이 시집에 대한 추억과 향수 때문에 1980년에 간행된 『먹[墨]을 갈다가』를 구독하였다. 세월이 많이 지난 탓인지 이때 김상옥의 시 세계는 선비적 묵향으로 나에게 다가왔다. 형식도 다양해지고 소재의 폭도 넓어진 것처럼 느껴졌다.

그런데 이번에 간행된 『김상옥 시 전집』(2005)을 다시 읽어 보니 김상옥의 시적 편력과 각고의 노력을 통해 볼 때 그를 틀에 박힌 시조 시인으로 한정시켜는 안 되겠다는 생각이 들었다. 향년 85세에 이르기까지 동시대의 다른 시인에 비해 결코 적은 양이라고 할 수 없는 600여 편에 이르는 그의 시편들은 다양한 형식과 소재를 변주하고 있었다. 우리가 일반적인 선입관으로 떠올리는 시조 형식은 그를 구속하기도 하였고 그는 이 형식을 파괴하고 다시 새로운 형식을 만들고자 노력하였다. 요컨대 형식은 그를 구속하고 또 형식은 그를 자유롭게 하기도 했다는 것이 나의 판단이다. 시 전집을 읽으면서 나에게 떠오른 것은 다음 두 가지다. 하나는 그의 시적 지향성의 근원은 무엇이었을까 하는 것이요, 다른 하나는 왜 그러한 지향성을 갖게 되었을까 하는 의문이 그것이다. 어쩌면 그것은 표리를 이루는 질문이기도 하겠지만 식민지 시대와 한국 전쟁을 겪었을 뿐만 아니라 민주화, 정보화 시대를 헤쳐 나온 파란만장한 역사의 도정을 살면서 시인으로서 그를 지켜준 원동력이 무엇이었을까 하는 것이 그 의문의 핵심일 것이다. 이 글에서 우선 전집을 읽기 전에 내가 가지고 있었던 김상옥 시에 대한 개요를 일단 정리해 보고, 여기서 나아가 새로이 제기된 의문에 접근해 보기로 하겠다.

2. 전통적 서정과 현대시적 감성

김상옥은 1938년 김용호·함윤수 등과 함께 『맥』 동인으로 활동하면서 시를 발표하여, 1939년 시조 「봉선화」가 가람 이병기에 의해 『문장』에 추천을 받으면서 본격적인 창작 활동을 전개했다. 이태극과 함께 『시조 문학』을 창간하여 시조 문학의 계승에 이바지한 바 크다. 일제 치하에서 반일 사상의 혐의를 받아 몇 번의 영어 생활을 겪기도 했다.

그의 첫 번째 시집 『초적』(1947)은 정물적인 시적 대상에 대하여 일정한 거리를 유지하며 바라보는 관조의 태도를 특징으로 하고 있다. 시조 시인으로서 독특한 경지를 펼치는 계기로 작용하는 이 관조의 태도는 『고원의 곡』(1949), 『이단의 시』(1949)에서 각각 동양의 정일(靜逸)의 세계로의 서정적 몰입, 우주와 생명에 대한 외경이라는 면모로 나타난다. 『고원의 곡』이 달빛·박꽃·댕기와 같은 전통적인 서정의 세계에 머물면서 격렬했던 과거를 조용히 반추하는 것이라면, 『이단의 시』는 인생에 대한 철학적 질문들을 자유 분방한 어휘와 산문적 어조로 표현한 것이다.

초기 시를 대표하는 「청자부」는 시상의 간명한 처리, 시어의 현대성으로 인해 시조의 새로운 경지를 연 작품으로 평가받는다. 밝고 자연스러운 율격의 아치(雅致)는 시조의 율격 형식이 갖는 선험적인 규범성을 벗어난 독특한 경지를 보여 준다. 여기서는 창(唱)을 위주로 한 율격 형식인 시조에 사물의 외형에 대한 정관적 묘사와 시어의 의미 기능을 강조함으로써 자유시의 형식을 결부시키고 있다. 한편 「백자부」 등의 시에서는 도자(陶磁)가 지닌 신비한 조형미나 색채를 언어화시키고 있다. 산문 「시와 도자」에서 시인은, '조형의 시'를 강조하고 있다. 그는 도자를 조선조 서민의 애환이 승화된, 형식미를 갖춘 조형 예술의 극치라고 격찬하면서 현실의 슬픔을 반영하는 우수한 양식으로 파악한다. 그는 시 역시 이러한 전통을 계승함으로써 현대 사회의 온갖 제약을 승화시킬 수 있다고 보았는데, 이러한 시 의식은 시집 『삼행시 육십오 편』(1973)에서 두드러지게 나타난다.

이 시집에서는 대상의 외형적 아름다움에 대한 찬탄이 사라지고 그것이 간직하고 있는 인고의 깊이, 혹은 그 영혼의 위대함에 몰입해 가는 모습을 볼 수 있다. 언어에서 시적 자질을 극대화하듯이 도자의 질료와 외형에서 시적 본질에 대한 통찰을 얻고 있는 것이다. 이 심화된 물질적 상상력은 시적 진술에 대한 오랜 훈련의 결과로, 평범하면서도 단단한 언어로 구축된 시적 조형성이라는 작시상의 특징을 동반한다.

살은 시리건만
눈은 도로 멀쩡해
막판에 가서는 돌을 쪼은다.

불꽃 튀던 돌이여!
불꽃 튀던 그 구절(句節)
차라리 이끼로 다시 덮어라.

　　　　　　　　　　　　　　　　　　　－「가을과 석수」

이 시에서 석수의 의식은 곧 화자 자신의 시 의식이 된다. 돌을 응시하는 석수의 눈에 담긴 긴장과 절제력은 시인이 시상을 가다듬는 의식이기도 하다. 도공이 도자의 질료와 형상을 통해 그 형식적 상상력과 구조가 지니는 의미를 정관하는 냉철한 태도와 절제력을 시인은 "지울 수 없는 선지빛"(「묵을 갈다가」)으로 가슴에 남아 있는 삶의 고통에 대한 의식으로 공유한다. 그가 시조시의 형식에 구애되지 않고 자유시의 영역을 넘나들면서 왕성한 작품 활동을 할 수 있었던 것은 이러한 동양적 장인 정신을 내적으로 성찰한 결과로 볼 수 있다.

그는 음악적 운율을 특징으로 하는 시가 양식인 시조를 회화적이고 내재율을 중시하는 현대시적 성격으로 변형시키고자 하였으며, 시조의 형식에 글자를 꿰어 맞추는 안이한 태도나 시조의 전통적인 양식에서 별다른 이유도 없이 일탈해 버리는 태도를 동시에 지양해 갔다. 이는 그가 시조의 전통적인 양식에 대한 이해를 바탕으로 현대시의 정신을 적극적으로 실천하려 한 시인이었기 때문에 가능했던 것이다.

3. 동심과 정결성의 일체화

김상옥 시의 전개는 형식의 긴장과 이완을 통해 외적 틀을 얻는다. 그런데 이러한 긴장과 이완은 어디서 유래하는 것일까. 그것은 일차적으로 파란과 굴곡을 경험하게 만든 현실에서의 삶으로부터 온다. 그러나 현실의 삶에 의해서만 그의 시가 씌여지는 것은 아니다. 그의 시는 때때로 현실의 압박에 휘둘리기도 하지만 언제나 그 자신의 본연의 모습을 찾고자 할 때 발동된다. 어쩌면 현실에 더 많이 휘둘릴 때 그는 형식을 파괴하고자 하는 충동을 느낄 것이며 현실이 안정될 때 좀더 엄격한 형식미를 우리에게 보여 주고 있는 것인지도 모른다.

1973년 간행한 그의 시집 『삼행시 육십오 편』에서 우리는 이러한 시인의 모습을 포착할 수 있다.

종일 시내로 헤갈대다 아자방(亞字房)엘 돌아오면
나도 이미 장 안에 한 개 백자로 앉는다.
때묻고 얼룩이 밴 그런 항아리로 말이다.

비도 바람도 그 희끗대던 진눈깨비도
누누(累累)한 마음도 마저 담았다 비운 둘레

이제는 또 뭘로 채울 것가 돌아도 아니본다.

-「항아리」

하루 종일 저자거리를 헤매다 자신의 거처로 돌아온 화자는 그 스스로 백자가 된다. 때묻고 얼룩이 밴 항아리가 되는데 이는 그만큼 정결해지고 싶다는 뜻이기도 하다. 세사에 더럽혀져 백자가 된 자기 자신에게 더 무엇을 담을 수 있다는 말인가. 더 이상 채울 것이 없다. 그런데 여기서 주목할 것은 백자의 정결성만이 아니라 그 여백의 미다. 다름아닌 여백을 통해 정결성을 획득한다는 사실에 주목할 필요가 있다는 것이다. 비와 바람은 물론 진눈깨비도 나의 마음도 담았다. 비운 둘레를 화자가 바라보고 있다는 점이 김상옥 나름의 시각이라고 할 것이다.

더욱 눈길을 끄는 것은 삼행시라고 이름한 시집에서 또 다른 파격의 시를 만나게 된다는 점이다. 어쩌면 여기에 형식을 파괴하고서라도 표현하고 싶은 시 의식이 새겨져 있는지도 모른다.

옛날 옹기장수 순(舜)임금도 지나가고, 안경알 닦던 스피노자도 지나가던 길목. 그 길목에 한 불우한 소년이 앉아, 도장을 새긴다.

전황석(田黃石)을 새기다 전황석의 고운 무늬 눈에 재우고, 상아를 새기다 상아의 여문 질(質)을 손에 태운다. 향목도 회양목도 마저 새겨, 동그란 도장, 네모난 도장, 온갖 도장을 다 새긴다. 하고많은 글자 중에 사람들의 이름자, 꽃 이름 새 이름도 아닌 사람들의 이름자, 꽃 모양 새 모양으로 전자체(篆字體)를 새긴다.

그 소년, 잠시 칼질을 멈추고, 지나가는 얼굴들을 바라본다. 그 많은 얼굴 하나같이, 지울 수 없는 도장들이 새겨져 있다. 찍혀져 있다.

－「도장(圖章)」

여기서 도장을 새기고 있는 사람은 누구일까. 물론 화자 자신이다. 그런데 그가 새기고 있는 대상은 누구일까. 시에는 한 불우한 소년이라고 표현되어 있지만 이 소년이 바로 그 자신의 자화상이라는 것이다. 도장 파는 노인은 현실의 그 자신이고 그가 새기고 있는 것은 그 자신이 아니라 그 자신의 자의식을 드러내는 하나의 그림자다. 이 소년은 다시 변주되어 「늪가에 앉은 소년」으로 다시 등장한다.

생시엔 꿈도 깰 수 없어, 연방 내리쬐는 뙤약볕은 무섭도록 고요하다. 혼자 뒤처진 한 소년이 늪가에 앉아, 피라미새끼 노니는 것을 보고 있다.

저 백금빛 반짝이는 늪물 속엔 장대가 하나 꽂혀 있다. 장대의 그림자도 물에 꺾인 채 거꾸로 꽂혀 있다. 멀리서 터지는 포(砲)소리, 그 포소리에 놀란 어린 새가 앉을 데를 찾다가 장대 끝에 앉는다. 어린 새의 체중이 장대를 타고 흔들린다. 털끝만큼 흔들린 장대는 물 위에다 몇 겹으로 작은 파문을 그린다.

이 순간, 파문에 놀란 피라미떼는 달아나고, 장대 끝에 앉은 어린 새 모양, 혼자 뒤처진 그 소년도 연방 물속으로 늪물 속으로 빨려들어갈 듯 앉아 있다.

-「늪가에 앉은 소년」

　무섭도록 고요한 뙤약볕 아래서 소년은 늪물을 바라보고 있다. 혼자 뒤처진 소년은 아무 생각 없이 무사무념한 상태가 되어 늪물을 바라보고 있는 것이다. 이처럼 무섭게 깊이 자신을 응시하는 시선을 가진 소년은 김상옥의 초기 시편에서부터 지속적으로 변주되어 나타난다. 첫 시집 『초적』에 수록된 「사향」의 화자는 회고의 목소리이며 소년의 목소리이고, 시집 『목석의 노래』(1958)에서는 「소년」이란 시가 전면에 부각된다. 「소년」은 객관적인 시각으로 그려지고 있는데 흙에 꽃씨를 뿌리고 그 꽃을 바라보는 소년이다. 이 소년의 자의식에서 한 걸음 나아간 위의 「늪가의 소년」은 의식과 무의식의 경계에서 화자와 주인공이 겹쳐지는 경계를 알려 준다. 어쩌면 이 지점에서 김상옥은 생사의 경계를 소년을 통해서 표현한 것인지도 모른다. 시집 『먹을 갈다가』에 수록된 「고아 말세리노의 입김」은 이 소년의 이미지가 변용된 것이다. 말세리노는 계속해서 나타나는데 그 처음은 미간행 유고에 포함된 「조춘」(현대문학 1960년 5월호 발표)이다. 고희 기념 시집으로 1989년에 간행된 『향기 남은 가을』에서는 「고아 말세리노 1」, 「고아 말세리노 2」 등으로 확장되기도 한다. 아마도 김상옥의 무의식의 심층에서 자신을 표상하는 소년의 이미지를 가톨릭 설화의 주인공 말세리노와 동일시하였기 때문일 것이다.

　그런데 김상옥의 자의식의 전개에서 더욱 흥미로운 것은 소년과 백자가 하나로 겹쳐지고 그 소년이 떠난 자리에 나뭇잎 하나만 남는다는 것이다.

상머리

돌아온 달무리

시정은 까마아득하다.

어떤 기교

어떤 품위도

아예 가까이 오지 말라

저 적막

범할 수 없어

꽃도 차마 못 꽂는다.

—「백자」

앞에서 인용한 「항아리」와 유사한 이미지다. 여기서 주목할 것은 소란한 시정과 달리 달무리가 비치는 백자가 거느린 적막은 범접할 수 없는 품위를 느끼게 하며 동시에 이는 소년의 이미지가 지닌 정결성과도 연결된다는 점이다. 어떤 점에서는 소년의 정결성을 백자의 미 의식으로 나타낸 것이 김상옥의 시적 특성이라고 할 수 있다고 해도 과언이 아니다.

그런데 간과할 수 없는 것은 "적막"이란 시어다. 화자의 자의식의 그림자라고 할 수 있는 소년이 사라지고 있다는 점에서 이 적막이란 시어는 매우 중요한 의미를 갖는다. 시집 『향기 남은 가을』에 수록된 「너만 혼자 어디로」나 「흔적」 같은 시편이 이러한 심적 상황을 적절히 나타내 준다.

그대와
앉았던 자리
나만 와서 앉아 본다.

창밖에
저무는 산색(山色)
그때와 한빛인데

가슴에
고이는 옹달
나뭇잎 하나 떠 있다.

　　　　　　　　　　　　　　　　　　－「흔적」

　일차적으로 우리는 이 시에서 "그대"라는 대명사를 이성의 연인이라
해석할 수도 있다. 그러나 더 깊은 자의식의 심층으로 파고들어가 보면
그것은 그 자신의 자의식의 그림자였던 소년의 이미지가 사라진 것이라
고 할 수 있다. 소년은 사라지고 나뭇잎 하나만 남겨진 심적 상황이 고
희를 맞이한 김상옥의 적막한 심적 상황이라고 해도 과언이 아니다. 적
막에 대한 자의식은 초기 시집『고원의 곡』(1949)에 수록된 시「적막」에
서 산 깊은 곳에 잠든 자를 노래할 때 이미 감지된 바 있다. 죽음에 대한
원초적 자의식이 거의 무의식적으로 이때부터 시작된 것이라고 하겠다.

고희를 맞이한 김상옥이 자기 자신의 죽음을 적막과 더불어 인식할 때 고아 말세리노가 다시 되풀이하여 등장하는 것도 흥미롭다. 지상에서의 삶이 그만큼 고단하고 어려웠다는 해석도 가능하다. 아마도 이 지점에 이르면 김상옥의 시도 거의 종착역을 향해 서 있다고 할 수 있을 것이다. 삶과 죽음이 구별되지 않고 꿈과 생시가 구별되지 않는 지점에 도달한 것이다.

> 어쩐지
> 꿈 같은 생시,
> 나도 있고 나비도 있네.
>
> 담장 밖
> 보랏빛 무우꽃에
> 꿈을 접던 노오란 날개,
>
> 어디로
> 훌쩍 날아가고
> 나만 외톨이로 남아 있네.
>
> ─「꿈 같은 생시」

김상옥 마지막 시집이라고 할 수 있는 『느티나무의 말』(1998)에 수록된 위의 시에서 회상되는 것은 과거이자 현재이며 꿈이자 생시이고 나와 나비가 하나인 동시에 그럼에도 불구하고 혼자만 남겨진 고독한 자아다.

여기서 나비는 생사를 가로지르는 자의식의 상징인데, 소년, 나뭇잎, 말 세리노·나비를 연상시켜 보면 이 모두가 시인 자신의 무의식을 변용한 이미지임을 알 수 있다. 이 시에 나타나는 외톨이란 늙은 화자이면서 무의식의 심층에 자리잡고 있던 생명체로서 소년은 사라지고 빈 껍질만 남은 자다.

혼자 남아 있는 외톨이가 되기까지 머나먼 회로를 돌아온 것이 김상옥의 다사다난했던 인생의 역정이자 시적 편력이라는 것이 김상옥 시 전체를 아우르는 나의 시각이다.

4. 처음 또는 마지막의 목소리

김상옥은 1968년 부산 중앙동 동원 다방에서 시서화(詩書畵) 작품전을 개최하고 이후 시서화 삼절이라는 애칭을 얻는다. 이는 그가 그만큼 다재다능하다는 뜻이기도 하고 또 동양적 문화와 전통의 계승자였다는 것을 뜻하기도 한다. 문인화의 전통을 이어받아 품위와 절제를 삶과 예술에서 실천했다는 뜻으로도 해석된다.

그런데 이상한 것은 전집을 통독한 다음에도 그의 시 속에서 계속해서 들려오는 것은 멀리 있는 고향을 부르는 목소리다. 그것은 김상옥 개인의 목소리이면서 우리들 자신의 목소리이기도 하다.

눈을 가만 감으면 굽이 잦은 풀밭길이
개울물 돌돌돌 길섶으로 흘러가고
백양(白楊)숲 사립을 가린 초집들도 보이구요.

송아지 몰고 오며 바라보던 진달래도
저녁 노을처럼 산을 둘러 퍼질 것을
어마씨 그리운 솜씨에 향그러운 꽃지짐!

어질고 고운 그들 멧남새도 캐어 오리
집집 끼니마다 봄을 씹고 사는 마을
감았던 그 눈을 뜨면 마음 도로 애젓하오.

                                        ―「사향」

　이 시가 되풀이하여 떠오르는 것은 어쩌면 그의 첫 시집『초적』을 오래도록 보물처럼 소장하고 있었던 탓인지도 모르겠다. 그러나 다시 돌이켜 보면 그의 시심에 깊이 자리 잡은 소년의 목소리가 길게 메아리치며 살아 있기 때문이 아닐까 하는 것이 나의 생각이다. 이 소년의 목소리가 백자의 정결성과 여백의 미를 그로 하여금 평생 동안 추구하도록 만들었던 것이 아닌가 한다.『김상옥 시 전집』을 통독하고 난 나에게는 1952년에 간행한 동시집『석류꽃』이 인상 깊게 읽혀졌다. 형식의 절제와 간결미가 동시에서 아름답게 살아나 노래의 메아리가 감도는 것 같은 묘한 여운을 느끼게 하였다. 형식을 파괴하거나 형식으로부터 자유를 얻거나 모두가 생의 근원적인 아름다움을 노래하는 것이라는 것이 하나의 깨달음으로 다가온다는 것이다. 한 가난한 소년이 있었다. 그는 흙에다 씨를 뿌리고 그 꽃을 바라보듯이 백자의 아름다움을 추구하며 평생 시조를 쓰고 살았다. 그가 살아야 했던 시대와 역사는 파란만장한 것이었다. 세파를 겪으며 한 소년이 살아간다. 그는 고희를 넘기고 팔순도 넘겨 살았다. 그 모든 힘은 자기를 지키는 시심으로부터 나왔고, 그 시심의 근원에 때 묻지 않은 소년의 정결성이 자리잡고 있었다는 것이 나의 결론이다. 김상옥은 이은상과 이병기가 개척한 현대 시조의 계승자였고 이태극과 더불어 현대 시조 부흥 운동에 앞장 선 시인이었다. 그리고 동양 문화가 지향해 온 전인적 예술가로서 문인화의 전통을 계승한 마지막 문사였다. 오늘날 디지털 세대가 상실한 문화적 전통의 마지막 맥을 실감할 수 있다는 점에서 김상옥 시를 읽는다는 것은 결코 복고적인 취미에 국한될 수 없다.

왜냐하면 그의 시에는 자신을 지키는 살아 있는 인간의 목소리가 있고 품위와 절제를 미덕으로 여기는 삶의 지혜가 살아 있기 때문이다. 그것은 과거의 것이 아니다. 인간의 절대성이 부정되는 상황에 처한 오늘의 우리에게 그러한 덕목은 더욱 유효한 문화사적 의미를 가지기 때문이다.

끌어안음과 뛰어넘음의 미학

─ 초정 김상옥과 시조 형식

장경렬

1

초정 김상옥의 시 세계에서는 "적막"(「백자」)의 깊이와 "부재"(「부재」)의 넓이가 느껴진다. 또는 "정적"(「미물」)의 깊이와 "정지"(「靜止」)의 넓이가 느껴진다. 거기에도 인간의 삶은 있으나, "길을 찾다가 / 멍하니 정지하고 있"(「정지」)는 사람, "빈 궤짝처럼 따로 떨어져 앉아 있"(「빈 궤짝」)는 사람, "갈수록 / 허망한 욕심 / 차츰 버릴 수도 있"고 "이 세상 / 슬프고 어여쁜 일 / 혼자 누릴 수도 있"(「돌담 모퉁이」)는 사람의 고적한 삶이 있을 뿐이다. 시인의 눈에는 자연도 또한 "말라서 / 바스라져도 / 향기 남은 가을"과도 같은 "싸리꽃"(「싸리꽃」)이 있는 정적의 공간, "의미는 성가시고 / 무의미는 더욱 부질없기로 // 엎드려 / 숨도 쉬지 않고 / 입을 봉한 지는 이미 옛날"(「돌」)인 "돌"이 머물러 있는 정지의 공간, "11월의 / 나뭇잎 두엇 / 아직 가지 끝에 달려 있는"(「11월의 연상」) 여백의 공간이다. 자연에는 신의 손길에 의한 "자상하고 은밀한 공사(工事)"(「입춘」)

가 있다고 하더라도 그것은 말 그대로 "은밀한" 것이지 공개적이고 드러나 있는 것은 아니다. 이처럼 이해된 인간과 자연의 세계에서 시인은 "향기로울수록 / 사람을 아프게"하고 "아름다울수록 / 사람을 슬프게"하는 "비밀"(「광채」)을, "숨쉬지 않는 / 잠," "잠자지 않는 / 꿈," "꿈꾸지 않는 / 넋"(「돌」)을 찾아 헤맨다. 또는 "이런 날 / 생금 가루를 / 뿌리는 당신"(「입춘」)의 존재를, "가만히 내 등너메서도 / 늘 지켜보는 이"(「미물」)의 존재를 확인하기도 한다.

한 마디로 말해, 초정의 시 세계에는 그 어떤 현세적 욕망이나 갈등을 뛰어넘어 초월의 영역에 자리잡고 있는 것처럼 보인다. 심지어 자연까지도 그러한 시인의 정서를 반영하고 있다. 아니, 자연은 시인을 끌어들이고 시인은 자연을 마음 안에 끌어안고자 한다. "파문에 놀란 피래미 떼는 달아나고, 장대 끝에 앉은 어린 새 모양, 혼자 뒤처진 그 소년도 연방 물 속으로 늪물 속으로 빨려 들어갈 듯 앉아 있다"(「늪가에 앉은 소년」)에서 감지할 수 있듯이, 자연 속으로 인간이 "빨려 들어"가고 인간은 의식 안에 그 자연을 끌어안는 상황이 바로 초정의 시 세계가 지향하는 경지인 것이다. 결국 "돌," "나무," "개미"와 같은 자연의 존재와 시인은 하나일 수 있고, 이로 인해 세계를 바라보는 시인의 시선은 현실을 뛰어넘는 초월적인 것일 수 있다. 어찌 보면, 자연뿐만 아니라 인간의 삶조차 초정의 시선을 통하면 현실을 뛰어넘는 초월적 그 무엇으로 변모하는 것처럼 보인다. 현실을 초월하여 세계를 관조하고, 그러한 관조를 통해 인간의 삶과 자연이 갖는 초월적 의미를 확인하는 도인(道人)의 직관적 시선이 그의 시 세계를 지배하고 있는 것처럼 보이기도 한다. 그 때문인지는 몰라도, 그의 작품 세계에서는 현실을 살아가는 인간들의 아픔이라든가 그 아픔을 벗어나려는 고통스러운 몸짓이 좀처럼 그 모습을 드러내지 않는다. 물론 그 모습을 드러내지 않는다고 해서 찾을 수 없다는 뜻은 아니다. 다만 시인이 지극히 절제된 시어와 시적 이미지를 동원하여 철저하게 가려놓기 때문에 그와 같은 아픔과 고통스러운 몸짓을 쉽게 확인하기 어렵다는 뜻이다. "예술의 본질은 예술을 숨기는 데 있다"(Ars est celare artem)는 오비드의 경구(警句)를 새삼 떠올리게 하는 것이 초정의 시 세계다.

현실적 삶의 아픔을 철저하게 가린 채 초월을 지향하는 것처럼 보이는 초정의 시 세계와 만나노라면, 우리는 적어도 하나의 의문을 갖지 않을 수 없다. 현대 시조 시단의 몇 안 되는 거봉 가운데 하나인 이 시인에게 시조라는 시 형식이 갖는 의미는 무엇인가. 이 같은 의문을 갖는 이유는 무엇보다도 초정의 경우 시적 지향점이 현실 세계 그 자체의 역사적 의미보다는 그 세계가 투사하는 상징적 의미, 현실의 아픔보다는 이를 뛰어넘는 초월의 경지, 인간 세계보다는 자연이라는 판단을 가능케 하고, 따라서 그의 작품은 "시절 가조"로서의 시조라기보다는 내용과 소재 면에서는 종교적 선시(禪詩), 형식 면에서는 초기 시를 제외하면 서정적 자유시에 가깝기 때문이다. 아울러, 비록 회고적 취향 및 절제된 감성은 20세기 초엽부터 시작된 시조 부흥 운동의 맥을 연상시키기도 하지만, 초기 시 이후에 전개되는 초정의 시 세계는 그러한 움직임을 시종일관 기계적으로 답습하던 여느 시조 시인의 시 세계와는 명백히 구분되는 그 무언가의 정신이 깃들어 있기 때문이다. 따라서 우리의 관심은 무엇보다도 초정에게 시조 형식이란 무엇인가에 맞추어지게 될 것이다.

초정에게 시조 형식이 갖는 의미란 무엇인가라는 문제에 접근하는 데 하나의 관건이 될 수 있는 작품은 「제기(祭器)」일 것이다.

굽 높은
제기.

신전(神前)에
제물을 받들어.
올리는—

굽 높은
제기.

시도 받들면
문자에
매이지 않는다.

굽 높은
제기.

−「제기」 전문

무엇보다도 위의 작품에서 "제기"가 의미하는 바가 무엇인가. 물론 촛대와 같은 특수한 제기도 있긴 하지만, 일반적으로 제기란 "신전에 / 제물을 받들어 / 올"릴 때 사용하는 그릇의 일종이라고 할 수 있다. 종교적 의미의 신이든 조상 숭배의 관점에서 본 귀신이든 신을 생각하고 섬기기 위해 사용하는 '빈' 그릇인 것이다. 여기에서 우리는 제기란 인간과 초월 세계를 연결하여 주는 매개물이라고 볼 수 있는 동시에, 무언가의 '내용물'을 담기 위한 '형식'과 같은 것으로 볼 수 있다. 한편, 이 시에서 "제기"는 "굽 높은"이라는 수식구의 한정을 받고 있는데, 이로 인해 제기 가운데에서도 형식의 요건을 완벽하게 갖춘 제기임을 유추할 수 있다. 그러나 제기에 관한 이상과 같은 일반론은 그 자체로서 새로운 의미를 갖는 것은 아니다. 이 시는 제기에 관한 일반론을 뛰어넘어 새로운 의미 부여를 가능케 하는 부분이 있는데, 이는 바로 4연의 "시도 받들면 / 문자에 / 매이지 않는다"라는 부분이다. 제기를 소재로 한 이 시에서 시인은 왜 갑자기 "시"를 끌어들이고 있는 것일까. 어떤 의미에서 보면, 시인의 눈에 비친 "문자"는 "제기"와 동일한 의미를 갖는 것일 수 있고, 또한 "시"는 "제기"를 매개로 하여 이루어지는 제사(祭祀)와 동일한 의미를 갖는 것일 수 있다. 전통적으로 시란 사제(司祭)로서의 시인이 초월자의 의지를 인간 세계에 전달하는 메시지로 이해되어 왔는데, 바로 이와 같은 전통적 시론이 "시"와 제사, "문자"와 "제기" 사이의 유추 관계를 뒷받침하여 준다. 초정의 시적 편력을 문제 삼는 경우, 제사 의식(儀式)으로서의 "시"란 곧 시조 또는 시조 형식을 함의하는 것일 수 있다. 소급하여 말하자면, 초정에게 시조 또는 시조 형식이란 초월 세계와 인간, 또는 자연과 인간 사이의 의사 소통을 위한 수단인 셈이다. 이런 관점에서 볼 때, 초정의 시 세계가 보이는 고유의 초월적 분위기라든가 경향은 쉽게 이해될 수 있을 것이다.

　문제는 "문자에 / 매이지 않는다"라는 부분을 어떻게 이해할 것인가에 있다. "시도 받들면 / 문자에 / 매이지 않는다"니? 여기에서 우리가 우선 주목해야 할 부분은 "시도 받들면"에서 '-도'라는 조사인데, 이 조사로 인해 제사는 물론이지만 "시도 받들면" 무언가의 형식에 "매이지 않는다"라는 뜻으로 이해할 수 있다. '무언가'가 무엇인가라고 묻는 경우 해답의 실마리는 오로지 "문자"라는 표현에서 찾을 수밖에 없다. 여기에서 우리는 '언어라는 감옥'(the prison house of language)이라는 개념을 떠올리지 않을 수 없는데, 이와 관련하여 인간의 언어는 인간이 자신의 의지에 따라 자유롭게 자신을 표현하는 수단이기도 하지만 이는 또한 신의 언어(로고스)와는 달리 본질적으로 하나의 구속일 수 있다는 점에 주목해야 할 것이다. 일찍이 동양적 형이상학 논의에서 제기되는 '불립문자'(不立文字)라는 개념은 바로 이와 같은 구속으로서의 언어로부터의 탈출 가능성에 대한 모색을 암시하는 것이라고 할 수 있다. 결국 구속과 자유를 동시에 인정함으로써, 인간의 언어에 대해 우리는 일종의 모순을 묵인하는 셈이 된다. 여기에서 우리는 기독교 신화에 등장하는 금단의 열매와 관련하여 하나의 유추를 이끌 수 있는데, 무엇보다도 구속이라는 전제 조건이 없다면 자유라는 개념 자체도 존재할 수 없다는 점을 잊지 말아야 할 것이다. 즉, 금단의 열매와 같은 금기가 없었더라면 아담의 자유는 실험되지 않음으로써 절대적인 것으로, 따라서 비현실적인 것으로 남아 있을 수밖에 없었을 것이다. 결국 세계란 일종의 감옥이지만 인간의 존재를 가능케 하는 감옥인 것이다. 그 감옥이 없으면 인간은 존재조차 불가능하기 때문이다. 마찬가지 논리에서, 언어 또는 문자도 인간의 사유 세계를 가능케 하는 그 무엇, 따라서 자유를 보장하는 수단이기도 하지만, 이는 여전히 인간을 구속하는 일종의 감옥, 여기에서 벗어나려는 인간의 노력을 암시하는 감옥인 셈이다. 초정은 바로 이 언어라는 감옥으로부터 벗어남을 꿈꾸고 있고, 또한 어떤 형태로든 언어의 구속으로부터 벗어나는 일이 가능하다고 믿는 것처럼 보이는데, 그 단서가 바로 "받들면"이라는 언사에 있다. 문제는 받들되 어떻게 받드는가에 있을 것이다. 따지고 보면, 시인이 그 동안 이루어 놓은 시 세계 전체가 이 물음에 대한 구체적인 답변으로서, 우리가 여기에서 한두 마디의 말로 일반화할 수 있는 성질의 것이 아니다. 결국 우리가 말할 수 있는 것은 제사 의식과 관련하여 지극한 정성이 형식의 구속으로부터 벗어날 수 있도록 할 수 있는 것과 마찬가지로, 시조 쓰기와 관련하여서도 무언가 지극한 시 정신을 투사함으로써 시인은 자신의 시 세계가 시조 형식 안에 존재하면서 동시에 그 시조 형식을 뛰어넘을 수 있다는 점을 바로 위의 작품에서 암시하고 있는지도 모른다. 사실 시조이면서도 시조 형식을 벗어나 있는 것처럼 보이는 초정의 시 세계 자체가 이에 대한 더할 수 없는 증거 자료일 수 있다.

무언가를 담기 위한 그릇의 이미지는 초기의 「청자부」와 「백자부」에서 시작하여 「항아리」와 「백자」에 이르기까지 초정의 시 세계에서 중요한 모티브가 되고 있는데, 위에서 논의한 「제기」뿐만 아니라 청자나 백자를 소재로 한 일련의 시들이 주목의 대상이 되지 않을 수 없다. 특히 유사한 시 제목을 갖는 「백자부」와 「백자」라는 두 작품은 초정의 시 세계가 어떻게 변모하였는가를 확인케 한다는 점에서뿐만 아니라 시 형식

으로서의 시조에 대한 시인의 마음을 읽을 수 있게 한다는 점에서 특별
한 주목이 요구된다.

찬 서리 눈보라에 절개 외려 푸르르고
바람이 절로 이는 소나무 굽은 가지
이제 막 백학 한 쌍이 앉아 깃을 접는다.

드높은 부연 끝에 풍경소리 들리던 날
몹사리 기달리던 그린 임이 오셨을 제
꽃 아래 빚은 그 술을 여기 담아 오도다.

갸우숙 바위 틈에 불로초 돋아나고
채운(彩雲) 비껴 날고 시냇물도 흐르는데
아직도 사슴 한 마리 숲을 뛰어드는다.

불 속에 구워 내도 얼음같이 하얀 살결
티 하나 내려와도 그대로 흠이 진다
흙 속에 잃은 그날은 이리 순박하도다.

-「백자부」 전문

상머리
돋아온 달무리
시정은 까마아득하다.

어떤 기교

어떤 품위도

아예 가까이 오지 말라

저 적막

범할 수 없어

꽃도 차마 못 꽂는다.

-「백자」 전문

　외형적인 음수율의 면에서 「백자부」가 우리가 일반적으로 알고 있는
시조 형식을 충실히 따르고 있다면, 「백자」는 상당 부분 파격을 보이고
있다. 그와 같은 파격에 관해 논의하기 전에 먼저 「백자부」와 「백자」를
내용 면에서 검토해 보기로 하자. 「백자부」와 「백자」는 모두 조선 시대
를 대표하는 자기인 백자를 소재로 하고 있는데, 양자를 비교하는 경우
백자에 대한 묘사가 후자보다는 전자가 한결 더 구체적이다. 전자의 경
우 시조의 제1수와 제3수에 해당하는 제1연과 제3연에서 우리는 백자 표
면의 그림을 향하고 있는 시인의 시선과 만날 수 있다면, 제2수와 제4수
에 해당하는 제2연과 제4연에서는 각각 백자의 용도와 속성에 대한 시인
의 이해와 만날 수 있다. 이 가운데 특히 우리의 주목을 끄는 것은 제2연
과 제4연인데, 우선 제2연에서 백자는 "꽃 아래 빚은 그 술을 여기 담"
기 위한 그릇으로 묘사되고 있다. 즉, 백자는 외형상의 아름다움을 감상
하기 위한 것일 뿐만 아니라 무언가의 실용적인 목적을 위한 것이기도

하다. 한편, 제4연에서 백자는 "순박"함의 상징물로 제시되고 있는데, 특히 "불"과 "얼음"의 대비를 통해 역동적으로 드러나는 백자의 깨끗한 이미지는 이 시의 압권을 이루고 있다. 「백자」의 경우 백자에 대한 묘사는 간접적 언어를 통해 이루어지고 있다. 이와 관련하여, 시조의 초장에 해당하는 제1연에서 백자의 이미지는 "상머리 / 돋아온 달무리"로 형상화되고 있음에 유의해야 할 것이다. 또한 중장과 종장에 해당하는 제2연과 제3연에서는 "가까이 오지 말라"와 "꽃도 차마 못 꽂는다"라는 부정어를 통해 백자의 "기교"와 "품위"를 간접적으로 드러내고 있을 뿐만 아니라 백자가 발산하고 있는 "적막"의 분위기를 더욱 더 강화하고 있음에도 유의해야 할 것이다. "술"을 담는 그릇으로서의 백자가 이제는 "꽃도 차마 못 꽂"을 만큼 범접하기 어려운 대상으로 묘사되고 있는 것이다.

사실 백자의 아름다움과 고귀한 분위기를 노래하고 있다는 점에서 「백자부」와 「백자」를 지배하는 시적 분위기에는 근본적인 차이가 없다고도 할 수 있지만, 대상에 대한 이해의 방식에는 적지 않은 차이가 존재한다. 「백자부」가 대상에 다가가려고 하는 시인의 마음을 담고 있다면, 「백자」는 대상과의 거리 두기를 통해 대상에 대한 객관적 이해에 도달하려는 시인의 의지가 읽혀진다. 어떤 의미에서 본다면, 젊은 시인의 열정이 원숙한 경지에 이른 시인의 관조로 변모되어 있음을 확인할 수 있기도 하다. 그러나 형식의 면에서 「백자부」가 율격의 구속을 느끼게 한다면 「백자」는 율격의 구속을 벗어나 자유로워진 시 정신을 보이고 있거니와, 이에 대한 해석은 여러 측면에서 가능할 것이다. 우선 자칫 무화(無化)되어 버릴 수도 있는 젊은 시인의 열정을 꺼지지 않는 그 무엇으로 만들기 위해 형식상의 구속을 감당하지 않을 수 없음을 보여 주는 작품이

「백자부」라면, 열정을 초극하여 관조의 경지에 이른 시인에게 이미 형식상의 구속 자체가 무의미해진 상황을 보여 주는 작품이 다름아닌 「백자」일 수 있다. 또 하나의 해석이 가능할 수도 있는데, 「백자부」와 「백자」는 절제를 위한 구속으로서의 닫혀진 시조 형식이 파격을 감당할 수 있을 만큼의 열린 시조 형식으로 변모하는 과정을 보여 주는 작품들로 볼 수도 있다. 이는 물론 시인 개인의 시적 편력을 반영하는 것이기도 하지만, 넓게 보아 시조 시단 전체의 시조에 대한 인식 변화를 암시하는 것일 수도 있다. 이런 의미에서 볼 때, 오늘날 젊은 시조 시인들이 보이는 '열린 시조'에 대한 갈망과 실험은 이미 초정의 시적 형상화 작업에서 시작되었다고도 할 수 있다.

「백자부」와 「백자」가 암시하는 시조 형식의 의미에 주목하다 보면 우리는 자연히 백자가 갖는 또 하나의 암시적 의미에 주목하지 않을 수 없는데, 이미 살펴본 「제기」의 제기가 시조 형식을 암시하는 것일 수 있듯이 「백자부」와 「백자」의 백자 역시 그 자체로서 시조 형식을 암시하는 것일 수 있기 때문이다. 사실 조선 시대의 조형 예술을 대표하는 것이 백자이듯이 시조 형식은 그 시대의 언어 예술을 대표하는 것이라는 점에서 양자 사이의 유추 관계가 가능하다. 우선 「백자부」를 놓고 볼 때, 시인의 눈에 비친 시조 형식이란 제1연과 제3연이 암시하듯 초월적 자연을 반영하기 위한 그 무엇인 동시에 제2연이 보여 주듯 현실적인 삶의 도구이기도 하다. 즉, '시절 가조'로서의 시조란 초월적 자연을 지향하는 경우에도 궁극적으로는 인간의 삶 자체를 담기 위한 것이다. 아울러, 제4연이 암시하듯 시조란 "불"과도 같은 뜨거운 예술 정신이 빚어 낸 "얼음"과도 같이 차가우면서도 "순박"한 시 형식일 수도 있다. 한편, 「백자」의 경우, 시조 형식이란 "시정"과 "까아마득"한 거리를 두고 있는 "달무리"와도 같은 것, 세속적인 "기교"와 "품위"와도 거리를 두고 있는 것, "꽃도 차마 못 꽂"을 만큼 "범할 수 없"는 "적막"의 분위기를 발산하고 있는 것으로 우리의 이해를 유도할 수 있다. 그러나 이와 같은 이해를 받아들이는 경우, 문제는 시조란 그만큼 인간의 현실적 삶과 거리를 지니고 있는 문학 형식으로 인식될 여지가 있다는 데 있다. 즉, 시조란 감히 "범할 수 없"는 그 무엇, 경외감을 불러일으키는 과거의 유산과 같은 것으로 이해될 수 있다는 데 문제가 있는 것이다. 사실 백자에 관한 일련의 초정 작품들은 적지 않은 경우 시인의 퇴행적 회고 취향을 강하게 반영하는 것, 또는 과거의 유산에 대한 동경과 집착을 반영하는 것으로 이해될 여지를 충분히 안고 있다. 그러나 뒤집어 생각하면 시조란 무언가를 담기 위한 것이라는 점에서 실용적 의미의 도구이지만, 무언가를 담더라도 담을 내용물에 대해 세심한 신경을 써야 하는 도구, 품위와 격조를 지닌 고상하고도 섬세한 도구라는 뜻으로도 이해될 수도 있다. 어떤 의미에서 보면, 손쉽게 글자 수만 맞추면 시조가 되는 양 여기는 등 시조 형식의 남용을 경계하는 원로 시인의 목소리를 담기 위한 것일 수도 있는 것이다.

그러나 문제는 여전히 남는다. 무엇보다도 초정이 백자와 같은 소재에 일관되게 관심을 갖는 이유는 무엇일까. 이 같은 물음을 던지지 않을 수 없는 이유는 백자에 대한 초정의 줄기찬 관심 자체에 대한 비판—과거의 문화 유산에 대한 퇴행적 동경과 집착을 반영하는 것일 수 있다는 비판—의 가능성이 여전히 존재하기 때문이다. 여기에서 우리는 먼저 초정에게 백자가 갖는 의미란 무엇인가에 대해 세심하게 검토할 수 있을 것이다. 아마도 초정에게 백자가 갖는 가장 큰 매력은 "불 속에 구워 내도 얼음같이 하얀 살결"에 기인한 것일 수 있다. 초정은 이와 같은 역설적인 변화의 이미지를 "뜨거운 / 불길 속에서도 / 함박눈 쓰고 나오더니"(「손바닥 위의 궁궐」)로 묘사하기도 하였는데, 보잘것없는 흙으로 만든 것임에도 불구하고 "여지껏 / 광을 내던 순금도 / 넝마처럼"(「손바닥 위의 궁궐」) 보이게 할 정도의 눈부신 백자의 "살결"은 다름아닌 예술의 정수를 암시하는 것일 수 있다. 즉, 흙이든 문자이든 일상적이고도 범상한 소재를 전혀 다른 차원의 그 무엇으로 변모케 하는 것이 예술일 수 있거니와, 초정에게 백자는 바로 그 변모의 과정을 집약하고 있는 예술품인 것이다. 그러나 초정에게 백자는 단순한 예술품 이상의 의미를 갖는데, 이는 바로 「백자부」나 「백자」를 통해 시인이 보여 주고자 했던 초월적인 탈속의 세계를 상징하는 것이라는 점에서 그러하다. 말하자면, 백자는 초역사적인 미와 신성(神性)을 동시에 대변하는 것이라고 할 수 있다.

그러나 이러한 이해 자체가 여전히 앞서 제기한 문제에 대한 충분한 답이 될 수는 없는데, 이 때문에 우리는 백자라는 것이 예술품일 뿐만 아니라 "제기"와 마찬가지로 무언가를 담기 위한 '그릇'이라는 실용적 도구일 수 있다는 사실에 다시 한 번 주목하지 않을 수 없다. 일찍이 칸트는 예술 작품이란 '무목적의 목적성'을 갖는 것이라고 말한 바 있는데, 백자와 같은 자기는 여기에서 예외적인 존재가 된다. 자기는 예술 작품인 동시에 그릇이라는 도구성을 갖기 때문이다. 사실 도예공이 순수한 예술 작품을 만들겠다는 마음으로 어떤 자기를 만든다고 하더라도, 의식적으로든 무의식적으로든 자신이 만드는 예술품이 무언가를 담기 위한 것이라는 도구라는 사실 자체를 완전히 망각할 수는 없다. (물론 실용적 목적을 전혀 고려하지 않은 채 단순히 보고 즐기기 위한 도예품이 없는 것은 아니지만, 이는 자기라는 측면에서 보면 예외적인 것이라고 할 수 있다.) 말하자면, 자기는 예술품인 동시에 예술품이 아닌 것이다. 백자 역시 여기에서 예외는 아닌데, 바로 이 점 때문에 백자와 시조 사이의 유추가 가능해진다. 이와 관련하여 우리는 전통적으로 시조란 '시가'로서의 예술 작품인 동시에, 현실과 인간의 삶에 대한 이해와 비판을 담아 전달하는 도구로서의 '시절 가조'라는 점에 유의해야 할 것이다. 다시 말해, 시조는 시가이지만 단순한 서정적 시가가 아니라 시인의 의견과 생각을 담아 전달하기 위한 특수한 담론으로서의 시가였던 것이다. 요컨대, 조선 시대라는 시대 배경을 공유하고 있을 뿐만 아니라 예술성과 도구성이라는 양면성을 지니고 있다는 점에서 백자와 시조는 중요한 부분에서 공통 분모를 갖고 있다고 할 수 있다.

이런 관점에서 볼 때, 시조에 대한 초정의 관심은 백자에 대한 관심으로 그를 유도했다고도 볼 수 있으며, 또한 백자에 대한 관심이 시조에 대한 그의 관심을 더욱 더 증폭시켰다고도 볼 수 있다. 시조와 백자에 대한 관심은 이런 경로를 거쳐 초정의 삶 또는 시적 편력 전체를 지배하는 요인이 되었던 것이다. 물론 이미 앞에서 논의한 바와 같이 초정의 시조는 "시절 가조"로서의 시조라기보다는 내용과 소재 면에서는 종교적 선시(禪詩), 형식 면에서는 초기 시를 제외하면 서정적 자유시에 가깝다는 점에서 우리의 논의에 논란의 여지가 있는 것도 사실이다. 그러나 형식 면에서 시조가 초정에게 무언가를 담기 위한 그릇이었다는 점을 부인할 수는 없다. 그것이 비록 현실과 인간의 삶에 대한 직접적인 이해와 비판은 아니라고 할지라도 나름대로 삶에 대한 이해와 느낌을 담기 위한 그릇이라는 점은 사실인 것이다. 게다가, 앞서 논의한 바와 같이, 무언가를 담더라도 담을 내용물에 대해 세심한 신경을 써야 하는 도구, 품위와 격조를 지닌 고상하고도 섬세한 도구였다는 점에서 초정 나름의 독특한 선시적 세계를 이해해야 할 것이다.

문제는 초정이 그러한 시 세계를 담는 도구로서의 시조 형식에 대해 보인 자유로움을 어떻게 이해해야 할 것인가에 있다. 이 문제와 관련하여 우리는 도구의 특성에 대해 생각해 볼 필요가 있다. 도구란 기본적으로 도구의 원래 목적을 수행하는 것으로서 만족스러운 것일 수 있다. 예컨대 그릇은 담기 위한 그릇 원래의 목적을 수행하면 그릇으로서의 기능을 다하게 된다. 물론 국그릇인가 밥그릇인가에 따라, 또는 내용물에 따라 그릇이 달라질 수도 있지만, 같은 국그릇이라고 하더라도 모양이 천차만별 달라질 수 있다. 같은 논리로 시조 형식 역시 동일한 내용물을 담더라도 모양이 달라질 수 있다. 초정에게 시조 형식이란 그런 것인지 모른다. 즉, 아무리 자유로운 형태를 취하더라도 내용물에 따라 그릇의 용도를 규정할 수 있듯이, 내용상의 일관성을 유지하면 비록 모양이 다양하더라도 여전히 시조 형식으로 이해될 수 있는 경지를 추구하고자 하는 것이 초정의 의도인지도 모른다.

3

결국 백자가 그러하듯이, 또는 언어(문자)가 그러하듯이, 초정에게 시조 형식이란 무언가를 담고자 할 때 없어서는 안될 필요한 도구, 따라서 필연적으로 끌어안고 나아가야 할 그 무엇인지 모른다. 그러나 일정한 공간을 한정하는 백자가 그러하듯이, 또한 인간의 사유 세계를 한정짓는 언어(문자)가 그러하듯이, 도구란 자유를 보장해 주는 것인 동시에 구속을 전제로 한다. 이와 관련하여 도구는 그 도구를 통해 무언가를 이룰 수 있다는 점에서 사용자를 좀 더 자유롭게 해 주는 수단이기도 하지만, 그와 동시에 한정된 목적성을 갖는다는 점에서 사용자의 삶을 통제하는 구속일 수도 있다는 점에 유의해야 할 것이다. 따라서 도구는 필요한 것인 동시에 극복되어야 할 그 무엇이기도 하다. 초정에게 시조 형식이란 바로 그와 같은 것인지도 모른다. 다시 말해, 끌어안아야 하는 것인 동시에 뛰어넘어야 하는 것일 수 있다. 그러나 뛰어넘더라도 완전히 뒤로 하는 것이 아니라 끌어안은 채 뛰어넘어야 하는 것, 구속을 받아들이면서 동시에 그 구속에서 벗어나는 경지로 나아가기 위한 것인지도 모른다. 다시 말해, 다양한 모양의 찻잔이 모두 찻잔일 수 있듯이, 비록 기존의 모양을 뛰어넘어 새로운 모양을 취하더라도 담아야 할 내용물이 일관성을 갖고 있는 한, 아울러 근본적인 목적성을 살리기 위한 것인 한, 새로운 양상의 시조 형식, 시조 형식을 벗어난 시조 형식, 시조 형식이라는 것을 인지하지 못하게 하는 시조 형식이라고 하더라도 그것은 여전히 시조 형식일 수 있다는 믿음이 초정을 형식상의 자유로움으로 인도했는지도 모른다.

우리가 여기에서 "모른다"라는 표현을 연거푸 사용하고 있는 이유는 초정의 시 세계 전체에 대한 검증 과정을 우리 자신이 아직 거치지 않았기 때문이다. 실로 그러한 작업은 결코 손쉽게 해 낼 수 있는 성질의 것이 아닐 뿐만 아니라, 짧은 지면에 이루어낼 수 있는 성질의 것도 아니다. 그럼에도 불구하고 우리는 마치 백자 안에 자신의 영혼을 불어넣고자 하는 도예공의 예술 정신과도 같은 시 정신을 초정의 시조 세계에서 감지할 수 있다는 점을 말하지 않을 수 없다. 또한 온 정성을 쏟아 부어 만든 자기라고 하더라도 마음에 들지 않을 때 미련 없이 깨어버리는 도예공의 마음가짐과 같은 그 무엇, 자신의 작품에 대한 엄격한 작업 태도 역시 그의 작품 세계에서 어렵지 않게 확인할 수 있다. 무엇보다도 초정만큼이나 이미 이루어 놓은 작품을 부수거나 새롭게 개작하는 시인이 많지 않은데, 바로 이 점이 그의 시적 작업 태도를 확인케 하는 좋은 증거가 될 수 있을 것이다. 사실 그만큼이나 완벽의 경지에 이르기 위해 처절히 고투하고, 또한 아무리 고투하여도 자신의 시 세계를 완벽의 경지로 이끌기 어렵다는 점에 뼈아픈 자기 반성을 하고 있는 시조 시인은 결코 많지 않을 것이다. 다음의 작품은 이를 보여 주는 좋은 예가 될 것이다.

그 눈길
한 번 닿으면
'장미'는 문드러지고

그 손길
한 번 닿으면
'비단'은 남루가 되고

결국은
시라고 써도
'난지(蘭芝)'에 파묻는 것을.

위의 작품에서 "그 눈길"이나 "그 손길"은 초정이 감히 다가가지 못하는 초월자일 수 있다. 그 초월자의 경지에 이를 수 없음에 대한 절망의 마음을 초정은 "결국은 / 시라고 써도 / '난지'에 파묻는 것을"이라는 말로 표현하고 있는 것이 아닐까. 쓰레기 처리장인 난지도에 파묻고 말 것이 자신의 "시"일지도 모른다는 자각은 뼈아픈 고뇌가 없이는 나올 수 없는 표현인 것이다. 초정이 고희 기념으로 상제한 『향기 남은 가을』(1989)이라는 시집의 서문에서 "세상에 시(詩)는 넘치도록 흔한데, 시(詩)는 정작 드물었다. 나는 그 동안 이를 위해 우황 든 소처럼 앓아 왔다. 그러나 거둔 것은 결국 쭉정이뿐이다"라고 고백하였을 때, 또한 "이 중에 한 편이라도, 아니 한 구절이라도 후일에 남을 수만 있다면 참으로 분외의 보람이겠다"라고 작은 희망을 말하였을 때, 그가 보이고자 한 것은 바로 이와 같은 엄격한 시 정신과 시적 작업 태도가 아닐까. 우리가 초정의 시 세계에서 "큰 슬픔 절로 곰삭아 고난 속에서도 한결 그윽한 너"(「돌」)로서의 시조 형식을, "어쩌다 팔목을 잃고 그 오똑하던 콧날까지 망가져 // 풀섶에 마냥 뒹굴어도 어떤 형상보다 더욱 완벽한 너"(「돌」)로서의 시조 형식을 일별할 수 있음은 결코 우연이 아닐 것이다.

고고하고 정결한 정신의 지향

이숭원

1. 이미지의 선명성과 정신의 정결성

60년 넘는 시작(詩作) 기간 동안 김상옥 시인이 펼쳐낸 작품 세계의 핵심을 한 마디로 잘라 말하면, 정신적 정결성의 추구라고 할 수 있다. 이것은 첫 시조집인 『초적』(1947)에서부터 노년의 시집인 『느티나무의 말』(1998)에 이르기까지 일관되게 유지되어 온 그의 시 정신의 결정이다. 첫 시조집 『초적』에는 그 정신의 원형에 해당하는 작품들이 담겨 있다. 그 작품들은 역사적 유물을 소재로 하여 사물의 외형과 그 안에 담긴 정신 세계를 전통적인 시조의 율격으로 펼쳐 냈다.

천년 전 고려의 봄 하늘과 청자를 매만지던 손길이 청자의 모습 안에 그대로 남아 있다고 노래한 「청자부」라든가, "불 속에 구워내도 얼음같이 하얀 살결 / 티 하나 내려와도 그대로 흠이 지다"라고 고고한 결벽의 세계를 노래한 「백자부」, 신라 시대의 피리가 신라의 소리를 머금은 채 외롭게 자신의 자리를 지킬지언정 뜻을 달리 하지 않을 것이라는 지조의 정신을 표현한 「옥저」, 석굴암의 관음상과 불상을 통해 일제의 강점 상3

황에 처한 겨레에게 무언가 비밀스러운 뜻이 계시될 수 있음을 암시한 「십일면관음」과 「대불(大佛)」 등이 그러한 작품들이다. 이 작품들은 역사적 유물을 서정화한 시편이 흔히 내보였던 소박한 회고 취향에서 벗어나 시인이 추구하는 정신의 지향을 뚜렷이 드러냈다.

이와 아울러 이 시조집이 보여 주는 중요한 특징은 선명한 이미지를 통하여 시조의 미학적 차원을 한 단계 높였다는 점이다. 이것은 일상어를 통하여 생활 세계의 서정을 보여 준 이병기의 시조나 능란한 언어 구사로 개인 서정의 다채로운 화폭을 펼쳐 낸 이은상의 시조와는 또다른 경지에 속하는 일이다. 이 시기 김상옥 시조의 미학적 원숙성을 가장 잘 보여 주는 작품은 『문장』 추천작인 「봉선화」다.

비오자 장독간에 봉선화 반만 벌어
해마다 피는 꽃을 나만 두고 볼 것인가
세세한 사연을 적어 누님께로 보내자.

누님이 편지 보며 하마 울까 웃으실까
눈앞에 삼삼이는 고향집을 그리시고
손톱에 꽃물 들이던 그날 생각하시리.

양지에 마주앉아 실로 찬찬 매어주던
하얀 손 가락가락이 연붉은 그 손톱을
지금은 꿈속에 본 듯 힘줄만이 서누나.

—「봉선화」 전문

누님과의 애틋한 추억을 소재로 한 이 시조는 "하얀 손 가락가락이 연붉은 그 손톱"으로 표상되는 과거의 추억과 누님이 시집간 후 혼자 남아 "꿈속에 본 듯 힘줄만이 서느나"라는 현재의 그리움이 시각적으로 선명한 대조를 이루고 있다. 이것은 순수의 세계와 훼손된 세계와의 차이를 시각 이미지로 재현한 것이다.

"비오자 장독간에 봉선화 반만 벌어"라는 첫 행은 추억과 그리움의 상황을 이끌기 위한 도입부의 시각적 정경으로 매우 짙은 정감을 불러 일으킨다. '반만'이라는 시어의 채택은 이제 막 봉선화가 피기 시작하는 상황임을 알려 주고 누님에 대한 추억도 이제 그 서막이 열리는 것임을 암시함으로써 정서의 고양에 중요한 역할을 한다. 둘째 수 첫 행에 쓰인 '하마'라는 방언 역시 그 구어적 속성에 의해 이 시조의 화자가 소년이라는 점을 환기하면서 누님과 소년 사이에 오가는 때묻지 않은 친연성을 부각시킨다. 셋째 수 첫 행 "양지에 마주앉아 실로 찬찬 매어 주던"에 제시된 상황은 자상하면서도 단아한 누님의 태도와 거기 손을 맡긴 소년의 천진한 모습을 시각적으로 환기한다. 이것은 소년의 마음에 자리잡은 그리움이 뿌리 깊어서 쉽게 지워지지 않을 것이라는 점도 알려 준다. 이처럼 이 시조는 시각적 영상을 효율적으로 구사함으로써 정상에 오른 현대시조 미학의 경지를 보여 주고 있다.

그런가 하면 「누님의 죽음」은 시집간 누님이 아이들을 안고 숨을 거두는 비극적 상황을 영상화하여 처절한 비감의 표현에 성공하였고, 「회의(懷疑)」 같은 작품은 특이하게도 자학적인 잔인한 이미지를 통해 시인의 내면에 심독한 면모가 있음을 드러내면서 다음 시편에 이어질 정신의 가열성을 암시하고 있다. 「노방(路傍)」은 사춘기 시절에 겪음직한 수줍은

연모를 절제 있게 표현하여 「회의」와 대비적인 특징을 보여 주었다. 이처럼 이 시조집은 김상옥 문학 정신의 원형적 양상을 다채롭게 펼쳐 내고 있으며 이것을 통해 우리는 그의 문학적 원숙성이 이 시기에 충분히 발현되고 있음을 알아차리게 된다.

2. 양식의 실험과 의지의 시

자유시 형식의 시를 담은 『고원의 곡』(1948)과 『이단의 시』(1949)는 그의 또다른 단면을 보여 준다. 『고원의 곡』에는 동요에 해당하는 작품이 많이 수록되어 동시집 『석류꽃 』(1952)의 전사적(前史的)인 면모를 보여 준다. 또 한편으로는 시조와는 아주 다른 장형의 서술적 시편이 많이 담겨 있다. 그 중 「원정(園丁)의 노래」는 정원을 가꾸는 원정(정원사)의 헌신적 충실성을 표현한 것인데, 타고르 시의 영향을 받았음을 짐작케 한다.

『이단의 시』에는 관념적 한자어를 많이 사용하여 불의에 대한 분노를 드러낸다든가, 시간을 초월한 강인한 의지의 자세를 표현한다든가, 양심을 지켜 불의에 대한 준열한 심판을 내릴 것을 다짐하는 강렬한 어법의 작품들이 수록되어 있다. 이 작품들은 그 어법이나 주제 설정에서 같은 통영 출신 시인인 유치환의 영향을 많이 받았음을 짐작케 한다. 「해바라기」 같은 작품은 유치환의 영향을 단적으로 드러낸다. 그는 이 당시 관념적 한자어를 통해서 정신의 정결성을 추구하면서 시에서 어떤 사상성을 구축하려는 시도를 한 것 같다. 시집의 맨 끝에 수록된 「슬픈 대사」는 극시 형식에 의한 실험을 시도하였는데, 기아·사기·음욕·원망 등의 관념을 의인화한 극적 구성을 통해 사상적 탐색을 도형화하는 면모를 보였다.

이 두 편의 시집에 일관되게 흐르는 공통점은 역시 정신의 정결성을 추구하는 시인의 의지다. 그 의지가 때로는 분노로, 때로는 탄식으로, 어떤 경우는 저주로 터져나오는데, 다음의 작품은 묘하게도 측간(변소)을 소재로 하여 인간의 죄업에 대한 분노와 단죄의 삼엄함을 표현하고 있어 음미할 만하다.

> 이미 먹은 것은 흉측한 악취와 함께
> 이렇게도 수월히 쏟아버릴 수 있건만
> 눈에 헛것이 뵈는 주린 창자를 채우기에
> 또한 염치없이 떨리는 헐벗은 종아리를 두르기에
> 나날이 저질러 지은 이 끝없는 죄고(罪苦)로
> 저 크나큰 어두움에 짙어오는
> 무한한 밤을 휘두르는 한 점 반딧불처럼
> 아직 내 염통에 한 조각 남은 양심의 섬광에
> 때로 추상(秋霜)같이 준열한 심판을 받는 이 업보는
> 오오 분뇨처럼 어드메 터뜨릴 곳이 없도다.
>
> —「측(厠)」(『이단의 시』) 부분

시인은, 의리를 버리고 거짓을 꾸미는 사람들, "식욕(食慾)의 주구(走狗)가 되어 추하게 아부를 일삼는 무리들의 죄업이 모두 준열한 심판을 받아 측간에 분뇨로 떨어지듯 그렇게 배설돼 버리기를 원한다. 그러나

현실은 그렇게 움직여지지 않는다. 불의와 허위가 판을 치고 정의와 진실은 현실의 술수 속에 오히려 기피의 대상이 된다. 그렇기 때문에 시인은 그 업고를 어디 터뜨려 버릴 곳이 없다고 개탄한다. 그가 이렇게 단호한 목소리를 낼 수 있는 것은 그가 '한 조각 양심의 섬광'을 견지하고 있기 때문이다. 이처럼 결곡한 강개지사(慷慨之士)의 육성을 그는 일관되게 유지하고 있다.

3. 회한의 서정과 존재론적 성찰

6 · 25가 지난 후 나온 두 권의 시집, 『의상』(1953)과 『목석의 노래』(1956)는 앞 단계의 시들이 보여 준 청마류의 강인한 의지 표명이 상당 부분 정리되면서 관념어를 통한 사상성의 구축이 형이상학적 존재 탐구의 자세로 전환되는 또 한 차례의 갱신을 이룬다. 『의상』은 관념적 의지 표명 자리에 오히려 그리움과 회한의 심정이 놓여서 서정시의 원형적 모습을 보여 준다. "아아 서럽지도 않은 너의 생각—다시는 지워지지 않을 고운 무늬를 짜라"로 대표되는 「무제(無題)」라든가, "아아 너의 가슴속에 다시 넘어지지 않을 하나의 그 부동(不動)한 자세가 되고 싶다"로 요약되는 「비(碑) 2」의 세계가 그것이다.

『목석의 노래』에는 분명 서구적 · 현대적 감각으로 존재의 문제를 다루는 진일보한 경지가 펼쳐진다. 이것을 보면 전통 시가의 연장인 시조의 서정 미학에서 출발한 김상옥의 시적 지향이 새로운 양식 실험과 관념의 탐색을 거쳐 형이상학적 존재 탐구로 이어지는 것을 확인하게 된다. 이처럼 다양한 모색의 과정을 보여 주었다는 것만으로도 한국 현대

시사에서 그의 문학적 위상은 매우 높은 자리에 놓일 만하다. 다음의 시는 좌석을 매개로 하여 자신의 존재론적 위상이 어디에 놓이는가를 명상한 작품이다.

여기 잠시 피로를 풀고 앉아 과거에 또 내가 앉았던 그 하고많은 나의 좌석들을 다시 생각한다.

찌익찍 소리나는 낡은 의자 엷고 때묻은 방석 고궁의 이끼 낀 석계(石階) 비에 젖은 바위 길섶에 깔린 호젓한 풀밭들─이렇게 앞에도 뒤에도 또 옆에도 마구 뻗쳐진 저 무변(無邊)의 산재(散在)!

이들은 이미 나의 불멸하는 영혼의 밀실─그 회랑의 보이지 않는 지주(支柱)를 지금 말없이 받고 있을 것이다.

그러나 이제는 다시 돌아갈 수 없는 나의 황량한 추초(秋草) 속에 놓여 있을 초석(礎石)들! 아아 그 무수한 초석들.......

－「좌석」 전문

"무변의 산재"라는 시어는 김상옥이 탐색한 인간 존재의 위상이 어떠한 의미를 지니는가를 잘 알려 주고 있다. 사람들은 살아가면서 많은 자리에 앉게 된다. 그것이 사회나 직장에서 요구한 공식적인 좌석일 수도 있고 가정이나 일상사에서 잠깐잠깐 앉게 되는 개인적인 자리일 수도 있다. 오늘 하루만 해도 나는 연구실의 의자, 식당의 의자, 정원의 벤치,

컴퓨터실의 걸상 등 많은 자리에 앉았다. 퇴근 후에는 승용차 시트에서부터 거실 소파에 이르기까지 또 여러 자리에 엉덩이를 붙였다. 그야말로 내가 앉은 자리는 '무변의 산재'를 보이는 것이다.

이 각각의 자리들은 사소한 것 같지만 그 나름의 의미를 충분히 가지고 있으며 내 존재의 일부를 각기 껴안고 있다. 그러니까 그것은 "불멸하는 영혼의 산실"이기도 하다. 끝없이 흩어져 있는 존재의 파편들을 모으면 그것은 내 영혼을 구성하는 개별적 요소가 될 것이다. 나라는 존재는 그렇게 운동하는 실존의 연속성 속에 놓여 있다. 그런데 그 '무변의 산재'는 또 역사적 성격도 지닌다. 과거로부터 나는 많은 좌석을 거쳐 왔으며 앞으로도 여러 자리를 밟아 갈 것이다. 앞으로 앉을 자리는 내가 미리 볼 수 없지만 내가 앉았던 자리들은 각기 조금씩 내 영혼의 밀실을 떠받치고 있다. 시간의 흐름에 따라 과거의 나의 자리는 '황량한 추초 속에 놓인 초석'처럼 여기저기 흩어진 양상을 보인다. 그 중에는 내가 앉지 말았어야 할 자리도 있고 나에게 아픔을 준 자리도 있다. 그러나 과거의 그 자리로 되돌아갈 수는 없다. 다만 추억만이 남을 따름이며 추억의 환각만이 남을 따름이리라. 그 추억의 환각에는 내 존재의 파편이 모두 담겨 있다. 이처럼 이 시집에 담긴 존재 탐구의 시편은 특이한 독창적 면모와 인간 실존의 보편적 차원을 함께 내장하고 있다.

4. 정밀한 형식미의 창조

김상옥은 50년대까지의 자유시 형식 탐구와 주제 탐구를 거쳐 그의 출발점인 시조의 세계로 귀환한다. 시조를 조선조 문화 유산의 답습품이 아니라 현대에도 살아 숨쉬는 한편의 시로 재창조한다는 의미에서 그는 시조라는 말을 버리고 '삼행시'라는 용어를 택하였다. 이 말은 한국인의 정서적 형질에 부합하는 3행의 형식 욕구를 충족하면서 현대의 시로 당당히 모습을 드러낸다는 의미를 내포하고 있다. 그 노력의 결산이 『삼행시 육십오 편』(1973)으로 집결되었다. 『문장』지에 낸 「봉선화」로 등단한 지 34년 만의 일이며 첫 시조집 『초적』을 낸 지 26년 만의 일이다. 이 시집에는 평시조 삼장의 율격을 이어받은 작품이 있고 사설시조를 변용한 작품도 있다. 사설시조도 형식적으로 삼분하여 1행과 3행은 짧고 2행은 긴 3행시로 본 것이다. 그러나 심미적 영상이 주축이 되어 정밀한 형식미를 창조하는 것이 3행시의 본령이라고 할 때 사설시조 형식의 재창조는 3행시 형식이라고 보기에도 무리가 있고 시의 압축성이나 긴장감을 조성하는 데에도 거리가 있다. 결국 3행시의 본령은 평시조 율격의 바탕 위에서 형식미를 창조한 작품들로 규정된다. 언어의 긴장과 심미적 영상과 정밀한 형식미의 조화는 역시 평시조 율격의 계승에서 성공적으로 이루어진다.

> 남은 심지 끝에 마지막 타는 기름
> 어드메 네 눈시울, 이슬을 거둬가는 찰나!
> 오동지 설한(雪寒)을 헤집고 죽순으로 돋거라.
>
> ―「겨울 이적(異蹟)」 전문

죽순은 보통 4월 이후에 돋아나는데, 경우에 따라서는 겨울에 눈속에 묻혀 있던 땅속 줄기에서 죽순이 돋아나기도 한다. 눈 덮인 겨울에 대나무로 성장할 죽순이 돋아난다는 것은 분명 경이로운 일일 터인데, 시인은 이것과 생의 이적을 연관지어 위의 시를 쓴 것이다. 첫 행에 나오는 "남은 심지 끝에 마지막 타는 기름"은 죽순과 같은 새로운 생명의 창조가 아니라 꺼져가는 생명의 마지막 안간힘을 나타낸다. 어쩌면 남은 심지 끝에 마지막 타는 기름처럼 생의 막바지에 이르러 간신히 호흡을 이어가는 한 사람의 모습을 비유한 것일지도 모른다. 마지막 불꽃을 피우듯 생명을 지속하는 그 사람의 눈시울에 고통을 감내해 온 눈물 기운이 사라지는 그 순간 시인은 그 사람을 위하여 겨울의 이적을 바라는 간절한 염원을 담아둔다. 마지막 타는 기름이 매서운 설한을 헤짚고 돋아나는 죽순으로 승화되기를 염원하는 것이다. 이렇게 되면 생의 종말이 다시 생의 출발이 되는 기적이 실현된다.

김상옥 시조의 3행 형식이 지닌 압축과 절제의 미덕을 충분히 살려 꺼져가는 한 생명에 대해 이적의 실현을 염원하는 작품을 창조하였다. 대상을 분명히 제시하지 않고 '남은 심지의 기름'과 '이슬'과 '설한 속의 죽순' 등의 이미지를 통해 우회적으로 표현함으로써 상상적 연상의 폭을 넓히고 시조 특유의 정밀한 형식미를 창조하는 데 성공하였다. 첨예한 감각과 고전적 기품이 결합된 시조 서정 미학의 정점을 보여 준 것이다. 그뿐 아니라 "오동지 설한(雪寒)을 헤짚고 죽순으로 돋거라"라는 구절은 추위에 굴하지 않는 정신의 기개를 암시한다는 점에서 정결한 정신의 추구라는 첫 출발점의 주제 의식을 그대로 껴안고 있는 것이다. 30년의 세월이 지나도 그가 추구하는 정신의 원관념은 그대로 유지되고 있음을 확인할 수 있다.

한자리 내쳐앉아 생각는가 조으는가

억겁(億劫)도 일순(一瞬)으로 향기처럼 썩지 않는 말씀

돌조각 무릎을 덮은 그 무명 석수(石手)의 손에.

얼마를 머뭇거리다 얼룩 푸른 이끼를 걷고

속살 부딪는 광채로 눈웃음 새겨낼 때

이별도 재회도 없는, 끝내 하나의 몸이여!

-「현신(現身)」 전문

이 작품은 역사적 유물을 소재로 그 안에 담긴 정신 세계를 탐구한 「초적」 시기 작품 계열의 연장선상에 속하면서도, 진술적 의미를 직접 드러내지 않고 달관과 무념의 경지에 이른 석조 예술품의 정밀한 기품을 그에 부합하는 정밀한 시어로 표현하였다는 점에서 분명 진일보한 특색을 보여 준다. 이 작품의 대상은 추측컨대 아주 오래된 불상인 듯하다. 어느 먼 시대의 석공이 돌조각이 무릎을 덮을 정도로 오랜 시간과 정성을 들여 조성한 그 불상은 한 자리에 그대로 앉아 어떤 생각에 잠긴 것인지 아니면 조는 것인지 말이 없다. "생각는가 조으는가"라는 말은 시인 김상옥이 도달한 내면의 원숙한 경지를 잘 드러낸다. 정신의 어떤 극지에 이르면 인위적인 사색의 단계를 떠나 현자의 휴식 같은 무위의 상태에 이를 것이고 그것이야말로 세상의 모든 욕심에서 벗어나 조는 듯한 자태를 보일 것이다. 그러나 그 침묵의 석상은 억겁의 세월 동안 한결같이 향기처럼 썩지 않는 말씀을 들려 주고 있다.

세월의 잔해를 묻힌 얼룩진 푸른 이끼를 걷어 내자 환한 속살이 드러

나고 정겨운 미소도 오롯이 떠오른다. 그 불상의 원융한 모습은 세속의 윤회를 벗어난 것이기에 "이별도 재회도 없는" 완전한 전일체를 이룬다. 이것은 시인이 추구하는 정결한 정신이 원숙의 나이에 접어들면서 평정과 무위의 경지에 대한 관심으로 그 지향이 확대되는 것을 의미한다. 이러한 지향은 「항아리」 같은 작품에서 세속을 떠나 모든 것을 비운 백자의 형상으로 재현된다. "비도 바람도 그 희끗대던 진눈깨비도 / 누누(累累)한 마음도" 다 비우고 이제 무얼 채울까 더 생각하지도 않는 허정(虛靜), 무위(無爲)의 경지를 잠시 꿈꾸어 보는 것이다.

5. 정신의 경지와 시조의 형식미

이순의 나이를 지나면서 김상옥의 서정은 물밑으로 가라앉듯 더욱 맑고 서늘한 기품을 보인다. 『먹[墨]을 갈다가』(1980), 『향기 남은 가을』(1989), 『느티나무의 말』(1998)에 수록된 작품은 중복된 작품을 빼더라도 서정의 양태에서 근사성을 보인다. 햇살 환한 날 오히려 노년의 상실감과 외로움을 느끼는가 하면 과거의 추억에 잠겨 아련한 그리움의 대상을 떠올리기도 한다. 그러나 노경의 그리움은 젊은 날의 시처럼 처절한 핏빛 열정을 터뜨리는 것이 아니라 정갈한 적막과 관조와 달관의 색조를 드러낸다. 목숨의 막바지에서 내면의 향을 지키는 정신의 고고함과, 혼탁한 세상에서 서슬 푸른 넋 하나를 지키려는 선비의 절도를 보여 준다.

날 세워

창살을 베는

서슬 푸른 넋이 있다.

한 목숨
지켜 낼 일이
갈수록 막막하건만

향만은
맡길 데 없어
이 삼동을 떨고 있다.
　　　　　－「한란(寒蘭)」(『느티나무의 말』) 전문

　이 시조를 보면 첫 시조집 『초적』에 보이던 선명한 이미지와 정결한
정신의 추구가 50년의 세월을 건너뛰어 그대로 이어지고 있음을 감지할
수 있다. 거기에 더하여 막막한 세상에서 고초를 겪더라도 지킬 것은 지
켜야 한다는 고고한 견인의 자세가 거만하지 않게 자리잡고 있다. 이 고
고한 경지가 거북하게 다가오지 않는 것은 시조 양식이 지닌 전통적 친
화력의 혜택이기도 하다. 가늘게 치솟은 한란의 잎을 "날 세워 / 창살을
베는 / 서슬 푸른 넋"으로 본 것은 김상옥만의 독특한 감각적 발견이다.
날이 추워져야 잎을 피우는 한란은 그처럼 매섭고 심독한 일면을 내장하
고 있다. 그렇게 첨예한 잎으로 냉혹한 계절의 추위에 맞서 목숨을 지켜
낸다는 것은 얼마나 막막한 일인가. 그러나 한란은 목숨보다도 자신의
향을 지키는 일에 더 비중을 둔다. 한란말고 이 향을 감당할 자가 누가
있는가. 이 향만은 아무한테도 맡길 수 없으니 한란은 몸을 떨며 삼동을

버텨 내고 있는 것이다.

목숨보다 서슬 푸른 넋을 지키고 그것에 더하여 은은한 향을 지키는 것. 이것이 말년의 김상옥 시인이 지향하던 정신의 경지였다. 어지러운 세상은 서슬 푸른 넋이 깃들 자리를 내주지 않으려 하고 오욕의 세월은 은은한 향이 스며들 여지를 남기지 않으려 한다. 그러기에 초정은 세속을 떠나 백자와 연적과 묵향의 세계에 더욱 젖어들고자 했을 것이다. 그러한 고졸(古拙)의 세계에 대한 탐닉이 강해질수록 그 스스로 백자의 빛깔이 되고 한란의 향이 되려는 생각 역시 강화되었을 것이다. 그가 지닌 내부의 염원들은 서도로 묵화로 피어오르면서 언어의 차원에서는 시조의 정제된 형식 미학으로 응결될 수밖에 없었다. 시조로 출발하여 시조로 귀결된 그의 서정적 창조 과정은 그의 정신의 지향과 관련지어 보면 거의 필연적인 관계에 있다고 규정할 수 있다. 그런 의미에서 그는 시조의 형식 미학이 정신의 표상과 결부된다는 것을 입증한 현대시사의 증인이다. 그의 문학사적 위상 역시 그러한 측면에서 더 정확한 입지를 찾을 수 있을 것이다.

유토피아를 궁구한 초정 김상옥의 시 세계

이상옥

1. 서론

초정 김상옥은 1920년 5월 3일 경남 통영읍 항남동 64번지에서 태어나 2004년 10월 31일 향년 85세로 별세했다.

초정은 1932년 13세에 통영 보통학교 교지 『여황의 녹(綠)』에 동시 「꿈」을 발표했고, 1934년 금융 조합 연합회 신문 공모전에 동시 「제비」가 당선되었다. 1936년 17세 때 조연현과 시지 『아(芽)』 동인 활동을 했고, 1938년 19세 때 김용호·함윤수 등과 함께 『맥(貘)』 동인 활동을 했는데, 여기에 임화·서정주·박남수·윤곤강이 합류했다. 1939년 20세 때 『문장』(10월) 제1권 9호에 시조 「봉선화」가 가람 이병기의 추천을 받았고, 같은 해 11월 15일 『동아일보』 제2회 시조 공모에 「낙엽」이 당선되었다. 이처럼 초정은 자의식이 형성될 소년기부터 시와 인연을 맺어서 85세로 별세할 때까지 시와 한길을 걸어왔고, 그만큼 현대시사에서 큰 성취를 이룬 시인이다.

그러나 초정에 대한 연구는 일천한 형편이다. 이는 초정이 노년기에 접어들면서도 시 창작을 쉬지 않고 지속하면서 그의 시 세계가 지속적으로 확장되고 있었기 때문에 총체적인 연구가 이루어지기 힘든 국면도 없지 않았지만, 초정이 시조 시인으로 널리 알려졌기 때문에 이은상의 관념적 특성과 이병기의 사실적인 청신한 감각성을 융합하여 현대 시조의 맥을 이어서 현대 시조를 확립했다는 시조 문학사적 의의만 부각되었을 뿐 그의 시와 시조 전반에 걸친 연구가 부실하였다.[1] 따라서 학위 논문은 미미하고 문예지에 발표된 평론 같은 소론들 위주로 피상적인 연구가 지금까지의 초정 연구 실상이다.[2] 그나마 이들 중에서 최현주의 「인고와 도야로 이룬 육탈의 미학―김상옥론」은 초정에게 달려 있는 시조 시인이라는 명패를 걷어 냄 혹은 다시 읽음으로써 그의 시가 지닌 본령에 접근하고자 하는 의도를 지닌 것이다. 이 논문은 초정의 시 세계를 4기로 나누어 1기는 활동 초기부터 시집 『초적』(1947)이 간행된 시기까지, 2기는 『초적』에 연이어 『고원의 곡』(1949), 『이단의 시』(1949)가 발간된 시기, 3기는 『의상』(1953), 『목석의 노래』(1956)가 출간된 시기, 4기는 『삼행시』(1973)를 포함해 『먹[墨]을 갈다가』(1980), 『향기 남은 가을』(1989), 『느티나무의 말』(1988), 『눈길 한 번 닿으면』(2000)에 이르는 시기로 구분하면서, 초정 시가 현실의 고통과 그에 대한 고뇌·번민·분노에서 태상한 초정의 삶과 시는 시인으로서의 어긋남이 없다고 전제하고, 그러한 고통에 대한 끊임없는 인내와 자기 다짐의 연속 속에서 끝내는 참음과 버림, 육탈의 미덕을 발견하는 그의 삶의 궤적, 즉 '인고와 도야로 이룬 육탈의 미학'으로 규정하였다.[3] 그러나 이 논문 후미에 초정 연보가 2001년으로 머문 것으로 보아 아직까지 초정의 작품 활동이 지속되던 생전에 그의 시 세계가 구분되고 또한 평가된 것으로 보인다.

초정이 2004년 별세하고 1주기를 맞이하여 이어령 외 35인이 쓴 초정 김상옥 시인의 삶과 사랑과 예술을 추억한『그 뜨겁고 아픈 경치』(고요아침, 2005. 10.)가 발간되었고, 또한 같은 시기에 민영이 엮은『김상옥 시 전집』(창비, 2005. 10.)이 나왔다.

이제 초정 연구가 본격적으로 이루어질 수 있는 계기가 마련된 가운데, 본고에서는『김상옥 시 전집』을 텍스트로 하여 그의 시 세계를 3기로 구분하여 초정 시 세계의 본령을 재조명해 보도록 하겠다.

2. 사향(思鄕)과 전통 문화

초정의 첫 시조집『초적』은 고향·자연과 전통 문화 유산, 민족 문화에 대한 탐색이 돋보인다. 특히 그의 고향 의식은 자별하다. 초정은 시 전반에 걸쳐서 드러나는 주요 모티브는 유토피아인데. 첫 시조집에서는 유토피아적 고향 의식이 두드러진다.

> 눈을 가만 감으면 굽이 잦은 풀밭길이
> 개울물 돌돌돌 길섶으로 흘러가고
> 백양(白楊)숲 사립을 가린 초집들도 보이구요.
>
> 송아지 몰고 오며 바라보던 진달래도
> 저녁 노을처럼 산을 둘러 퍼질 것을
> 어마씨 그리운 솜씨에 향그러운 꽃지짐!

어질고 고운 그늘 멧남새도 캐어 오리
집집 끼니마다 봄을 씹고 사는 마을
감았던 그 눈을 뜨면 마음 도로 애젓하오.

　　　　　　　　　　　　　　　　　　　─「사향(思鄕)」

　화자는 고향을 회상하고 있다. 눈을 가만 감으면 굽이 잦은 풀밭길과
개울물 돌돌돌 길섶으로 흘러가고 백양숲 사립을 가린 초집들도 보인다.
고향의 아름다운 풍경과 고향에 대한 정과 어머니에 대한 그리움이 절절
하게 드러난다. 눈을 뜨면 마음이 애젓하다고 노래한다.

　초정은 1936년 17세 때 「무궁화」라는 제목의 시를 발표하여 일경의
감시를 받기 시작하고 결국 윤이상 등과 함께 체포되었고, 18세 때에는
일경을 피해 넷째 누나 부금이 살던 두만강구 근처의 함북 웅기로 간 뒤,
서수라·아오자 등지를 전전하며 유랑한 체험이 있다.[4] 그리고 19세 때
함북 청진의 서점에서 일하면서 본격적으로 시작 활동을 한 바, 20세까
지 고향을 떠나 유랑인으로 살았고, 21세에 통영으로 귀향한 것이다.
『초적』에 수록된 「사향」도 이런 타관 체험의 흔적을 엿볼 수 있는 것이
다. 그렇다면 타관에서 유랑하며 그리워하는 고향은 현실의 고통이 제거
된 유토피아적 속성을 띠게 된다.

　내 한때 두만강가 변씨촌(邊氏村)에 살았는데
　고향을 묻길래 통제사 영문(營門)이던 통영
　진사립 자개장롱 나는 곳이래도 모르데요.

아메야 에미네야 웃음이 마구 터지는데
가시내 이 문둥이 말끝마다 흉을 봐도
비빔밥 꽃지짐 얘기는 숨도 없이 듣던데요.

되땅은 하루 아침길 경상도는 꿈의 나라
동삼내 눈이 쌓여도 한우리의 고장인데
아득한 먼 옛말 같은 겨레들이 삽데다요.

—「변씨촌」

이 작품은 고향을 떠난 타관 체험이 여실하게 나타난다. 본의 아니게 타관을 유랑하면서 느끼는 쓸쓸함이 2수 초장인 "되땅은 하루 아침길 경상도는 꿈의 나라"에서 구체화된다. '되땅'이 고향보다 더 가깝다는 것이다.

초정의 고향에 대한 인식은 시대성을 띠게 된다. 그가 일경을 피해서 고향을 떠난 것이고 보면, 사상성까지 엿볼 수 있다. 그래서 그의 고향 의식에는 민족 의식이 투영되는 것이다. 아울러 그의 민족 의식은 철저하게 작품으로 형상화된다. 고향 의식이 발전하여 민족 의식으로 승화되는데 그것은 아름다운 우리 전통 문화 속에서 그 의미를 규명하는 것이다. 속악한 현실 속에서 탐색하는 전통 문화 속에 민족 정신의 유토피아를 찾으려 한 것이다.

찬 서리 눈보라에 절개 외려 푸르르고
바람이 절로 이는 소나무 굽은 가지
이제 막 백학 한 쌍이 앉아 깃을 접는다.

드높은 부연 끝에 풍경소리 들리던 날
몹사리 기다리던 그린 임이 오셨을 제
꽃 아래 빚은 그 술을 여기 담아 오도다.

갸우숙 바위틈에 불로초 돋아나고
채운(彩雲) 비껴 날고 시냇물도 흐르는데
아직도 사슴 한 마리 숲을 뛰어드노다.

불 속에 구워내도 얼음같이 하얀 살결!
티 하나 내려와도 그대로 흠이 지다
흙 속에 잃은 그날은 이리 순박하도다.

—「백자부」

이 작품은 백자를 아름답게 형상화하고 있다. "불 속에 구워내도 얼음 같이 하얀 살결!'에서는 외형의 아름다움을 넘어선다. 백자의 내면 세계 를 투영하는 것이다. 그런데 여기서 주목할 것은 백자에는 국토의 의미 도 깃들여져 있다는 것이다. 아름다운 백자의 형상화는 곧 우리 국토의 아름다움을 드러내는 것이고, 백자의 내면 세계는 민족 의식을 표상하는 것이다.

찬 서리 눈보라에 절개 외려 푸르르고 바람이 절로 이는 소나무 굽은 가지에 이제 막 백학 한 쌍 앉아 깃든 모습은 국토의 대유다. 이 백자는 몹사리 기다리던 그린 임이 오셨을 제 꽃 아래 빚은 술을 담아 오는 용기로도 그린다. 그만큼 백자에게 외형인 아름다움과 내면적 아름다움, 나아가 기능성까지 최상의 찬사를 보낸다.

일제의 만행으로 피폐해진 국토와 백성이지만, 초정이 그려내는 '백자부'는 선경과도 같아서 아무런 근심도 없다. 이것이 바로 유토피아가 아니고 무엇이겠는가.

3. 순수 세계와 존재의 형이상성

첫 시조집에서 고향에 대한 그리움과 전통 문화 탐닉을 통해서 우리 것에 대한 인식을 매우 깊이 드러낸 바 있다. 이듬해인 1948년 자유시집 『고원의 곡』 이후에는 고향의 이미지를 확장하면서 순수 동심의 세계를 보이고 나아가 존재의 형이상학성을 추구한다.

우유처럼 따스한 햇빛이 마루 위로 지르르 흐릅니다. 아기는 나서 아직 아무것도 만지지 않은 그 정한 손으로 햇빛을 주무르고 있습니다.

봉숭아 붉은 앞뜰 울타리에 청제비 돌아앉아 한쪽 죽지를 펴고 짙은 자줏빛 목덜미로 저리 가려운 듯 햇빛을 휘젓고 있습니다.

보시시 한량없는 따스한 햇빛! 아기의 가슴에 넘치도록 안겨들고 푸르다 못해 검은 아기의 눈초리는 처음으로 보는 새로운 봄의 눈부신 조화에 놀란 듯 깜작이고 있습니다.

수그리고 바느질하던 장지 안 젊은 엄마는 반짇고리 한쪽으로 밀어놓고 아기 곁에 살며시 나와 진정 숨길 수 없는 웃음을 머금고 있습니다.

아아 이렇게 이 젊은 엄마는 그 그지없는 애정을 영롱한 패물처럼 아기 옷고름에 채워놓고 세상은 잠시 고요한 행복 속에 싸였습니다.
　　　　　　　　　　　　　　　　　　　　　－「봄 1-햇빛과 아기」

자유시집 『고원의 곡』 이후에는 눈에 띄는 것이 순수 세계에 대한 추구다. 인용 작품은 순수의 표상인 '아가'를 주목한다. 우유처럼 따스한 햇빛이 마루 위로 지르르 흐르고 아기는 나서 아무것도 만지지 않은 그 정한 손으로 햇빛을 주무르고 있는 모습을 초점화하는 것이다. 인위적 손길이 미치지 않은 정갈한 세계를 투영하고 있다. 봉숭아 붉은 앞뜰 울타리에 청제비 돌아앉아 죽지를 펴고 짙은 자줏빛 목덜미로 저리 가려운 듯 햇빛을 휘젓고 있는 가운데 푸르다 못해 검은 아기의 눈초리는 처음으로 보는 새로운 봄의 눈부신 조화에 놀란 듯 감짝이고 있다. 아가를 배경으로 하고 있는 것은 청제비다. 청제비 역시 햇살의 이미지와 함께 깨끗한 이미지다. 그리고 수그리고 바느질하던 정지 안 젊은 엄마는 반짇고리 한쪽으로 밀어 놓고 아기 곁에 살며시 숨길 수 없는 웃음을 머금고 있다. 엄마의 애정을 듬뿍 받고 있는 아가의 주변 풍경은 잠시 고요한 행복 속에 싸여 있다.

이것은 초정이 꿈꾸는 순수 세계의 유토피아다.

강 건너 재 너머

재 너머 강 건너
제비나 찾아오는 머언 마을

나 제비처럼
그 마을로 찾아가랴.

-「강 건너 마을」 부분

초정에게 앞의 시에서 '청제비'가 등장하는 공간이 순수 세계를 표상
하고 있었듯이, 강 건너 재 너머 제비가 찾아오는 머언 마을도 초정이
꿈꾸는 유토피아 세계를 드러낸다. 초정에게 유토피아는 '순수 동심'이
깃들인 세계다. 초정은 고향으로 표상되는 유토피아의 세계에 탐닉하게
되는데 그것은 투옥이 표상하는 현실 세계가 그에게 견디기 힘든 세계였
기 때문이다. 그래서 유토피아로 표상되는 고향 지향의 정서를 표출했던
것이다. 그것이 보다 발전하여 '강 건너 마을'의 순수 세계의 유토피아로
확장되었던 것이다.

현실의 오염이 전혀 없는 동심의 세계, 순수 유토피아의 세계 지향은
『고원의 곡』에 다수 수록된 동심 지향 시편들―「잠자리」, 「비온 뒷날」,
「금잔디 지붕 1」, 「금잔디 지붕 2」, 「술래잡기 1」, 「술래잡기 2」, 「달」,
「맷새알」, 「조개와 소라」 등―이 웅변한다. 그리고 1952년에 동시집
『석류꽃』과 1958년에는 동시집 『꽃 속에 묻힌 집』을 펴내기에 이른다.
초정에게 순수 동심의 세계는 그의 유토피아 지향과 깊은 관련이 있는 것
이다.

유토피아를 지향한다는 것은 그만큼 현실 존재로서의 고단함이 깊다

는 것이다. 그래서, 자유시집『고원의 곡』다음 시집인 1949년 『이단의
시』에는 존재 의식, 탐색이 두드러지고 있다.

　　한 아름 굵은 줄기는

　　창천(蒼天) 높이 들내어 북녘의 소식을 듣고

　　땅을 굳게 파악(把握)한 뿌리는

　　뜨거운 지심(地心)을 호흡하는 오랜 고목 있으니

　　머언 세월 하도 서글퍼

　　모진 풍우에 껍질은 터지고

　　오히려 운(韻)을 더한 가지는 골격처럼 굽었도다.

　　잠자코 떨고 견디어

　　그 무엇에 항거하는 역의(逆意)처럼 위로 위로만 뻗치는

　　오오 아프고도 슬픈 너의 심금(心襟)!

　　이 말없이 늙어온 나무는

　　그 어느날 눈도 못 뜨도록

　　온갖 진애(塵埃)에 사는 증오로운 것들을 휩쓸어갈

　　마지막 일진의 태풍을 정정(亭亭)히 기다리고 있도다.

　　　　　　　　　　　　　　　　　　　　　—「고목」

'고목'을 주목하면서 존재의 의미를 투영하고 있다. 이 고목은 한 아름

굵은 줄기를 지니고 창천 높이 들내어 북녘의 소식을 듣고, 땅을 굳게 파악한 뿌리는 뜨거운 지심을 호흡한 것이다. 하늘과 땅의 비밀을 알고 있는 셈이다. 따라서 고목은 존재의 표상이다. 온갖 풍상을 다 겪은 고목이 드러내는 존재의 의미는 바로 초정의 존재 해석이기도 하다. 그런데 고목은 역경 속에서도 "온갖 진애에 사는 증오로운 것들을 휩쓸어갈 / 마지막 일진의 태풍을" 정정히 기다리고 있는 것이다.

이 작품에서는 부조리한 존재 의식 속에서 외부 세계의 변화를 기다리는 국면이 엿보인다. 증오로운 것들을 몰아가 일진 태풍을 기다리는 것이 바로 그것이다.

본디 너 어느 바닷속 크나큰 바위로
파도의 독아(毒牙)에 깨물린 천겁의 갖은 풍상을
이제 여기서 다시금 회상하누나.

저 밀려오는 조수의 포효!
반항도 없으나 굴종 또한 없었거니

몸은 닳고 쓸리어 작아만 가도
너 마음 한없이 한없이 넓어만 져

그리고 또 알았노니
쓸모없이 육중한 체구는 모조리 모조리 내던지고
오직 참된 영혼만을 가지려는

오오 너의 의도(意圖)여!

-「모래 한 알」

　모래 한 알은 크나큰 바위가 역경 속에서 연마한 '참된 영혼'이다. 그렇다면 앞에서 고목이 존재의 부조리성을 응시하며 외부 세계의 변화를 꾀한 것에 비해서 이 작품은 존재 자체의 정화나 승화를 꾀하는 것이다. 여기에 초정 시 의식의 비의가 있다. 초정은 현실의 유토피아와 함께 개별 존재의 유토피아를 추구한 것이다. 초정은 존재와 그 바깥 환경인 외부 세계가 모두 유토피아로 구축되길 바란 것이다.

　초정은 존재의 유토피아로서 형이상성을 추구하게 되는데, 시집『의상』,『목석의 노래』에서 두드러진다.

　　드디어 신은 나의 왼쪽 팔을 이끄시고
　　짐승은 나의 오른쪽 죽지를 당기고
　　그리고 다시 이 골이 울리게끔
　　인간은 내 발목에 못을 박는다.

-「형틀에서」부분

　　아무리 하늘이 높고 푸르기로
　　이 막막하게 숨막히는 어둠이 없었던들
　　어찌 밤마다 무수한 별들이
　　저렇게도 찬란히 빛날 수 있었을까?

-「여운(餘韻) 1」부분

처음 나는 아무래도
내 스스로를 무언지 알 수 없었다.

오늘도 홀연히 너를 생각하므로
그 골똘한 생각을 담아둔
문득 하나의 질그릇인 것을 알게 된다.

-「질그릇」부분

드디어
벌레먹은 너의 성숙은
또 얼마나 기막히는 말씀이냐.

-「과실(果實) 1」부분

존재가 처한 부조리한 현실에서 그 너머의 종교적 인식을 드러낸다. 존재의 유토피아는 종교적 형이상학성을 띠는 것이다. 「형틀에서」는 부조리한 현실을 위해서 희생하는 그리스도의 이미지가 나타난다. 한동안 골짜기를 수선스럽게 하는 그리스도의 수난은 한 송이 꽃으로 꺾으려는 인간의 아름다운 허물이라고 시적 형상화를 하는데, 그것이 인용 부분에서는 보다 구체화된다. 신이 왼쪽 팔을 이끌고 짐승은 오른쪽 죽지를 당기고, 그리고 다시 이 골이 울리게끔 인간은 발목에 못을 박는다. 그리스도의 수난 이미지는 부조리한 세계 정화까지를 표상하는 것이다. 신의 의지를 빌어 유토피아를 꾀하는 것이다. 「여운 1」에서는 어둠, 곧 세상의 부조리는 그 자체가 아이러니컬하게도 진리의 빛을 던지는 것을 표상한다. 그러니까 어둠 속에서 별이 빛나듯이 존재의 유토피아를 부조리한 현실에서 형이상적 인식으로 찾아보려 한 것이다. 그래서 「질그릇」에서는 존재의 의미를 재인식하게 된다. 존재는 하나의 질그릇이고, 그 질그릇은 부피 없는 깊이와 넓이로 인해 언제나 고여도 차고 넘칠 수 없다는 존재 인식이다. 그래서 「과실 1」에서처럼 사물에서 신의 음성을 듣는 겸손함을 보인다.

초정은 동심의 세계를 확장하여 순수 세계 지향과 함께 존재의 형이상성을 추구하는데, 이것들은 모두 유토피아 추구다.

4. 존재의 실존성과 죽음 의식

초정은 1963년 44세에 서울로 이주하여 인사동에서 표구사 겸 골동품 가게 아자방을 경영하고 그 이후 나온 시집이 1973년 『삼행시 육십오 편』이다. 다시 자유시에서 시조로 돌아가면서 그의 시 의식에도 변화가 감지된다.

지난 철 가시구렁 손톱이 물러빠져
눈 덮인 하늘 밑창 발톱마저 물러빠져
뜨겁고 아픈 경치를 지고 내 예꺼정 왔네.

뭉개진 비탈 저쪽 아득히 손차양하고
귀밑볼 사운대던 그네들 다 망설여도

오지게 눈치없는 차림 내 또 예꺼정 왔네.

-「꽃의 자서(自敍)」

난(蘭) 있는 방이든가, 마음귀도 밝아온다.
얼마를 닦았기에 눈빛마저 심심한고
흰 장지 구만리 바깥, 손 내밀 듯 뵈인다.

-「난 있는 방」

질풍노도 같은 그의 시혼이 중년으로 접어들며 아자방 경영과 더불어 관조의 면모를 보인다. 존재의 형이상성을 추구하던 그의 맑은 시심이 이제 대상을 관조할 수 있는 이치를 터득한 듯하다. 즉, 「난 있는 방」처럼 존재를 밝은 눈으로 응시할 수 있는 것이다. 이는 「꽃의 자서」에서 보이듯 파란의 세월을 보내고 그의 시심과 사상의 폭이 확장됨으로써 가능한 것이었다.

건너편 낡은 의자엔 젊은 한 쌍이 앉았다.
저쪽 벽을 지곤 삼십대 여인이 혼자
또 어느 초로(初老)의 눈은 훤히 행길만 내다본다.

-「배치(配置)」

이 작품은 존재를 객관적으로 응시하는 전형이다. 젊은 한 쌍의 여인과 혼자 있는 30대 여인, 또 초로가 병치되어 나타나는 존재의 실존적 풍경인 것이다. 여기서는 존재의 형이상성을 추구하기보다 존재의 실존을 응시하는 것으로 그친다.

언제나
장엄한 자홀(自惚)은
죽음 앞에 있다.

이 낭떠러지
이 수면은
무서운 고요-
죽음만이 바라본다.

살아서 보는 죽음,
죽어서도
볼 수가 없다.

이 낭떠러지
이 수면 위
한 송이 수선(水仙)꽃
죽음처럼 피어 있다.

장엄한 고독은
-저렇듯
죽음과 짝지어 산다.

-「살아서 보는 죽음-화가 달리에게」

 이 작품은 『먹[墨]을 갈다가』에 수록된 것이다. 연륜이 더할수록 존재의 실존을 인식하고 존재의 유토피아는 이 지상에서는 존재하지 않음을 깨달은 듯하다. 그래서 더욱 가열한 예술가 정신으로 존재의 실재를 객관적으로 응시하는 것이다.

 초정은 결국, 존재의 궁극과 마주치는 것이 죽음 의식이 아닐 수 없음을 드러낸다. 언제나 장엄한 자홀(自惚)은 죽음 앞에 있다고 선언한 것이다. 초정이 주력했던 존재 탐구의 결과는 "이 낭떠러지 / 이 수면 위 / 한 송이 수선꽃"으로 귀결되는 듯하다. 한 송이 수선꽃은 죽음처럼 피어 있다고 노래되고 있다. 또한 이것은 장엄한 고독이고 그것이 죽음과 짝지어 사는 것이다.

뜨락에
흐드러지는 날
아무도 오지 않았다.

누가
풀무질을 하는가
자줏빛 치솟는 불길!

어쩌면
그것은 녹인 쇳물

또 무슨 얼굴을 하랴.

-「모란 앞에서」

시조집『향기 남은 가을』에 수록된 이 작품은 노경에서 존재의 강렬한
생명 의식을 읽고 있는 모습을 엿볼 수 있다. 그가 주력한 존재 응시의
궁극이 죽음 의식으로 귀결되는 것임을 인지하고서, 노경에 접어서는 관
념적이 아니라 실존적 현실을 직시한 것이다. 그의 마지막 작품집인『느
티나무의 말』에는 생과 사의 경계 의식이 매우 치열하게 노래되고 있다.

못 가본
저승길보다
이승이 아득해온다.

-「이승에서」 부분

내 넋도
너의 구름으로
꽃처럼 나부꼈으면-

-「구름」 부분

이윽고
유서를 고쳐 쓰고
또 서늘한 가을이 옵니다.

-「돌」 부분

떠날 땐
푸른 반딧불
먼 별처럼 사라졌으면-.

-「소망」 부분

『느티나무의 말』에 맨 처음 수록된 「이승에서」는 때마침 눈 높이로 뜬 한 떼의 고추잠자리를 응시하면서 존재의 궁극을 생각한다. 그중 한 놈이 연밥 위에 앉아 쉬고 있는데, 그런 정황에서 화자는 못 가본 저승길보다 이승이 아득해 온다고 노래한다. 이 작품은 여러 가지 의미가 내포되어 있지만, 이승길보다 저승길이 더 가깝게 느껴진다는 것을 통해서 죽음의 실존적 인식을 드러내는 것이 주목된다. 그것은 마지막 시조집 제목인 '느티나무의 말'이 결국 초정의 유언장에 다름아닐 수 있기 때문이다. 그가 존재의 궁극인 죽음을 가까이 느끼면서 이제는 실존적으로 죽음의 강을 건너고자 하는 마음을 매우 사실적으로 표출하고 있다는 점에서, 죽음으로써 현실 세계에서 이루지 못한 존재의 완성을 꾀하고자 하는 의도를 엿볼 수 있는 것이다. 「구름」에서는 살풀이 춤사위와 덕수궁 하얀 모란꽃이 구름처럼 나부꼈다고 인식한다. 그러면서 내 넋도 너의 구름으로 꽃처럼 나부꼈으면 하는 소망을 드러낸다. 「돌」이나 「소망」에서도 아름다운 죽음의 소망을 그려낸다. 결국 초정은 평생 동안 추구한 유토피아가 현실 세계와 존재 내에서는 이루어지지 못하는 것임을 인지하고, 저승에서 유토피아를 궁구하는 것인가.

5. 결론

초정 시가 생전에는 제대로 조명이 되지 못한 상태에서 작고 1주기를 맞아『김상옥 시 전집』이 간행되면서 연구의 본격적인 장이 마련된 셈이다.

본고에서는 초정의 시 전집을 텍스트로 그의 시와 시조를 구분 없이 전반적인 주제 연구를 시도하였다. 그 결과 초정은 일평생 유토피아를 궁구한 시 세계를 펼치면서 아래와 같이 세 시기로 대별할 수 있었다.

첫째, 습작기를 포함하여 20세 때『문장』(10월) 제1권 9호에 시조「봉선화」로 시단에 본격적으로 등단한 이후 첫 작품집『초적』까지다. 이 시기는 사향(思鄕)과 전통 문화 탐닉이 두드러진다. '사향,' 즉 그의 고향에 대한 그리움은 초기 시의 주요 테마다. 일제 시대 젊은 시절부터 일경에게 쫓기고 타관 생활을 하면서 느끼는 그의 사향 의식은 단순한 그리움을 넘어서는 것이다. 그의 사향은 개인 의식과 더불어 민족 의식을 담고 있는 것이다. 이런 의식이 발전하여 선대의 민족 문화를 탐닉하면서 민족의 정체성을 찾으려 했다. 도공이나 석공이 빚은 문화 유산에서 민족 정신의 원형을 발견하고자 한 것이고 그것은 곧 현실에 존재하지 않는 유토피아 세계를 유년기의 고향이나 역사 속의 전통 문화 등에서 궁구하려 한 것이다.

둘째, 1948년 자유시집『고원의 곡』이후 초정이 44세에 서울에서 '아자방'을 경영하기 전까지다. 이 시기는 동심의 순수 세계, 존재의 형이상성 추구가 두드러지는 것이다. 그에게 고향의 이미지는 확장되면서 더욱 순수 세계에 대한 탐닉으로 드러나고, 그것은 순수의 표상인 '아가' 이미지가 환기하는 동심의 세계로까지 나아간다. 이는 현실 저편의 유토피아적 세계 지향으로 귀결된다. 그만큼 초정에게 현실은 힘겨운 세계였기 때문이다. 그래서 초정은 현실에 뿌리 박고 있는 존재 의식에 대한 깊은 탐색을 보이는데, 그것은 존재의 형이상성, 곧 존재의 유토피아 궁구로 나아간 것이다.

셋째, 아자방 이후 시조로 다시 돌아간 1973년 간행한 『삼행시 육십오편』 이후 별세하기까지다. 이 시기는 존재를 보다 실존적으로 인식하며 개별 존재의 죽음 의식으로 존재의 완성을 꾀하는 것으로 귀결된다. 존재의 보다 깊은 통찰을 통해서, 현실이나 존재의 유토피아는 도래할 수 없는 것임을 차츰 깨달은 것이다. 질풍노도 같은 그의 시혼이 중년 이후에는 존재의 실존을 인정하고 관조적 면모를 보이면서 존재의 궁극으로 죽음 의식과 대면하게 된 것이다. 노경에 접어들어서는 더 깊이 존재의 죽음을 실존적으로 받아들이며 이승 너머에서의 유토피아를 궁구한 것이다.

정제와 자유, 엄격과 일탈의 시조 형식
—초정 김상옥론

이지엽

1. 서론

오늘날 현대 시조가 갖는 의미는 여러 가지를 생각해 볼 수 있겠지만 무엇보다 그 형식 미학에서 찾는 것이 보편적이다. 그렇지만 현대 시조의 형식은 고시조와는 상당히 다른 양상을 보여 준다. 현대 시조가 고시조의 연장 위에 있는 것을 부인하지 않는다면 이 점은 장르의 존재를 위협하는 위험한 일이면서도 또한 필요한 일이기도 하다. 수구적인 입장에서만 본다면 정격을 지키면서 발전해 나가는 것이 무엇보다 바람직한 현상이겠지만 장르의 발달사나 문화적인 흐름을 결코 무시할 수는 없다. 무엇보다 장르라는 것이 변화 가능성이 열려 있는 존재라는 점을 감안하면 문학 외부로부터 밀려오는 도전에 적극적인 응전의 자세를 가지면서 필요한 변화를 수용할 필요가 있다고 본다.

가람과 노산, 조운과 초정, 이호우로 이어지는 현대 시조 형성기에서 우리는 이 변화의 흐름에 한 획을 긋는 한 인물을 만나게 된다. 그가 바로 초정 김상옥이다. 초정의 시조 작품은 특히 그 형식적인 면에서 오늘의 시조단에 던져 주는 질문이 적지 않다. 그가 남긴 시조 작품은 시조의 보편적인 형식 개념으로는 잘 설명이 되지 않는 부분이 적지 않기 때문이다. 왜 초정은 정격의 작품 외에 시조의 형식에서 크게 벗어나고 있는 작품들을 지속적으로 창작했을까. 이 형식적 실험은 자의적인가, 나름대로의 어떤 기준은 없었는가. 형식적 실험은 어떤 경로를 거쳐 어떻게 이루어졌으며 어떤 결과로 나타나고 있는가. 과연 초정이 생각한 바람직한 시조의 형식은 무엇이었을까. 이 질문들의 답을 위해 우리는 초정의 작품을 면밀하게 살펴볼 필요가 있다. 그러나 이에 관해 상세히 살펴본 논문들은 거의 없다. 따라서 이 글은 초정이 남긴 작품을 대상으로 이를 살펴봄으로써 초정이 펼치고자 했던 시조 형식의 실체에 접근해 보고자 한다.

2. 정격과 엄정성

초정의 등단작은 잘 알려진 바와 같이 1938년 『문장』지의 「봉선화」라는 작품이다. 이후 1947년 첫 시조집 『초적』이 간행되기까지 작품을 살펴보면 비교적 초기에 초정이 시조 형식에 대해 어떠한 생각을 가지고 있었는지를 유추해 볼 수 있다.

> 달빛에 지는 꽃은 밟기도 삼가론데
> 취하지 않은 몸이 걸음조차 비슬거려
> 이 한밤 풀피리처럼 그를 그려 울리어라
>
> 　　　　　　　　　　　－「춘소(春宵)」 전문5)

내 앓고 누웠으면 밖에도 안 나가고

기침이 좀 늘어도 참새처럼 재재기고

남남이 겨운 그 정(情)은 내게 이러하도다

-「안해」 전문6)

「춘소」나 「안해」의 경우 시조 형식의 정격을 보여 주고 있다. "삼가론데"라는 준말을 택하고 있는 것도 되도록 여기서 벗어나지 않으려는 의도가 담겨 있다. 준말의 형태는 다음의 작품에서도 나타나고 있다.

귀속에 젖어 있는 물결소린 옛날인데 (「흰돗 하나」 둘째 수 초장)

청제비 강남엘 가고 둥저리만 남았다 (「만추(晩秋)」 첫째 수 종장)

칩고 흐린 날을 뒷뫼엔 숲이 울고 (「입동(立冬)」 셋째 수 초장)

겉으로 외면해도 속으론 조바시고 (「노방(路傍)」 첫째 수 초장)

'물결소리는' 혹은 '강남에를 가고'나 '강남에 가고'로 하지 않는 이유는 아마도 이렇게 할 경우 가장 많은 빈도수를 보여 주는 넉 자나 다섯 자를 넘어서는 것이 꺼려졌을 것이기 때문이다. 그러나 "뒷뫼엔"이나 "속으론"은 '뒷메에는' 혹은 '속으로는'이라고 해도 전혀 문제가 없음에도 왜 굳이 준말을 택한 것일까. 시조의 형식을 자수 개념으로 볼 경우 초장과 중장의 구조가 3(4)-4-3(4)-4다. 각 구에서 앞 음보가 뒤 음보보다 짧은 형식이 더 보편적이라는 것인데 이것이 과연 어떤 어감의 차이를 가져오는 것일까.

칩고 흐린 날을 뒷뫼에는 숲이 울고
겉으로 외면해도 속으로는 조바시고

준말을 택하지 않을 경우 각 장에서의 중심은 준말을 택하지 않은 바로 그 부위가 중심이 되지만 준말을 택할 경우에는

칩고 흐린 날을 뒷뫼엔 숲이 울고
겉으로 외면해도 속으론 조바시고

각각 "숲이 울고"와 "조바시고"에 그 중심이 걸린다. 어감이 상당한 차이를 보여 주고 있는 것이다. 그러므로 당연히 이를 줄여서 쓰는 것이 필요한 것이 된다. 시조의 각 구에서 앞 음보와 뒤 음보의 단(短)·장(長)은 이러한 속성을 가지고 있으며 그 무게 중심을 뒤 음보에 주면서 안정을 꾀하는 장르라고 볼 수 있다.[7] 초정은 이와 같은 시조 장르의 속성을 누구보다 잘 알고 있었을 것이다. 이런 이유에서 앞 음보를 준말로 처리하여 건너뛰고 뒤 음보에 무게 중심을 놓았던 것이다. 동시에 말을 줄임으로써 여기에서 동반되는 유음화 현상에도 주목하였을 것이다. 이는 인용된 작품을 율독할 경우 준말에서 오는 리듬감에서 쉽게 확인된다. 다음의 작품들도 정격을 지키고 있으며, 정격의 묘는 탈격을 가정할 경우보다 오히려 시적 긴장을 일으키고 있다는 점에서 주목해볼 필요가 있다.

누님이 편지 보며 하마 울까 웃으실까 (「봉선화」 둘째 수 초장)
바람 잔 고요한 날엔 가슴 도로 설레라 (「물소리」 종장)

내 어딜 떠나와서 어디로 가는 길고 (「길에 서서」 첫째 수 초장)
새도록 잠 못 일고 저물도록 맘 조리고 (「영어(囹圄)」 첫째 수 초장)

이 작품들에서도 되도록이면 정격을 벗어나지 않으려는 노력들이 보인다. 「봉선화」나 「물소리」 어순 도치와 조사의 생략,[8] 「길에 서서」나 「영어」에서는 축약형이 쓰이고 있다.

요컨대 초정은 가급적이면 정격의 시조 형태를 창작하는 데 주력했고 음절 하나를 쓸 때도 시조의 기본 형식에 충실하려고 했던 점을 알 수 있다.

3. 유연성과 서정성

이러한 기본 형식에 충실한 초정의 작품에서 우리는 정격으로만 이루어진 작품들에서 흔히 느끼는 답답함보다는 가락의 유연함을 느낄 수 있는데 이는 무슨 이유일까. 여기에 초정만의 남다른 가락의 활용과 운용이 있음을 간과하기 어렵다. 사실상 시조의 정격은 구의 개념까지를 감안하면 상당히 제약적이어서 똑똑 끊어지는 단점을 갖기 쉽다.[9] 초정의 경우 이 단점을 제어하는 동시에 리듬감을 느끼도록 시어를 구사하고 있음이 주목된다.

도로 내 면구하여 그를 이리 못대하고 (「회로(迴路)」 중장)
사르르 눈을 뜨시면 빛이 굴(屈)에 차도다 (「대불(大佛)」 첫째 수 종장)
이 아닌 밤중에 홀연히 마음 어리어져 (「어무님」 초장)

인용 부분들은 음보의 넘나듦이 유동적이어서 오히려 기계적으로 나뉘는 음보에 비해 자연스럽다. 이를테면 「회로」를 의미상으로 음보를 나누어 보면

도로 / 내 면구하여 // 그를 / 이리 못 대하고

와 같이 되어 2-5-2-6의 자수로 나누어진다. 그러나 율독을 할 경우 "내"나 "이리"는 각각 앞 음보에 간섭이 되어 3-4-4-4의 자수를 가지게 된다. 그러나 이 간섭에 의해 등장성을 갖는 경우 율독의 굴곡은 다르게 느껴진다. 넘나듦이 일어나지 않는 작품과 비교해 보면 이 점은 명확해진다.

잊음을 / 못가지면 // 괴로움이 / 없었거나 (「번뇌」 첫째 수 초장)
도로 / 내 / 면구하여 // 그를 / 이리 / 못 대하고

짧은 휴지에서 오는 굴곡은 단조로움이나 단절적인 부분을 완화시켜 주는 역할을 한다. 물론 이것은 언어를 운용할 때 의식적으로 고정된 자수를 피하려는 의도에서도 비롯되지만 시의 전개상 반드시 필요할 경우에는 자수에 상관없이 쓰고 있다는 방증이 되기도 한다.

잎 진 가지 새로 머언 산길이 트이고 (「입동」 첫째 수 초장)
어깨 벌숨하고 목잡이 오무속하고(「청자부」 다섯째 수 초장)
하얀 손 가락가락이 연붉은 그 손톱을 (「봉선화」 셋째 수 중장)

등을 등을 넘어가서 골도 차츰 으늑한데(「비오는 분묘」 첫째 수 초장)

헐린 성곽을 둘러 강물은 흐르고 흐르고(「촉석루」 첫째 수 초장)

어디서 낮닭의 울음소리 귀 살푸시 들려오고 (「강 있는 마을」 첫째
　수 종장)

마을은 우뜸 아래뜸 그림같이 놓여 있고

읍네로 가는 길은 꿈결ㅅ처럼 내다 뵈는데 (「강 있는 마을」 둘째 수
　초·중장)

고향을 묻길래 통제사 영문(營門)이던 통영

진사립 자개장롱 나는 곳이래도 모르데요 (「변씨촌(邊氏村)」 첫째 수
　중·종장)

「입동」에서는 "잎 진"의 급박함과 "머언 산"의 한가로움을 의도하기 위해 '잎이 진'이나 '먼 산'으로 하지 않았음을 알 수 있다. 「청자부」에서의 첫 음보 다음에 조사를 생략하고 있는 점도 이와 같은 이유라고 볼 수 있다. 「봉선화」와 「비오는 분묘」, 「촉석루」에서는 반복을 통해 오히려 음보가 늘어난 경우도 있으며, 「강 있는 마을」에서는 종장의 둘째 음보가 5자 미만으로 처리되고 있기도 하다. 「변씨촌」에서는 평시조로 보기에는 어려울 정도로 일탈되고 있다. 말하자면 형식을 가급적이면 정격으로 지키되 꼭 필요한 경우라면 금기시되는 부분까지도 초월하고 있다는 얘기가 된다.

　　　　　1

겉으로 외면해도 속으론 조바시고

못 본 체 지나와도 자로 돌아뵈는 것을

그래도 그는 모르고 마름 없이 가느니.—

2

어디든 걷고 싶어 옷을 털고 나왔다가

스치는 사람 속에 그 뉘를 보았든지

멍하니 길섶에 서서 가도 오도 못하여라.

−「노방(路傍)」 전문

이 작품에서 주목되는 것은 어미 처리다. 6행 중 어느 부분도 같은 어미로 끝나지 않는다. 자락이 물결을 타는 듯한 유연성을 확보하고 있는 것이다. 초정은 많은 작품에서 각 장의 내부와 각 장의 연결에서 탄력적이면서도 살아있는 운율을 창출해 내는 데 많은 노력을 기울이고 있음이 확인된다.

여기서 또 한 가지 살펴야 할 부분이 있다. 인용 작품에서 첫째 수의 마지막은 "마름 없이 가느니.—"로 처리되고 있다. 율독을 할 경우 "가느니"는 무리 없이 뒤의 초장과 연결이 된다. 그러나 마침표 더더군다나 "—"표시까지를 한 의도는 새겨 볼 필요가 있다. 이 부호들은 뒤와는 간격을 두라는 의미다. 시조의 각 수는 독립되어야 한다는 인식의 소산이라고 판단된다.

비오는 안개 속으로 버레소리 자옥하다 (「비오는 분묘」 첫째 수 종장)

세세한 사연을 적어 누님께로 보내자 (「봉선화」 첫째 수 종장)

가까이 오는 사람들 멀어져 가는 사람들─(「길에 서서」둘째 수 종장)

애젓한 그리움인 양 몰래 찾아오는 것─ (「번뇌」둘째 수 종장)

연결 어미보다는 "자옥하다," "보내자" 등의 종결어미, "사람들─"이
나 "오는 것─" 등의 명사형으로 끝나고 있다. 「강시」에서는 "못했어라,"
「회의」에서는 "떠나리라," 「입동」이나 「만추」 등 역시 "들났다"나 "남았
다" 등의 종결어미로 처리되고 있다. 연시조일 경우라도 수와 수의 연결
보다는 독립성을 강조하고 있는 셈이다.[10]

요는 초정 시조의 시조 형식에 대한 유연성은 각 수의 독립성을 확보
하는 동시에 각 장 내에서의 반복이나 어순 도치 등의 탄력적 운용, 각
장 사이의 연결을 위한 다양한 어조 구사로 정리해 볼 수 있겠다.

4. 일탈과 자유

굽 높은
제기(祭器).

신전(神前)에
제물을 받들어
올리는─

굽 높은
제기.

시도 받들면

문자에

매이지 않는다.

굽 높은

제기.

-「제기」 전문11)

이 작품은 언뜻 보기에 시조의 형식을 갖추었다고 보기 어렵다. 그러나 마침표에 유의해 보면12) 삼분 구조로 되어 있고 그것이 각 장을 구성하고 있다면 초정이 생각하고 있는 시조가 어떤 것인지를 추론해 볼 수 있다. 그렇다 하더라도 초장은 너무 짧고, 중장은 너무 완만하게 늘여 놓은 듯하며, 불문율로 여겨지는 종장의 첫 음보 3자도 벗어나 있다. 초정의 생각은 어떠했을까. 인용 작품의 소재이면서 중심 시어인 "제기"는 일차적으로 기물을 의미하지만 단순한 기물이 아니다. 굽이 낮거나 아예 굽이 없는 여느 기물과는 분명한 차이가 있는 것이다. 그것은 신성한 장소인 신전에서만 쓰는 기물이며, 신에게 올리기 때문에 올리는 이가 겸양의 자세를 갖추어야 한다. 굽이 낮으면 받들어 올릴 수가 없다.

"시도 받들면 / 문자에 / 매이지 않는다"라는 말도 그런 의미에서 중의적 함의를 가지고 있다. 우선 시라는 예술적 창조 행위는 여느 예술적 행위나 비예술적 행위와는 차원이 다르다. 물론 "받들면"이라는 단서가 달려 있다. 제를 지내기 위해 공손히 제물을 "받들어" 올리듯 품격을 갖춘 시의 위의를 인정한다면 시 또한 문자에 매이지 않는다는 것이다. 제기가 그릇의 모양새에 매이지 않듯이 말이다. 그러나 거기에 얹어 다시 생각해 보면 이는 시인 자신의 시조 창작 행위를 슬며시 빗대고 있는 것이라 판단된다.

이와 같은 이유들을 굳이 종합하지 않는다 하더라도 「제기」를 보면 초장에서는 제기의 가장 특징적인 면을 얘기하고 있고, 중장은 이를 이어받아 제기가 갖고 있는 기물의 용도와 공간과 마음가짐 등을 이야기하고, 종장은 문자로 창조된 것 중 제기에 해당되는 시의 위의에 대해 얘기하고 있는 것으로 정리해 볼 수 있다.

"굽 높은 / 제기"가 초장으로서 성립이 가능한 것인가에 대해서는 이론의 여지가 많다. 그러나 초정은 초장이 갖는 의미가 극도로 살아나기 위해서는 "굽 높은 / 제기"라는 말 이외에는 더 필요한 것을 느끼지 못했을 것이다. 더욱이 행 구분은 물론 연 구분까지 하고 있어 시선이 집중됨은 물론 시적 긴장 또한 팽팽하게 유지되고 있지 않은가. 시조 또한 그 본래 의미를 생각한다면 형식에 옥죄임을 당할 필요가 없다는 지론을 가지고 있었기 때문이다. 마찬가지 의미에서 종장 첫 음보 또한 설명이 가능하다. 종장 첫 음보 또한 불문율이긴 하되 그것이 태초에 갖는 의미에서 벗어나지 않는다면 두 자도, 넉 자도 다섯 자도 가능한 것이 아니겠느냐는 것이다. "시도 받들면"을 행갈이를 하지 않은 점에 주목하면 이러한 추론이 가능하다. 통째로 율독하게 함으로써 시를 반드시 받드는 일로 행하라는 무언의 지시를 하고 있는 것은 아닌지. 우리는 이 문제적 작품 「제기」를 통해 초정이 실현하고자 했던 시조의 형식 구조를 조금이나마 파악할 수 있게 되었다. 그것은 시조가 갖는 형식 구조가 자수나 음보에 매이는 구조가 아니라 내용까지를 겸비한 구조로 이해될 필요가 있다는 점이다. 긴장의 묘미를 살리기 위해 필요에 따라서는 상당한 축약을 할 수 있으며, 그 반대의 경우도 가능하다는 것이다. 다음은 반대로 늘어난 경우에 해당된다.

생시엔 꿈도 깰 수 없어, 연방 내려쬐는 뙤약볕은 무섭도록 고요하다. 혼자 뒤처진 한 소년이 늪가에 앉아 피라미새끼 노니는 것을 보고 있다.

그 백금빛 반짝이는 늪물 속엔 장대가 하나 꽂혀 있다. 장대의 그림자도 물에 꺾인 채 거꾸로 꽂혀 있다. 멀리서 터지는 포(砲)소리, 이웃끼리 서로 살상하는 저 무서운 포소리에, 놀랜 어린 새가 앉을 데를 찾다가 장대 끝에 앉는다. 어린 새의 체중이 장대를 타고 흔들린다. 털끝만큼 흔들린 장대는 물위에다 몇 겹으로 작은 파문을 그린다.

이 순간, 파문에 놀랜 피라미떼는 달아나고, 장대 끝에 앉은 어린 새 모양, 혼자 뒤처진 그 소년도 연방 물 속으로 늪물 속으로 빨려 들어갈 듯 앉아 있다.

　　　　　　　　　　　　　　　　　－「늪가에 앉은 소년」 전문 13)

인용시 「늪가에 앉은 소년」은 3연이라는 형식 외에 시조와는 거리가 먼, 언뜻 보기에 자유시에 가까운 작품이다. 이 작품을 사설시조로 볼 경우 과연 사설의 미학이 잘 드러나는가. 이 점이 관건이 된다. 그러나 일반적인 사설의 미학이 충분하게 드러나 있지도 않다. 그렇다고 이 작품을 사설로 규정짓지 않을 수도 없다. 엄연히 초정은 이를 시조에 분류

해 넣고 있기 때문이다. 시조라면 사설시조인데 정작 초정은 사설을 구분하지 않았다. 사설시조도 당연히 시조의 하나라고 생각했을 것이며 더욱이 삼행시란 용어로 이를 포괄하여 명명했다. 그렇다면 과연 초정이 생각한 시조는 어떤 형태였을까. 우선 초정은 삼장의 구분은 비교적 명확히 했다고 판단된다. 다만 그것을 '장(章)'으로 부르는 것을 꺼렸다. '행(行)'으로 부르기를 원했다. 초정이 생각한 '행'은 시조의 일반적 형식 개념인 '장'과는 어떻게 다른가. '장'은 '행'처럼 산술적인 개념이 아니다. 말하자면 초장과 중장과 종장의 역할이 각각 구분된다. 흔히들 초장은 풀고 중장은 연결하고, 종장은 맺는, 그래서 종장은 시조의 열매요 핵이라고들 말한다. '행'이라고 했을 경우 이러한 구분을 포기하는 것이 된다. '장'이라는 개념보다 각 행은 더 동등한 지위를 갖게 된다. 동시에 그것은 시조보다는 시의 작시 원리에 따라 창작되는 것을 말한다. 이를테면 4행시나 8행시처럼 3행시가 존재하는 것이 된다. 그러나 3행시라 할지라도 시조처럼은 아니지만 일반적인 작시의 창작 원리인 3단 구성을 취한다고 보는 것이 옳지 않은가. 동시에 종장에 해당되는 3행에서 갖는 형식적 규율도 무의미하게 된다. 지켜도 되지만 반드시 지킬 필요는 없어지게 된다. 아주 불가피하다면 그것도 가능한 것이라고 보았다. 간혹 초정의 작품에서 종장 첫 음보가 어긋나는 경우가 존재하는 것도 이런 점에서도 이해가 가능하다.

그렇다 하더라도 인용 작품이 우리가 보는 보편적인 시조 개념을 확실하게 벗어나는 것이라면 문제가 된다. 이 작품을 과연 사설시조로 볼 수 있을 것인가. 각 장은 어떠한 법칙을 가지고 늘어나고 있는가. 우선 초장만을 살펴보기로 하겠다.

생시엔 꿈도 깰 수 없어, / 연방 내려쬐는 뙤약볕은 무섭
도록 고요하다. // 혼자 뒤처진 한 소년이 늪가에 앉아 /
피라미새끼 노니는 것을 보고 있다. ///

휴지부를 고려하여 그 의미 구조를 나누어 보면 이렇게 네 마디로 구
분된다. 사설시조가 평시조의 늘어난 형태로 본다면 사보격(四步格)이
네 마디로 늘어난 것으로 볼 수 있다. 중장과 종장도 역시 네 마디로 나
뉘진다. 종장에서의 절대적 개념인 3자도 어긋나지 않고 있다. 더욱이
중장과 종장 사이에서 보게 되는 극적 전환도 시조다운 맛을 더해 주고
있다. 사설시조로 보지 못할 하등의 이유가 없다.
　초정의 이러한 시조에 대한 개방적 개념은 어디서 연유한 것일까. 이
의 실마리가 되는 작품을 한 편 보기로 하자.

이런들 어떠하오리 저런들 어떠하오리 술을 딸아 권하오거날
백사가(百死歌) 읊으오시며 그 잔을 돌리오시다.
그 몸이 아으 죽고 또 죽고 천만 번을 고치
오셔도 한 번 간(肝)에다 사기온 뜻은 굽힐 길이 없드오이다.

아으 그 노래 읊으온 뒤에 반천 년도 하로온 양
오로다 왕씨(王氏) 이조(李朝)도 한길로 쓸어져 꿈이도이다.
임 한 번 베오신 피가 돌이 삭다 살아지오리
돌 난간마자 삭아지어도 스며오신 붉은 그

마음은 흐릴 길이 없으리오리다.

-「선죽교」 전문

　이 작품은 첫 시조집 『초적』에 실려 있는 작품이다. 이 시조집 전편 중 유일하게 평시조에서 벗어난 작품이라고 할 수 있다. 이 작품의 구조는 어떻게 보는 것이 합리적인가. 이 작품 역시 사설시조 두 수로 보는 것이 가능하다. 초장은 1행과 5,6행, 중장은 2행과 7행, 종장은 3,4행과 8,9행이 될 것이다.[14) 각 장은 네 마디로 나누어지며, 종장에서의 음보도 정상적으로 이루어지고 있다. 그렇다면 초정은 첫 시집에 어떻게 평시조에서는 크게 벗어난 이와 같은 작품을 수록하게 되었을까. 아마 이러한 형식의 모델에 대한 직접적인 고민과 적극적인 시도는 1956년 『목석의 노래』15)라는 자유시집을 낸 전후로 판단된다. 이렇게 추론할 수 있는 근거는 이 시집 이전의 자유시집들보다 이 삼분구조(三分構造)를 보여주는 작품들이 상당히 많이 나타나고 있기 때문이다.16)

　다음의 작품들도 「늪가에 앉은 소년」과 같은 구조를 가지고 있다. 이를 바로 분구 처리해 보기로 하겠다.

　우리 평생에 이런 날이 며칠이나 될까. / 지금 강변로엔 꾀꼬리빛 수양버들, //머리 푼 세우(細雨)처럼 드리웠다. / 흩뿌리는 시늉으로 천만사(千萬絲) 가지마다 드리워 있다. ///

　휘장에 가리운 외인 묘지. / 저 호젓한 구릉에도 초록빛 사이사이, 흰 묘비 사이사이, 연요꽃 노오랗게 어우러졌다. // 브로크 담장 밖엔 살빛

분홍꽃도 / 조금씩 조금씩 초친 듯이 번져난다. ///

여기는 절두산(切頭山) 드높인 성당, / 낭떠러지 받쳐든 위태로운 난간을 기대선다. // 삶과 죽음마저 남의 일처럼 굽어보기에 알맞은 곳, / 살아있는 외로움이 뼈에 사무친다. ///

-「화창한 날」 전문17)

옛날 옹기장수 순(舜)임금도 지나가고, / 안경알 닦던 스피노쟈도 지나가던 길목. // 그 길목에 한 불우의 소년이 앉아, / 도장을 새긴다. ///

전황석(田黃石)을 새기다 전황석의 고운 무늬 눈에 재우고, 상아를 새기다 상아의 여문 질(質)을 손에 태운다. / 향목도 회양목도 마저 새겨, 동글한 도장, 네모난 도장, 온갖 도장을 다 새긴다. // 하고 많은 글자 중에 사람들의 이름자, 꽃 이름 새 이름도 아닌 사람들의 이름자, / 꽃 모양 새 모양 전자체(篆字體)로 새긴다. ///

그 소년, 잠시 칼질을 멎고, / 지나가는 얼굴들을 바라본다. // 그 많은 얼굴 하나같이, 지울 수 없는 도장들이 / 새겨져 있다. 찍혀져 있다. ///

-「도장(圖章)」 전문18)

「화창한 날」과 「도장」은 모두 각 장이 늘어난 사설시조 한 수로 이루어진 작품이다. 그러므로 이들 작품은 자연 삼분구조(三分構造)를 가지고 있는데 시에서는 보기 힘든 정제된 시상과 호흡의 완급 조절이 효과적으로 잘 드러나고 있다. 정제된 시상은 평시조의 각장이 가지고 있는 본래적 성격, 풀고 이어서 맺는 특징적 요소에서 기인한 것이라고 볼 수 있다. 그렇지만 평시조의 이러한 속성은 자주 반복하다 보면 단조로울 수밖에 없다. 이 단조로움을 사설시조는 '사설'이라는 형식으로 엮어 낸다. 반복과 열거, 그리고 이를 절정으로 몰고 가는 수사법이 이에 해당된다고 볼 수 있다. 호흡의 완급을 필연적으로 동반하게 된다. 「화창한 날」의 중장에서는 "사이사이"의 반복이나, "외인 묘지," "구릉," "흰 묘비," "브로크 담장" 등의 공간, "초록빛," "흰," "노오랗게," "살빛" 등의 색감의 열거는 상당히 호흡을 빠르게 만들고 있다. 「도장」의 경우 중장에서 이 점이 더 확실하게 드러난다. 호흡의 완급은 산문시의 형식적 조건을 규정하는 하나의 기준일 수 있다는 점에서 주목해 볼 필요가 있다. 이 사설시조의 삼분 구조를 활용하여 초정은 시와의 넘나듦을 자주 시도한 것으로 보인다.

언제나 이맘때면 / 담장에 수를 놓던 담쟁이 넝쿨. // 그 병(病)든 잎새 넝쿨마다 / 매달린 채 대롱거린다. //

가로의 으능나무들 헤프게 흩뿌리던 그 황금의 파편, / 이 또한 옛날 얘기. // 지금은 때 묻은 남루 조각, 앙상한 가지마다 걸려 있다. / 추레하게 걸려 있다.

멸구에 찢긴 논두렁은 허옇게 몸져눕고, / 사람 같은 사람은 벌레만도 못해 / 이젠 마음놓고 / 한 번 울어볼 수도 없다. ///

초정은 이 모든 작품을 3행시의 한 형태로 보았다. 3행시는 다시 말해 사설시조까지를 포함한 개념이라 할 수 있고, 그것은 때에 따라 아주 엄격하게 「제기」처럼 축약의 형태를 가질 수도 있고 인용한 작품들처럼 늘어날 수도 있는 독특한 구조를 가졌다고 볼 수 있을 것이다. 초정은 상당히 오랜 기간 동안 이 문제를 고민하고 있었던 것으로 보인다. 왜냐하면 이 작품들은 대개 초기 시집들에도 나타나고 있기 때문이다. 이 형태적 실험을 통해 시조가 갖는 한계를 극복하고자 부단히 노력했다고 볼 수 있다.

이 모든 것의 결산인 듯 보이는 작품이 바로 「느티나무의 말」이다.

바람 잔 푸른 이내 속을 느닷없이 나울치는 해일이라 불러다오.

저 멀리 뭉게구름 머흐는 날, 한 자락 드높은 차일이라 불러다오.

천년도 눈 깜짝할 사이, 우람히 나부끼는 구레나룻이라 불러다오.
-「느티나무의 말」 전문[19]

이 작품의 종장을 시조 형식을 감안하여 가장 합리적으로 나누어 보면 다음과 같이 구분 된다.

천년도 / 눈 깜짝할 사이, // 우람히 나부끼는 /

구레나룻이라 불러다오. ///

이런 이유에서 초장과 중장도 이와 같은 율독 구조를 가지고 있다고
볼 수 있다. 다시 말해 "바람 잔 푸른 이내 속을 / 느닷없이 나울치는 //
해일이라 / 불러다오. ///"로 나누어지는 것을 의도적으로 제어하고 있
다는 것이 된다.[20]

이를 고려하여 율독할 경우 우리는 이 작품을 통하여 여러 의미를 추
출해 볼 수 있다.

장별	첫 마디	둘째 마디	셋째 마디	넷째 마디	사상의 전개
초장	바람 잔	푸른 이내 속을	느닷없이 나울치는	해일이라 불러다오.	시인 자신
중장	저 멀리	뭉게구름 머흐는 날,	한 자락 드높은	차일이라 불러다오.	외부
종장	천년도	눈 깜짝할 사이,	우람히 나부끼는	구레나룻이 라 불러다오.	자연
사상의 전개	시간성 (유한→무한)	공간성 (원경→근경)	동작 (급→완→유장)	동작의 결과 (자연→외부→ 시인 자신)	

각 장의 사상의 전개를 보면 시인 자신→외부→자연으로 그 의미가 확
산되고 있으며, 이에 따라 시간적인 측면에서도 유한성→무한성으로, 동
작도 급→완→유장의 흐름으로 나타나고 있는 반면, 공간성이나 동작의
결과는 원경→근경, 자연→ 외부→시인 자신으로 좁아지고 있는 구조를
보여 주고 있다. 시인은 느티나무를 매개로 하여 세월의 유장함과 인간
존재의 유한성을 나타내고자 했을 것이다. 이를 위해서 공간성이나 동작
의 결과를 시인 자신으로 옮겨오면서 시적 설득력과 완결성을 확보하고

있다고 판단된다. 말하자면 초정은 이 한 편을 통해 시조가 갖는 3장의 의미를 보다 명확히 보여 주고자 했던 것이다.

5. 결론

지금까지 우리는 초정 시조의 형식적인 면을 살펴보았다. 초정의 시조 형식 장치를 요약하면 엄격과 일탈이라고 할 수 있다. 둘은 서로 다른 기제임에 분명하나 초정의 경우는 이를 나름대로의 시조에 관한 창작법으로 소화해 냈다. 초정은 삼 장의 구분은 비교적 명확히 했지만 그것을 '장'으로 부르지 않고 '행'으로 부르기를 원했다. 초정이 생각한 '행'은 '장'을 풀어 헤치는 개념이 아니라 오히려 시에서의 삼행시로서 갖는 완결 구조에 충실하려고 했다는 점이다. 동시에 '장'이 갖는 형식적 제약을 최대한 보완하려고 했다. 그런 의미에서 과감한 축약의 형태를 보이고 있는 「제기」도, 필요한 부분에서는 과감히 이완을 허용하고 있는 「느티나무의 말」도 그 분명한 이유를 가지고 있는 것이다. 결론적으로 초정의 '삼행시론'은 천편일률적으로 획일화되고 있는 시조 형식의 운용폭을 극대화시킨 주체적 노력으로 볼 수 있다고 판단된다. 이를 어떻게 수용, 변용할 것인가는 별개의 문제이긴 하지만 중요한 사실은 현대 시조 100년을 맞이한 오늘의 시조단은 초정이 작품으로 던진 질문에 진지한 답을 찾는 노력을 가져야 할 시점에 놓여 있다는 점이다.

1) 1920년대 프롤레타리아 문학에 대응하는 민족 문학으로서의 시조에 가치를 두고 시조 부흥 운동을 일으키려고 노력한 육당 최남선, 가람 이병기, 노산 이은상, 조운 조주현 등이고 이들의 뒤를 이어 초정 김상옥, 월하 이태극, 백수 정완영 등이 현대 시조의 맥을 이어오고 있다. 그런데, 최남선을 필두로 100년이 가까운 현대 시조의 연구 결과를 보면, 미진한 바인데, 그나마 개화기 시조와 육당, 가람, 노산 등의 현대 초기 시조 연구에 많은 부분이 할애되었다. 김민정, 「현대 시조의 고향성 연구-김상옥, 이태극, 정완영을 중심으로」, 성균관대 박사 논문, 2003, 7-8면.

2) 2005년 9월에 간행된 김학동 외 9인의『한국 전후 문제 시인 연구 02』(예림기획)에 발표한 논문 최현주의 「인고와 도야로 이룬 육탈의 미학-김상옥론」에서 초정에 대한 연구사를 정리한 것을 보면, 학위 논문 1편(나재균, 「김상옥 시조 연구」, 한국 교원대 대학원 석사 논문, 1998. 2)과 소논문 4편(신용대, 「김상옥 시조 연구」, 『충북 대학교 국문학 논문집 23』, 1982, 임선묵, 「초적고」, 『단국대 국문학논집』, 1983. 11, 정혜원, 「김상옥 시조의 전통성」, 『한국 현대시가연구』(일지사, 1983), 유성규, 「초정 김상옥의 시 세계」, 『시조생활』(1989. 여름))이다. 최현주 논문의 연구사에 누락된, 공동 연구로 김민정의 앞의 논문과 부분적으로 다룬 것으로는 오성희, 「현대 시조의 공간 연구」, 동아대 박사논문, 1991, 주강식, 「현대 시조의 양상 연구」, 동아대 박사 논문, 1990, 홍성란, 「시조의 형식 실험과 현대성의 모색 양상 연구」, 성균관대 박사 논문, 2004. 10 등과 문예지 등지에 발표된 평론이 더러 있다.

3) 최현주, 앞의 논문.

4) 첫 시조집『초적』에 수록된 「영어」라는 시조에는 수감 당시의 심정을 잘 드러내고 있다. 초정은 일제에 세 번이나 체포되었지만 한 번도 정식 재판을 받지 않아서 기록은 남아 있지 않다. 초정은 통영경찰서 미결감에서 겪었던 옥고 이야기를 하면서 "나는 독립 투사도 아니고 애국 지사도 아니었다. 이 땅의 젊은이로서 시대의 아픔을 함께 했을 뿐이다. 애국 지사나 독립 투사들의 희생에 비하면 내 고생은 아무 것도 아니었다"처럼 자신의 옥고를 내세우지는 않았지만, "왜놈이 싫어서 왜놈 말은 배우지 않았다"고 할 만큼 그의 민족 의식은 젊은 시절부터 그의 성품처럼 올곧았다. 김재승, 「초정 김상옥 선생님과의 반세기」, 초정 기념회, 『그 뜨겁고 아픈 경치』(고요아침, 2005), 224-225면.

5)『초적』재간본, 동광문화사, 2002, 15면.

6) 1)의 책, 33면.

7) 아직 이에 대한 자세한 이론은 아직 체계화되어 있지 않다. 그러나 우리말의 구조상 일반적으로 각 구의 무게 중심은 뒤 음보에 있다는 것이 무리한 발상은 아니다. 인용한 작품의 부분을 보아도 이 점은 이해가 된다."헐벗은 가지에도 흐뭇이 꽃은 벌고"(「눈」둘째 수 초장)에서도 "가지에도"나 "꽃은 벌고"에 중심을 두고 있으며 "헐벗은"이나 "흐뭇이"는 이를 설명하는 보조 역할을 하고 있음이 주목된다. 이에 대하여는 보다 면밀한 연구 작업이 필요하다.

8) 「봉선화」에서는 "울까 웃으실까," 「물소리」에서는 "가슴 도로 설레라"에서 각각 어순이 도치되어 있으며 후자는 자수를 맞추기 위해 조사가 생략되고 있다.

9) 3장 6구의 보편화된 개념으로 시조의 형식 장치를 얘기할 때, 전구와 후구가 기계적으로 나누는 것은 가락의 운용 폭을 좁게 만들어 우리 언어의 자연스러움을 방

해하는 경우가 많다. 전구와 후구를 인위적으로 제단하면 자연 언어가 단절되는 듯한 느낌을 배제하기 힘들게 될 뿐만 아니라 단조로움을 면치 못하게 된다. 이를 어떻게 극복하느냐는 시인 각자의 역량에서 근본적으로 차이가 나는 것이지만 이에 대한 논구 또한 시조단에서는 아직 미미한 실정이다.

10) 가람의 〈시조는 혁신하자〉 이래로 연시조를 창작하는 것이 일반화 되어가고 있는데, 각 수의 독립성이 급격하게 무너지고 있는 현상이 현대 시조에서 자주 발견된다. 초정의 각 수 독립의 창작 태도는 새겨 볼 만한 부분이다.

11) 『먹을 갈다가』, 창작과 비평사, 1980, 74면. 『느티나무의 말』, 상서각, 1998, 9면.

12) 초정은 마침표를 포함한 문장 부호를 씀에 대단한 엄격성을 가진 것으로 보인다.

13) 『삼행시 육십오 편』, 아자방, 1973, 40-41면 『느티나무의 말』, 상서각, 1998, 115면

14) 이를 연 구분이 없다고 가정하면 사설시조 한 수로 보는 것도 가능하다. 초장은 1행과 2행, 중장은 3행-7행, 종장은 8행과 9행이다. 이렇게 볼 경우도 각 장은 네 마디로 나누어지고 있다.

15) 『목석의 노래』, 청우 출판사. 1956.

16) 「돌」, 「도서」, 「소년」, 「기억」, 「편지」, 「틈」, 「좌석」, 「풍경」, 「승화」1 등이 산문시로서 이러한 3분 구조를 가지고 있다. 이 중 「소년」은 인용 작품과 전개 방식이나 시적 공간이 아주 유사하다.

17) 『먹을 갈다가』, 창작과 비평사, 1980, 23면.

18) 『삼행시 육십오 편』, 아자방, 1973, 36-37면.

19) 『느티나무의 말』, 상서각, 1998, 16면.

20) 만약 이를 수용할 경우 첫 마디에서 "푸른 이내 속을"이라는 것까지 다 얘기하는 것은 호흡의 율격상 상당히 벅차다. 왜냐하면 "푸른 이내 속을"이라는 마디는 시의 전개상 중심 시어군이 속한 부분이기에 그렇다. 이것만으로도 한 마디가 충분한 내용을 담고 있다. 중장에서 이에 해당되는 "뭉게구름 머흐는 날" 역시 마찬가지로 볼 수 있다. 이런 점을 고려하면 초정은 시조의 한 마디에 들어가는 부분을 내용까지를 고려하고 있다는 얘기가 된다.

초정 김상옥 시의 변모 과정과 미학

구모룡

1. 머리말

초정 김상옥의 시와 삶과 예술은 서로 분리되지 않는다.[1] 그의 삶은 시와 예술의 구경(究竟)을 추구하는 과정에 다를 바 없었다. 어쩌면 그는 시서화 일체론을 추구한 마지막 선인이라 할 수 있을 것이다. "시가 문자 예술의 가장 꽃다운 것이라면, 도자는 또한 조형 예술의 가장 아리따운 모습이다." 그의 예술론이 담겨진 『시와 도자』(아자방, 1975) 「자서」에서 한 말이다. 그가 평생 추구한 것은 아름다움이다. 그 어원을 따질 때 미(美)와 선(善)은 같다. 아름다움에 대한 추구와 선함에 대한 추구가 다르지 않았던 것이다. 초정의 미학 또한 이와 같아서 삶의 지향이 아름다움에 모아진 것이다. 그렇다면 그에게 아름다움은 무엇인가? 생에 대한 것이든 미에 대한 것이든 자명한 정의는 있을 수 없다. 다만 그에 대한 의미를 찾아가는 과정이 중요할 터인데 초정 문학이 빛나는 대목이 이러한 과정에 있다. 생의 마지막 순간까지 그는 아름다움에 대한 추구를 멈추지 않는다.

초정이 남긴 저서는 모두 14권이다. 이 가운데 앞서 말한 산문집『시와 도자』를 제외한 13권이 모두 시집이다.『시조 시집 초적(草笛)』(수향서헌, 1947);『김상옥 시집 고원(故園)의 곡(曲)』(성문사, 1948);『초정 시집 이단의 시』(성문사, 1949);『초정 동시집 석류꽃』(현대사, 1952);『김상옥 시집 의상(衣裳)』(현대사, 1953);『김상옥 시집 목석의 노래』(청우출판사, 1956);『시와 동요로 엮은 꽃 속에 묻힌 집』(청우출판사, 1958);『김상옥 시집 삼행시 육십오 편』(아자방, 1973);『김상옥 시집 먹을 갈다가』(창작과비평사, 1980);『김상옥 시화선집 향기 남은 가을』(상서각, 1989);『김상옥 시집 느티나무의 말-정형시의 비정형적 묘를 만끽하는 시』(상서각, 1949);『초정 팔순 기념 육필 시집 눈길 한번 닿으면』(만인사, 2000);『김상옥 시조집 촉촉한 눈길』(태학사, 2000). 13권의 시집들에서 먼저 주목되는 것이 표제를 수식하는 말들이다. 마지막 13권째가 우리 시대 현대 시조 100인선 기획으로 간행된 것이어서 시인의 의도와 무관하게 시조집이라 명명한 것을 감안할 때 여타의 것들에 이처럼 시조집으로 명명된 것이 없음을 알 수 있다. 첫 시집에서 그는 시조 대신 시조시라고 표기하며 제8시집에서는 삼행시라는 용어를 내세운다. 또한『느티나무의 말』의 표제 아래 놓아 둔 "정형시의 비정형적 묘를 만끽하는 시"라는 부언을 주목하게 한다. 그는 시조·동시·자유시의 경계를 두지 않고 모두 같은 시의 범주 안에서 인식한다. 이러한 장르 인식에서 김상옥 문학의 몇 가지 특징을 유추해 볼 수 있다. 먼저 그가 특별히 근대의 자유시를 의식하지 않았다는 것이다. 이러한 의식이 있었다면 시조와 시의 갈등 없는 공존은 불가능했을 것이다. 그에게 시는 삶을 그리고 마음을 표현하는 형식이라 할 수 있다. 그는 자신의 삶과 마음을 나타내기에 가장 적합한 형식들을 자유롭게 선택한다. 다시 말해서 그는 삶과 분리된 미적 형식을 추구하기보다 생활 속에서 다양한 형식을 창출하는 과정을 보인다. 마치 민예의 전통이 그렇듯이 삶의 과정과 시의 과정은 연속성을 지닌다. 도공이 흙을 빚어 도자를 구워 내듯이 그는 생활 속에서 시를 써 낸 것이다. 또한 그는 도공이 그러하듯 가장 아름다운 시를 낳기 위한 노력을 멈추지 않는다. 이러한 가운데 시조는 형식적 완결미로 그를 자주 유인한다. 그 또한 이러한 미적 경사를 불균형으로 보지 않는다.

초정의 문학에서 단연 빛나는 영역은 두루 알려져 있듯이 시조다. 시조에서 출발한 그의 문학은 시조의 중력장을 벗어나지 않는다. 하지만 많은 산문시들이 말하듯 그에게 시조의 중력은 그의 문학적 자유를 구속하지 않는다. 이는 우리가 나날이 딛고 사는 땅으로부터 중력을 느끼지 않는 것과 같다. 그만큼 그의 문학에서 시조는 중요한 터전이다. 앞서 말한 바처럼 시조에 바탕한 그의 시적 자유는 경계를 만들지 않는다. 그럼에도 삼행 정형시에서 산문시에 이르는 그의 시적 진자 운동이 가지는 의미는 전자의 미적 지향에 비하여 후자에 이르러 생활과 현실에 대한 발언이 커짐을 알기 어렵지 않다.

2. 들길을 그리는 망명자

초정의 문학적 행보는 1936년 조연현과 함께 『아(芽)』의 동인이 되는 데서 시작된다. 1936년에서 1939년 사이에 초정은 송맹수 · 김기섭 · 장응두 · 윤이상 등과 일경에 피체, 세 차례의 옥고를 치르기도 한다. 또한 이 시기 그는 향리에서 남원서점을 경영하는 한편 1938년 김용호·함윤수 등과 『맥(貘)』의 동인으로 참여하면서 「모래알」(3집), 「다방」(4집) 등을 발표함으로써 시인의 면모를 드러낸다. 이러한 그가 공식적으로 문단에 데뷔한 것은 『문장』에 시조 「봉선화」가 가람 이병기에 의해 추천된 1939년 10월이다. 실질적인 등단작으로 알려진 「봉선화」는 다음과 같다.2)

비오자 장독간에 봉선화 반만 벌어
해마다 피는 꽃을 나만 두고 볼 것인가
세세한 사연을 적어 누님께로 보내자

누님이 편지 보며 하마 울가 웃으실가
눈앞에 삼삼이는 고향집을 그리시고
손톱에 꽃물 들이던 그날 생각하시리

양지에 마주앉아 실로 찬찬 매어주던
하얀 손 가락가락이 연붉은 그 손톱을
지금은 꿈속에 본 듯 힘줄만이 서노나

소박하면서도 진솔한 서정의 품격을 갖춘 작품이다. 선자 이병기는 이 작품에 대하여 다음처럼 평한다: "봉선화! 이 꽃을 보고 누님을 생각하고 누님과 함께 자라나던 옛날을 생각한 것이 또한 봉선화 모양으로 연연하기도 하고, 아기자기하기도 하고, 그리고 서글프기도 하다. '하얀 손

가락가락이 연붉은 그 손톱을 / 지금은 꿈속에 본 듯 힘줄만이 서노나'
하는 것이 얼마나 그립고 놀라운 일이냐. 이런 정이야 누구나 가질 수
있지마는, 이런 표현만은 할 이가 그리 많지 못할 것이다. 타고난 시인
이 아니고는 아니 될 것이다. 쓰는 말법도 남달리 익숙한 바, '삼삼이는'
과 같은 말을 쓴 건 그 묘미를 얻은 것이다. 항용 말을 휘몰아 잘 쓰기도
어려운바, 한층 더 나아가 새로운 말법―우리 어감, 어례(語例)를 새롭게
살리는 말법을 쓰는 것이 더욱 용하다. 그러나 앞으로 더 양양한 길이
있는 이 시인으로서 다만 봉선화 시인으로만 그치지 말기를 바란다." 가
람의 말처럼 초정은 봉선화 시인으로 그치지 않고 앞서 언급한 대로 시
조, 동시, 자유시의 세 영역을 넘나든다. 습작기 장르 선택의 선후는 그
리 분명하지 않으나 공식적인 출발은 시조라 할 수 있다. 그런데 초정의
시 세계를 접하는 처음 관문은 등단작 「봉선화」보다 『맥』 3집에 실려 있
는 「모래 한 알」이 아닌가 한다.

    본디 너 어느 해중(海中)의 크나큰 바위로
    파도의 청아(靑牙)에 깨물린 천겁(千劫)의 가진 풍상을
    이제 여기서 다시금 회상하누나.

    저 밀려오는 조수의 포효!
    반항도 없으나 굴종 또한 없었거니,

    몸은 닳고 쓸리어 적어만 가도
    너 마음 한없이 한없이 넓어만 져,

그리고 또 알았노니
쓸모 없이 육중한 체구는 모조리 모조리 내던지고
오직 참된 영혼만을 가지려는
오오 너의 의도(意圖)여.

말할 것도 없이 이 시의 언어나 정서 그리고 경험 유형이 「봉선화」보다 낫다고 할 수 없다. 그럼에도 이 시가 주목되는 것은 사물에 대한 태도다. 시인은 모래로부터 "참된 영혼"의 결정을 발견하고 있다. "반항도 없으나 굴종 또한 없는," 그러나 "참된 영혼만을 가지려는" 생존의 유형, "몸은 닳고 쓸리어 적어만 가도" "마음"은 한 없이 넓어져 가는 존재의 논리를 본다. 소위 '수동적 적극성'의 한 형태로 이해될 수 있는 이러한 태도는 명철보신이 아니라 난세를 피하여 그 뜻을 기르는 선비의 의지와 연관된다 하겠다. 이러한 초정의 입장은 그의 시와 삶에서 지속의 원리로 나타난다. 초정은 변화보다 지속을 삶과 시 그리고 예술의 원리로 삼은 것이다.

일제 시대 초정에게 시는 망명처와 같았다. 함흥으로 원산으로 삼천포로 전전하는 가운데 그의 시는 신산한 삶을 위로하고 지켜 주는 등불이었다. 초정은 첫 시집 『초적』 후기에서 "왼갖 거짓과 불의의 속에 살아도 다시 그것 없는 곳에 따로 조고만 푸른 하늘을 가지자니 어찌 망명 같은 외로움과 괴로움이 없겠사옵니까"라고 토로하고 있다. 초기시는 망명자의 염결성과 고절감을 동시에 드러낸다. 초정은 처음부터 염결주의를 가장 중요한 지향으로 삼는다. "그러나 이 그림자같이 따르는 거짓을 무슨 수로 벗어나겠나이까. 거짓을 버리자는 나의 시도 그대로 허울이거든 아아 나의 시여! 언제나 너의 본연한 모양으로 나타나리. 내 몸이 완전히 거짓을 벗어나는 날 이 시도 참된 넋의 속삭임이 될 줄로 아옵니다." 이처럼 그는 부지불식간에 그림자처럼 따라오는 거짓을 끊임없이 지우려 한다. 또한 거짓을 지우려 하는 행위 속에 깃들 수 있는 자기 연민이라든가 자기 도취의 거짓조차 경계한다. 그에게 시는 염결한 삶을 살아가는 과정이자 그 궁극적 도달점인 것이다.

> 달빛에 지는 꽃은 밟기도 삼가론데
> 취하지 않은 몸이 걸음조차 비슬거려
> 이 한밤 풀피리처럼 그를 그려 울리어라
>
> ―「춘소(春宵)」 전문

초정은 섬세하고 맑은 마음의 소유자다. 달빛에 꽃 지는 봄밤의 정서를 이처럼 깊은 울림으로 표현하기 쉽지 않을 것이다. 가람은 이러한 초정의 시조를 일러 첫 시집 서문에서 "그 다정다감한 정은 새로 피어나는 풀잎과 종달새 노래와도 다름이 없다"라고 했다. 김동리는 초정의 첫 시집 발간을 두고 "8·15해방의 종소리는 드디어 그의 괴나리보따리 속에까지 비치게 되어 잃었던 풀피리 39곡의 순박하고 청아하고 신묘한 운율을 다시금 세상에 들려 주게 된 것이다"라고 했다.[3] 그러나 초정은 시를 위해 시를 쓰지 않았다. 그의 시는 그의 삶 속에서 씌어졌다. 따라서 그는 시를 삶과 분리시키는 미학주의를 선택하지 않는다.

초기 초정 시학의 밑자리는 본디 체험이다. 그의 시는 원체험의 공간을 지향한다. 고향, 유년, 동심의 세계는 그에게 훼손되지 않은 가치를 대변한다. 이는 나라 없는 상실의 시대를 산 시인의 의식 현상과도 결부된다. 그에게 고향은 있는 사실이 아니라 있어야 할 당위에 다름없다. 그래서 그의 시는 원초적인 유토피아에서 비롯하는 상실과 희망의 노래다.

온 세상 뜰안인 양 포근히도 고요한 날!
저 하늘 푸른 속에 깊숙이 숨었다가
흰 날개 고이 펼치고 춤을 추며 나리네

헐벗은 가지에도 흐뭇이 꽃이 벌고
보리 어린 이랑 햇솜처럼 덮어주고
오는 철 새로운 봄을 불러오려 하느냐

깃드는 추녀끝에 낙수소리 들리거든
참고 견딘 치움 헌옷처럼 벗어두고
우리네 헐린 살림을 다시 가꿔 보리라

-「눈」 전문

이 시의 눈 내리는 겨울날의 정황은 초정의 의식을 잘 대변한다. 춥고 메마른 풍경을 일신하는 눈이야말로 희망의 표상일 수 있다. 눈은 먼저 1연이 말하듯 대지에 대한 하늘의 축복이다. 이러한 축복에 2연처럼 대지는 희망에 부푼다. 이러한 과정에서 새로운 삶에 대한 기대를 드러내는 3연은 당연한 귀결이다. 순환하는 계절에서 봄은 희망의 상징이다.

겨울이 가고 봄이 온다는 자연의 원리는 인간사의 겨울도 언젠가는 끝날 것이라는 믿음을 부여한다. 자연에 대한 이러한 윤리적이고 정치적인 인식으로 시인은 끊임없이 희망의 징표들을 찾는다.

그런데 현실에 대한 회의주의는 희망의 역설적 의미를 더한다. 두 번째 시집 『고원의 곡』 첫머리에서 시인은 "이끼 푸른 옛 비석의 파편에서는 아득한 신비를 읽을 수 있고 다시 숭고한 사색을 찾을 수 있으나 이 늙고 병든 인간의 말로를 보고 이제 무엇을 구할 수 있으랴 오직 거기엔 절망과 실신(失神)과 차마 발광하지 못하는 기적이 있을 뿐"이라고 쓰고 있다. 해방 공간의 상황에 대한 시인의 입장이 표명되고 있는 셈이다. 시인은 기원으로 돌아가 조화의 지평과 만나기를 희구한다. 현실에 대한 회의가 클수록 이러한 지향 또한 커지게 마련이다. 이 시집 서문에서 시인은 "그러나 어찌 하오리까? 갈수록 험난한 하루하루가 불치의 병같이 짙어가니 오늘의 세태와 인심을 무엇으로 믿으오리까? 세월은 이리도 바쁘건만 차라리 다 버리고 어린 마음으로 돌아가고자 아아 다만 어린 마음으로 돌아가고자"라고 토로한다. 여기서 시인이 그리는 "어린 마음"이 퇴행적 심리를 반영하는 것은 아니다. 무엇보다 파괴된 조화를 그 본디의 마음으로 돌아가 복원하자는 희망이 스며 있는 것이다. "어린 마음이란 잃어진 인간성의 그리운 고향이요 고독이어니 사랑하는 이여! 밤이면 장대를 들고 별을 따려던 그날—별처럼 눈시울에 나타나는 그날을 향수(鄕愁)함이 아아 얼마나 빛을 찾아 목마르는 마음이오리까?" 해방된 조국의 현실에서도 초정은 다시 망명자의 향수와 고독을 느끼지 않을 수 없었다.

버꾹버꾹
산척촉(山躑躅) 흩어진 골
으늑한 골
어디매 사나 버꾹버꾹

잠결처럼 들리는
버꾸기 울음
벌목소리 아니라도 산은 깊어라

어느덧 푸른 그늘
휘드린 속을 털어서
흐르는 개울
흐르는 굽이마다 현을 퉁기고

다시 또 인적 없고
멀리서 우는 솔바람
오직 하나 남은
낙목(落木) 한천(寒天)의 소슬한 기척……

머흐는 구름 밑에
피던 들국화
슬어진 구름처럼 고이 지고

쌓이는 가랑잎에

날과 밤 묻히어

그 위에

다시 한 겹 눈보라 덮고

이제는 진하여

싸느란 죽음의 침상 위에

그는 홀로 누웠으라

－「적막」전문

  이처럼 시인은 고향, 들길, 자연에서 진정한 의미의 세계를 찾는다. 마치 하이데거가 의미를 부여한 고향과 들길처럼 그 또한 여기서 사물들이 내는 소리에 귀 기울이고 살아 있는 존재들이 발하는 아름다움에 교감한다.4) 그러나 목전의 현실은 이처럼 단순 소박한 원초적 조화를 잃고 훼손되어 가고 있다. 시인은 이러한 현실 속에서 본래적인 것, 조화로운 것, 근원적인 것들의 흔적과 징표를 시에 담는다. 망명자의 위치에서 초정은 끊임없이 상실된 유토피아의 흔적들을 추적한다. 이러한 그의 감정 유형은 한편으로 상실로 인한 슬픔과 다른 한편으로 희망의 발견이 주는 기쁨이 교차한다. 이러한 감정은 사물과 사람에 대한 본질적인 사랑과 구별되지 않는다. 시인이 본질적인 연관 관계를 꿈꾸고 있기 때문이다. 초정은 존재와 존재가 서로 스며드는 관계를 추구한다.

파르란 하늘 밑

드리운 포도

알알이 하늘 속
숨긴 이야기

만지면 문질리는
엷은 분결

검붉은 빛 터질 듯
물이 실리어

살긋이 한 알 따
입에 머금고

어린 걸 품어 안고
입 맞추면

발갛게 젖은 입술
꿀같이 달아

마음속 오랜 상처
절로 아물고

새로운 즐거움은

샘으로 솟아

포도처럼 조롱조롱
고이는 눈물

-「포도」 전문

초정 시학의 기저를 잘 드러내는 작품이라 할 수 있다. 포도알처럼 스
며드는 원초적 동일성은 그의 시적 지향이다. "복된 안식"과 "의초로운
단란"(「멧새알」)은 시적 지향이 열고자 하는 세계상의 내용들이다. 그런
데 시인은 이러한 세계에 대한 갈망과 그것의 부재로 인한 상실감을 동
시에 드러낸다. 이러한 의식은 시인이 처한 상황적 조건에 연유하는데
가령 「저문 들길」에서 다음처럼 표출되고 있다.

외막 끝에
초승달 걸려 있고

머언 산 밑
꿈 같은 저 마을은
누가 사는지

안개 밖에
호롱불 눈물 머금고

그리운 고향처럼
다소곳이 엎드린 초집

들국화 흩어져
떠오르듯 환하게
저문 들길은

몸 둘 데 의지 없는
괴나리 봇짐 하나

가도 가도
아득한 풀벌레 소리……

이처럼 시대로부터 망명자가 된 시인에게 들길은 고향의 표상이자 고향을 잃은 나그네의 서러움이 배인 장소다. 하지만 시인은 들길을 통하여 존재의 진정한 소리를 듣는다. 초정 김상옥의 서정 시학은 존재의 소리에 다름아니다.

3. 고원(故園)에의 꿈과 이단의 세월

『고원의 곡』에서 타고르의 영향은 주목된다. 앞서 만해와 석정의 시적 발상을 도운 타고르는 초정의 경우에도 나타난다. 보다 세심한 비교 연구로 드러나겠지만 타고르는 초정의 시적 갱신에 일정한 매개가 된 것으로 보인다. 어머니와의 대화 양식과 원정 서사의 등장은 타고르 시와의 관련성을 짐작하게 한다. 또한 첫 시집과 다르게 뚜렷하게 부각되고 있는 산문시형에서 타고르를 매개한 시적 서술과 만나게 된다. 「술래잡기 2」는 "시성 타고르의 「참바꽃」에 화답함"이라는 부제를 제시하고 있기도 하다. 「참바꽃」은 타고르의 시집 『초승달』에 실려 있는 시다. 화자인 '나'와 어머니의 육친애를 그리고 있는 이 시가 말하고자 하는 바는 원초적인 관계가 주는 행복이다. 초정의 「술래잡기 2」는 타고르의 「참바꽃」에 대한 화답이다. 따라서 타고르의 시적 메시지를 전적으로 수용한다. 달리 초정의 「술래잡기 2」는 「참바꽃」의 한국적 번안이라고 해도 과언이 아니다. 그만큼 초정은 동심을 그릴 때 타고르에 공감하고 있는 것이다. 말할 것도 없이 어린이가 마땅히 지녀야 할 마음의 조건으로서의 동심이라는 개념은 없다. 이러한 개념은 어린이의 사회성을 부정하는 어른들이 만든 제도로서의 동심에 불과하다. 제도와 규율의 대상이 된 어린이라는 관점에서 동심은 허구일 가능성이 많다. 소위 동심 천사주의, 동심 순결주의가 내포한 한계다. 하지만 당대를 악으로 인식하는 현실 부정 의식으로서의 동심이라는 시적 지평이 있다. 타고르와 초정에게 동심은 어린이들이 지니고 있거나 지녀야 하는 마음이 아니라 인간 본연의 마음에 대한 등가물이다. 초정은 이러한 시적 입장에서 제4시집 『초정동시집 석류꽃』을 묶기도 한다. 하지만 그는 엄격하게 시와 동시의 경계를 구분하지 않는다. 동심과 시심이 다르지 않기 때문이다. 이러한 사실은 제7시집 『시와 동요로 엮은 꽃 속에 묻힌 집』의 편집 태도5)에서 잘 드러난다. 가령 이 시집에 실려 있는 「박꽃」은 타고르에 화답한 「술래잡기 2」와 상호텍스트적 연관성을 지닌다. 「참바꽃」에서 어린 아이 화자—

참바꽃 그리고 어머니의 관계가 「술래잡기 2」에서 어린 아이 화자–박꽃 곁의 반딧불 그리고 어머니의 관계로 변주된 것이 「박꽃」에 이르러 다음 처럼 표출되고 있다.

저녁 어스름 속에
박꽃이 핀다.

반딧불이 어둠을 흔들며
박꽃 속에 숨으면,

점점이 하얀 박꽃
보오얀 둘레로 떠오른다.

누군지 마루에 앉아
다리미질을 한다.

다리미에 담긴 숯불이
오르락 내리락……

빠알간 숯불에 비치어
어머님 얼굴이 떠오른다.

–「박꽃」 전문

「술래잡기 2」와 이 시의 차이는 무엇보다 시적 발상에 기인한다. 전자가 어린 아이와 어머니의 직접적 관계를 서술하고 있다면 후자는 정황의 매개를 통하여 회상하고 있다. 그리고 전자가 어린 아이의 시점이라면 후자는 어른의 시점에 의해 서술되고 있다. 하지만 이러한 발상의 차이에도 불구하고 이 두 편의 시가 지니는 연속성 또한 뚜렷하다. 두 편 모두 원초적 화해의 공간에 대한 초정의 시적 지향을 반영하고 있다. 이처럼 초정에게 동심은 어른에 의해 그려진 어린아이의 세계가 아니라 지속의 원리로 시인의 시 세계를 형성하는 하나의 동인이 된다. 초정에게 동심은 현실에 대한 반사 의식, 타락한 세계를 동심으로 뒤집어 보는 것과 다르지 않다.

타고르 영향의 또 다른 양상으로 『원정(園丁)』의 변용을 들 수 있다. 초정은 타고르가 '사랑과 삶의 서정시'라고 말한 『원정』의 시적 메시지를 변주한다. 초정의 「원정의 노래」는 초정이 그리는 사랑과 삶의 지향들을 타고르의 시적 매개를 거쳐 아름답게 그리고 있다. 이 시에서 시인은 자기의 정체성을 '고독한 원정'과 '잔인한 원정'으로 나누어 진술한다. 먼저 그는 고독하나 자연과 더불어 존재의 진정한 안정에 이르는 길을 제시한다. 그리고 사랑의 완성을 향한 삶의 과정에서 피할 수 없는 고통을 말하고 있다. 이 시를 통해 초정은 벌써 그의 시를 구성하는 두 가지 축을 시사하기도 한다. 초정의 시적 지향은 한편으로 원초적 화해·평화·안정을 지향하고 다른 한편으로 완성을 갈구한다. 그런데 이러한 두 가지 지향은 상반되기보다 상호 교섭적이다. 사랑과 삶 그리고 예술에 대한 그의 완성 의지가 궁극적인 조화의 세계에 이르려는 꿈과 겹쳐진다. 말할 것도 없이 이들이 갈등 없이 통일되는 것은 아니다. 하지만 초정은 이 둘을 통합하는 시학과 미학을 전제한다.

타고르와의 만남은 초정의 현실 인식과 더불어 지속되지 않는다. 타고르의 초월적이고 신비적인 시적 경향은 초정을 둘러싼 현실적 정황과 큰 괴리가 있기 때문이다. 초정은 초월적 신비주의를 지향하기보다 현실에 대한 염결주의를 견지한다. 따라서 그와 시대의 불화는 그치지 않는다. 끊임없이 삶의 본질적 연관성을 훼손하는 현실에 대한 그의 분노와 절망, 회의와 좌절은 거듭 된다. 『이단의 시』는 현실에 대한 그의 태도를 직절하게 보여 주고 있다는 점에서 주목해 읽어야 할 시집이다. 이 시집의 서에서 그는 시작(詩作)의 의도를 다음처럼 말하고 있다: "하물며 장사치같이 교묘하지도 도적같이 대담하지도 못할찐댄 차라리 허무나 퇴폐는 오히려 쉬우면서 그것마저 용렬한 내게는 타락이냥 어려워라. 그러나 드디어 차마 못할 오오랜 비분 끝에 이미 나는 천치처럼 고독하여 언제 이런 방탕스런 이단의 시를 쓰게 되었는고!" 그에게 시의 본령은 원초적이고 본질적인 화해의 세계다. 그러나 시대적 정황은 시인으로 하여금 "이단의 시"를 쓰지 않으면 안 되게 한다. 이래서 "이단의 시"는 역설적 양식이다. 하지만 이러한 시적 과정을 통해 나타나는 의지적 자아는 그의 시적 외연을 크게 한다.

한 아름 굵은 줄기는
창천(蒼天) 높이 들내어 북녘의 소식을 듣고
땅을 굳게 파악한 뿌리는
뜨거운 지심(地心)을 호흡하는 오오랜 고목 있으니

머언 세월 하도 서글퍼

모진 풍상에 껍질은 터지고

오히려 운(韻)을 더한 가지는 골격처럼 굽었도다

잠자코 떨고 견디어

그 무엇에 항거하는 역의(逆意)처럼 위로 위로만 뻗히는

오오 아프고도 슬픈 너의 심금(心襟)!

이 말없이 늙어온 나무는

그 어느날 눈도 못 뜨도록

온갖 진애(塵埃)에 사는 증오로운 것들을 휩쓸어갈

마지막 일진(一陣)의 태풍을 정정(亭亭)히 기다리고 있도다

－「고목(古木)」 전문

이처럼 그는 상황의 불리를 허무와 퇴폐의 원인으로 삼지 않는다. 오히려 "천치의 고독"이라 할 만큼 의지적 자아의 강인함으로 대응한다. 이러한 강인함은 내적 연단의 귀결이다. 초정은 풍상의 세월과 "항거하는 역의"로 운(韻)을 더한다. 의지적 자아는 달리 희망적 자아다. 초정의 시에서 희망은 본질적인 세계에 대한 원초적 갈망에 상응한다. 원초적 동일성에 대한 시적 지향이 세계관으로 전화할 때 희망은 초정 시학의 원리가 된다. "그러나 어드메 거룩한 나의 태양은 하나 숨었으리니 / 어느날 아름다운 아침을 황홀히 차리고 / 오오 내 가슴앞에 이글거리며 솟아올 것을 믿으리라"(「태양」)는 시적 진술에서 현실 너머 희망을 보는

시인의 적극적 의지와 만나게 된다. 이러한 시대에 대한 의지에서 그는 "─벗이여! / 내 오직 너로 하여 / 주리를 틀리고 살찢음을 당한다 할지라도 / 그들 앞에 나는 외려 아무런 한(恨)됨이 없으리로다"(「성명의 장(章)」)라고 진술한다. 초정에게 의리와 지조는 난폭한 시대를 견디면서 자기를 지키는 삶의 원리다. 이처럼 『이단의 시』는 난폭한 현실을 이겨내는 의지적 자아의 다양한 표정들로 채워져 있다. 초정의 시에서 의지와 희망은 본질적인 관계의 지평이 있을 수 있다는 믿음에서 비롯한다. 그는 일관되게 이러한 믿음을 고수한다. 말할 것도 없이 이러한 믿음이 그의 고립주의를 심화시켰을 것이다. 그러나 그의 낙관적 고립주의는 단순한 이념적 원칙주의가 아니다. 인간과 자연, 모든 생명의 본성에 대한 신뢰에 바탕을 두고 있다.

　　나는 하늘이로다 삼라만상 어디서나 우러러 보는 하늘! 나는 저 비롯과 끝남이 없는 시공을 더부러 오직 그 절대(絕對)한 영원을 숨쉬는 생명이로다

　　너희는 감히 나를 모르리라 내 속이 얼마나 넓고 깊은 줄을 너희는 아직 모르리라 그러나 호수같이 맑은 너희 본연(本然)한 마음─그 비밀의 거울 속에 내 푸른 영상을 비추고 있음을 나는 아노니 너희는 곧 내로다 이미 너희는 그대로 작은 하늘이로다

　　　　　　　　　　　　　　　　　　　─「나는 하늘이로다」 부분

이러한 시적 진술에서 우리는 다시 초정 시학의 근본 원리를 읽을 수

있을 것이다. "절대한 영원을 숨쉬는 생명," "본연한 마음"으로 모든 존재가 연속성을 가질 수 있다는 것이다. "너희는 곧 내로다 이미 너희는 그대로 작은 하늘이로다"라는 전언은 본성의 세계에서 모두가 하나라는 초정의 생명관·우주관을 알려 준다. 인간사의 변덕과 배신, 대립과 갈등, 증오와 폭력 등이 이러한 본성을 되비추는 거울이 깨어짐과 연관된다는 초정의 생각은 그의 시가 본성의 거울이 될 수 있기를, 그래서 "호수같이 맑은 너희 본연한 마음—그 비밀의 거울 속에 내 푸른 영상을 비추고 있"기를 갈망한다.

초정의 시학은 '위계의 미학'을 지녔다.[6] 이는 벌써 현실과 부딪혀 발산하는 의미들을 드러내는 시편들을 "이단의 시"로 명명한 그의 의도에서 나타난다. 그는 생명의 본성, 원초적 화해, 순수한 동심 등을 그리는 시를 시적 지향의 본령으로 생각한다. 이는 형태 면에서 그가 시조를 중요하게 생각한 이유이기도 하다. 그는 천지의 마음[天地之心]이나 기운생동(氣韻生動) 그리고 크나큰 화해를 지향하는 동양의 미적 에토스에 충실하였다. 그의 시·문학·예술은 그의 삶과 다를 바 없다. 그는 시와 예술과 더불어 살고 이들을 통해 삶의 가치를 드러내고자 하였다. 모두 본연지성을 찾아가는 과정이라 하겠다.

포풀라 너 본심은 동경(憧憬)—
때로 비취빛 푸른 천개(天蓋)를 날르는
그 어린(魚鱗) 같은 구름을
너 고요히 우르러 철없는 향수를 지니더니
언제 저렇게 산을 겨루워 솟았느뇨

갈밭 너메 기러기 찾아오고
꿀벌떼 나즉히 잉잉거리는 가을이 되면
너 부질없이
노오란 상심의 파편을 날리어
그날 이 강변을 배회하던
그 의지 없던 또 하나 다른 나를 한껏 울렸느니

ー오늘밤
산골 갈새가 은하처럼 울고 나리면
너 자지러질 향수를 안고 어디로 가랴느냐
위로 위로 뻗히는
그 애타는 동경의 손을 들어
아무리 휘저어도 닿을 길 없는 아아 막막한 공중!

ー「포풀라」 전문

"포풀라"의 모습을 시인의 표정과 겹쳐 읽는 것이 틀린 일은 아닐 것
이다. 원초적 대지에 대한 향수와 무한에 대한 의지가 하나의 몸속에 있
다. 그러나 이는 분열이 아니다. 거듭 또 다른 자아를 상정하는 것은 자
아의 확대다. 회의적 현실에도 불구하고 의지적 자아는 이러한 현실에
굴하지 않고 완성을 위해 나아간다. 이러한 점에서 변화와 안정을 공유
한 "포풀라"는 시인에게 자아의 표상으로 그려진다. 이러한 표상이 시사
하듯 초정의 시와 예술은 하나의 도(道)에 이르는 과정이다. 말로 할 수

없는 도(道)를 추구하는 일에서 가장 중요한 것은 과정이다. 고원(故園)과 이단(異端)은 식민지와 해방 그리고 전쟁을 겪은 그의 청춘의 지향과 배회와 방황을 의미한다.

4. 고난과 사랑, 생활의 발견

"이단의 시"라는 초정의 진술처럼 40년대와 50년대 전반의 초정의 시에서 삶에 대한 요설을 만나기 어렵지 않다. 그만큼 시대의 질곡이 시 쓰기를 간섭한 것이다. 초정은 불안정한 시대에 대하여 시의 내용과 형식을 통해 대응한다. 청년기의 한 경로로 보기엔 그 어느 세대와 비길 수 없는 고통을 그는 경험한다. 타고르가 매개된 자유로운 형식의 시 쓰기는 시대적 요인으로 더욱 분방해진다. 그의 삶 또한 배회와 방황의 연속이었을 것이다. 그는 그의 삶이 처한 이러한 정황을 「주막(酒幕)」이라는 시를 통하여 "이 굴레 벗은 말과 망아지처럼 그리 자유롭고 단순하고 선량하던 그 소년은 이제 인생과 예술과 다시 그 주허(周虛)와 그 성리(性理)에 대하여 끝없는 동경과 회의를 품고 바람에 나부끼는 갈꽃같이 설레인다"라고 표현한 바 있다. 하지만 이단과 일탈과 자유는 초정 시학의 기본 색인이 아니다. 그의 시학은 본연과 조화와 완성을 구경(究竟)으로 삼는다. 시적 출발에서 보인 시조의 위상은 시대의 부박과 타락과 훼절에 대한 그의 정신적 응전에 상응하는 형식이다. 많은 이들이 그를 시조 시인으로 기억하고 있는 것은 그의 시학 내부의 요인에 따른 것이라 할 수 있다. 그렇지만 거듭 말하지만 그는 장르의 경계에 구속된 시인이 아니다. 그가 추구한 것은 오로지 시와 예술일 따름이다.

제5시집 『의상』은 배회와 방황의 자유가 아니라 허무를 극복하고 존재를 조정하며 삶에 대한 균형을 찾아가는 도정을 보인다. 사물에 대한 섬세한 지각과 인정과 세상사에 대한 따스한 시선이 있다. 또한 타자에 대한 이해가 넓어지면서 더 큰 타자인 신에 대한 인식을 보인다. 그리고 구원과 평화가 있는 새로운 세계에 대한 갈망이 드러난다. 이러한 가운데 존재의 본연에 대한 지향이 심화되고 있다.

　　머언 뒷날
　　호수는 그대로 하나의 상형(象形)!

　　다시 머언 뒷날―
　　당신의 호숫가에 연연히 손짓하는
　　나를 불러 고운 황혼이 앉으면

　　그 수면에 뜬
　　나는 나의 본연을 굽어보리라.

　　굽어보는 것 굽어뵈는 것
　　아아 둘이 아닌 하나의 본연이니라.

　　　　　　　　　　　　　　　　　　　－「호수 3」 전문

이 시에서 호수는 거울의 은유에 가깝다. 그러나 실제 존재를 비추는 것은 호수가 아니라 "당신"이라 명명되고 있는 타자다. 이 시의 화자는 이러한 타자의 매개를 통해 자기의 본연을 본다. 그렇다면 초정의 시에서 이러한 타자는 어떠한 모습일까? 「형틀에서」라는 표제를 지닌 시에서 초정은 기독(基督)의 얼굴을 읽게 한다. "드디어 신은 나의 왼쪽 팔을 이끄시고 / 짐승은 나의 오른쪽 죽지를 당기고 / 그리고 다시 이 골이 울리게끔 / 인간은 내 발목에 못을 박는다." 이러한 구절에서 초정은 고난을 통하여 자기를 발견하고 타자에 대한 사랑을 확인한다. 기독을 모방하려는 그의 욕망은 이념적 대결과 전쟁의 폭력으로 파괴된 인간상을 재생하려는 희망과 관련된다.「여운 1」이 말하듯 "허무"를 이기고 「여운 2」처럼 "칠칠히 가리웠던 하늘 새로 환히 트이어 길게 목을 뽑고 학(鶴)같이 울리는 것," 또한 "마음의 물레"를 돌려 "다시는 지워지지 않을 고운 무늬"(「무제(無題)」에서)를 짜는 것, 그리고 마침내 "구원의 빛"(「아득한 사연」에서)을 만나는 것. 초정의 기독교적 상상력은 종교시에 해당하는 「창 4」에서 보다 분명해진다. "창세의 말씀"의 "영생의 진리," "예비하신 복음"과 "은밀한 소명"에 대한 시적 자아의 찬미가 노골적이어서 시적 자아와 경험적 자아가 구별되지 않는다. 초정의 삶과 문학에서 기독교적 상상력의 지속 여부는 여기서 주된 관심의 대상이 아니다. 무엇보다 중요한 것은 그가 세계를 악과 죄의 논리로 읽고 고난을 통하여 시적 인식을 심화하고 확대하였다는 사실이다.

추억이 유년과 현실의 차이를 부각시키는 의식 지향이라면 추억만으로 현실을 이겨나가는 것은 일면적이다. 이는 감성적 수준에서 전개되는 현실 부정이다. 그런데 두루 알려져 있듯이 추억은 서정적 발상의 단초다. 문제는 시인의 의식이 이러한 추억에 사로잡혀 있지 않아야 한다는 것이다. 이것은 희망이라는 새로운 지각 양식과 결합되지 않으면 안 된다. 소위 서정의 변증법이 전개되는 지점인데 여기서 존재와 고통 그리고 사랑에 대한 인간적인 성찰이 시작된다. 초정은 『이단의 시』와 『의상』을 거치면서 고통에 대한 경험을 통하여 타자에 대한 이해를 확대한다. 현실의 고통, 타자의 고통에 비친 자신의 유년은 부정의 대상이 될 수도 있다. 제6시집 『목석의 노래』에서 사물과 생활에 대한 관심이 커지고 있는 것은 그의 시적 인식의 단계가 유년과 동심 그리고 청년의 배회에서 벗어나고 있음을 말한다.

> 그러나 알고 보면 꼭 내가 들어온 대문의 수효만큼 나는 목란(木蘭)꽃이 아니면 피가 묻었을 그 문지방을 도로 넘어 이미 이 현실 밖에 나와 있다. 나를 이렇게 영사(映寫)하는 현실은 어쩌면 한 장의 참혹한 거울일 게다. 앞뒤로 둘린 과거와 미래의 틈바구니에 서 있는 나는 두 개의 거울 속에 놓인 하나의 엄숙한 상형(象形)! 이 열쇠는 다시 무수한 그림자를 서로 비추며 번져나간다.
>
> ─「열쇠」에서

이처럼 그는 기억과 희망 사이를 오가면서 자아 중심적 주체를 극복해 나간다. 과거와 미래를 열고 닫고 여는 반복을 통하여 "참혹한 거울"을 벗어날 수 있는 것이다. 이로써 시인의 의식은 사물을 향해 활짝 열린다. 『목석의 노래』에 이르러 시인은 사물의 "형상"을 의식의 지향을 따라 그리려는 현상학적 태도를 보인다. 이러한 태도에서 초정의 미학이 개진되는 계기와 만나게 된다.

5. 도의 시학 혹은 미의 법문

『목석의 노래』로부터 제8시집 『김상옥 시집 삼행시 육십오 편』이 발간되기까지 15년의 상거가 있다. 1963년 서울로 이주하여 골동품 가게 '아자방(亞字房)'을 경영하는 등 여러 가지 삶의 변화가 있었던 탓이다. 『목석의 노래』에서 이미 드러난 사물의 형상미에 대한 초정의 관심이 『김상옥 시집 삼행시 육십오 편』을 통해 뚜렷하게 부각되었다는 점에서 그의 사십대에 해당하는 1960년대는 생활과 예술의 일치를 부단히 추구한 시기라 할 수 있을 것이다. 『김상옥 시집 삼행시 육십오 편』은 그의 시학과 미학이 일체가 된 하나의 장관이다. 이 시집을 통하여 그는 시와 예술을 향한 완성의 의지를 유감없이 드러낸다.[7]

> 살구나무 허리를 타고 살구나무 혼령이 나와
> 채선(彩扇)을 펼쳐 들고 신명나는 굿을 한다.
> 자줏빛 진분홍을 돌아, 또 휘어잡는 연분홍!
>
> 봄은 누룩 딛고 술을 빚는 손이 있다.
> 헝클어진 가지마다 계워 넘친 저 화사한 발효
> 천지를 뒤덮는 큰 잔치가 하마 가까워 오나 부다.
>
> ―「축제」 전문

인용 시에서 주목되는 대목은 봄이라는 자연 현상을 "발효"에 비유한 사실이다. 발효는 인공적인 생산과 다르다. 그렇다고 시인이 말하듯이 자연 현상으로만 볼 수도 없다. 인공적인 질료의 혼합에서 시작되어 자연으로 끝나는 것이 발효다. 이것은 인공과 자연의 경계에 있다. 또한 인공에서 자연으로 이동한다. 그렇다면 자연을 발효에 비유한 시인의 상상이 틀린 것은 아니다. 시인의 궁극이 자연미를 향하고 있기 때문이다. 자연에서 발효를 읽는 시인은 인공적 형상에서 자연을 찾고자 한다. 그래서 백자의 재료인 흙은 백자가 되면서 살이 된다. 「이조의 흙」에서 시인은 흙이 살이 되는 백자의 미학을 말하고 있다. 초정에게 시는 이러한 도자와 같다. "시는 언어로 빚은 도자기라고 할 수 있다면, 도자기는 흙으로 빚은 시라고도 말할 수 있다."[8] 초정의 이러한 비유는 클리언스 브룩스의 "잘 빚은 항아리"와 다르다. 전자가 예술적 완성을 통한 생명의 발현을 말한다면 후자는 제작 측면의 형태적 완성을 의미한다. 또한 초정 미학과 연금술의 차이도 분명하다. 자연과 인간 본래의 연관성을 맺는다는 측면에서는 유사하나 연금술이 지닌 비현실성, 신비적 국면에서 다르다.[9] 가령 제10시집 『향기 남은 가을』의 「착한 마법」은 초정의 자연 미학과 연금술의 차이를 시사한다.

뜨거운
불길 속에서도
함박눈 쓰고 나오더니

오늘은
이 손바닥 위에
소슬히 솟는 궁궐!

여지껏

광을 내던 금붙이

넝마처럼 뒹굴고 있다.

『김상옥 시집 삼행시 육십오 편』이래 제시된 초정의 미학은 "미의 법문"[10]이라 할 수 있다. 그는 모든 미적 양상들을 넘어서는 시원의 미를 추구한다. 그것은 자연일 수도 있고 궁극적으로 무(無)라 할 수도 있다. 초정은 제9시집 『먹[墨]을 갈다가』의 「백매(白梅)」에서 백매(白梅)의 "하얀 젖빛" 꽃에서 이차돈의 "법문"을 읽는다. 또한 「신록(新綠)」에서 그는 물빛을 보더라도 그 깊음에서 우러나는 근원의 빛깔[玄]을 본다. 인공과 자연, 미와 추의 구별이 없는 아름다움의 지평이 그의 미학적 궁극인 셈이다. "수심(水深)도 모르게 빨려든 / 저 하늘색 물빛!"(「푸른 동공(瞳孔)」). 그의 후기시는 이러한 궁극을 지향하고 있다. 그래서 그는 말한다. "시도 받들면 / 문자에 / 매이지 않는다"(「제기(祭器)」에서).

암자는

비어 있는데

빈 것이 가득 찼다.

쇠북은

언제 울렸는지

솔보라 소리에 묻히고

나그네

그림자 하나

가을이 내려와 덮는다

　　　　　　　　　　　－「가을 그림자」

아무런 억지가 없는 단순미를 느끼게 하는 시다. 이미지들 또한 가공
되어 재현되었다기보다 있는 그대로 현현되었다. 미의 법문에 기댄 탓이
다.[11] 이처럼 초정의 후기시는 차원 높은 미학과 함께 한다. 그가 평생
추구해 온 경지가 열리고 있다. 자기를 넘어서고 말을 넘어서 사물의 근
원에 가 닿음으로써 진정한 인식과 자유를 실현하고 있는 것이다.

주

1) 초정의 생애에 관한 설명은 김재승, 「초정 감상옥 선생님과의 반세기」, 『그 뜨겁
　　고 아픈 경치』(고요아침, 2005) 참조.
2) 초정의 초기 시에 대하여 필자는 소략하게 언급한 바 있다(「초정 김상옥의 초기 시
　　세계」, 『시의 옹호』[천년의 시작, 2006]). 초기 시에 관한 논급은 일부 이 글을 따른다.
3) 김동리, 「『초적』의 악보」, 『민중일보』, 1947년 8월 20일.
4) 하이데거의 〈들길〉에 대한 것은 박찬국, 『들길의 사상가 하이데거』(동녘, 2004),
　　20~22면 참조.
5) 창비 판 전집은 이 시집을 동시집으로 규정하고 있으나 실제 이 시집에는 동시 아
　　닌 시들이 혼재해 있다. 민영 편, 『김상옥 시 전집』(창비, 2005).
6) 동양의 미학은 위계 미학이다. 항상 생명의 본성, 우주의 이치, 그리고 도를 지향
　　한다. 모든 예술은 이러한 궁극에 이르는 과정의 어느 단계에 있을 뿐이다. 초정 또
　　한 이러한 미 의식을 지녔다.
7) 이 시집에 대한 바른 평가는 텍스트 안과 밖을 동시에 말할 때 가능할 것이나 이
　　글에서는 텍스트만을 대상으로 한다.
8) 김상옥, 「시와 도자」, 『시와 도자』(아자방, 1975), 52면.
9) 연금술에 대한 것은 이지훈, 『예술과 연금술』(창비, 2004), 15~42면.
10) 물론 이 말은 먼저 쓴 이는 야나기 무네요시이다. 하지만 이 글에서 그의 생각을 그

대로 원용하지는 않았다. 야나기 무네요시(최재목 외 역), 『미의 법문』(이학사, 2005).

11) 제8시집 이후 초정의 미학과 시학의 관계에 대한 보다 자세한 고찰은 고를 달리 하고자 한다.

제3부 문자에 매이지 않는 시인의 시 세계

—시인들이 읽는 초정 김상옥의 문학

초정의 시에 나타난 가족 사랑

민영

    가족은 인간이 살아가는 데 최소 단위의 공동체다. 인간의 생활은 이 공동체에서 비롯되며 그것은 마침내 나라와 겨레에 대한 사랑, 인류에 대한 보편적인 사랑으로까지 확대된다.

    초정 김상옥 선생의 시집을 읽으면서 크게 공명했던 것은 그에게 가족에 대한 사랑을 읊은 시(시조)가 많다는 것이었다. 시인은 일제 강점기인 1920년에 경상남도 통영에서 태어나 2004년 10월에 서울에서 세상을 떠나기까지 이 동양적이고 유교적인 가르침을 당신의 시 속에 꽃피우려고 애를 썼으며, 또한 그것을 실천하고자 애썼다.

    김상옥 시에서 가족에 대한 사랑이 맨먼저 나타난 것은 1947년 발간된 시조집 『초적』에서였다. 「어무님」이란 3행 단수로 된 시조가 그것인데, 그 글에서 아버지를 일찍 여의고(8살 때) 편모 슬하에서 자란 시인의 어머니에 대한 간절한 사랑이 미묘한 심리를 동반한 채 묘사되어 있다.

    이 아닌 밤중에 홀연히 마음 어리어져

    잠든 그의 품에 가만히 안겨보다

깨시면 나를 어찌나 손아프게 여기실꼬!

이것은 어머니에 대한 단순한 사랑이 아니다. 한밤중에 눈을 뜨고, 잠드신 어머니의 품을 더듬다 가만히 안겨보는 무의식적인 행위 속에는 어머니가 혹시 저를 놔두고 다른 데로 가시면 어쩌나 하는 기우가 담겨 있는 것이다. 결코 그럴 리가 없다고 생각하면서도 "아닌 밤중에 홀연 마음이 어리어져" 살그머니 엄마 품에 안겨보는 소년의 기우와 고독, 이 시에 나오는 '어리어져'란 낱말이 '어리어지다'와 정신이 '어지러워'의 합성어라고 생각하면 이 소년의 심리를 이해할 수 있을 것이다. 또한 마지막 행의 "깨시면 나를 얼마나 손아프게 여기실꼬!"의 '손아프게'가 '손이 아프다'는 본래의 뜻에서 한발 나아가 '손(성)가시지만 마음 아프다'란 심리적 은유로 전이된다면, 그리고 그 끝에 '!'란 감탄 부호까지 찍은 것을 생각한다면 이 낱말에 대한 시인의 심적 그늘(해석)이 심상치 않았음을 느낄 수 있다.

이러한 기우는 1949년에 나온 시집 『이단의 시(詩)』에 수록된 또 한 편의 「어무님」에서 다시 한 번 반복되는데, 그 나중의 시에서는 험난한 시대를 맞이하여 가슴에 푸른 꿈과 비수를 품고 유랑하던 아들이 고향에 돌아와서 늙은 어머니를 찾아 뵙고 가슴 아파하는 사연이 담겨 있다. 그런데 이 시 제4연에 또 다시 '손아프게'란 심리적인 형용사가 등장한다.

어느새 어머님은 저렇듯 늙으시고
나 또한 어디서 홀로 떨어져온 불량(不良)처럼
나를 낳으신 어무님은 날 외려 손아프게 두려워하시도다. (방점 필자)

앞에 든 「어무님」이란 시에서 뒤에 든 「어무님」까지 시간이 얼마나 지났는지 모르지만, 이제 모자간의 입장이 바뀐 것이다. 시인이 어렸을 때는 어머니가 저를 놔두고 떠나지 않을까 하는 고아 의식(?)으로 괴로워했었는데, 이제는 "이미 쉴을 밑자리 까신"(제1련 첫행에 보이는 구절) 어머니가 아들을 손아프게 두려워하고 계시다. 멀리 떠돌아다니다 돌아온 아들, 그 훌쩍 커 버린 아들이 자기를 서운하게 대할까 보아서다. 이 시의 모든 장면은 객관적으로 씌어진 것이 아니라 시인의 내적인 고백처럼 서술되어 있다. 그러므로 이런 상황 설정이 반드시 그렇다고 단정할 순 없지만 이러한 심리적인 음영이 깔릴 수는 있다고 생각한다.

어머니에 대한 안쓰러운 사랑을 노래한 후에 나타난 것은 아내에 대한 조심스러운 애정이다. 시인은 스물네 살에 결혼했다. 열대여섯 살에 장가를 드는 당시의 조혼 풍습에 비하면 늦장가를 든 셈이요, 아내 김정자 여사는 그보다 세 살이 아래였으니 더없이 귀엽고 소중했을 것이다.

내 앓고 누웠으면 밖에도 안 나가고
기침이 좀 늘어도 참새처럼 재재기고
남남이 겨운 그 정은 내게 이러하도다.

「안해」 전문이다. 시인은 결혼할 무렵 자신이 경영하는 서점에 애국지사 낭산(朗山)의 우국시를 걸어놓았다가 통영 경찰서에 잡혀가서 구금된 일이 있었는데, 유치장에서 나온 후 삼천포로 피신하여 도장포를 냈지만 또다시 체포되어 6개월 동안 수감 생활을 했다. 그가 결혼한 것은 이 틈

새에 생긴 일인 듯한데, 결국 시인은 수감 중에 얻은 병(폐결핵) 때문에 마산에 있는 요양원에 들어가게 된다. 신혼 초부터 병약한 몸을 이끌고 쫓겨다니는 남편, 그런 남편을 직심스럽게 간호하는 손아래 누이 같은 아내. 그 아내에 대한 미안함과 측은지심이 아무렇지도 않은 듯이 쓴 이 작품 속에 잘 나타나 있다.

그러나 이런 아내에 대한 시인의 사랑도 그 사이에 고부간의 문제가 끼여들면 이상하게 굴절되어 읽는 사람을 안타깝게 만든다. 「어무님」 다음에 보이는 「가정」이란 시에 그런 정황이 묘사되어 있다.

늙으신 어무님은 나만 보고 언정하고
안해는 그 사정을 내게 와 속삭이다
어쩌누 그는 남으로 나를 따라 살거니.

외로신 어무님은 글안해도 서럽거늘
안해를 가진 맘이 금 갈까 삼가로워
이 밤을 어서 새우고 그를 가서 뵈리라.

이제 당신이 보살피던 살림살이를 새로 맞이한 젊은 며느리에게 맡긴 노모는 무슨 일이 있어도 나서지 않으려고 하며 아들에게만 살짝 그동안에 있었던 일을 '언정'한다. 그리고 아내는 그 사정을 다시 남편에게 속삭이니 새중간에 낀 시인의 입장이 편치 않다. 며느리가 들어온 후부터 갑자기 외롭고 서러워진 노모를 편들기도 무엇하고, 자기 하나만 믿고 따라와 사는 아내와의 연에 금이 갈까 보아 조심스럽기도 하다. 이처럼 어머니와 아내 사이에서 마음을 죄며 살아가는 남편의 이야기가 새삼스럽지는 않을 것이다. 그런 묘한 인연은 오늘의 우리 가정에서도 흔히 찾아볼 수 있으니까.

『초적』에는 이 밖에도 먼 곳으로 시집간 누님에 대한 아픈 기억이 읊어진 애달픈 시가 있다. 그 누이의 이름이 부금(富今)인 것 같은데, 시인은 열여덟 살 때인 1937년 함경북도 웅기, 두만강변의 마을로 시집간 누나를 찾아서 간 일이 있다. 조선을 짓밟고 대륙 침략의 야욕을 부리는 일제의 감시를 피하기 위해서 떠난 길이었다. 시인은 그것이 계기가 되어 함경북도 청진으로 나가 직장을 다녔다. 시인이 서울에서 나오는 『文章』에 시조 「봉선화」를 투고하여 가람 이병기 선생으로부터 추천을 받은 것도 이 무렵의 일이다. 시인은 이 누나가 세상을 떠나자 고향으로 돌아온다. 우선 누님의 슬픈 임종을 노래한 「누님의 죽음」이란 시조부터 보기로 하자.

　　고이 젖은 눈썹 불빛에 깜작이며
　　떨리는 손을 들어 가슴 위에 짚으시고
　　고향에 늙은 어무니 뵙고 싶어하더이다.

　　그 밤에 맑은 혼은 고향으로 가셨든지
　　하그리 그린 이들 이름을 부르시고
　　입술만 달싹거리며 헛소리를 하더이다.

　　마지막 지는 숨결 온갖 것을 갈랐건만
　　어린것 품에 안고 젖꼭지 쥐여 준 채

새도록 눈을 쓸어도 감지 않고 가더이다.

시의 내용으로 보아 시인은 이때 '누님의 죽음'을 옆에서 지켜본 듯하다. 시인에게는 이 부금이 누나 말고도 손위 누나가 몇 사람 더 있었다고 하는데, 이 병약한 누나만이 무슨 까닭에 남도 땅에서 그 머나먼 한만(韓滿) 국경까지 시집을 갔는지는 알려진 것이 없다. 또 이 누나가 시인의 출세작인 「봉선화」에 나오는 그 여인인지도 알 길이 없다.

「봉선화」에서 시인은 "해마다 피는 꽃을 나만 두고 볼 것인가 / 세세한 사연을 적어 누님께로 보내자"고 노래했는데, 양지쪽에 마주 앉아 어린 남동생의 하얀 손톱에 봉선화를 들여 주고 실을 매어 주던 여인, 그 누님에 대한 회상이기에 이 「누님의 죽음」이 그토록 애절하고 슬픈 것이었는지도 모른다.

죽음을 눈앞에 두고 떨리는 손으로 가슴을 짚으며 고향에 계신 어머니를 뵙고 싶다고 하던 말. 마지막 운명하는 순간까지 어린것(시인의 조카)을 품에 안고 젖꼭지를 손에 쥐어 주던 슬픈 모정. 기가 막혀서 울음조차 안 나오는 이런 누나의 마지막 가는 길을 지켜봐야 했던 시인의 마음이 어떠했을까? 비록 공허한 '아, 오!' 따위 감탄사를 생략한 간결한 글이지만 우리 문학사에서 가족의 비극을 노래한 작품 중에 이보다 더 슬프고 아름다운 시가 있다면 나와 보라고 외치고 싶은 심정이다.

이렇게 초정의 시에 자주 보이던 육친에 대한 사랑이 다시 나타난 것은 그로부터 20년이 훨씬 지난 1973년에 나온 『삼행시 육십오 편』이란 시집에서였다. 그 20년 사이에 세상이 크게 변해서 일제가 패망하고 조국이 해방되어 이제는 아무 일 없이 잘 살게 되나 보다 생각했더니, 다시 남북이 가로막혀 대립하다가 동족 상잔의 전쟁이 일어났다. 1950년 6월의 일이다.

이때 시인은 고향인 통영과 부산을 오가며 문학 활동을 하고 있었는데, 전쟁이 소강 상태에 접어들고 남쪽으로 피란갔던 서울의 문인들이 귀환하자 시인도 활동 무대를 서울로 옮겨서 인사동에 아자방이란 표구점을 열고 정착한다. 1963년 시인의 나이 마흔다섯 살 때의 일이다.

그리고 시인은 이때부터 시뿐만 아니라 그림을 그리고 붓글씨를 쓰는 등 다양한 예술 작업을 선보이는데, 그 결과가 1973년에 간행된 시집 『삼행시 육십오 편』에 모아진다. 다 자란 딸에 대한 사랑을 노래한 「어느날」이란 시가 그 속에 들어 있는데, 이제 필자는 더 할 말이 없다.

구두를 새로 지어 딸에게 신겨 주고
저만치 가는 양을 물끄러미 바라보다
한 생애 사무치던 일도 저리 쉽게 가것네.

이제야 서서히 노경에 접어든 시인은 새로 지은 구두를 딸에게 신겨 주고 그 걸어가는 모습을 물끄러미 바라본다. 새 구두를 신은 딸은 가다가 한번쯤 돌아보고 웃으면 좋으련만 모르는 척하고 바람같이 지나간다. 한 생애의 사무친 일들이 물결처럼 흘러가듯이……

천재의 고독
—초정 선생의 「무연(無緣)」이 의미하는 것

허영자

예술가 중에는 천재들이 많다. 물론 예술가 아닌 사람, 예컨대 에디슨이나 아인슈타인 같은 이도 우리는 천재라고 일컫는다. 천재라고 불리는 사람들은 보통 사람들보다 지능 지수가 아주 높아서 보통 사람들이 도저히 따라갈 수 없는 암기력, 창의력, 추리력, 상상력, 남다른 호기심 등을 갖추고 있는 이들이다. 그 중에도 천재 예술가는 지능 지수뿐 아니라 감성 지수가 대단히 뛰어난 사람이다.

높은 지능과 예민한 감수성을 가진 천재 예술가 중에는 오로지 한 분야에서만 천재성을 발휘하는 분들이 있는가 하면 레오나르도 다빈치처럼 소위 팔방미인 격으로 여러 분야, 여러 방면에서 그 재능을 나타내는 이들도 있다. 그런데 한 분야에서만 재능을 나타내는 사람들에 비하여 여러 방면에서 천재성을 발휘하는 사람의 수는 훨씬 드물다. 왜냐하면 여러 방면에 재능을 가진 사람들은 자칫 그 재주가 분산되어서 어느 한 가지도 제대로 이루는 일이 어렵기 때문이다. 그러기 때문에 여러 분야에서 재주가 뛰어나고 또 그만큼의 성과를 거두는 천재는 인류 역사 전체를 두고 보더라도 손꼽을 만큼 희소하다.

초정 김상옥 선생은 다방면에 걸친 천재 예술가였다고 생각한다. 선생이 어린 시절 7세의 유아로서 한문 서당인 송호재에서 『동몽선습』과, 『통감』, 『소학』 등을 공부할 당시 연상의 동학들을 제치고 최고의 상을 탈 당시부터 남다른 천재성은 이미 드러나기 시작하였지만, 일생을 두고 시·서·화·각 등에서 남긴 작품과 우리 문화재의 아름다움에 대한 뛰어난 안목과 사랑에서도 그 천재적 면모가 유감 없이 발휘되었다. 일반적으로 어린 시절에 천재라 일컬어지던 사람도 나이가 들면서 평범한 범재가 되기 쉬운 것을 생각한다면 선생은 진정한 천재였다고 하겠다.

천재란 여러 면에서 일반 사람들과 다르기 때문에 함께 어울려 살기가 어렵기도 하고 일반 사람들이 도저히 이해할 수 없는 면모를 가지고 있는 일이 많다. 그러기 때문에 흔히 선구자의 삶에 난관이 많듯이 천재의 삶에도 불편하고 어려운 점이 많기 마련이다. 오죽하면 "박제가 된 천재를 아시오?"(이상의 「날개」 중에서)라는 탄식의 말이 나왔겠는가.

우선 세속의 일반인과 함께 사는 일이 천재들에게는 갑갑하기 짝이 없는 일일 것이다. 어린아이와 노는 어른처럼 심심할 것이다. 그리고 세속의 삶이 흡사 몸에 맞지 않는 옷을 입은 것처럼 불편할 것이다. 그러한 세상을 부득이 살아가야 하는 것은 키 큰 사람이 키 작은 사람에 맞추어 살아가야 하는 것처럼 어려움을 참아야만 하는 일이 아닐 수 없을 것이다. 천재의 뛰어나고 창의적인 생각이나 혹은 남긴 업적이 당대에 이해를 받지 못하는 일이 허다하고 많은 세월이 흘러 사람들의 의식이 비로소 깨어나기까지 잊혀져 있는 일이 많은 것도 모두 이 때문이 아닌가 한다.

하기 때문에 천재는 일반 사람이 도저히 들어갈 수 없는 자기만의 고독한 세계를 가질 수밖에 없다. 아무리 가까운 사람이라 할지라도, 사랑하는 애인이나 가족일지라도 그 밀폐된 영역은 불가침일 수밖에 없다. 이해 받지 못하는 고독을 자탄할 수밖에 없는 것이 천재의 처지라 할 수 있는 것이다.

뜨락에
매화 등걸
팔꿈치 담장에 얹고

길 가던
행인들도
눈여겨보게 한다.

한 솥에
살아온 너흰
언제 만나보것노.

—「무연(無緣)」 전문

초정 선생의 경우에도 이 작품에서 보는 것처럼 그 영혼의 뒤안길, 혹은 그 정신의 어느 한 영역에는 고독이 자리 잡고 있었다. 그것은 가시의 세속적인 세계에 가족이 없어서도 아니고 친구가 없어서도 아닌, 이해 받지 못하는 천재의 고독이라고 하겠다. 이런 고독은 만금으로도 치유될 수 없고 만인의 이웃으로도 위로 받을 수 없는 절대 고독이라 이름하여도 좋을 것이다.

얼핏 보아 이 시는 '한 솥에 살아온 너희'라는 표현으로 하여 자신을 이해하지 못하는, 혹은 자신의 예술 세계를 이해하지 못하는 가족을 두고 쓴 작품 같지만, 이는 '가족'으로 구체화된 것일 뿐 한 시대나 한 사회라는 영역으로 확대될 수 있다. 아니, 어쩌면 더 먼 시간, 더 넓은 영역으로까지 확대될 수 있다. 만나볼 수 있을 때까지의 시간과 공간이 "언제 만나보것노"의 기다림과 기대로 나타나고 있는 것이다.

시라는 것이 때로는 구체적인 것을 추상화하고 추상적인 것을 구체화하며 개별적인 것을 일반화하고 일반적인 것을 구체화하는 수사에 그 표현의 묘미가 있는 것이라면, 이 작품도 그렇게 이해하여야 마땅하다고 본다. 길 가던 행인들도 눈 여겨 볼 만큼 아름다운 꽃이지만 그 아름다움을 느끼지 못하는 대다수의 무연한 세속 사람들에 대한 탄식이며 서운함이다.

사람은 누구라도 고독한 존재라고 한다. 그러나 그 고독은 대부분이 세속적인 것과 연계된다. 천재의 고독은 세속적인 어떤 것과도 무관한 것이며, 그 성격이나 심도의 면에서 일반인으로서는 감지하기도, 이해하기도 어려운 성격의 것이다. 그러한 고독의 일단을 초정 선생은 「무연」이라는 시조 속에 담아 놓고 있다. 누구도 다다를 수 없는 그 고독의 심연은 인연 있는 눈과 귀를 만날 때까지 그냥 고독한 채로 남아 있을 수밖에 없다. 어쩌면 그것이 바로 천재의 운명일 수 있기 때문이다.

부사 붙은 문학
―김상옥 시인의 작품 세계

윤금초

1. 지적 총회(總匯)를 거둔 관조미의 시인, 김상옥

초정 김상옥 시인의 작품 세계를 한 마디로 요약하기란 지난한 일이다. 시인의 작품 세계가 워낙 웅숭 깊고 그 넓이가 광활하기 때문이다. 『김상옥 시 전집』(2005)에도 드러났듯이 그의 문학 세계는 깊고 넓은 품격을 지니고 있다. 시조의 미학적 차원을 한 단계 높인 것으로 회자되는 정형시의 경우 평시조, 엇시조, 사설시조 등 각종 시조 형태를 두루 섭렵했으며, 자유시의 경우도 시·동시 등을 발표하여 서정시의 지평을 한껏 넓힌 것으로 평가되고 있다.

시조와 시의 장르 개념을 훌쩍 뛰어넘고, 평시조·엇시조·사설시조 등 시조 미학의 '다양한 변주'를 위한 형식 실험을 줄기차게 모색해 온 김상옥 시인의 '정신 기제(機制)'는 과연 무엇인가? 그것은 다름아닌 무의식을 의식화하는 기능, 즉 남다른 상상력의 발로로 보인다.

문학 창작에서 상상 활동은 참으로 중대한 역할을 한다. 예술 작품을 형상화하고 예술적 세계를 창조하는 것이 바로 상상력이다. 문예 창작은 현실 생활을 기초로 하지만 대담한 상상력을 펼침으로써 현실 생활의 시공간적 한계를 초월한다. 비록 예술 작품의 제재는 일정한 시간과 공간에 존재하는 사물이지만, 시인은 상상 활동을 통하여 고금(古今)과 물아(物我)가 하나로 용해된, 하나의 아름다운 예술 형상과 경지를 만들어 내는 것이다. 이렇게 하여 예술 작품은 마침내 풍부한 내용과 거대한 예술적 매력을 지니게 된다. 만약 뛰어난 상상력이 없다면 예술도 있을 수 없다. 중국의 문학 이론가 유협(劉勰)의 저서『문심조룡(文心雕龍)』에 기대어 말하자면, 뛰어난 상상력의 소유자 김상옥 시인은 사상의 정확성과 내용의 진실성을 추구했을 뿐만 아니라 풍부한 예술성, 생동감 넘치는 형상, 아름답고 유려한 언어 구사를 통해 현실과 이상을 결합한 "지적 총회(總匯)를 거둔 시인"으로 기억될 것이다.

일찍이 조지훈 선생은 시조를 '우아한 시조,' '비장한 시조,' 그리고 '관조하는 시조'의 세 유형으로 나눈 바 있는데, 여기서 말하는 '우아한 시조'와 소박미(素朴美), '비장한 시조'와 감상미(感傷美), '관조하는 시조'와 상징미(象徵美)는 서로 통하는 구석이 있다고 하겠다. 이와 같은 논리에 기대어 김상옥 시인의 시 세계를 바라보면, 초기나 중기의 작품은 '우아한 시조와 소박미,' '비장한 시조와 감상미'의 색채를 띠고 있다고 할 수 있겠다. 그러나 후반기 작품에 나타난 두드러진 특징은 '관조하는 시조와 상징미'로 풀이할 수 있다. 이런 관점에서 그의 작품을 관류하고 있는 큰 물줄기는 바로 '관조미'라고 할 수 있다. '관조미'라는 개념을 서구 시의 면에서 보면 위트와 같은 것으로 나타나는 일련의 주지주의(主知主義) 시가 되고, 동양에서는 적(寂)이라는 말로 표현되는 선운파(禪韻派)의 시가 된다.

우아미가 정서적이요, 비장미가 의지적이라면, 관조미는 지적(知的)이라고 할 수 있다. 대상의 깊은 곳에 파고 들어가 그 본성을 파악하는 지적 직관, 다시 말하면 감각적이면서도 철학적, 종교적 의미에 도달한 것을 관조미라고 부르는 것이다. 시적 대상을 있는 그대로 관찰하고 파악하는 태도다. 김상옥 시인의 시 세계, 특히 후기 시에 해당되는 작품들이 이 관조미의 색채를 강하게 띠고 있는 것이다.

그의 시조 「아침 소묘」와 「촉촉한 눈길」을 보자.

빗물
고인 자리에
아침 솔빛이 잠긴다.

멀리서
종소리 울려와
그림자 위에 얹히고,

이윽고
돌도 구름도
서로 눈길을 맞춘다.

—「아침 소묘」 전문

어느
먼 창가에서

누가 손을 흔들기에

초여름
나무 잎새들
저렇게도 간들거리나

이런 때
촉촉한 눈길
내게 아직 남았던가.

—「촉촉한 눈길」 전문

예문으로 든 김상옥의 「아침 소묘」와 「촉촉한 눈길」은 다 같이 관조미
를 느낄 수 있는 시조다. 김상옥이 토로한 자연과의 친화 관계 혹은 녹
색 사랑이 휴머니즘 차원으로 승화되는 것을 보면서 시인의 통찰력에 경
의를 보낸다. 시인과 동년배 시조 시인 백수 정완영이 '정한(情恨)의 문
학' 혹은 페이털리즘(fatalism)을 추구한 것으로 본다면, 김상옥 시인은
지적 통어력에 의한 '주지주의 문학'을 추구한 것으로 보인다.

2. 내재율이 살아 있는 시조의 시인, 김상옥

어느 날 부처가 '기사굴'산에서 정사(精舍)로 돌아오다가 길가에 떨어져
있는 빛바랜 종이를 보고 비구니를 시켜 그것을 줍게 하고, 그것은 어떤
종이냐고 물었다. 비구니가 여쭈었다. "이것은 향을 쌌던 종이입니다. 향

기가 아직 스며 있는 것으로 보아 알 수 있습니다." 부처는 다시 걸어가다가 길에 떨어져 있는 새끼를 보고, 그것을 줍게 하여 어떤 새끼냐고 물었다. 제자는 다시 여쭈었다. "이것은 생선을 꿰었던 것입니다. 비린내가 아직 남아 있는 것으로 미루어 알 수 있습니다." 부처는 이에 말했다. "사람은 원래 깨끗한 동물이지만, 모두 인연을 따라 죄와 복을 부르는 것이다. 어진 이를 가까이 하면 곧 도덕과 의리가 높아가고, 어리석은 이를 친구로 가까이 두면 곧 재앙과 죄가 이르는 것이다. 저 종이는 향을 가까이 해서 향내가 나고, 저 새끼는 생선을 꿰어 비린내가 나는 것과 같은 것이다. 사람은 다 조금씩 물들어 그것을 익히지마는 스스로 그렇게 되는 줄을 모를 뿐이다." (『법구경』)

필자는 김상옥 선생의 여러 시조 가운데 비교적 후기 작품에 해당되는 「느티나무의 말」을 특히 좋아한다.

바람 잔 푸른 이내 속을 느닷없이 나울치는 해일이라 불러다오.

저 멀리 뭉게구름 머흐는 날, 한 자락 드높은 차일이라 불러다오.

천년도 한 눈 깜짝할 사이, 우람히 나부끼는 구레나룻이라 불러다오.

「느티나무의 말」은 평시조의 정형 규칙에 의한 자수 개념으로 따지면 그 정격(定格)에서 한참 벗어나 있는 것이 사실이다. 즉 초장의 경우 "해일이라 불러다오," 중장에서 "차일이라 불러다오," 그리고 종장의 경우

"구레나룻이라 불러다오" 같은 대목이 평시조 형태의 자수 개념을 뛰어넘은 예라고 볼 수 있다. 그러므로 문단 일각에서 「느티나무의 말」을 평시조의 '정격'에서 벗어나 있다고 한 동안 쑤군거린 모양인데, 이 작품을 엇시조로 보면 문제가 간단하게 해결되는 것이다.

앞에서 인용한 『법구경(法句經)』처럼 「느티나무의 말」은 향 싼 종이에서 향기가 배어나듯 은은한 인간적 체취를 풍기고 있는, 김상옥 시인의 대표작 가운데 한 작품이라고 생각한다.

모처럼
지는 꽃 손에 받아
사방을 두루 둘러본다.

지척엔
아무리 봐도
놓아 줄 손이 없어

그 문전
닿기도 전에
이 꽃잎 다 시들겠다.

—「그 문전(門前)」 전문

마루가 햇빛에 쪼여 찌익찍 소리를 낸다. 책상과 걸상과 화병, 그밖에 다른 세간들도 다 숨을 쉰다. 그리고 주인은 혼자 빈 궤짝처럼 따로 떨어져 앉아 있다.

-「빈 궤짝」 전문

위에 인용한 시 「빈 궤짝」을 다시 보자.

마루가 햇빛에 쪼여 / 찌익찍 소리를 낸다 // 책상과 걸상과 화병, / 그 밖에 다른 세간들도 다 숨을 쉰다. // 그리고 주인은 혼자 / 빈 궤짝처럼 따로 떨어져 앉아 있다.

빗금 하나(/)는 구와 구의 구분으로, 빗금 두개(//)는 장과 장의 구분으로 구획지어 읽으면 이 단형 시조의 이미지는 훨씬 더 선명하게 다가올 것이며, 시조의 가락 또한 낭창거리는 리듬을 타게 될 것이다. 이처럼 시조는 융통성이 많은 자유로운 시다. 음수율이나 음보율만 가지고서는 도저히 그 율격을 잴 수 없는 정형시인 것이다. 시조 문학은 우리 민족의 공동체 의식에서 자연스럽게 우러나온 신명처럼 독특한 내재율이 살아 있는 형식 체험의 시다. 「그 문전」이나 「빈 궤짝」을 통해 확인할 수 있듯이 초정 김상옥은 외형률의 잣대로는 그 율격을 도저히 잴 수 없는, 독특한 내재율이 살아있는 시조 미학의 형식 체험을 일찍이 터득한 시인이다.

3. 치열한 시 정신의 시인, 김상옥

김상옥 시인의 문학관, 혹은 작품 세계는 고려의 문호 이규보(李奎報)

가 주장한 시 문법을 철저하게 검증하고 체현한 경우가 아닌지 모를 일이다. 이규보의 '시의 깊은 뜻을 간추려 논함(論詩中微旨略言)'은 시적 감수성보다는 이지적이고 지적 관찰자로서 시인의 역할을 강조한 것으로 풀이하고 싶다.

대저 시는 뜻이 중심이 된다. 뜻을 펼치는 것이 더 어렵고, 말을 엮는 것은 그 다음이다. 뜻은 또 기(氣)가 중심이 된다. 기의 우열에 따라 시가 깊어지기도 하고 얕아지기도 한다. 그러나 기는 하늘에서 나온 것이어서 배워서 얻을 수는 없다. 그래서 기가 저열한 자는 글을 꾸미는 것을 잘하는 것으로 알고, 뜻을 앞세우는 법이 없다. 대개 그 글을 아로새기고, 그 구절을 꾸미면 어여쁘기는 하겠지만, 그 속에 함축하여 깊고 두터운 뜻이 없고 보면 처음엔 볼 만해도 두 번만 읽으면 맛이 다하고 만다.

이처럼 시의 출발은 뜻(意)에 있다. 기는 마음속에 쌓인 기운—즉 생각을 펼치는 힘—이다. 어떤 상황에서도 흔들리지 않는 기운을 맹자는 '호연지기(浩然之氣)'라고 했다. 좋은 시는 기의 축적에서 비롯된다. 그렇다. 김상옥 시인의 시는 어느 한 작품도 긴장이 느슨해지고, 기가 빠지고, 치열한 시 정신을 소홀히 한 작품이 없는 것이다.

자식들은
따로 나가 살고
늙은 아내는 외출하고

종일

혼자 빈 집에서

담요 한 장 두르고 앉았으니

80년

긴긴 세월이

누가 본들 개의할 것 없네.

―「빈 집」 전문

    인용한 작품을 두고 고은 시인은 이렇게 평하고 있다. "시문(詩文)의
언어 구사에는 한 구절도 손보고 손보던 시인이었다. 시조라는 이름조차
마뜩치 않아 3행시라 이름했다. 그런 사람이 80세를 넘기며 시보다 인생
그것으로 돌아감인가. 어디에도 손댄 자취 없이 그냥 구술(口述)이다. 빈
집이란 마음속의 또 한 채 집이기도 하겠다."

    따라서 초정 김상옥 시인은 '부사(副詞) 붙은 문학'을 추구해 온 것으
로 보인다. 문법적으로 부사는 동사, 형용사, 그리고 또 다른 부사를 수
식하여 그 뜻을 강조하는 데 쓰인다. 앞에서도 소개한 바 있는 「느티나
무의 말」 한 작품만 예를 들어도 김상옥 시인이 '부사 붙은 문학'을 얼마
만큼 살뜰하게 추구해 왔는지 금방 알 수가 있다. 시인은 바람 '잔' 푸른
이내 속을 '느닷없이' '나울치는' 해일이었다가, 뭉게구름 '머흐는' 날 한
자락 '드높은' 차일이었다가, 천년도 눈 '깜짝할' 사이 우람히 나부끼는
구레나룻이라 불러주기 바랐다. 인용부를 사용하여 표시했듯이 한 편의
엇시조 속에 이처럼 많은 부사가 붙을 정도로 강한 문자의 용법을 구사

한 작품은 일찍이 보기 드문 예일 것이다. 성서의 비유를 빌어 말하면 바울처럼 부사 붙은 삶을 영위해 온 것이다. 그는 어느 한 가지 일에만 부사가 붙은 삶을 산 것이 아니라, 그의 삶 전체가 다 부사 붙은 삶을 살았다. 바울은 믿되 '지나치게' 믿었고 열심히 있되 '더욱' 열심이었고(갈라디아서 1:14), 수고를 '넘치도록' 하고 옥에 갇히기도 '더' '많이' 하고 매도 '수없이' 맞고, '여러 번' 죽을 뻔하였고, 40에 하나 감한 매를 '다섯 번' 맞고, '여러 번' 굶고 춥고 헐벗는 삶을 살았다(고린도후서 11:23-24).

거듭 말하거니와, 문법적으로 부사는 동사, 형용사, 그리고 또 다른 부사를 수식하여 그 뜻을 강조하는 데 쓰이듯이, 초정 김상옥 시인의 작품 세계도 '부사 붙은 문학'에 방점(傍點)이 찍혀야 할 것이다.

우리의 기억 속에 늘 살아 있는 시인

천양희

   시인은 사후에 오래 사는 사람이라는 말이 생각날 때마다 나무는 그 열매로 알려지고 사람은 그 업적으로 평가된다는 말도 함께 생각난다. 아름다움은 아는 것이 아니라 사랑하는 것이라던 초정 시인의 시 앞에서 더욱 그런 생각을 하게 된다.

   신이 쓴 하나의 거대한 책이 우주라면 심지(心志)를 박아가듯 쓴 그의 시들은 정신의 지문이라 할 수 있을 것이다. 그처럼 그의 시 속에는 지나간 모든 영혼이 들어 있다. "찬서리 눈보라에 절개 외려 푸르르고 /·바람이 절로 이는 소나무 굽은 가지 / 이제 막 백학 한 쌍이 앉아 깃을 접는다. // …… // 불 속에 구워내도 얼음같이 하얀 살결! / 티 하나 내려와도 그대로 흠이 지다 / 흙 속에 잃은 그날은 이리 순박하도다." 그의 시 「백자부」에서 보여 주었듯이 대쪽 같은 정신의 시인 김상옥은 어떤 고초에도 기개를 꺾지 않았고, 어떤 권력에도 타협하지 않았다. 세상을 쓰는 것은 시인이 아니라 시 정신이며, 시인은 그 시대의 정리자의 입장이 아니라 새로운 질문자의 입장에 서 있으며 각성자의 위치에 서 있어야 한다는 것을 보여 준 시인 중의 시인이었다. 그러므로 시란 우리가 살아 내는 인생의 한 변용임을 깨닫게 해 주고 있는 것이다.

그는 8세부터 시와 그림에 소질을 보이기 시작해서 12세에 동시를 쓸 정도로 놀라운 신동이었다. "저녁 밥을 먹고 잠을 자니까 / 이상한 별세계가 있었다"고 노래한 「꿈」 한 편을 보아도 어린 나이였지만, 그가 얼마나 다른 큰 세계에 대해 꿈을 펼칠 수 있는 재능을 타고 났는지를 알 수 있다. 그야말로 마음을 내었을 때가 곧 깨달았을 때라는 것을 알아 버린 시인이었을 것이라는 생각이 든다.

모심(母心)의 태도로 60여 년 동안 시를 쓰면서, 끝없이 소멸하고 변화하는 시간에 대한 투쟁의 기록을 남긴 그는 분명 어제의 발자국을 오늘 우리의 이정표로 남겨 놓은 천재 시인이었다. 19세 때 『맥』에 발표한 「모래 한 알」에서 이렇게 노래한다. "저 밀려오는 조수의 포효! / 반항도 없으나 굴종 또한 없었거니 / 몸은 닳고 쓸리어 작아만 가도 / 너 마음 한없이 넓어만 져 // …… / 오직 참된 영혼만을 가지려는 / 오오 너의 의도(意圖)여!"

어떤 역경에서라도 신념과 정신은 흔들리지 않겠다는 의지를 엿볼 수 있는 이 시에서도 그의 꼿꼿한 정신을 알 수 있다. 어린 나이에 이런 시를 쓸 수 있었다니……. 초정 시인에게서 또 한 번 천재에게서 느끼는 서늘한 전율을 느낀다. 시를 쓸 때 특히 어려운 것은 말과 뜻이 어울려 아름다움을 얻는 것인데, 어린 나이에도 벌써 그걸 알아 버렸다니 놀라지 않을 수 없다. 천재와 신동은 집중력과 노력의 다른 이름이라는 것을 그를 통해 알 수 있었고, 경탄과 근성, 자유 정신은 초정 시인의 특별한 자질이었다는 것도 알 수 있었다. 말하자면 피카소가 소년 시절에 0에서 비둘기의 눈을 보고 2라는 숫자에서 비둘기의 날개를 보았다면 초정은 소년 시절에 모래 한 알에서 우주를 보고 아기의 움켜쥔 빈주먹에서 미래의 힘을 보았을 것이다. 그의 검(劍) 같은 시선이 「봉선화」 같은 절창을 남길 수 있지 않았을까 생각해본다. 20세 때 『문장』지에 추천된 「봉선화」는 홍난파의 「봉선화」와 함께 우리 민족 정서를 가장 잘 노래한 시라 할 수 있다. 「봉선화」 시 중에서도 "누님이 편지 보며 하마 울까 웃으실까 / 눈앞에 삼삼이는 고향집을 그리시고 / 손톱에 꽃물 들이던 그날 생각하시리"라는 구절이 더욱 고향에 대한 회감(回感)에 젖게 한다. 이 시를 읽으며 마음어린 그림자 마음으로 굽어보고 싶다는 초정 시인의 고향을 상상해 본다. 고향은 언제나 마음속에 있어서 줄어들지 않는 것 같다. 「봉선화」를 읽을 때마다 마음을 나누기에는 말보다 침묵이 더 낫다는 말이 생각나는 것은 마음이란 설명이 필요없기 때문이다. 이 시는 독자들의 영혼을 울리기에 충분하다. 그래서 소로우는 '몸은 영혼의 맨 처음 학생'이라고 했을 것이다. 그처럼 초정 시인의 시는 마치 땅속의 물을 부르기 위해 먼저 한 바가지의 물을 붓는 마중물 같다. 독자의 마음을 부르는 마중물 같은 시라서 그런지 몰라도 초정 시인의 시는 사느라 때 묻은 눈에도 눈부시게 보인다.

시와 삶이 같았던 그는 누구보다도 우리 것에 대한 관심과 사랑이 컸던 시인이다. 그는 또 강직과 청렴의 상징이던 옛 선비를 많이 닮아 있다. 그래서인지 그의 정신 세계 또한 준엄하고 염결하다. 「한란(寒蘭)」이라는 시에서 "날 세워 / 창살을 베는 / 서슬 푸른 넋이 있다 / 한 목숨 / 지켜 낼 일이 / 갈수록 막막하건만 / 향만은 맡길 데 없어 / 이 삼동(三冬)을 떨고 있다"고 토로하고 있질 않는가.

시란 무엇을 어떻게 보느냐가 중요하다는 것을 「한란」으로 보여 주고 있는 것이다. 그처럼 시란 실물을 묘사하는 게 아니라 실감나도록 하는 것이며, 시란 말의 치장이 아니라 등가량의 진실이 수반되어야 한다는 사실을 한 번 더 생각하게 한다. 「한란」을 읽을 때마다 눈이 번쩍 뜨이는 느낌을 받는다. 그래서 좋은 시는 세계를 확장하는 데 기여한다고 했을 것이다. 짧은 시 한 편에서 고고한 정신을 느끼고 눈이 번쩍 뜨인다는 것은 아무 시에서나 느낄 수 있는 것은 아니다. 조금만 어려워도 금방 현실에 굴복하고, 예술과 상술을 여반장(如反掌)으로 변화시키는 요즈음의 너무 많은 시인들에게 초정의 시는 옥(玉)과 석(石)의 개념을 뚜렷하게 환기시키고 있다. 그에게 시를 쓴다는 지키다와 견디다의 동일어인 것 같다. 역경을 헤치고 시로써 한 생을 쓰고 견디며 지킨 초정 김상옥 시인! 그를 생각하다 문득 괴테의 편지 한 구절이 떠올랐다. 괴테가 베토벤을 본 뒤 아내에게 보낸 편지에 "나는 지금까지 그보다 더 집중력이 강하고 정력적이며 더 내면적인 예술가는 한 번도 보지 못했다"고 쓰고 있다. 그 편지 옆에다 초정 시인을 나란히 놓아 본다. 괴테가 베토벤에게 한 말과 함께. 베토벤이 가난 때문에 먹고 살기 위해 작곡을 했고 초정도 먹고 살기 위해 도장도 새기고 글씨도 쓰고 그림도 그리고 골동품도 수집했다. 둘 다 그림 때문에 작곡을 했고 글을 썼지만 두 예술가의 특이한 공통점은 두 사람 다 불멸의 명작을 남겼다는 사실이다. 시란 사실 실재에 대한 배고픔, 즉 결핍을 쓰는 것이다. 결핍에서 절실하고 진정한 시가 나오기 때문이다. 그래서 옛 시인들은 시는 궁해진 뒤에 더 좋아진다고 했을까. 고통 없이, 미완 없이 완성되는 예술은 없을 것이다. 고통 속에서도 결핍 속에서도 늘 진정한 것 새로운 것에서 아름다움을 찾던 초정 시인은 천상 시인이면서 늘상 아버지였다. 인간이 괴로운 것은 관계 때문이라지만 시인과 딸의 관계란 모든 삶의 편견까지도 극복해 주는 관계일 것이다. "구두를 새로 지어 딸에게 신겨 주고 / 저만치 가는 양을 물끄러미 바라보다 / 한 생애 사무치던 일도 저리 쉽게 가겟네." 「어느날」이란 시를 읽는 내내 나도 아버지를 생각하며 사무치는 일로 가슴이 쉽게 내려앉았다. 딸에 대한 아버지의 심정을 이 시만큼 절실하게 쓴 시는 아직 본 적이 없다. 긴장과 절제는 시의 생명이라는 것을 보여 준 빛나는 시라 할 수 있겠다.

시·서·화의 삼절(三絕)인 시인 초정은 만법을 하나로 귀결시켜 아름다움을 완성시킨 큰 시인이다. 대상을 향한 미친 듯한 몰두 없이 위대한 예술은 이룩되지 않는다. 그런 그도 가는 세월에 덜어내기를 하는 것일까. 「소망」이란 시에서 "가다가 / 늙은 두보처럼 / 꽃 위에 눈물도 뿌리고 // …… // 떠날 땐 // 푸른 반딧불 / 먼 별처럼 사라졌으면"이라 쓰고 있다. 그는 그의 소망처럼 사라져 갔다. 그러나 초정 시인은 사라진 것이 아니다. 우리의 기억 속에 늘 살아 있으며, 그의 시는 우리를 절로 새롭게 하고 우리를 절로 밝게 하여 우리를 절로 철들게 할 것이다.

오만한 혼으로 빚은 시의 제기(祭器)

박시교

열여섯 살 소년이 시를 썼다. 1930년대 후반기 일제가 가장 기승을 부리던 때였다.

보면 깨끔하고 만지면 매촐하고
신(神)거러운 손아귀에 한 줌 흙이 주물러져
천 년 전 봄은 그대로 가시지도 않았네
....

고려의 개인 하늘 호심(湖心)에 잠겨 있고
수그린 꽃송이도 향내 곧 풍기거니
두 날개 향수(鄕愁)를 접고 울어볼 줄 모르네
....

제(題)하여 「청자부」, 다섯 수 연시조로서 첫 수와 셋째 수를 옮겨 적었다. 이 천재 소년 시인이 스무 살 되던 해에 가람 이병기의 추천을 받아 『문장』에 발표한 시조가 바로 「봉선화」였다. 한국 정형시사에 가장 아름다운 서정시로 기록되어 일찍이 국정 교과서에 오래도록 수록되었고, 마침내는 국민의 애송시 반열에 오른 작품이 되기도 했다.

초정 김상옥, 그가 바로 그 주인공이었다.

앞에 든 작품 외에도 그의 초기 대표작들은 1947년에 발간한 첫 시집 『초적』에 수록되어 있고, 그의 일주기(一週忌)를 맞아 2005년 10월에 창비사에서 펴낸 『김상옥 시 전집』 앞 부분에 모두 실려 있다.

모름지기 시인은 작품에서나 세상살이에서 오만할 필요가 있다. 안으로는 자신의 작품이 곧 우주의 중심이라고 믿어 교만할 줄 알아야 하고, 밖으로는 그 어떤 힘과 불의에도 굽힐 줄 모르는 강인한 정신의 소유자이어야만 한다. 그랬다. 초정 김상옥 시인은 실제로 85세의 일생을 살면서 그러한 삶의 한 전형을 우리에게 보여 준 강직한 정신의 시인이었다.

예컨대, 일제에 부역한 다수의 권력 하수인들을 해방된 조국에서도 단죄는커녕 그대로 기용하여 민족 정기를 흐려 놓은 이승만 정권을 끝까지 인정하지 않았고, 따라서 이승만을 단 한 번도 대통령이라고 칭하지 않는 고집스러움, 우리의 고유 정형시인 시조가 시의 본령이 되어야 한다고 믿어, 실제로 현대시로서의 시조의 존재 이유를 확신하고자 하는 뜻에서 '삼행시(三行詩)'라 이름하고 그 작업을 만년까지 계속해서 줄기차게 지속하였던 것 등은 후학이 본받아야 할 사표(師表)임에 틀림없다.

시로서, 이러한 그의 시 정신이 집약된 작품집이 1973년에 펴낸 삼행시집(三行詩集) 『삼행시 육십오 편』이라고 할 수 있다.

이 시집은 우선 그 책의 체재에서부터 종래의 여느 시집과는 사뭇 달랐다. 우선 외형상 책의 표지 및 장정과 지질은 물론 편집과 인쇄에서도 당시로서는 도저히 상상할 수 없는 고급스러움과 우아함이 배어 있는 시집이었고, 책값도 당시의 시집들이 대개 500원 하던 때에 무려 그 열 배인 5,000원이었다. 하여 그 무렵 이 시집 출간으로 해서 문단이 한동안 이를 화제에 올려 술렁거렸던 것은 두말할 나위가 없었다.

필자는 이 시집에 수록된 작품들 가운데 「이조(李朝)의 흙」이 시인의 대표작 중 한 편이라고 생각하고 있으며, 뿐만 아니라 그의 예술혼을 읽어 낼 수 있는 보기 드문 작품이라고 믿고 있다.

솔씨가 썩어서 송진을 게워내기까지
송진이 굳어서 반쯤 밀화(蜜花)가 되기까지
용하다 이조의 흙이여 너는 얼마만큼 참았는가.

슬픈 손금을 달래던 마음도 네게로 가고
그 숱한 비바람도 다 네게로 갔는데
지금쯤 이조의 흙이여 너는 어디만큼 닿았는가.

하룻밤 칼을 돌려대고 오백년 훔쳐온 이름
어느 골짜기 스스로 그 무구(無垢)한 눈을 길러
끝끝내 찾아낸 네 유백(乳白)의 살은 또 어디로 옮겼는가.

―「이조의 흙」 전문

이 시를 제대로 읽어 내기 위해서는 그의 생각을 먼저 이해해야 한다. 잘 아시다시피 김상옥 시인은 시뿐만이 아니라 글씨[書], 그림[畵]에서도 일가를 이룬 그야말로 현대에 보기 드문 삼절(三絶)로서, 그런 그가 또한 방면으로 깊이 천착하였던 것이 조선의 백자였다.

1980년 시인의 회갑 기념으로 창작과비평사에서 펴낸 시집 『먹[墨]을 갈다가』의 말미에 실린 '국립 중앙 박물관' 초청 특별 강연 원고 「시와 도자」는 시인의 그러한 사상을 확연하게 드러내 보여 주는 한 예가 된다 할 것이다.

한 문화의 '증인'으로서의 도자기! 그 도자기의 도자기다움은 장식에 있지 않습니다. 차라리 그 바탕을 이루는 살결[胎土]과 태깔[形態]에 있다 하겠습니다. 말할 것도 없이 백자의 살은 백색(白色)입니다. 하지만 우리 백자의 살을 섣불리 백색이라고 말할 수는 없습니다. 왜냐면 그 백색에도 젖빛 같은 유백(乳白)이 있고, 달걀빛 같은 난백(卵白)이 있고, 그냥 희기만 한 순백(純白)이 있습니다. 또 잿빛을 곁들인 회백(灰白), 누르스름한 황백(黃白), 그리고 누른빛이 갈앉으며 잿빛을 품고 있는 백색(白色), 다시 잿빛이 곁돌면서 푸른빛이 안으로 감도는 백색, 이렇게 한 가지 백색에도 그 다양 무비(無比)한 변화는 이루 다 말씀드릴 수가 없습니다. 이러한 백색은 실로 모든 색상(色相)의 조종(祖宗)이요, 또 그 근원이라 할 만합니다.

이렇듯 우리 도자기에 대한 남다른 안목을 가졌던 시인이 불가사의한 백자의 아름다움에 대해 시로써 재해석한 작품이 바로 「이조의 흙」이라고 할 수 있다. 3수 연시조로서 백자 이전의 흙에 가 닿아 있는 시인의 오롯한 전통에 대한 집념이 돋보이는 작품이다.

"솔씨가 썩어서 송진을 게워내기까지" 그 "송진이 굳어서 반쯤 밀화가 되기까지"의 길고 긴 오랜 세월 동안 이 땅의 흙은 과연 무엇을 위해서 참았던 것인가. 첫째 수 시작부터 아름다운 백자 한 점이 빚어지기까지의 그 인고의 세월을 활달한 언어 구사로 유려하게 그려 내고 있다. 물론 여기에는 그만의 독특한 역사 의식이 깃들어 있음도 간과해서는 절대 안 된다.

둘째 수에서는 이제 그 이조의 흙이 가 닿은 곳 즉 백자의 아름다움에 다다르게 된다. "슬픈 손금을 달래던 마음"과 "그 숱한 비바람"의 세월이 너에게 바쳐진 바 진정 "너는 어디만큼 닿았는가"라고 반문한다. 시인 특유의 일종의 역설이다.

셋째 수는 절정이다. "하룻밤 칼을 돌려내고 오백년 훔쳐온 이름"은 과연 무엇이었던가. "어느 골짜기 스스로 그 무구한 눈을 길러 / 끝끝내 찾아낸 네 유백의 살은 또 어디로 옮겼는가." 그렇다. 끝끝내 찾아낸 그 유백의 살, 조선 오백 년의 살은 저 유백의 색을 고스란히 백자에 옮겨져 살아 숨쉬고 있었던 것이다.

앞에 인용한 국립 중앙 박물관 초청 강연문 「시와 도자」와 관련하여 이 시를 읽으면 보다 쉽게 그 내용을 이해할 수가 있게 된다.

그런데, 여기서 하나의 의문점이 남는다. 이 시에서 굳이 초정 김상옥이 '이조(李朝)'라는 단어를 사용했을까 하는 점이다. 이조라는 말은 연설문 「시와 도자」에도 그대로 사용되고 있다. 왜 '조선(朝鮮)'이란 지칭을 두고 이조라고 한 것일까? 그의 시와 산문 등 여러 편을 일부러 찾아서 읽었지만 끝내 밝힐 수가 없었다. 이 점에 대해서는 기회가 되면 다시쓸 생각이다.

한 편을 더 옮긴다. 시집 『삼행시 육십오 편』에는 끝 작품으로 「달의 노래」가 실려 있다. '이호우 사백 영전에'라는 부제가 붙은 4수 연시조다.

낙동강 나루터에 달빛만 푸르다더냐
사슬 묶인 날은 그 마음 더 푸르더니
풀섶에 생애를 묻고, 몸도 마저 묻힌다.

쫓는 사냥꾼에 발을 삔 사슴처럼
빗장 닫아걸고, 나를 반겨 숨겨주던 밤
그 밤도 푸른 달빛은 뜰에 가득했어라.

집을 옮기고 뜰도 예대로 옮겨오고
그 목과(木果) 사람처럼 풍상에 부대끼더니
익어서 떨어지는 소리, 미리 듣고 알던가.

긴긴 밤 걷히어도 갈피조차 못할 판국
외로 닦은 길을 손잡고 가쟀으나
저 어둠 다시 헹궈낼 달은 이미 잠겼다.

                         -「달의 노래」 전문

인용한 시는 부제에서도 밝혔듯이 이호우(李鎬雨) 시인의 영전에 바치는 일종의 조시(弔詩)다. 그리고 제목 「달의 노래」와 첫째 수 초장 "낙동강 나루터에 달빛만 푸르다더냐"란 시구도 이호우 시인의 시 「달밤」에서 따오고 있다.

　　낙동강 빈 나루에 달빛만 푸릅니다
　　무엔지 그리운 밤 지향없이 가고파서
　　흐르는 금빛 노을에 배를 맡겨 봅니다

로 시작하는 이호우 시인의 「달밤」은 1941년 『문장』에 가람의 추천을 받은 등단 작품이다. 그러니까 김상옥 시인의 「봉선화」보다 일 년 늦은 발표였다. 연령에서는 이호우 시인이 8년 연상이지만 등단은 일 년이 늦은 셈이 된다.

　　한국 현대 시조사는 가람과 노산 이후 조운(曹雲)을 거쳐 초정과 이호우에 이르게 되는데, 엄격한 의미에서의 본격적인 '현대 시조'는 바로 초정과 이호우에 이르러서 시작되었다고 보아야 한다. 그러므로 한국 현대 시조사에서 위의 두 시인은 커다란 두 개의 봉우리로 자리매김되어질 수밖에 없다.

　　1970년 1월 갑년을 미처 채우지 못하고 타계한 평생 시의 동지였던 이호우 시인을 기려서 쓴 이 시는 그래서 아주 중요하고 기념되는 작품이라 할 수 있다.

　　쫓는 사냥꾼에 발을 삔 사슴처럼 / 빗장 닫아걸고, 나를 반겨 숨겨주던 밤 / 그 밤도 푸른 달빛은 뜰에 가득했어라.

　　이 시의 둘째 수는 화자인 시인이 실제로 26세 때인 1945년 초 사상범으로 일본 헌병대에 쫓겨 고향으로부터 도피하다가 당시 경북 청도에 거주하던 이호우 시인의 집에서 얼마간 몸을 숨겼던 때를 회상하고 있다.

그리고 어렵고 힘들었던 시조의 외진 길을 함께 걸었던 각별한 동반자를 잃은 슬픔을 마지막 수에서, "긴긴 밤 걷히어도 갈피조차 못할 판국 / 외로 닦은 길을 손잡고 가쟀으나 / 저 어둠 다시 헹궈낼 달은 이미 잠겼다"라고 애절해 하고 있다.

거듭 말하거니와 모름지기 시인은 오만해야 한다. 더더구나 한 시대를 살면서 그 도저한 정신은 마침내 모든 이의 사표(師表)가 되어야 한다. 시인 김상옥(金相沃), 그는 그의 이름 앞에 붙는 관사에 한 점 부끄러움도 남기지 않은 삶을 살았다. 그래서 오만한 그의 혼(魂)을 기리는 몫은 이제 남은 우리들 차지이어야만 한다.

꽃의 자서(自敍)

이우걸

　꽃이 핀다는 것은 자연의 섭리다. 순환의 질서다. 지구상에 수없이 일어나는 풍경의 한 모습이라 특별히 주의를 기울여 관찰할 만큼 흥미롭지도 않다. 그러나 시인이 그의 시에 "꽃이 핀다"라고 적었을 때 독자들은 무심히 바라볼 수가 없다. 여기에 표현된 꽃은 일반적 현상과 다른 얘기를 독자에게 건네려 하기 때문이다. 지극히 자연에 가까운 표현으로 꽃을 그리고 있는 소월의 「산유화」도 "저만치 혼자서 피어 있네"라는 쉽게 닿기 어려운 명구가 있다. 김동리는 「청산과의 거리」라는 미문의 평론을 통해 그 비밀을 열고 싶어했지만 명쾌한 해석에 도달할 수는 없었다. 그 미묘한 불가해의 영역이 문학의 마력인지도 모른다. 꽃은 앞서 거론한 소월이나 미당 서정주, 혹은 대여 김춘수 등 한국의 대가들이 인상적인 시편을 빚어 이 땅의 시사에 봉헌함으로써 선명한 자취를 남긴 소재이기도 하다. 그러나 대체로 많은 시인들이 노래한 꽃에 대한 시들이 심오한 자연의 이치나 창작의 과정이나 존재론적 관점의 미학을 은유적으로 보여 주었을 뿐 시인 스스로의 역정을 드러낸 경우는 거의 없었다. 과문한 필자로서는 단정적인 어사가 꺼림직해서 "거의"라는 표현을 썼을 뿐 아

예 읽어보질 못했다. 그런 의미에서 초정의 「꽃의 자서(自敍)」는 독특한
작품이다.

지난 철 가시구렁 손톱이 물러빠져
눈 덮인 하늘 밑창 발톱마저 물러빠져
뜨겁고 아픈 경치를 지고 내 예꺼정 왔네.

뭉개진 비탈 저쪽 아득히 손차양하고
귀밑볼 사운대던 그네들 다 망설여도
오지게 눈치없는 차림 내 또 예꺼정 왔네.

여기서 "꽃"은 시인 자신으로 읽힌다. 그렇다면 한국 시조 문학의 거
봉으로 오늘이 있기까지 그 신고의 과정을 두 수의 시조가 압축해서 표
현하고 있다고 유추할 수 있다.

1920년 통영에서 태어난 초정은 9세에 부친을 여의었으며 13세에 온
갖 어려움을 견디어 내고 통영 공립 보통학교를 졸업했다. 그 후 생계를
위해 향리의 남강 인쇄소 인쇄공으로 일하면서 우리나라 최초의 시조 동
인지 『참새』에 합류했다. 1936년에는 조연현과 『아(芽)』 동인으로 활동
했고 일경의 감시를 받아오다가 윤이상과 함께 체포되기도 했다. 결국
유랑 생활을 하지 않을 수 없었으며, 1938년 함경북도 청진의 한 서점에
서 일하면서 함윤수 등과 『맥』 동인 활동을 했다. 그리고 20세가 되던
1939년 『문장』에 가람 이병기의 추천으로 등단했다. 이처럼 가난과 시대
와의 불화는 초정의 생애를 위협해 온 숙명적인 고통이었다. 그 고통의

원인은 부조리한 현실에 대항할 수밖에 없는 올곧은 양심 때문이라고 생각된다. 식민지 시절에 그 양심은 애국심으로 무장되어 있었고 해방 후 독재 정권 시절에는 철저한 야인으로서 뼈 있는 가락으로 행동하고 노래하게 했다. 누구처럼 세상을 떠들썩하게 하지도 않으면서 늘 어둡고 아픈 대상을 조명했고 위험한 의견이라 해도 눈치 보지 않고 정의로운 것이면 당당히 주장하며 살아왔다. 그러한 역정을 첫 수의 내용이 말해 주고 있다. 비유를 거느렸다 해도 직설적인 느낌으로 다가오는 이 시편은 격하고 불안정한 증언의 그림이다.

또 하나의 특징은 70년대 이후 언어들이 갈고 닦는 초정의 고전적 언어가 아니라는 사실이다. 이미 언급한 바와 같이 폭압의 정치 시대에 한 야인의 신분으로 시대를 냉소하며 보여 준 그의 시어들은 대체로 이 작품과 같았다. 「옥저」, 「백자부」, 「봉선화」 등 섬세하고 맑고 따스한 서정에 길들여진 초정의 독자들이라면 다른 시인의 작품으로 오해할 만큼 편차가 크게 벌어진 것이다. 아울러 회고의 느낌이 가득한 이 시편 속에서 오히려 강개한 시인의 신념을 읽게 되는 것은 쉽게 만날 수 있는 예술적 경지가 아니라는 특징이 있다. 시대의 갈등에 몸담지 않으려는 "손차양"하고 "귀밑볼 사운대던 그네들"과는 다르게 "오지게 눈치없는 차림"으로 살아오는 것이 진정한 승리의 삶임을 모를 독자는 없다. 그러나 그 뻔한 이치가 춥고 배고프고 두려운 것이기 때문에 아무나 쉽게 실천하지 못한다.

진실로 시를 찾는 노릇, 시를 빚는 몸가짐이 얼마나 지난(至難)하며 또 얼마나 지복(至福)한지, 내 비로소 어렴풋이 깨달아짐을 알겠다.

인용한 문장은 「꽃의 자서(自敍)」가 실린 시집 『삼행시 육십오 편』서문의 일부다. 시인이 "시를 찾는 노릇"과 "시를 빚는 몸가짐"이 왜 "지난"하다고 했을까? 물론 좋은 시인이 언어를 고르는 작업은 평범한 시인의 그것과는 다르다. 그런 고통보다 더 힘든 것이 시를 빚는 "몸가짐"이 아니었을까. 이쯤에서 우리는 시 정신이라는 낱말을 떠올리게 된다. 시 정신은 물론 시의 내용도 주제도 아니다. 시의 사상도 아니다. 시 정신은 불멸하는 시인의 혼이요 깨어 있는 시인의 의식이다. 그 시인의 전 시편을 관통하는 생명 있는 정신이다. 훈장도 벼슬도 거부한 초야의 선비로 초정은 일생을 갈무리했다. 그러나 가슴 깊숙이 끓는 정의감 혹은 애국심은 노년에 와서도 다스릴 수 없는 활화산이었다. 그 뜨거운 가슴이 우리 시조의 오늘을 있게 했다. 따라서 이 시조는 붕대 속에 숨겨진 상처가 밖으로 밀어 내는 핏빛 같은 언어로 초정의 생애를 증거하는 시로 쓴 자서전이다.

천품(天稟), 시품(詩品)

박기섭

결곡하되 어딘가 서늘한 기운이 감도는, 외곬으로 치닫되 그 한끝에선 의외의 모닥불을 지피는, 마른 등걸이 타는 아궁이 같다가도 금세 눈자위에 서릿발이 서는, 조금은 세상 물정에 어두운 듯 어눌하고, 그러면서 웅숭깊고, 또 그러면서 까탈스럽고 괴팍한, 눌변인 듯 달변인, 마치 나절가웃을 퍼져 내리는 동구숲처럼 너벗한 그늘을 거느린, 숱진 머리나 가잠나룻보다는 저녁빛에 흐드러진 억새풍의 모발을 쓸어 넘기는, 가끔은 그런 살쩍을 귓바퀴 뒤로 밀어넣기도 하는, 쉬 곁을 안 주면서도 한편으로 겨울 햇살 같은 잔정이 넘치는, 허수한 듯하지만 함부로 범접치 못할 온축이 있는, 가끔은 성에가 낀 움펑눈으로 먼 산을 바라보고, 대숲을 지나가는 바람소리를 듣거나 늙은 매화 가지 사이로 달을 보기도 하는…… 이런 모습으로 시인을 규정할 수 있다면, 맨먼저 떠오르는 이가 초정 김상옥 선생이다. 이제 어쩌지 못할 잔상으로만 남은 그 풍모를 되새길수록 까닭 모를 애틋함이 마음에 사무친다.

절차탁마(切磋琢磨)─『시경』, 『논어』, 『대학』 등의 동양 고전에 두루 나오는 말이다. 본디 절차는 동물의 뼈나 상아를 재료로 쓰는 장인의 작업을, 탁마는 옥이나 돌 따위를 재료로 사용하는 장인의 작업을 뜻한다. 더 정확히는 그들이 재료를 다듬는 방식을 가리킨다. 그렇게 자르듯 쓸 듯 학문을 닦고, 또 그렇게 쪼듯 갈 듯 수양을 쌓아 간다. 흔히 이 말을 시 쓰기에 결부하는데, 그도 그럴 것이 자르고, 쓸고, 쪼고, 가는 노릇이 한 맞잡이인 까닭이다. 그러자면 톱과 줄과 끌과 숫돌이 필요하거니와, 이 네 가지는 시인이면 모름지기 지녀야 할 정신의 연장인 셈이다.

막상 시를 쓰면서 제대로 퇴고를 하기는 말처럼 쉽지 않다. 늘 새로운 경험을 찾고, 새로운 시상에 붙들려 다니는 창작의 속성도 그렇지만, 일단 활자화되고 나면 싫든 좋든 자신의 손을 떠났다는 생각으로 덮어 버리기 십상이니까. 그런 점에서 초정 선생이 보여 준 시 쓰기 자세는 하나의 사표가 되고도 남음이 있다. 그냥 단순한 퇴고가 아니라 발표를 해서 웬만큼 평가가 이루어진 작품까지 숫제 뜯어고치는 일을 마다하지 않으니 말이다. 이토록 치열한 노력 앞에 그저 불에 던져 버려도 시원찮을 췌언을 늘어 놓기가 여간 저어하지 않다.

『향기 남은 가을』은 1989년에 나온 책이다. 그런데 이 책에서 우리는 이전의 『삼행시 육십오 편』에 실린 상당수 시편들을 고쳐 놓은 것을 본다. 그 사이 열여섯 해라는, 강산이 변하고도 남을 세월이 흘렀고, 생각도 시속도 사뭇 달라졌다. 하지만 초정 선생은 그런 것은 아랑곳하지 않는다. 오로지 한 정신의 결정체로 세상에 나온 작품의 완성도만이 문제였던 것이다. 『삼행시 육십오 편』이 한 권의 책으로서 갖는 의미를 상기한다면, 이러한 개작이 얼마나 준열한 시 의식에서 이루어졌는가를 짐작할 수 있다. 이 책은 이미 시·서·화에 전각까지 아우른 선비 예술의 총체적 진수를 보여 준 역저로 정평이 나 있다. (저간의 사정은 김승규 시인이 쓴 「아자방 일화」[『그 뜨겁고 아픈 경치』, 고요아침, 2005]에 비교적 소상히 언급된 것을 안다.) 다른 건 다 두고라도 교정만 무려 열세 번을 본, 우리 문학사에서 그 유례를 찾기 힘든 일화를 남긴 책이 아니던가. 게다가 책마다 고유 번호를 매겨 단 200부만 찍은 한정판임에랴. 이런 신고 끝에 나온 작품들도 한 편 한 편의 완성도를 지향하는 선생의 의지를 꺾지 못했으니 달리 무슨 말을 덧붙일 수 있을 텐가.

초정 선생의 개작은 여기서 그치지 않고 그 뒤의 책에서도 줄곧 이어진다. 모르면 몰라도 선생은 한 편의 시를 쓰면서 내심 어떤 정신의 정점 같은 것을 상정한 듯싶다. 그래서 애당초 의도한 풍경이나 구도가 맞춤하게 잡히지 않으면 몇 번이고 고쳐서라도 그 정점에 닿고자 한 것이다. 늘 반성의 거울을 놓지 않은 채 작가 혼을 태워 갔으니 당연히 개작이 많을 수밖에 없다. 어쩌면 이 일을 시적 건축의 완성도가 최고조에 이른 마지막 한 권의 책을 위한 필생의 작업으로 여겼는지도 모른다.

> 난(蘭) 있는 방이든가, 마음귀도 밝아온다.
> 얼마를 닦았기에 눈빛마저 심심한고
> 흰 장지 구만리 바깥, 손 내밀 듯 뵈인다.
>   -「난 있는 방」(『삼행시 육십오 편』, 아자방, 1973)

> 난 있는
> 방에 들면
> 마음도 귀가 밝다.

얼마를
닦았기에
눈빛마저 심심할까

흰 장지
구만리 바깥
손 내밀 듯 보인다.

　　　　　　　－「난 있는 방」(『향기 남은 가을』, 상서각, 1989)

문 빗장 걸려 있고 섬돌 위엔 신도 없다.
대낮은 밤중처럼 이웃마저 부재(不在)하고
초목만 짙고 푸르러 기척 하나 없는 날……

　　　　　　　－「부재」(『삼행시 육십오 편』, 아자방, 1973)

문빗장
걸려 있고
섬돌 위엔 신도 없다.

대낮은
아닌 밤중
이웃마저 부재하고,

초목만

짙고 푸르러

기척 하나 없는 날.

-「부재」(『향기 남은 가을』, 상서각, 1989)

초정 선생이 떠난 뒤에 펴낸 『김상옥 시 전집』(창비, 2005)을 보면 작품의 전모는 물론 개작의 흐름을 한눈에 살펴볼 수 있다. 「난 있는 방」이나 「부재」는 단수로서 초정의 작품 세계를 대표한다. 두 편이 다 처음에는 장별로 표기했다가 고쳐 쓰면서 각 장의 앞구를 두 마디로 나누어 한 장을 석 줄로 배열하고 있다. 각 장이 점층의 율독 구조를 가진 이러한 행가름에서 정제된 시조 가락의 이상적인 보법을 발견한 것일까. 이는 세 번째 시조집인 『향기 남은 가을』 이후의 대다수 작품에서 일관된 하나의 경향으로 나타난다. 물론 개작을 한다고 해서 다 성공하는 것은 아니다. 그런 점에서 이 두 편의 경우도 그 품가는 온전히 독자의 몫으로 남는다.

「난 있는 방」은 난초가 있는 방의 정서적 충만감을 눈빛마저 심심한 경지로 파악하고 있다. 자기 응시에 의한 어떤 깨달음의 세계를 난초가 지닌 생래의 상징성으로 짚어 낸 것이다. 무릇 난초는 동양적 사유의 한 극점에서 꽃을 피운다. 그래서 그런지 문인화에서 말하는 문자향의 아취가 행간에 그윽하다. 이런 고전적 미 의식의 토대 위에서 "흰 장지 / 구만리 바깥"을 보는 사유의 시각이 열린다. 도입부의 "난 있는 방이든가"를 "난 있는 / 방에 들면"으로 바꾼 것은 객관적 정황을 주관적 시각으로 돌려 놓기 위함이다. "마음귀도 밝아온다" → "마음도 귀가 밝다," "눈빛마저 심심한고" → "눈빛마저 심심할까," "손 내밀 듯 뵈인다" → "손 내밀 듯 보인다"는 고투나 작위를 버리고 자연스러움을 취한 결과다. 종장의 쉼표를 지운 것은 행갈이가 달라짐에 따른 호흡의 고려 때문이다.

「부재」의 경우도 양상은 비슷하다. "대낮은 밤중처럼"을 "대낮은 / 아닌밤중"으로 휘어치는 데서 고수의 칼맛을 느낀다. 대낮을 밤중에 빗댄 단순 직유는 자칫 밋밋하게 읽힐 수 있다. 아닌밤중이 주는 언어적 유연성이 초장의 적요를 살리면서 절묘한 국면 전환을 이끈다. 원래 없던 쉼표를 중장에 더한 것은 한 걸음을 늦춤으로써 종장의 여운을 극대화하기 위한 포석이다. 그렇게 추스른 호흡이 종장의 말없음표를 마침표로 바꾸게 한다. 「부재」는 넘치는 생명력의 표상인 초록 앞에 오히려 만물이 기척 하나 없이 숨을 죽이는 역발상이 두드러진 작품이다. "문빗장 / 걸려 있고 / 섬돌 위엔 신도 없"는, 더구나 이웃마저 집을 다 비운 부재의 공간감이 사유의 심연에 물을 대는 느낌이랄까. 토씨 하나라도 건드리면 모든 것이 의미 밖으로 튕겨져 나갈 듯한 긴장미가 일품이다.

봉은사(奉恩寺) 가는 길은 억새풀 바다였다.

천 이랑 만 이랑 벌판을 덮던 물결

황량(荒凉)도 아름다울손, 그 가을 그 억새……

멀리 해으름은 솔푸른 그늘에 젖고

신간 고서들 나란히 꽂힌 방 안

억새풀 우짖는 소리, 승속(僧俗) 따로 없었다.

　　　　　　　　　－「억새풀」(『삼행시 육십오 편』, 아자방, 1973)

봉은사
가는 길은
억새풀 바다였다.

멀리
해으름은
솔푸른 그늘에 젖고

억새풀
우짖는 소리
승속 따로 없었다.

　　　　　　　－「억새풀」(『향기 남은 가을』, 상서각, 1989)

봉은사
가는 길은
억새풀 바다였다.

천 이랑
만 이랑
벌판을 덮던 물결

황량도
아름다울손,

그 가을 그 억새……

－「억새풀 1」(『느티나무의 말』, 상서각, 1998)

멀리
해으름은
솔푸른 그늘에 젖고,

신간
고서들
나란히 꽂힌 방 안

억새풀
우짖는 소리,
승속 따로 없었다.

－「억새풀 2」(『느티나무의 말』, 상서각, 1998)

「억새풀」은 훨씬 더 긴 시간을 두고 개작이 진행된다. 처음에 두 수의 연시조로 발표한 것을 한 수로 줄였다가 다시 원래의 모습으로 되돌아오기까지, 시집의 간행 연도로만 따져도 스물다섯 해의 세월이다. 그 세월의 무게 속에 한 편의 연시조가 단시조 두 편으로 갈라진 점이 주목된다. 이를 두고 과연 어느 쪽이 성공작이었는가를 따지는 건 어리석다. 보는 사람에 따라, 관점에 따라 다를 수 있기 때문이다. 다만 이 작품의 변모 과정을 통해 거칠게나마 한 시인이 견지한 정신의 궤적을 따라가

보는 것이 좀더 의미 있는 시 읽기가 아닐까 싶다.

『삼행시 육십오 편』에 수록될 때 「억새풀」은 이미 충분히 성공작이었다. 앞, 뒷 수가 서로 조응하면서 봉은사 가는 길의 풍경과 방안의 감흥을 무리 없이 잘 녹여 낸 것이다. 그만해도 억새 흐느끼는 늦가을의 황량을 담아 내는 데 부족함이 없다. 그러나 초정 선생은 왠지 흥청거리는 표현들이 시쁘고, 그런 만큼 거기에 감정의 낭비가 있다는 판단에 이른다. 그런 생각을 뒷받침하는 게 『향기 남은 가을』에 실린 작품이다. 시상이 한 수로 줄고 행가름도 달라졌다. 단시조로 고쳐 놓고 보니 장과 장에 탄력이 붙고 긴장도 한껏 고조된 느낌이다. 짧은 한 편의 시 속에 굳이 상념을 늘어 놓을 필요가 있는가 자문하며 느긋해 하는 선생의 모습이 눈에 보이는 듯하다. 그러나 「억새풀」에 대한 선생의 집념은 이에 그치지 않고 또 한 번 굽이친다. 이번에는 행간의 여백이 너무 넓다는 데 생각이 미친 것일까. 걷어낸 심상들이 꿈틀거리면서 다시 원래의 자리로 들어앉은 형국이 되었다. 그러구러 원상 복구가 이루어진 작품이 『느티나무의 말』에 실린 두 편이다. 앞서 살펴본 바와 같이 각 한 수씩 나누어 두 개의 풍경이 되었지만, 이를 따로 떼어 놓고 생각하기는 어렵다. 작품과 작품 사이로 억새풀 바다는 천 이랑 만 이랑 넘실거리고, 원경의 해으름은 솔푸른 그늘에 젖는다. 서재에 나란히 꽂힌 "신간 / 고서들"도 "억새풀 / 우짖는 소리"에 묻힌다. "황량도 / 아름다울손," "승속 또한 따로 없"다. 아무런 대립이 없는, 대상과 주체가 하나인 절대 경지다. 멀고 가까움도, 가고 옴도 다 잊은 일원론적 사유의 지평이 열리는 것이다.

난초를 그리는 기법 가운데 가장 어려운 것이 삼전지묘(三轉之妙)를 깨치는 일이다. 먹을 묻힌 한 붓끝에서 세 번을 자연스럽게 휘굽어 가며 난잎을 치는 경지를 말한다. 추사 김정희가 법을 세우고 흥선대원군이 일가를 이루었다고 한다. 흥선대원군의 난초 그림을 그의 호를 따 석파란(石坡蘭)이라 일컫거니와, 그 특징이 바로 여기서 말미암는다. 마음에 들끓는 욕심을 온전히 다스려야만 이룰 수 있는 묘경이라 하니 평생을 바쳐도 모자란다는 말이 수긍이 간다.

초정 선생이 찰나의 정조로 이룬 시조 3장 역시 삼전(三轉)의 묘리에 닿는다. 요체는 끊임없는 정신의 연마와 언어의 조탁이 빚어 낸 자연스러움이다. 또한 그 자연스러움이 배태한 이미지와 멋이다. 절도 있고 엄정한 천품 속에 가없는 정신의 바다를 펼쳐 놓은 시품이 자못 경이로울 따름이다. 이런 시인을 가진 것만으로도 우리 시의 위의는 달라질 수 있다. 남은 먹물로, 두보(杜甫)의 한 마디를 옮기며 붓을 놓는다. 시(詩)가 만들어지자 신(神)이 들어 있음을 깨닫는다.

이단을 꿈꾸는 고전주의자
―김상옥 시집 『이단의 시』(성문사, 1946)

이은봉

세기말의 우울과 짜증이 계속되던 1998년 초의 일이다. 물론 이 시기는 새로운 천년, 곧 2000년대의 개막이 멀지 않기도 하여 한편으로는 무언가 기대되는 바도 없지 않았다. 따라서 새로운 천년을 맞이하는 나로서는 한국 현대시의 내일을 위해 나름대로 크게 해야 할 일이 있을 듯하기도 했다.

때마침 모 출판사에서 한국의 현대시 가운데 가장 뛰어난 작품 1,000편을 골라 시 선집을 내자는 제안을 해 왔다. 이른바 한국 현대시의 정전을 수립하자는 것이었는데, 제법 뜻 있는 일로 보여 기꺼이 나는 이 제안을 수락했다. 물론 이 시 선집에는 현대 시조도 포함하기로 했다.

그해 여름 방학 내내 나는 구슬땀을 흘려가며 이 일에 매달렸다. 대강이나마 한국 전쟁 이전까지의, 그러니까 1950년 이전까지의 시들을 골라냈을 무렵이었다. 출판사로부터 연락이 왔는데, 아무래도 예의 제안을 포기해야 할 것 같다는 내용이었다. 작품의 수록을 허락받는 일이 가장 큰 걸림돌인 듯싶었다. 어쩔 수 없이 나는 한국 현대시의 정전을 수립하는 일을 중지할 수밖에 없었다.

2000년대도 한참 진행이 되던 2003년의 어느 날이었다. 굴러다니는 원고가 아까워 그동안의 작업을 토대로 나는 비매품의 강의 교재 한 권을 만들었다. 그리고 『한국 현대시 대표 선집·1』이라는 제목을 붙였다. 1908년의 시들부터 1949년까지의 시들을 모은, 이를테면 일제 강점기 및 해방기까지의 시들을 모은 일종의 시 선집이었다. 책의 서두에는 1910년대부터 1980년대까지의 현대시 약사를 덧붙이기도 했고, 수록한 시의 모두(冒頭)에는 시인의 간단한 약력을 첨가하기도 했다. 그러나 말 그대로 강의 교재일 따름이었다.

본고를 쓰기 위해 다시 이 시 선집을 살펴보니 초정 김상옥의 시는 모두 8편이 실려 있었다. 나 자신만의 심미적 기준에 따라 골랐는데도 무려 8편이나 수록되어 있다니! 놀라지 않을 수 없었다. 「봉선화」, 「강 있는 마을」, 「집오리」, 「백자부」, 「옥저」, 「먹[墨]을 갈다가」, 「비오는 제사」, 「깃을 떨어뜨린 새」가 그것으로, 이들 시 작품 중에는 시조도 있었고, 자유시도 있었다.

물론 초정 김상옥은 시조와 자유시만 쓴 것이 아니다. 1952년에 간행한 『석류꽃』(현대사)과, 1958년에 간행한 『꽃 속에 묻힌 집』에서도 알수 있듯이 그는 동시의 창작에도 상당한 노력을 기울여 온 바 있다. 이로 미루어보면 그가 시조나 자유시만이 아니라 서정 장르 전체에 대해지대한 관심을 보여 주었다는 것을 잘 알 수 있다.

예의 시 선집 『한국 현대시 대표 선집·1』에 실려 있는 그의 자유시는 모두 세 편이다. 이 세 편 가운데 그의 시집 『이단의 시』(1949)에서 가려뽑은 것은 「비오는 제사」 한 편뿐이다. 작품을 읽고 고르던 1998년 여름당시만 해도 내가 이 시집 『이단의 시』의 시사적 의의에 대해 충분한 이해를 갖고 있지 못하고 있었기 때문이리라. 이 시집『이단의 시』(성문사)는 6·25 전쟁 꼭 1년 전인 1949년 6월 15일에 간행되었거니와, 돌이켜보면 이 시기와 관련해 좀더 고려를 했어야 하지 않을까 싶기도 하다. 그렇다고는 하더라도『한국 현대시 대표 선집·1』에 수록할 작품을 고르던 당시 내가 이 시집『이단의 시』중에서 가장 주목한 시는「비오는 제사」라고 해야 마땅하다.

이 시는 비 오는 날 밤의 제사 풍경을 소재로 삼고 있는 만큼 담겨 있는 정서가 매우 을씨년스럽다. 그렇다. 전체적인 분위기가 음울하고 음산하게 느껴지는 것이 이 시다. 그러한 까닭은 아마도 제삿밥을 얻어먹기 위해 찾아온 조상 귀신을 중점적으로 묘사하고 있는 것과도 무관하지 않아 보인다.

이 어둡고 비오는 밤에 찾아오신다.
발도 지루고 젖어 늘어진 옷자락 걷어쥐고 찾아오신다.

아홉 하늘 층층계를 내려와서
그 침침하고 무거운 무덤 속을 벗어나와서
잔디밭을 지나서 오솔길을 들어서 징검다리를 건너서
이승 사람들이 웅성거리고 쥐어뜯고 살고 있는 하고많은 사립 사립을 다 지나서 찾아오신다.

온갖 것이 쥐죽은 듯 고요한데
여기 그 뉘도 돌보는 이 없는— 그지없이 외로운 한 가족이 있어

먼지처럼 쌓인 아득한 슬픔을 그 무슨 벗을 수 없는 의복처럼 입고 있는데

영상(影像)도 아닌 그들은 들고나는 발자국 소리도 없고

부엌에서 달그락커리는 기명(器皿) 소리만이 빗소리에 섞이어 간간이 들려온다.

사신 날 거니시던 타작 터로 접어들자

갈모 끝에 맺힌 빗방울을 씻고 집안을 기웃거리고 한식경 동정을 살피시더니

마침내 추녀 밑으로 들어서서 방에 모신 제상(祭床) 앞에 가까이 나가 앉으신다.

─지키고 선 한 쌍 촛불!

보얗게 둥근 무리를 쓰고 그 속에 빛을 머금고 있음인지

벽에는 의관을 바로하는 그의 그림자도 나타나지 않는다.

때 전 옥양목 두루마기에 낡은 고무신─

못 살고 가신 지난날의 그 아픈 흔적이 낙인인 양 찍히어

아아 가실 수 없는 초라한 행색!

그러나 농이 흐르며 지지직 지지직 심지를 튀기는 촛불 빛에

늠름히 흩날리는 백수(白鬚)는 서리같이 반짝인다.

향을 사르고 잔을 부어 올린다.

그 잔을 받으시다 말고 애끊는 축(祝)소리에 귀를 기울이신다.

향로에 오르는 연기처럼 눈앞이 흐린다.

기인 한숨 속에 감으신 눈자위로 두 줄기 눈물이 번져 내린다.
드디어 도로 눈을 뜨고 고요히 자리를 이신다.

밖에서 기다리기에 겨운 차사(差使)들은 발을 구른다.
하마 닭이 울겠으니 동트기 전에 어서 떠나자고 성화 같은 재촉이다.

—비는 여전히 내린다.

떨어지지 않는 발을 떼어놓으려다 다시 돌아보신다.
차사의 부라린 눈짓은 매질보다 아픈데
그래도 발을 멈추고 꺾인 길목에 서서 다시 돌아보신다.

아아 이렇게 이승과 저승을 가로막은
그 무수한 산하와 구천(九天)의 운하(雲霞)를 넘어와서
이 억계(億界)의 일편(一片) 고토(苦土)에서 잠시 맺었던 인연의 사슬은 끊
을 수 없으신지
우장도 없이 저 굽이 잦은 머언 영겁의 길을 뵈다 숨다 사라지는데
또 몇 번이고 몇 번이고 돌아보셨을꼬?

(어디선지 들려오는 닭의 울음소리……)
　　　　　　　　　　　　　　　—「비오는 제사(祭祀)」 전문

주지하다시피 이 시의 제목은 「비오는 제사」로 되어 있다. 비오는 제

사? 우선은 '비오는 제사'라는 제목을 형성하고 있는 말들의 수식 관계가 다소 어색하다는 점부터 지적하지 않을 수 없다. 이른바 '시적 허용'을 십분 인정한다고 하더라도 이 시의 제목이 보여 주는 문법적 관계는 다소 낯선 것이 사실이다. 제목을 '비 오는 날의 제사' 쯤으로 바꿔야 하지 않을까 하는 생각이 줄곧 떠나질 않는 것은 바로 그 때문이다.

제목을 이렇게 바꾸고 나면 이 시의 주체는 당연히 제사를 지내고 있는 이승의 화자가 되어야 마땅하다. 하지만 이 시에서의 화자는 단지 객관적 관찰자로만 존재할 따름이다. 물론 화자에 의해 집중적으로 관찰되고 있는 대상은 비 오는 날 후손들이 지내는 제사를 받아먹기 위해 차사를 대동하고 저승에서 이승으로 건너온 조상 귀신이다. 그렇다면 시의 제목을 '비 오는 날의 제사'로 바꾸는 것도 반드시 마땅하다고만 할 수는 없다.

물론 시에서의 세계관이 저 자신의 행위나 의식을 시인 자신이 직접적으로 표출하는 방식으로만 드러나는 것은 아니다. 작품의 실제에서는 대상의 선택이 곧바로 세계관의 선택이 되는 예가 적잖다. 따라서 관찰자로서의 화자가 제사를 받아먹기 위해 저승에서 이승으로 건너 온 조상 귀신을 시적 대상으로 선택하는 것은 그 자체로 매우 중요한 의미를 갖는다고 하지 않을 수 없다.

이 작품에는 조상 귀신이 이승을 떠나 저승으로 가게 된 과정이 자세히 드러나 있지 않다. 물론 전체적인 분위기로 보아 저승으로 가게 된 과정이 별로 편치 않았으리라고 짐작이 되기는 한다. 특히 "못 살고 가신 지난날의 그 아픈 흔적이 낙인인 양 찍히어 / 아아 가실 수 없는 초라한 행색" 등의 구절에 이러한 징후가 잘 드러나 있는 것으로 보인다.

이와 관련하여 정작 논의해야 할 것은 이 시가 현실에서는 결코 경험할 수 없는 장면들, 곧 비의적 환상의 장면들을 담고 있다는 점이다. 전설이나 민담, 곧 설화의 세계에서나 가능한 비합리적이고 신비적인 내용을 그 나름의 독특한 상상력으로 재구성해 내고 있는 것이 이 시라는 뜻이다. 그의 시에 함유되어 있는 예의 면면들은, 이 작품이 실려 있는 시집 『이단의 시』가 간행된 것이 1949년이고, 그 무렵이 미처 근대가 완성되기 전이라는 점을 고려하더라도 다소 문제적이라고 하지 않을 수 없다. 무엇보다 이는 그의 상상력의 토대가 결코 근대적이지 않다는, 나아가 반근대적이라는 것을 보여 주기 때문이다.

하지만 이러한 지적을 그의 시가 중세적 세계관을 바탕으로 하고 있다는 뜻으로까지 받아들일 필요는 없다. 여기서 지적하는 반근대적이라는 말이 근대적 가치나 행위에 대해 비판적이라는 것 이상을 뜻하지는 않기 때문이다. 근대적 가치나 행위는 항용 산업화라는 이름으로 행해지거니와, 그렇다면 산업화가 본래 자연을 이용후생의 대상으로 삼는 가운데 가능해지기 마련이라는 점을 염두에 두지 않으면 안 된다.

주지하다시피 산업화의 기초는 공산품의 생산과 판매, 그에 따른 수입과 수출을 용이하도록 하기 위한 철도나 항만 등 기간 산업 시설의 건설에 있다. 이들 기간 산업 시설의 건설이야말로 자연의 파괴를 통하지 않고서는 불가능하다. 따라서 근대를 비판적으로 인식하고 있는 시인에게 이러한 뜻에서의 기간 산업 시설인 신작로의 건설이 부정적인 대상으로 받아들여지는 것은 당연하다.

　　새로 난 신작로(新作路)로 한참 가면

무겁게 흐린 하늘 한 자락이
갈가마귀 날으는 빈 벌판에 잇닿은―
이 아쉬운 조망마저 막아서는 붉은 비알!

발붙일 데 없는 소나무 한 그루
뿌리째 허공에 나뉘어 있고
도끼로 살점을 찍어 낸 자국처럼
머언 산맥이 굼틀어 내려온 이 구릉(丘陵)은
삽과 괭이로 파헤치고 깎아내어
피 흐르듯 못 견디게 붉은 흙만 돌았노니

아아 차마 눈 뜨고 보지 못할
저 흉측한 가실 수 없는 상처를 입은 언덕!

―「구릉(丘陵)」 전문

이 시의 화자인 김상옥은 지금 "새로 난 신작로"를 따라가며 "붉은 비알"
을 바라보고 있다. "붉은 비알"은 "삽과 괭이로 파헤치고 깎아내어 / 피
흐르듯 못 견디게 붉은 흙만" 드러나 있는 구릉을 가리키는데, 자연스럽
게 여기서 화자는 "붉은 흙만" 드러나 있는 이 구릉과 관련하여 부정적
인 감회에 젖는다. 그가 생각하기에는 이 "붉은 비알"이 "차마 눈 뜨고
보지 못할" "흉측한 가실 수 없는 상처를 입은 언덕"이기 때문이다.

　도로나 항만 등 기간 산업 시설을 건설하기 위해 자연을 파괴하고 얻
게 되는 것은 경제적인 부(富)다. 하지만 시인 김상옥은 그렇게 해서 얻

는 경제적인 부에 대해서도 그다지 긍정적이지 않아 보인다. 자신의 시 「지주(蜘蛛)」에서 그가 오직 경제적인 부만을 축적하기에 바쁜 수전노를 거미에 빗대어 강하게 비판하고 있기 때문이다. 그가 파악하기에는 "버리기로 마련된 분뇨이언만 여기 다시 혀를 대어 그 지독한 이윤을 보려"는 것에 지나지 않은 것이 근대적 가치와 행동인 것이다.

근대적 가치와 행동은 곧바로 근대적 심리를 낳기 마련이다. 이 시집 『이단의 시』의 작품들로 미루어 보면 그가 받아들이고 있는 근대적 심리는 시기(猜忌), 아유(阿諛), 비굴(卑屈), 불안(不安), 사기(詐欺), 위선(僞善), 음욕(淫慾) 등이 아닌가 싶다. 이 시집 『이단의 시』에서 이들 심리를 직접적인 제재로 삼고 있는 작품의 예로는 「시기」, 「불안」, 「슬픈 대사」 등을 들 수 있다.

이 중에서도 가장 주목되는 시는 비교적 성취도가 높은 「시기」라고 판단된다. 의인간적(擬人間的)인 수사를 통해 흔히 '시기'라고 불리는 관념을 매우 생생하게 육화하고 있는 것이 이 시다. 이 시는 '시기'라고 불리는 관념만이 아니라 '아유,' '비굴'이라고 불리는 관념까지 구체적인 인물로 형상화하고 있어 더욱 관심을 끈다.

아유와 비굴이 행길에서 오늘 아주 싸웠다나? 서로 욕질하고 옷을 찢고 얼굴엔 탈박을 둘러쓰고 다시 안 볼 듯이 싸웠다나? 그때 마침 지나가던 시기가 싸움을 뜯어말리고 심술궂게 그 탈박을 억지로 벗겼더래 그랬더니 그 둘은 어쩌면 고렇게도 닮은 한 탯줄에 자란 쌍둥이였을꼬! 길 가는 사람한테 위사를 마구 하고 얼굴을 싸고 돌아갔다는데 말이야 나중에 또 알고 보니 시기도 그들과는 그리 멀잖은 척분(戚分)이 있었다나

......!

이 시에는 모두 세 명의 인물이 등장한다. 시기, 아유, 비굴이 그들로, 물론 그들은 이 시에서 예의 관념이 완전히 육화되는 가운데 구체적으로 현현되고 있다. 예의 관념이 완전히 육화되는 가운데 구체적으로 현현되고 있다는 것은 이들 관념이 생동감 있는 인물로 특화되는 가운데 실감을 획득하고 있다는 것을 뜻한다. 이들 관념을 구체적인 인물로 특화시켜 드러내고 있는 시인 김상옥의 발상은 말할 것도 없이 매우 신선하다. 바로 이러한 점에서 모더니티를 구현하고 있는 것이 그의 시가 지니고 있는 한 특징이라고 해도 과언이 아니다.

이 시의 경우 표면에 제시되어 있는 내용만으로 보면 시기가 아유 및 비굴과 척분의 관계에 있는 것을 밝히는 데 초점이 있는 것으로 이해되기도 한다. 그러나 이들 관념을 구체적인 인물로 드러내는 과정을 통해 시인이 의도하는 것은 당시의 인간 군상이 보여 주는 온갖 비정상적 작태를 세련된 어법을 통해 풍자하고 비판하는 것이 아닌가 싶다.

이 시가 시집으로 묶여진 1949년은 정부 수립 직후로 한참 소란하고 시끄럽던 때다. 따라서 온갖 욕망이 아무런 절제 없이 제멋대로 분출되던 당시의 현실에 대해 그로서는 적잖은 혐오감을 느꼈음직도 하다. 이숭원도 지적하고 있듯이 언제나 고고하고 정결한 정신을 잃지 않고자 했던 그가 아닌가. 온갖 이데올로기가 횡행하던 것이 당시거니와, 당시의 사람들이 생존을 위해 함부로 투사했을 시기와 질투, 아유와 비굴의 면면은 충분히 짐작이 되고도 남는다. 그렇다면 찌그러지고 일그러진 채 전개되던 당시의 몰염치한 사람살이에 대해 그가 비판적인 시각을 들이

대는 것은 짐짓 당연한 일이라고 하지 않을 수 없다.

아유와 비굴, 그리고 그것과 척분 지간인 시기와 질투는 인간이 지니고 있는 본원적인 심리기도 하지만 자본주의적 근대의 전개와 더불어 더욱 표면화된 심리기도 하다. 모든 가치가 돈으로, 곧 자본으로 환원되면서 사람의 일상에 좀더 생생하게 떠오른 것이 이들 심리라는 것이다. 따라서 이들 심리에 대해 시인 김상옥이 비판적인 시각을 들이대는 것은 자본주의적 근대 일반에 대해 비판적인 시각을 들이대는 것과 다르지 않다고 해야 옳다.

당시의 인간 군상이 보여 주는 턱없는 심보에 대한 그의 이러한 비판적 태도는 혁명에의 열망을 담아 내고 있는 「산화(山火)」에서도 충분히 확인이 된다. 이 시 「산화」에서는 그가 "여우를 따르던 이리들아! / 어디를 달아나리 / 어디를 달아나리 / 너희 스스로 저 불속으로 뛰어들지로다"라고 한껏 목청을 높이고 있기 때문이다. 이 시집에 담겨 있는 시들 중에는 이처럼 들뜬 감흥을 노래하고 있는 것도 상당한데, 「태양」, 「흉기」, 「성명(聲明)의 장(章)」, 「슬픔도 마목(麻木)처럼」 등이 그 실제의 예다. 따라서 이 시집 『이단의 시』에 담겨 있는 본원적인 시 정신은 "오직 참된 영혼만을 가지려는"(「모래 한 알」) 뜨거운 열정에 있다고 해야 할 듯싶다.

그럼에도 불구하고 정작의 시인 김상옥은 전통적 서정과 현대적 이미지를 겹쳐 짜는 가운데 그 나름의 독특한 분위기를 산출시켜 온 시조의 창작에 좀더 주력을 해 왔다고 평가해야 옳다. 한때는 교과서에도 수록된 적이 있는 「봉선화」, 「강 있는 마을」, 「집오리」, 「백자부」, 「옥저」 등의 시조가 그 대표적인 예다. 이러한 점으로 미루어 보더라도 그의 시에 전통적인 미학과 가치를 소중하게 여기는 정신이 깊이 자리해 있다는 것은 증명이 된다. 그가 전통적인 미학과 가치를 소중하게 여기고 있는 면은 본고에서 논의하고 있는 시집 『이단의 시』에 수록되어 있는 시들에서도 적잖이 찾아볼 수 있다. 이와 관련하여 먼저 떠오르는 것은 그의 시에 나타나 있는 예스러운 어미와 문체, 과도한 한자어의 활용 등이다.

모진 풍우에 껍질은 터지고
오히려 운(韻)을 더한 가지는 골격처럼 굽었도다.

-「고목」 부분

포플러 너 본심은 동경(憧憬)─
때로 비췃빛 푸른 천개(天蓋)를 나는
그 어린(魚鱗) 같은 구름을
너 조용히 우러러 철없는 향수를 지니더니
언제 저렇게 산을 겨누어 솟았느뇨.

-「포플러」 부분

위의 시들과 관련하여 먼저 눈에 띄는 것은 "풍우," "운," "골격," "본심," "동경," "천개," "어린" 등의 한자어다. 새삼스러운 얘기이지만 이 시집 『이단의 시』에 수록되어 있는 그의 시에는 이처럼 과도할 정도로 한자어가 많이 활용되어 있는 것이 사실이다. 뿐만 아니라 "─도다", "─더니" "─느뇨" 등 고투의 어미 활용도 매우 잦아 깊은 주목을 요한다. 이들 어미의 활용을 통해 그가 화법과 어조의 면에서, 그리고 문체의 면에서 예스러운 멋과 맛을 드러내기 위해 이런저런 고려를 해 왔다는 것은 누구도 의심하지 못한다.

그의 시에 함유되어 있는 이러한 특징은 이숭원도 지적하고 있듯이 일단은 동향의 선배 시인인 유치환의 시로부터 받은 영향이 상당해 보인다. 유치환의 경우 자신의 시에 웅혼한 남성적 기세를 담아 내기 위해 과도할 정도로 한자어를 활용해 왔고, 그와 동시에 좀 더 예스러운 분위기를 나타내기 위해 지나칠 정도로 고투 어미를 활용해 왔다는 것은 이미 잘 알려져 있는 사실이다. 그렇다고는 하더라도 시인 김상옥이 자신의 시에서 과도하게 한자어를 활용한 것이라든지 예스러운 어미나, 그에 따른 고풍한 문체에 집착한 것은 얼마간 그의 세계관과도 무관하지 않아 보인다. 말하자면 뿌리 깊이 반근대 혹은 전근대에의 의지를 간직하고 있는 것이 그의 시 정신의 기저라는 뜻이다.

물론 그의 이들 시에 내포되어 있는 반근대 혹은 전근대에의 의지는 당대의 역사와 사회 일반에 대한 지속적인 불만과도 무관하지 않아 보인다. 몰염치한 시기와 질투, 그리고 아유와 비굴로 뒤덮여 있던 당시의 인간 군상에 대해 언제나 염결하고 청청한 선비 정신을 잃지 않고 있던 그로서는 아무래도 비판적인 시선을 갖지 않을 수 없었으리라. 그로서는 격조 있고 품위 있는 전통적인 삶과 미학을 바탕으로 저 자신의 유토피아를 실현하고자 했던 것이다.

이 시집의 제목은 『이단의 시』다. 하지만 이 시집에 실려 있는 35편의 시 어디에서도 동명의 작품을 발견할 수 없다. 따라서 이 시집의 제목인 '이단의 시'는 그 이전에 발간된 시집 『초적』(1947)이나 『고원의 곡』(1949), 그 이후에 발간된 『석류꽃』(1952)이나 『의상』(1953)에 비해 이단이라는 뜻으로 해석될 수밖에 없다. 『초적』이 시조집이고, 『석류꽃』이 동시집이라는 점에서 보면 자유시집인 『이단의 시』가 이들 두 시집과 변별되는 세계를 갖는 것은 충분히 있을 수 있는 일이다. 하지만 『고원의 곡』이나 『의상』은 자유시집이니만큼 동일한 자유시집인 『이단의 시』는 그것들과 얼마간은 상응하는 세계를 담고 있다고 해야 옳을 듯도 싶다. 이러한 점에서 생각하면 이 시집의 제목이 『이단의 시』로 되어 있는 것은 그 나름의 시각으로 당시의 시를 쇄신하겠다는 의지를 담고 있는 것으로 받아들여지지 않을 수 없다. 이러한 점에서 보더라도 초정 김상옥은 전통을 중요하게 여기면서도 끊임없이 그것을 개혁하려고 노력해 온 시인이라고 할 수 있다. 이를테면 그는 이단을 꿈꾸는 고전주의자였던 것이다.

'굽 높은 제기'들의 궁궐

정수자

1. 수묵 너머의 행간들

심심하고 싶은 날이 있다. 무(無)이고 싶은 날이 있다. 그런 날은 자신을 그냥 놓아 버린다. 망연히 무료에 기대 앉는다. 생의 끝자락이 얼핏 뵈는 것도 같다. 곁에서 늘 채근하던 시간도 다른 세상으로 놀러간 듯하다.

긴 비움 뒤의 무심. 혹은 버림 끝의 무유. 심심한 건 그런 게 아닐까. 경계가 무화된 수묵화의 먹빛이나 여백 같은 것. 그런 것들은 참 담백하다. 깊이 심심하다. 그렇게 버리고 비워야 그조차 잊어 버리고 심심한 경지에서 놀 수 있을 것 같다.

심심하게 그저 무심하게 마음을 풀어 놓는다. 두고 온 것들이 하릴없이 스쳐간다. 시 읽기는 그때 딱 좋은 내면 여행이다. 마당을 정갈하게 쓸고 앉듯 시집을 펼쳐 든다. 『느티나무의 말』, 초정 선생의 시 궁궐로 들어선다. '백자의 시인' 초정 김상옥. 백자를 '손바닥 위의 궁궐'이라 하셨던가. 먼저 서시 「제기(祭器)」의 '굽 높은' 격에 매료된다. 유화의 맛에 끄덕이다가도 여백 많은 수묵화를 보면 그냥 넋을 잃는 것처럼, 우리 것에는 역시 원형적인 힘이 있나 보다.

2. 심심 그리고 파적(破寂)

심심한데 웅숭깊은 시는 드물다. 그런 시에는 헤아리기기 어려운 깊이
가 있다. 하여 말을 최대한 버린 시의 문전은 함부로 지나칠 수가 없다.
크고 깊은 시가 마음의 무릎을 꿇게 하는 것. 누군가의 허여라면 이 또
한 청복 아니랴.

난(蘭) 있는
방에 들면
마음도 귀가 밝다.

얼마를
닦았기에
눈빛마저 심심할까

흰 장지
구만리 바깥
손 내밀 듯 보인다.

－「난 있는 방」 전문

하, 심심하다. 난향을 두른 장지가 옥양목 호청처럼 눈부시다. 눈 많

이 온 날 햇살이 활짝 퍼질 때의 창호지 같다. 그쯤서 곧게 휘어진 난의 어깨가 보이는 듯하다. 숨소리도 들리는 듯하다. 귀가 절로 환해진다. 마음귀도 따라 밝게 트인다. 오롯이 휘어 벋은 난의 자태가 한 채 궁궐인 양 호화롭다. 희디흰 장지에 난향과 그리메가 엉겼다 풀리곤 한다. 사뭇 은근하다.

저렇듯 때로는 세상을 벗고 싶다. 아니 '난 있는 방' 같은 데로 잠시나마 잠적을 하고 싶다. 남들처럼 시류를 타지도 못 하건만 이 시대의 속도에 종종 멀미가 나기 때문이다. 그럴 때마다 비루한 일상을 털고 싶어진다. 은(隱)을 늘 구하던 옛 시인의 마음을 짐작할 듯하다. 은거를 통해 또 다른 세계를 꿈꾸던 선비들의 심중을 알 것도 같다.

앉아 구만리를 비추는 방은 무념에 들어 있을 것이다. 먼 거리의 관습적 표현인 구만리가 흰 장지 앞에서 향을 외려 높여 준다. 그 때문일까, 구만리가 무한의 함축으로 다가온다. 옅지만 깊은 난향을 품은 장지 앞에서 시인 역시 무념의 무위에 들어 있을 것이다. 그러다 난의 입김 같은 게 후욱 스치면 천지가 한 번 고요히 꿈틀하고 다시 무심해지리라.

와유(臥遊)가 따로 없다. '난 있는 방'을 내 안에 들인다. 옛 문사들이 누리던 와유라는 호사 취미는 아니지만, 좋은 산수화 한 폭처럼 시의 여백까지 죄다 들인다. 그 사이로 적막한 시간들이 지나간다. 오후의 햇발이 옅어지면서 이내가 어슴푸레 끼어간다. 먹이 번지듯 세상이 음영을 조금씩 드러내고 있다. 제 안에 그림자를 거두어 들이는 만상의 소리가 잡히는 듯하다.

숨죽인 시간이 길면 파적이 그리워진다. 적막을 깨야 세상 속으로 돌아올 것 같다. 바람이라도 불러 침묵을 한 번 흔들거나. 난향을 장지 밖

시정으로 흘어 볼거나. 역시 심심과 파적을 갖고 놀기에는 그릇이 턱없이 작은가 보다. 아니 덤덤하니 심심파적하기에는 아직 젊다고 여기며 '난 있는 방'을 나오려니 다시 백자 앞이다.

3. 시간의 승화 혹은 무화

백자−. 긴 시간을 건너온 조선의 빛. 흙의 길고 무른 시간이 불의 짧고 강도 높은 시간을 거치며 새로운 시간이 된다. 어딘가 묻혀 있다가도 밝은 눈이 닿으면 둘레까지 훤해진다. 백자에는 그런 시간의 승화 혹은 무화가 있다. 선생의 시도 그러하다. 산재한 언어를 골라 빚고 다듬어 순도 높은 마음의 불길로 단단히 구워내시니 말이다.

상머리
돋아온 달무리
시정은 까마아득하다.

어떤 기교
어떤 품위도
가까이 오지 말라

저 적막
범할 수 없어
꽃도 차마 못 꽂는다.

백자 앞에 선다. 마음이 절로 모아진다. 백자는 본래 조선의 정신이자 미학의 근간이다. 그런데 이제 보니, 선생의 혼이다. 아니 초정 선생 자신이다. 그만큼 선생과 백자는 떼어놓고 보기가 어렵다. 백자에 으레 엎어 읽게 하는 선생의 깊은 사랑 때문일까.

선생의 백자 사랑은 정녕 끝이 없었나 보다. 백자 하나로도 '왕국'을 차린 분이니 오죽하랴. 그 충일감을 헤아려 본다. 아마 좋은 백자를 맞으면 앉지도 눕지도 자시지도 않으며 내내 어화둥둥 하셨으리라. 게다가 전셋집보다 비싸게 주고 산 백자며, 윤이상 선생이 못난 고국을 떠날 때 뜰의 흙 한 줌을 담아 보낸 백자 등은 또 얼마나 저릿저릿한가. 그러니 미학은 앎이 아니라 사랑에서 나온다는 말씀에 새삼 머리가 숙여질 밖에.

시에서 백자는 완벽 그 자체다. 홀로 족하고 홀로 드높다. 어떤 기교나 품위 같은 것도 일체 가까이 할 수 없다. 아무것도 두르지 않는 자족의 저 오연함. 백자는 오직 비어 있음으로 빛난다. 적막 하나만으로 충만하다. 여기서 적막은 자칫 고답이나 상투로 비치기 쉽다. 하지만 동아시아 예술이 적막을 하나의 미학적 근원으로 추구한다는 점에서 보면, 그리 단순치 않은 의미가 들어 있다.

적막을 즐김은 무(無)에 대한 경외일까. 시인은 짐짓 적막을 그대로 두고자 한다. 아예 범할 수 없다고 한다. 그러니 "꽃도 차마" 꽂을 수 없고 오직 바라만 보는 것이다. 이런 게 사무치는 애완일 것이다. 침묵 속에서 시인이 백자와 주고받는 간절한 마음이 보이는 것 같다. 눈빛은 어떠할까. 난처럼 닦고 닦아 아주 심심한 눈빛일까. 육안을 넘어 심안으로 보듯, 말의 안팎에는 그보다 큰 여백이 둘려 있고, 그 속에서 경의를 본다.

볼수록, 백자는 초정 시의 한 상징이다. 압축을 높이 친 선생의 시 세계를 압축하면, '뜨거운 / 불길 속에서도 / 함박눈을 쓰고' 나오는 국보급 백자일 것이다. 만(萬)을 하나로 거두어 들이는 동아시아 시학의 요체를 체득한 고전적 시인. 다변과 요설의 시로 피곤할 때면, 이렇듯 고즈넉한 탈속의 미가 그립다. 번잡한 이승의 길목에서 우리 것의 멋이나 향을 일러주는 선생의 시가 그래서 더 고맙고 소중하다.

4. 시 · 서 · 화의 풍격과 아취

아자방(亞字房)을 그려본다. 아자방은 선생의 왕국이었다고 한다. 그곳에서의 안복(眼福)을 누릴 기회가 내게는 없었다. 아마 선생을 일찍 뵈었다면 아자방 근처를 어정거렸을지 모르겠다. 우리 것의 아름다움에 좀더 일찍 눈을 떴을지도 모르겠다. 그러면 그 광휘를 조금 얻어 두르고 술자리 안주에 격을 하나 얹었을 터인데, 아쉽기 짝이 없다.

연전에 '고전적 미 의식'에 관한 학위 논문을 쓰면서 시 · 서 · 화의 세계를 한참씩 우러르곤 했다. 그때 '문장파'의 적통인 선생의 세계를 가까이서 못 뵌 게 그렇게 안타까울 수가 없었다. 하지만 한 가닥 위안이 있다. 선생의 방에서 소장품을 조금 볼 기회가 있었던 것이다. 그때 뿌듯하게 내어 뵈시던 백자나 연적 등속이 지금도 선연하다. 마음으로만 여러 번 쓰다듬었다. 어려운 중에도 이것저것 여쭈었더니 선생은 기꺼이 설명을 해 주셨다. 그리고는 귀한 애장품에 대한 내 경의를 읽으셨던지

아주 조그마한 접시 같은 것을 하나 주셨다. 가끔 그 소꿉을 어루만지고 는 한다.

그즈음 선생은 『느티나무의 말』을 간행하셨다. 이전의 시집들을 다 폐 기하고, 오직 이 한 권으로 일생의 기념 시집을 삼으신다고 했다. 철저 한 언어 세공이며 결곡한 시 정신에 모두 다시 한 번 놀랐다. 율격을 자 유롭게 두되 긴장은 팽팽하고 시 세계는 드넓은 그러한 단수만의 진수. 그 앞에 우리는 옷깃을 여미지 않을 수 없었다. 노(老)가 단순한 시간의 축적이 아닌 하나의 경(境)이라면 저런 것이려니 싶었다. 동아시아에서 는 일찍이 노에 경을 얹어 말해 왔지만, 아무나 경을 여는 건 아니다. 선 생의 경우, 생의 노년에 다시 정제한 『느티나무의 말』이 곧 노경이자 진 경이라 할 것이다.

그 시집도 황송하게 받아 안았다. 정성을 다해 한 자씩 글씨를 쓰고 각을 그려(!) 낙관하시는 모습이 경이로웠다(내 성 '丁'을 '鄭'으로 쓰는 바람에 똑같은 과정을 되풀이하셔서 더 깊이 각인된 듯). 다시 봐도 각과 어우러진 전서의 아취가 향기롭다. 게다가 선생의 그 유명한 호 '불역마 천시루(不易摩天詩嶁)'까지 있어 더할 나위 없이 귀한 시집이다. 언제 또 이렇게 고전미가 가득한 시집을 받겠는가, 들뜨는 가슴을 누르던 시간이 새삼 그립다.

다시 받들어 보는 '굽 높은 제기,' 『느티나무의 말』은 크고 넓고 깊다. 시의 궁궐이 참으로 높다랗다. 품격이 은은하면서도 황홀하다. 허술한 듯 맞춤하고, 소슬한 듯 다사롭고, 칼칼한 듯 심심하고, 가득한 듯 적막 하다. 버릴 것 다 버린 언어 안팎이 담백하면서도 그윽하기 이를 데 없 다. 이런 것이 동아시아의 고전 미학이고 한국 미학의 한 경지일 것이다.

시 · 서 · 화의 자유로운 부림 혹은 받듦 끝의 고졸(古拙)-. 그것이 곧 초정 시의 정수이자 미학적 진경이리라. 그렇다, "시도 받들면 / 문자에 / 매이지 않는다."

먹을 갈다가

정일근

　초정 선생님께.

　이승에서 저승으로 편지를 씁니다. 선생님께서 제 이름을 기억하시지 못할 것이라는 생각이 들다가도, 아니 기억하고 계실 것이라는 생각이 들기도 하는 겨울밤입니다.

　고백하자면 이승에서 저는 선생님을 한 번도 뵙지 못했습니다.

　선생님뿐만이 아닙니다. 서울 문단 나들이를 잘하지 않아 인사 한 번 드리지 못하고 이승에서 작별한 선생님들이 많습니다.

　막 등단한 신인 시절 저에게 편지로 손수 가르침을 주신 「와사등」의 김광균 선생님도 그렇고, 신춘 문예 심사 위원이었던 평론가 김현 선생님도 그렇습니다. 꼭 한 번은 찾아가 감사의 인사를 드리고 싶었는데 그러하지 못했습니다. 그래서 '불효자' 같은 마음입니다.

　초정 선생님께도 그런 마음입니다.

　기억하시겠만 선생님은 제 시조 작품을 신춘 문예에서 두 번 심사하셨습니다. 처음은 1982년 『동아일보』 신춘 문예 시조 부문이었습니다. 저에게는 신춘 문예 첫 투고였습니다.

선생님의 심사는 엄격한 저울이었습니다. 제 작품을 당선작에 놓기에는 조금 가벼웠나 봅니다. 그래서 선생님은 그 해는 당선작을 뽑지 않고 마지막에 남은 제 작품을 두고 이런 평을 남겼습니다.

"당선작으로 하기에는 모자라고 가작으로 하기에는 아깝다"는 절묘한 심사평이었습니다.

초정 선생님. 신년 벽두에 저는 그 심사평에서 희망과 절망을 동시에 느꼈습니다. 당선 문턱까지 가본, 독학으로 문학 공부를 한 제 실력에는 희망을 가졌으며 차라리 가작이라도 주셨으면 그 상금으로 대학 등록금 내기가 어려웠던 지독한 가난을 조금은 면할 수 있었을 것인데. 그래서 가작이 되지 못한 절망도 컸습니다.

그게 저에게는 술장사 밥장사로 어렵게 대학 공부 시키는 어머니에게 효도였는데……. 그때는 선생님의 저울이 너무 냉정하다는 생각이 들었습니다.

그리고 몇 년이 흘러 1986년 『서울신문』 신춘 문예에서는 선생님께서 김제현 선생님과 함께 심사하시며 제 작품에 손을 들어 주셨습니다. 저는 시상식에서 선생님을 만나 뵐 줄 알았는데 선생님께서 오시지 않았습니다. 그 후 한 번 찾아뵙는 것이 수상자의 예의인데 사는 일에 바빠 스무 해를 흘려 보내다가 이승에서는 단 한 번도 만나지 못했습니다. 분명 자식 같은 후학의 죄이니 이승에서나마 너그러이 용서해 주시길 바랍니다.

1990년대 초 대구에서 선생님 시화전이 있었는데 권유하는 분들을 따라 행사장 가까이 갔다가는 병고를 겪은 후의 제 사는 모습이 구차해서 발길을 돌렸던 적도 있습니다. 그 이후로도 선생님께서 통영 고향에 오신다는 소식을 통영의 김보한 형을 통해 몇 번 들었는데 왜 단숨에 달려가지 않았는지 이 밤 참 후회가 됩니다.

이승에서 단 한 번 눈인사의 인연이라도 있었다면 이 글은 쓰는 밤 이렇게 죄스럽지 않았을 것입니다.

초정 선생님. 이번에 『김상옥 시 전집』을 읽으며 저는 한 시인이 만드는 정신의 역사와 율(律)의 강물을 만났습니다. 첫 시집 『초적』에서부터 마지막 시집 『느티나무의 말』과 미간행 유고까지 읽으며 도도하게 흐르는 강물이 푸르게 푸르게 빛나며 마침내 바다에 닿은 당대의 경륜을 만났습니다.

초등학교 시절부터 지금까지 외고 있는 「봉선화」가 선생님의 대표작이라고 생각해 온 저에게 선생님의 시 전집은 큰 가르침이었습니다. 또한 선생님과 인연을 맺고 있는 분들의 영롱한 추억담을 읽으며 많이 부럽기도 했습니다.

그리고 시 「먹[墨]을 갈다가」에서 제가 전혀 몰랐던, 아니면 많은 독자들이 알지 못했을 것이라 생각이 드는 선생님의 시 정신을 만났습니다. 이 시는 일제 시대에는 3번이나 옥고를 치른 항일 정신과 나라에서 주는 문화 훈장의 훈격에 대해 자존심이 허락하지 않아 되돌려 보낸 선생님의 정신이 빚은 시였습니다. 틀린 잣대는 과감하게 거부하시는 선생님의 빛나는 시였습니다.

이 시는 1980년 폭풍 전야의 시대, 문학의 실천을 주도했던 창작과비평사에 나온 시집에 수록된 시입니다. 창작과비평사는 사실 시조 시인에게 문을 잘 열어 주지 않는 출판사입니다. 시의 선택도 대단히 깐깐한 곳인데 초정 선생님의 시집을, 그 민감한 시기에 출판했다는 것도 사건이었을 것입니다. 요즘 말로 창비가 선생님의 시편들과 코드가 맞았다는 것입니다.

시 「먹을 갈다가」는 그 시집의 표제작입니다. 현대사에서 가장 예민하던 시기에 선생님은 "먹을 갈다가 / 문득 수몰된 무덤을 생각한다"는 화두를 던집니다.

먹을 갈다가
문득 수몰된 무덤을 생각한다.
물 위에 꽃을 뿌리는 이의 마음을 생각한다.
꽃은 물에 떠서 흐르고
마음은 촛돌을 달고 물 밑으로 가라앉는다.

이미 예묵(藝墨)으로 일가를 이루신 선생님께서 먹을 갈다가 왜 '무덤'을 생각할까요? 평생을 백자의 흰빛을 사랑하셨던 선생님이 검은 먹을 갈다가 죽음의 검은 무덤을 생각하셨을까요?

초정 선생님. 저는 선생님께서 '80년 오월 광주'에서 전해 오는 믿지 못할 소식들을 듣거나 아니면 그 보다 더 큰 민족의 슬픔을 생각하셨을 것이라는 '제 생각'이 들었습니다.

먹은 문방사우의 하나로 선비의 상징입니다. 선비는 먹을 갈면서 시심에 젖는 것이 다반사인데 선생님은 문득 무덤을 생각한다는 첫 구절로 읽는 사람을 놀라게 합니다. 무덤은 죽음의 상징이니 선비가 먹[墨]을 갈면서 시가 아닌 죽음을 생각한다는 것은 많은 것을 생각하게 합니다.

그런데 그 무덤은 찾아갈 수도 성묘도 할 수 없는 물에 잠긴 무덤입니다. 그 무덤에 참배하는 것도 죄가 되는 세상이기에 무덤은 사람들의 눈물로 물에 잠기고 그래서 시인이 할 수 있는 일이 그 물 위에 꽃을 뿌리는 마음입니다.

그러나 깊은 상처는 꽃으로도 해결될 수가 없어 시인의 마음은, 아니칼을 들지 못하고 먹을 가는 선비의 죄는 촛돌을 달고 물 밑으로 고통처럼 가라앉습니다.

역사와 시대에 대해 선생님이 가지신 분노의 깊이가 그처럼 깊었다는 것을 시의 첫 연에서부터 만나 저는 가슴이 서늘해집니다.

물론 제 식으로 시 읽기가 위험한 상상이라고 반론을 제기할 분도 있을 것입니다. 그러나 2연으로 넘어가면 그 정황이 더욱 뚜렷해집니다.

먹을 갈다가
제삿날 놋그릇 같은 달빛을 생각한다.
그 숲속, 그 달빛 속 인기척을 생각한다.
엿듣지 마라 엿듣지 마라
용케도 살아남았으니
이제 들려줄 것은 벌레의 울음소리밖에 없다.

제삿날 놋그릇 같은 달빛은 노오란 달입니다. 그들의 영혼을 위해 하늘에 제삿날 놋그릇 같은 달이 떴습니다. 그런데 선생님은 갑자기 "그 숲속"이라는 정황을 제시합니다. 숲속은 비밀이 숨어 있는 공간일 것입니다. 아니 진실이 숨어 있는 공간일 것입니다. 그 숲에 제삿날 놋그릇 같은 달이 비치고 인기척이 납니다.

그런 인기척에 대해 선생님은 "엿듣지 마라 엿듣지 마라"고 경고를 합니다. 어쩌면 그건 자책의 목소리일 수 있습니다. 그건 또한 살아 남은 자의 슬픔입니다. 그래서 용케도 살아남았으니 벌레들의 울음을 듣고 살고 있다고 쓸쓸해합니다.

저는 2연까지 시를 읽으며 혹시 수몰지에 대한 시편일 수도 있다는 생각도 가졌습니다. 선생님 시를 오독하고 있는 것은 아닌지 많이 망설여졌습니다. 1, 2연의 정황은 무덤이 수몰된 것에 대한 이야기로도 충분히 읽힐 수 있었기 때문입니다.

그러나 3연은 제 생각에 쐐기를 박아 주었습니다.

밤마다 밤이 이슥토록
먹을 갈다가
벼루에 흥건히 괴는 먹물
먹물은 갑자기 선지빛으로 변한다.
사람은 해치지도 않았는데
지울 수 없는 선지빛은 온 가슴에 번져난다.

먹을 가는 것은 하룻밤의 일이 아니고 밤마다 밤이 이슥토록 진행되는 의식입니다. 여기서 중요하게 생각되는 점은 선생님은 먹을 갈 뿐이지 글을 쓰는 것은 아닙니다. 먹을 갈면 붓을 들어야 하는데 선생님은 자꾸만 먹을 갈아 벼루에 먹물이 흥건하게 괴입니다.

왜 선생님은 먹물이 흥건하도록 붓을 들지 못하고 있을까요?

그렇게 망설이는 사이 먹물이 '선지빛'으로 변해 버립니다. 선지빛은 붉은 피, 살아있는 붉은 빛이 아니라 죽어 있는 붉은 빛입니다.

시인의 붓을 들어 진실을 알리지 못하는 회한이 먹물을 붉게 만들어 버렸습니다. 그게 1980년에 대한 선생님의 마음이었을 것입니다.

함부로 쓰지도 못하는 세상, 흥건한 먹물이 분노의 핏물이 되는 시간을 선생님은 사셨습니다.

특히 마지막 구절 "사람을 해치지 않았는데 / 지울 수 없는 선지빛은 온 가슴에 번져난다"는 선생님의 참회록으로 읽힙니다. 사람을 해치지도 않았는데 그 죄를 대신 지고 사는 선비는 자신의 마음에 지울 수 없는 붉은 시를 남기고 있습니다.

1980년 그 시절, 선생님은 분명 이 시로 그 시대를 증언했다고 저는 읽습니다.

초정 선생님. 시의 해석은 읽는 자의 몫이니 불충한 후학의 오독이라도 용서하시길 바랍니다. 그 동안의 제 잘못은 저승에서 만나면 사과를 드리겠습니다. 큰 목소리로 크게 나무라 주시길 바랍니다.

이 겨울, 유난히도 추운 겨울밤을 저는 선생님의 시 선집과 그 세세한 연보와 세상 사람들과의 인연을 읽으며 보냈습니다. 그리고 선생님을 선명하게 이해하게 되었습니다.

그래서 그때의 가작은 백자 항아리를 보듯 완성품을 만들려던 선생님의 안목이었다는 것도 깨닫습니다. 그때 선생님이 제게 가작을 주셨다면 저는 영원히 가작 시인으로 남았을지도 모릅니다.

선생님의 제자 박재삼 선생님이 저를 시인으로 만들었습니다. 두 분 선생님이 시와 시조를 자유로이 드나드셨듯이 저도 시와 시조를 쓰고 있으니 이 또한 인연이라 생각합니다.

이승의 소리가 저승에 가지 않고 저승의 소리가 이승으로 가지는 않습니다만, 이 밤 제가 초등학교 시절부터 지금껏 외고 있는 선생님 시조 「봉선화」를 낭독해 드리겠습니다.

비오자 장독간에 봉숭아 반만 벌어
해마다 피는 꽃을 나만 두고 볼 것인가
세세한 사연을 적어 누님께로 보내자.

누님이 편지 보며 하마 울까 웃으실까
눈앞에 삼삼이는 고향집을 그리시고
손톱에 꽃물 들이던 그날 생각하시리.

양지에 마주 앉아 실로 찬찬 매어주던
하얀 손 가락가락이 연붉은 그 손톱을
지금은 꿈속에 본 듯 힘줄만이 서누나.

선생님 인사가 많이 늦었습니다. 고맙습니다. 감사합니다. 열심히 쓰겠습니다. 삼가 북으로 엎드려 명복을 빕니다.

동심, 잃어버린 습속의 발견
─김상옥 동시집을 읽고

홍성란

명대(明代)의 이지(李贄, 1527~1602)에 의하면 진실은 사물을 있는 그대로 바라보는 순진의 눈을 가진 동심에 있다. 동심은 거짓을 버린 순진함으로 최초의 순수한 본심이다. 만약 동심을 잃으면 이는 진심을 잃은 것이니, 진심을 잃으면 참된 인간상을 잃는 것이다. 이것이 동심의 인식론이다. 동심은 사물을 있는 그대로 바라보는 순진의 눈을 가진 이에게 깃들 수 있다.

너를 김포공항에서 미국으로 떠나보내고 할머니와 나는 얼마나 울었는지 모른다. 너의 사진을 끼운 액자를 하루는 할머니 방에, 하루는 내가 자는 방에 놔두고 번갈아 보고 있단다. …… 네 편지를 받고 할머니와 나는 밥 먹다가도 기쁘고, 책 보다가도 기쁘고, 시내에 나갔다가도 기뻐서 아직도 그 기쁨이 네 보고 싶은 슬픔과 겹쳐서 눈에 눈물이 맺혔다가도, 웃지 않고는 못 배긴다.
　　─김훈정, 「아버지를 그리며」, 『그 뜨겁고 아픈 경치』, 195-196면.

불쑥 편지 한 통을 인용하는 것은 여기 초정 선생의 동심이 환히 들어 있기 때문이다. 이 글은 1989년, 미국에 가 있는 열한 살 난 외손자에게 보낸 편지의 일부로 선생이 예순아홉에 쓴 것이다. 외손자를 만리타국에 보내고 그리워하는 심정을 가감 없이, 아니 지나칠 정도로 솔직하게 드러내고 있다. 사진을 끼운 액자를 할머니와 할아버지가 번갈아 방에 두고 본다든가, 보고 싶어서 얼마나 울었는지 모를 정도로 울기도 하고, 또 편지를 받고 기뻐서 밥 먹다가도, 책 보다가도, 시내에 나가서도 어쩔 줄 모르고 좋아하다가 또 그리워서 울다가 웃고……. 근엄한 외조부이거나 고고한 예술가의 풍모는 자취를 감추고 애틋한 내리사랑만이 흘러 넘친다. 여기에 느끼는 대로 생각하는 대로 꾸미지 않고 드러내는 맑고 순수한 순진의 마음이 깃들어 있다. 동심이다. 이 동심으로 세상을 바라보면 불의와 타협할 수 없다. 작고 여린 것에 마음이 쓰이지 않을 수 없다. 선생의 이 마음이 시를 쓰게 한다.

『김상옥 시 전집』에는 두 권의 동시집이 들어 있다. 『석류꽃』(현대사, 1952)과 『꽃 속에 묻힌 집』(청우, 1958)이 그것이다. 『석류꽃』에는 59편, 『꽃 속에 묻힌 집』에는 8편의 동시가 실려 있다. 여기서는 『석류꽃』에 실린 「동백꽃」과 「포도」를 중심으로 초정 선생의 동심과 시에 나타난 우리 습속을 살펴보려 한다.

집 보기가 겨우면
명정골 가요,
빨래 한 통 다 씻었나
엄마 찾아서―

명정골은 동백꽃
빨간 동백꽃,
바람도 없는데요
지고 맙니다.

사립문 닫아놓고
명정골 가요.
침 바르고 갔다올게
있으랬는데

엄마 몰래 빨래터
넘어다 보고,
동백꽃 줍고 놀며
기다립니다.

-김상옥, 「동백꽃」 전문

　선생의 시를 소리 내어 읽다 보면 율동미가 살아나 절로 리드미컬한 낭송이 된다. 「동백꽃」은 4음격 음보 두 개와 5음격 음보 한 개가 합하여 하나의 율격 시행을 이루는 층량 3보격(4·4·5음 3보격)의 전통 율격을 잘 보여 준다. 이 동시집이 간행되기 이전부터 그러니까 20세기 전반에는 이른바 7·5조로 불리는 이 층량 3보격의 율격 모형이 유행이었다. 이 시는 4·4·5음 3보격의 율격 시행 2개를, 4음격 음보 2개는 제1

행으로 하고 5음격 음보는 제2행으로 작품 시행을 만들어 4행 단위 1연씩 모두 4연 16행의 연 구성을 보이고 있다.

「동백꽃」의 1인칭 화자는 그대로 어린 초정이다. 엄마는 어린 초정에게 빨래하고 올 테니 집 보고 있으라 했지만 "집 보기가 겨"워서 엄마가 빨랫감 이고 간 명정골로 간다. 각주에 의하면 명정골은 통영 서문 밖에 있는 충무공 사당을 모신 마을이다. 사당 앞에 늘어선 고목에는 겨울에도 동백꽃이 빨갛게 핀다. 그리고 드높은 홍살문 아래 어떠한 가물에도 마르지 않는 샘이 솟는다. 이 샘가에서 아이의 엄마도 동네 아낙들도 함께 빨래를 한다. "명정골은 동백꽃 / 빨간 동백꽃"이라 하리만치 명정골에는 만화(滿花) 늙은 동백나무가 늘어서 있고 "바람도 없는데" 통째로 꽃이 뚝 뚝 진다. 아이는 앉은 채로 엉금엉금 가면서 왼손을 펴서는 손바닥 위에 꽃송이를 하나씩 올려 모은다. 그러면서 잊지 않고 빨래터를 넘어다보고 동백꽃을 줍고 놀며 엄마를 기다린다. 엄마가 손가락에 침을 묻혀 마루 끝에 "침 바르고 갔다올게 / 있으"라고 했기 때문이다. 그 착한 아이는 빨래터에 왔지만 엄마가 일을 마칠 때까지 귀찮게 굴지 않고 기다린다. 그랬다. 예전의 엄마들은 멀지 않은 곳에 갈 때 마루 끝에 침을 바르고, 이 침이 마르기 전에 다녀온다고 조금만 기다리라고 했었다. 까마득 잊고 있던 일을 「동백꽃」에서 다시 만난다.

『석류꽃』이 1952년에 간행되었으니 「동백꽃」은 그 이전에 쓰였을 것으로 이 시에는 지금은 잃어버린 우리 습속이 들어 있다. 선생은 각주를 통하여 "침 바르"는 이 '즐거운 놀이'에 대해 일러 준다. 이 "침 바르"는 일은 그 옛날, 어머니나 할머니가 바깥나들이 갈 때 따라가려는 아이들을 달래어 손가락에 침이나 물을 찍어 마루 끝 같은 데 발라 놓고 그것이 마르기 전에 다녀올 것을 다짐하는 즐거운 놀이라 했다. 빨래터가 사라지고 세탁기가 빨래를 대신해서 말려 주기까지 하는 오늘, 아니 엄마는 엄마대로 아이는 아이대로 '정해진 시간표'에 끌려 다니는 오늘 이 '즐거운 놀이'를 과연 어디서 누가 하고 있을까.

장독간 포도나무에
조롱 조오롱,
청포도 한 꼬투리
조롱 조오롱.

아무도 못 따도록
지켜 앉았지.
파랑새도 못 쪼도록
지켜 앉았지.

설익어서 따먹으면
다시 안 열지,
한 알만 따먹어도
다시 안 열지.

새금새금 익거든
섬에 따오자.
적어도 많은 듯이

섬에 따오자.

그래야 내년에는
섬으로 한 섬,
해마다 주렁주렁
많이 열리지.

—「포도」전문

「포도」역시 4·4·5음의 충량 3보격을 지니고 있어 동시다운 리듬감
이 도드라진다. 앞서 살펴본「동백꽃」과 마찬가지로 4·4·5음격에서 5
음격 음보를 제2행으로 하는 율격 시행 2개를 1연 4행으로 구성하여 5연
20행의 연 구성 방식을 취하고 있다. 충량 3보격이 주는 율동 감각에는
분방하고 자유로운 감정 표출이 앞서는 3보격적 성향과 차분하고 정리
된 생각의 깊이를 중시하는 4보격적 성향이 복합되어「동백꽃」이나「포
도」는 동시다운 발랄성 위에 차분한 정서를 이처럼 아름답게 자아내는
것이다.

이 동시에서는 첫물 청포도가 열린 포도나무 아래 지켜 앉은 어린 초
정이 보인다. 아이는 왜 포도나무를 지키고 있는 걸까. 설익었는데 첫물
청포도를 따먹으면 포도가 다시는 한 알도 열리지 않는다는 것이다. 그
래 행여 누가 따갈까 지키고 있는 것이다. 또 포도가 조금 열렸어도 많
이 열린 듯 그릇에 소담하게 따와야 한다는 것이다. 그래야 내년에 섬으
로 한 섬 열리게 되고 해마다 풍성한 수확을 기약할 수 있다는 것이다.

「포도」의 각주를 읽으며 우리는 잃어버린 또 하나의 습속을 발견한다.

과일이 처음으로 열리는 어린 나무는 그 열매를 함부로 따지 않고, 잘 익기를 기다려서 아이들로 하여금 큰 섬(그릇)에다 따서 담게 하면 반드시 그 다음해 그 다음 다음해에는 차츰 더 많이 열린다고 한다.

그리고 또 과일이 해거리로 여는 연륜이 오랜 나무는 동네 아이들을 그 주변에 둘러세우고, 꼬부랑 할머니가 도끼를 들고 나무의 발목쯤을 찍으려는 시늉을 한다. 그러면 아이들은 나무를 대신하여 할머니 팔목에 과일처럼 졸망졸망 매달리며 명년에는 아무리 가물고, 바람이 불고, 벌레가 엉기어도, 즉 한재(旱災), 풍재(風災), 충재(蟲災), 그밖에 어떠한 환난이 닥쳐도 잘 견디어서 가지마다 휘도록 많이 열리겠다고 갖은 사설(辭說)을 섞어가며 언약한다. 그래도 할머니는 한 번에 들어 주지 않고 두 번 세 번 다짐받다가 드디어 슬그머니 놓아 준다. 그러면 그 다음해에는 꼭 이 언약대로 과일이 많이 열린다고 한다.

–『김상옥 시 전집』, 205면.

이 극적인 장면에는 춤과 노래와 시가 들어 있다. 분화되지 않은 원시 종합 예술의 주술적 면모가 그대로 들어 있다. 꼬부랑 할머니가 도끼를 들고 나무를 불러 세워 열매를 많이 달지 않으면 찍어내어 버리겠다고 위협하는 것이다. 주술 가요의 '호칭+명령+가정+위협'이라는 구조가 그대로 들어 있다. 많은 사람들이 소망을 담아 한 목소리로 행하면 쇠도 녹일 수 있다는 중구삭금(衆口鑠金)이라는 말처럼 아이들은 신탁을 받드는 꼬부랑 할머니의 팔에 매달려 아무리 가물고, 바람이 불고 벌레가 엉기어도, 어떠한 재난에도, 어떠한 환난에도 꺾이지 않고 풍성하게 열매를 달겠다고 온갖 말을 주워 섬기며 떼를 쓰며 재롱을 부린다. 이러기를 몇 번이면 신은 슬그머니 인간의 원망(願望)을 들어 주는 것이다. 신은 인간의 편도 아니지만 인간의 적도 아니기에 지성을 담은 인간의 원망을 져버리지 않는 것이다. 중구삭금이다.

초정 선생의 동시에는 잃어버린 우리 습속이 들어 있다. 이 아름다운 습속에서 우리는 가공되지 않은 인간의 본심을 만날 수 있다. 본심이 동심이다. 울고 싶을 때 울고 웃고 싶을 때 까르르 웃어 넘길 수 있는 꾸미지 않는 솔직함이 들어 있다. 과일나무는 열매를 맺는 데 충실해야 하고 그 과수 아래서 인간은 탐스럽고 풍성한 열매를 따 담기를 기대한다. 이것이 본심이다. 「포도」에서 만나는 이 종합 예술적 면모는 본심에 충실하다. 삶의 현장에서, 뇌리에서 사라지고 지워져 가는 우리 고유의 습속에는 인간의 본심이 들어 있다. 동심이 들어 있다. 그것을 선생은 우리에게 다시 일깨워 주고 있다. 선생의 말씀대로 우리 조상들은 자연의 예사로운 현상마저 귀중히 빌려다가 우화 같은 극적 장면을 연출하여 어린아이들과 더불어 꿈꾸고 함께 노닐며 아름다운 성품을 길러 왔다. 이 아름다운 습속을 어디서 다시 만날 수 있을 것인가. "오늘날 우리의 이 슬픈 정상(情狀)을 생각하면 절로 눈물겹다"는 선생의 말씀은 속도전을 치르듯 각박하고 메마르게 살아가는 현대인의 삶에 대한 감상(感傷)이자, 돌이킬 수 없어 사무치게 그리운 것들에 대한 동경이고 향수다.

지금까지 「동백꽃」과 「포도」를 중심으로 초정 선생의 시에 나타난 동심을 읽고 잃어버린 습속의 의미를 살펴보았다. 이 두 편의 동시에는 어머니나 할머니가 바깥나들이 갈 때 따라붙고 싶어 하는 아이에게 마루끝에 침을 바르고 그 침이 마르기 전 이내 돌아오겠다는 '즐거운 놀이'와 포도나무의 풍성한 수확을 바라는 민간 속신의 주술적 행위가 소개되어 있다. 「동백꽃」이나 「포도」와 같은 시편들을 읽고 이처럼 짙은 향수를 느끼는 것은 초정 선생의 문도들만은 아닐 것이다. 아, 닿을 수 없어 그리운 것들이여, 슬픈 사람이여!

필진 소개

김용직   서울대학교 인문대 국어국문학과 명예교수, 대한민국 학술원
회원. 저서로『한국 근대시사』(1985),『한국 현대시사』(1996),
『해방기 한국 시문학사』(1999) 등이 있음.

김봉군   가톨릭대학교 인문학부 국어국문학과 교수. 저서로『문학 작
품 속의 인간상 읽기』(2002),『다매체 시대 문학의 지평 열기』
(2003),『현대 문학의 쟁점 과제와 문학 교육』(2004), 등이 있음.

김대행   서울대학교 사범대 국어교육과 교수. 저서로『한국 시의 전통
연구』(1980),『시조 유형론』(1986),『시와 문학의 탐구』(1999)
등이 있음.

임종찬   부산대학교 인문대 국어국문학과 교수. 저서로『현대시조론』
(1992),『개화기 시가론』(1993),『고시조의 본질』(1993) 등이 있음.

조남현   서울대학교 인문대 국어국문학과 교수. 저서로『소설 원론』
(1982),『한국 현대 소설의 해부』(1993),『한국 현대소설 유형
론 연구』(1999) 등이 있음

최동호   고려대학교 문과대 국어국문학과 교수. 저서로『시 읽기의 즐
거움』(1999),『디지털 문화와 생태 시학』(2000),『한국 현대시
사의 감각』(2004) 등이 있음.

장경렬   서울대학교 인문대 영어영문학과 교수. 저서로『미로에서 길
찾기』(1998),『신비의 거울을 찾아서』(2004),『코울리지: 상상
력과 언어』(2006) 등이 있음.

이숭원 서울여자대학교 인문대 국어국문학과 교수. 저서로『근대시의 내면 구조』(1988),『한국 현대시 감상론』(1996),『감성의 파문』(2006) 등이 있음.

이상옥 창신대학교 예체능계열 문예창작과 교수. 저서로『변방의 시학』(1994),『현대시와 투명한 언어』(2001),『시창작 강의』(2002) 등이 있음.

이지엽 경기대학교 인문대 한국동양어문학부 교수. 저서로『한국전후 시연구』(1997),『21세기 한국의 시학』(2002) 등이 있음.

구모룡 한국해양대학교 인문사회대학 동아시아학과 교수. 저서로『구체적 삶과 형성기의 문학』(1988),『문학과 근대성의 경험』(1998),『시의 옹호』(2006) 등이 있음.

민 영 시인, 민족문학작가회의 고문. 시집으로『용인 지나는 길에』(1977),『엉경퀴꽃』(1987),『유사를 바라보며』(1996) 등이 있음.

허영자 시인, 한국문예저작권협회 이사장. 시집으로『가슴엔 듯 눈엔 듯』(1966),『친전』(1971),『허영자 전시집』(1998) 등이 있음.

윤금초 시인, 민족시사관학교 대표. 시집으로『어초문답(漁樵問答)』(1978),『해남 나들이』(1993),『주몽의 하늘』(2004) 등이 있음.

천양희 시인. 시집으로『신이 우리에게 묻는다면』(1983),『마음의 수수밭』(1994),『오래된 골목』(1998) 등이 있음.

박시교 시인, 시조시인회의 고문. 시집으로『겨울 강』(1980),『낙화』(2001),『독작』(2004) 등이 있음.

이우걸 시인, 김해 대청고등학교 교장. 시집으로『빈배에 앉아』(1981),

『저녁 이미지』(1988), 『맹인』(2003) 등이 있음.

박기섭 시인, KT범물전화국장. 시집으로 『키작은 나귀 타고』(1990), 『묵언집(默言集)』(1995), 『하늘에 밑줄이나 긋고』(2003) 등이 있음.

이은봉 시인, 광주대학교 예체능대 문예창작과 교수. 시집으로 『좋은 세상』(1986), 『무엇이 너를 키우니』(1996), 『내 몸에는 달이 살고 있다』(2002) 등을 등이 있음.

정수자 시인, 아주대학교 인문과학연구소 전임연구원. 시집으로 『저물녘 길을 떠나다』(2000), 『저녁의 뒷모습』(2004) 등이 있음.

정일근 시인. 시집으로 『바다가 보이는 교실』(1987), 『마당으로 출근하는 시인』(2003), 『착하게 낡은 것의 영혼』(2006) 등이 있음.

홍성란 시인, 성균관대학교 문과대 국어국문학과 강사. 시집으로 『황진이 별곡』(1998), 『따뜻한 슬픔』(2003), 『바람 불어 그리운 날』(2005) 등이 있음.